山西出版集团 北岳文艺出版社

【杨占平◎编】

XIANGTU XINGUSHI
BIANGE DE CUNZHUANG

乡土新故事

变革的村庄

图书在版编目（CIP）数据

变革的村庄 / 杨占平编. -- 太原 ：北岳文艺出版社，2009.9（2011.6重印）
（乡土新故事 / 杨占平等主编）
ISBN 978-7-5378-3212-0

Ⅰ. ①变… Ⅱ. ①杨… Ⅲ. ①中篇小说—作品集—中国—当代②短篇小说—作品集—中国—当代 Ⅳ. ①I247.7

中国版本图书馆CIP数据核字（2009）第158248号

书　　名	变革的村庄
著　　者	杨占平
责任编辑	吕绘元
封面设计	张　丽
出版发行	山西出版集团·北岳文艺出版社
地　　址	山西省太原市并州南路57号
邮　　编	030012
电　　话	18911770988　18911770989（发行中心） 0351-5628688（总编办公室）
传　　真	0351-5628680
网　　址	http://www.bywy.com
E - mail	bywycbs@163.com　bywycbs@126.com
印刷装订	四川嘉华印业有限公司
开　　本	710×1000　1/16
字　　数	300千字
印　　张	19
印　　数	11501—27557册
版　　次	2009年9月第1版
印　　次	2011年6月四川第4次印刷
书　　号	ISBN　978-7-5378-3212-0
定　　价	22.00元

导读：真切展示变革乡村的轨迹

杨占平

中国是一个典型的农民为主体的国家。于是，历史上农民总是在每一次社会变革和重大建设中起着至关重要的作用，成为推动时代进步的中坚力量。就以近百年来说，中国农民事实上已经经历了几次根本性的变革：新民主主义革命胜利的标志，是让农民从“三座大山”的剥削和压迫下解放出来，做了国家和社会的主人；显示包产到户政策英明的佐证，是让农民从饥饿或半饥饿状态中解放出来，逐步过上了温饱和小康日子；村民自治制度推行的价值，是让农民从政社合一的“人民公社”体制的桎梏中挣脱出来，开始真正体现出自己管理自己的意义，农村确实在向民主政治的大道迈进。可以说，中国农村发展史，在一定意义上也是变革史。

然而，一个不争的事实是，农业、农民、农村问题（即“三农问题”），却是近年来中国最为突出的社会问题之一，并且已经成为影响国家未来现代化发展的主要因素，关系到我们整个民族命运的前途。农村与城市的差距在不断拉大，农民与城市人的生活水平不可同日而语，农业的效益与工业和服务业的效益难以相比。中国的改革本来是从农村开始的，可现在农民陷入了艰难之中。特别是进入20世纪90年代，农村改革就基本停滞了。如何提高农民的收入、如何减轻农民的负担、如何改变农村的产业结构等，成了社会话语中的关键词。如果解决不好“三农问题”，我们通过二十多年努力奋斗，好不容易创造出的改革开放的成果，就有可能毁于一旦。在城市变得日新月异的今天，还有上亿农民兄弟却过着艰难而沉重的日子，所有具备责任感的人都不能不作深刻的反思，文学创作当然也不能置之度外。因此，变革中的现实乡村为作家的小说创作提供了极大可能，自然也就为我们编选这部作品集创造了机遇。

笔者注意到，表现变革村庄的小说作品，从来就是中国农村题材小说创作的主要内容。上溯到“五四”至“文革”期间，这类小说就曾经比较活跃，像鲁迅先生，在他的乡村小说创作中，就集中表达了知识分子探索与改革国民性的启蒙主义思想。20世纪五六十年代周立波的《山乡巨变》、赵树理的《三里湾》和柳青的《创业史》等，更是直接表现乡村的变革；尤其是以赵树理为核心的“山药蛋派”作家群体的作品，就是真实地记录了那个时代农民的思想矛盾、心理状态和精神风貌。改革开放三十年来，乡村小说创作一直占据整个中国小说的半壁江山，而其中表现变革村庄内容的又是主流。我们能够列举出许许多多曾经影响过一代又一代读者的作品来，能够列举出一个又一个留给人们记忆的典型人物来，能够列举出一段又一段深刻揭示尖锐问题的故事情节来。入选本书的作品，只是其中的一小部分，却能代表整个创作的走向，读者从20世纪80年代的《剪辑错了的故事》、《乡场上》、《血魂》、《葫芦沟今昔》，20世纪90年代的《万家诉讼》、《分享艰难》、《制造声音》，到21世纪的《金鸡岩》、《人民政府爱人民》、《美满家庭》等作品中，可以读出这类小说的思想与艺术发展轨迹。

从理论上理解，表现乡村变革小说创作的本质问题，其实是个价值取向问题，因为作家自身的观念必然会贯彻到其创作的文本之中，都是要执著于对人的生存的揭示与探索：一是人的生存状态，怎样活法；二是人生存在的价值，即人的生命意义。二者缺失任何一面，文学境界与审美意境都会缺失。也就是说，表现变革乡村的小说如果远离底层人的基本生存状态，不去探究人的存在价值，作品无疑就失掉了血脉。优秀的乡村小说作家，之所以能一直充满文学活力，正是来自于创作的这一可能性。在他们的作品中，我们不仅看到了变革生活隐藏下的悲剧，也看到了含泪微笑之下的希望。

本书所选作品说明了一个艺术道理，就是：表现变革的乡村，自然要求按照生活的本来面目描写生活，但真实性并不等于照抄现实，不等于对现实生活作简单、机械地记录。如今的乡村现实生活是混乱和复杂的，它是现象和本质、偶然与必然、个别和普遍的统一体。作家在创作过程中，面对乡村变革现实生活，从选择题材、构思酝酿到艺术表现，都经过了主观思考和判断过滤，作品中反映的现实，实际上已经融合了作家的价值观念和审美理想，已经是比生活真实更高、更完善的艺术真实，是能够代表乡村社会变革某些本质方面和发展趋向的真实。无视生活的外在真实和事物内在本质的必然联系，单纯追求外在真实，将会导致创作上的自然主义；片面强调写本质，而离开对乡村变革生活现象的真实具体描绘，则会造成创作上的抽象化、概念化，这两种倾向都是背离乡村变革小说创作原则的。

应当说，本书所选作品的作者，都是中国文坛的主流作家，他们多数都以乡村叙事为主，比如何士光、田中禾、马烽、刘醒龙、贾平凹、陈应松、王祥夫等，他们的写作题材和经验都是乡村的。崇拜、敬意、怜悯，这些古典情怀，是这些作家们对待乡村的主要方式，他们借助文学家的创造性想象，从乡村丰富的变革生活中获得了一种感悟。

编选本书过程中，笔者就感觉到，作家从事乡村变革小说创作，首先应当自觉地选择民间立场，以知识分子觉醒的现代意识和敏锐的眼光审视乡村人生，体现独特的价值判断；其次应当特别注重呈现乡土生活本色，即深入挖掘和提炼那种体现出生活本质与生命韧性的乡土精神——那种体现在最普通的人群、最本真的现实人生、最具体的生活实践中的真性情、真精神；最后还应当体现出明确的责任感和使命意识。此外，乡村小说创作非常需要作家坚持文化思考，包括对传统文化中封建部分的思考与解剖以及对市场经济条件下乡村人际关系和道德风气的变化，都应该纳入作家的视野。这样，表现乡村变革小说的经典之作，才能不断地出现。

[illegible]作家的价值取向[illegible]

[illegible]

[illegible]

[illegible]

[illegible]

[illegible]

[illegible]

[illegible]

[illegible]

[illegible]

[illegible]

[illegible]

CONTENTS

目录

剪辑错了的故事 / 茹志鹃

开宗明义，这是衔接错了的故事，但我努力让它显得很连贯的样子，免得读者莫名其妙。

一、拍大腿唱小调，但总有点寂寥

周围的公社、大队，前脚后脚都放出了亩产一万二、一万三千斤的高产卫星。到处红旗招展，锣鼓喧天，捷报四传，参观的人群如云。甘木公社的甘书记深感有急起直追的必要，于是和一大队支书老韩做了三宿的思想工作，终于一大队也紧赶慢赶地筹备了起来。甘书记觉得，都到这时候了，要放就要有点气派，放一颗特大的卫星，亩产一万六千斤！顿时，甘木公社也热闹起来了。松柏牌楼搭起来，锣鼓家什敲起来，卫星田的四周红旗插起来，介绍经验的稿子编起来。参观的人一多，专业接待人员编了两个班。真正是热火朝天，风光得不能再风光了，不仅名扬全县，同时简报也送到了省里、中央。具体传了谁的名不大清楚。不过不久以后，公社甘书记提为县的副书记了，人们猜测有没有可能就是这时扬的名，这仅是猜测，不足为据。

一开始，一大队的干部和贫下中农，尚觉热闹、有趣，但是过不多久，随着高产，便来了个按产征购。十多亩稻子，硬搬到一亩地里去收割，不是搬着玩玩的，要拿出实货来的。这时候社员急了，社员一急，就惊动了三队副队长、梨园的经管人老寿。

老寿本名叫田寿本，不过大家一直叫他老寿，主要是冲着他那副长相：长眉善目，大大的秃脑瓜，什么时候脸上都是和和顺顺的，从没见他发过脾气，也从没见他有过气恼。很有点像那财主家玻璃罩子里站着的寿星。其实他年纪并不老，才六十六，不过是个老党员，过去这个地区“拉锯”时，还做过交通。他不大会说话，不过一开口，别人就乐。他不明白这是为什么，自己是认认真真的，说的也不是什么笑话。没法，现下年轻人就是这样，大概他们本来想笑，不过拿他做个由头罢了。时间一长，这也成了个习惯。大家呢，觉得他有点迂，叫他老寿的意思里，也包含着这一层。不过大家都乐意接近他，除了过组织生活的时候，平时很少有人想到他是个老党员。他自己呢，还挺讲个组织性纪律性。

他走出梨园，就看见村道上一溜停着四挂大车，装满了粮食，插满了彩旗。头挂车的辕马头上，还顶着一朵红花，车上拉了一条横幅，上写“荣交高产粮”，车上还放着全套锣鼓家什。一切齐全，就少了赶车的，派谁谁就甩手走开。眼看日头已经两丈高，参观的人潮马上就要拥来，这里却派不动人。支书老韩正急得跺脚，一眼看到老寿走过来，老韩高兴得像拾了一个宝，马上把赶车的鞭子塞到老寿手里，说：“赶快，把车赶到征购站去，我们已经交晚了，甘书记已经不愿意啦！”说话时，参观的人群已经进了村，老韩掉转身，立即笑着脸迎上前去。这时候，要是老寿噼啪一挥响鞭，四挂大车隆隆地从人群中驰出村去，有多威风！可是老寿却一手抱着那杆老长的鞭子，一手扯扯老韩的衣角，然后伸出大拇指和食指，悄悄地在胸前做了一个“八”字。

“要八个人？十个人都可以，你招呼去就是，工分照记。”老韩说完，就和参观的同志握手，照例是先带他们去参观那块大队和公社合种的高产试验田。然后再请到祠堂大厅里坐下，递上井水浸过的手巾，再送上碧绿的热茶，边歇着边听经验介绍。

这一天参观的人当中，有一个大概是搞农技的，学得特别认真，问得也特别详细。掐了一穗稻，数了粒，还要包回去称，又看每一蔸稻，发了多少棵，还问插秧的行距、棵距。大队长被问得一件白褂子湿了半件，可是那位参观的同志还在又惊叹又奇怪地问：“稻子长得这么密，通风问题你们怎么解决的呢？”

“嗯……用竹竿……”老韩正在支吾，不料后面有个人说话了。

“用风扇扇！城里不有那电风扇吗？往里扇！”原来老寿抱着鞭杆还没走，也跟着来了。陪同参观的社员一听，差点笑出声来，老韩可没这份闲心，急得车转身向他竖竖眉毛，抬抬下巴，意思让他快走。老寿也不是不懂，他也急，趁着支书瞅着他的机会，又急急地在胸前做了一个“八”字”。可是老韩也不知看没看见，又转过身去了，因为参观的人也在急急地问：“你们这里有电了吗?”

“没有。嗯，我们是用小马达，借拖拉机上的小马达……”老韩赶紧堵着漏洞，接着就恼火地对身边一个社员悄悄说道，“叫老寿快赶车去!”

好不容易带大家看过了高产田，参观的人都坐在祠堂的大厅里听经验介绍了。这有稿子，老韩比较自在了一些。介绍到社员们对高产的兴奋劲，编了个顺口溜：“一年种出四年稻，今后生活甭提有多好，拍大腿，唱小调，共产主义眼看就来到……”不过他说着说着，总觉得窗外有个什么在晃动，抬头一看，老寿抱着鞭杆，站在窗外直瞪自己。一看到老韩看他了，又伸手做了一个“八”字，两个手指还直晃晃。看得出老寿也急了。老韩没办法，只好请大家等一等，走了出来，便一把拉了老寿，走到医院中央那株大榆树后面，才轻声说道：“咋的！大爷你今天是犯了‘八’字病了?”

“唉！我就是没灾没病，喝得下，吃得香才着急呢！老韩哪，大伙儿都说这四车粮食不能走啊！要送走，咱口粮一天只有八大两啦!”老寿又做了一个大大的“八”字。

老韩叹了口气，拉起敞着的衣襟，抹了抹满脑门的汗，说道：“没法，上面是按产量征购的。甘书记说一定得送。”

“你不能再跟甘书记说说，他心里明白，这是咋个高产法儿的。”

“说了，叫送。”老韩已有点不耐烦了。

“那……咱还得再耐着点性子，再去说说，啊?”老寿首先表现了自己的耐心，一脸的笑，笑得眼睛都弯了起来，说道，“咱肩上掮着几百口子呢！这八大两咋过?”

老韩紧蹙着眉没开口，只是直摇头。这种地方，老寿就不大会看气色了，他还在用手背拍着支书的胸，顺便又做了一个不大明确的“八”字，说：“这个数，总不行。甘书记总不能不顾几百号人的嘴吧……”

“寿大爷，你别背时了。叫咱送咱就送，说了有屁用。”老韩窝了一肚的火，冲着老寿来了。老寿倒并不觉得这是对自己的不恭敬，他仍然含笑说道：“下级服从上级，我懂。不过，还不兴说说咱的难处？”

老韩实在不耐烦了。“你去说吧！我没工夫了！”说着扭头就走了。剩下老寿一个人站在那里，他慢慢地搔着下巴上的胡茬，心里说着：“没办法，叫我去说，我就去说吧！不过，车子，还得赶了去。意见归意见，服从归服从，他要同意呢，咱就拉回来。面条饺子可不能下在一锅里。”老寿打定了主意，就叫上三个老头帮着赶车，一气奔到了公社。可是公社的同志说，甘书记如今是县委副书记兼公社书记了。现在省里领导下来了人，他去接待、汇报了。

“没办法，只好委屈这几匹哑巴牲口，上县里走一趟了。”老寿并没有泄气，倒反更来了劲，干脆脱了褂子，单穿一件粗夏布的背心，跳上车又要走了。这时候那三个跟来的老头打退堂鼓了，说：“拉倒吧！老寿，咱几个上县里去算是哪门子呀！”

“哎！这，你们就错了。”老寿的长眉毛飞舞了起来，“咱去咱八路的县政府，这可不又对路又对门哪！”

“人家甘书记正跟省里的领导说话，咱去了往哪站啊？”

“这，你们又不懂了。省领导又不是客，他们下来是为了工作。工作，就是为了咱。说不定当场给咱解决了困难，叫咱把粮拉回去。这也叫老韩看看，咱这些背时老头办事的麻利劲！”说着就跳上大车，甩了个响鞭，直奔县委。

老寿的估计不是一切都错了，也不是一切都对了。县委的大院没有进得去，粮食交到了收购站，老寿他们在门卫旁边的接待室里坐了两个小时，甘书记总算见到了。一见面，老寿还没开口，他就语重心长地说道：“不是我一见面就批评你们。你们的眼光太浅了，整天盯着几颗粮食。现在的形势是一天等于二十年，要跑步进入共产主义的时候，一步差劲，就要落后。你们老同志更应该听党的话，想想过去战争年代，那时候，咱算过七大两、八大两吗……”

一席话，说得老寿低头无语，坐着空车回去的路上，也没吭声。他把鞭杆插在车帮上，任牲口自在地走着，他则是眯着眼，肚子里推开了磨。甘书记的话是句句在理，过去真的没计较过七大两、八大两，为了将来能过上好日子，饿肚子也没叫苦的。现在看样子，这好日子还要在将来……将来又是什么时候呢？这一点，甘书记没说。要是从前老甘的话，也许不会让大家只吃八大两。哎！谁知道呢！兴许是自己老背时了，老落后了。他想不清。随着大车的颠簸，他倒有点朦胧起来了。

二、老甘不一定就是甘书记，也不一定就不是甘书记，不过老寿还是这个老寿

一九四七年的冬天刚开始，就给穷人来了个下马威，冻得舌头都僵了。这里正跟敌人“拉锯”，土改还没开始。老寿仍裹着他那件破棉袄，腰里扎了根绳子，背着个小粪筐，在外转了一天，现在天都黑净了，才跑回家来。一进门就对老伴说：“有吃的吗？给一口，肚里都结冰了。”说着就丢下粪筐，蹲到灶门前，拨着余火，烤着打战的身子。

老寿的老婆是个苦死累死不讨饶的硬女人，就是爱唠叨几句。照老寿的话说，“是个贤德的人，话多，也多在理上”。

老伴一看老寿冻成这样，心疼了：“这一整天都没吃？”

“上哪吃去？”老寿用烤热的手，使劲擦着脸。老伴急忙掀锅盖，一碗现成的红薯叶玉米糊糊坐在热水里，她又特别优待，拿下馍馍筐子，掰了一大块高粱饼子给他。一边给，一边轻轻问道：“有情况啦？”

“还乡团领着一个团的匪兵，还带了两把铡刀，已经到了镇上。”

“那快给县大队报信呀！”

“我又不傻。这不刚从老甘那里来。”老寿耸了耸眉毛，端起了碗。但还没顾上喝，又把碗放在锅台上，从怀里掏出了四条干粮袋，眼瞅着地上说道，“老甘他们决定今晚就窜到敌人后面去，让过这股锋头，再打回来。他们到新区去，吃粮怕有难处……”

老伴一看这情景就明白了，也不等他把话说完，就揭开小木柜，拎出个面口袋，摔到老寿怀里，说道：“就这点高粱面了，这天寒地冻，咱不吃，叫孩子也不吃？你看着办吧！”

“有难处，这不假啊！”老寿仍旧两眼瞅着地上，说道，“可是我是个在党的人。再说我们冷了，饿了，在家还能烤烤火，摘把野菜。老甘他们走出

这么远去，还不知睡哪里，吃什么呢！这不都是为了咱……”

“唉！装吧装吧！啰嗦个啥！我才说了两句，你就说了一大套，谁不知道革命就是为了咱穷老百姓呀！”

“对！你是个明白人，都怪我嘴碎。说实在的，这点粮还不够他们吃一顿的，不过是个心，给防个急。回头老甘要从这里过，我让他来拿的。”老寿就这么检讨着，说着，和老伴一起把高粱面装进了干粮袋。最后面袋空了，而四条干粮袋只装了三条。

“该够啊！一条干粮袋装三斤，三四一十二。”老寿捏着那只空的干粮袋，踢踏着脚，转了一个身，又眼望着地，说道，“我咋记得家里还有十五斤高粱面呢！”

“这两天没吃啊？正巧我今天又烙了饼。”“饼！也行啊！把饼切成小条条，装进去也成啊！”说着也没敢抬头，拿起刀就切老伴优待自己的那半拉饼子。这一次，老伴没吭气，把饼筐子递过来了。老寿把饼切好，装进口袋，然后端起灶台上那碗糊糊，看了看，重又坐到锅里。用手掌抹了抹嘴，说：“留给铁栓吧！”

“你喝了它吧！”老伴眼里已转了半晌的泪，到底流了下来。

“别难过，等解放以后，那时候啊……嗨！到共产主义那更美了，吃香的，喝辣的，任挑。”老寿吹灭了灯，又在灶门前蹲了下来。一边想着将来，一边等着老甘那轻轻的叩门声。

村里的狗，叫了几声，老甘来了。老寿在黑地里递上四条干粮袋，最难受的是他不得不说明其中有一袋是饼条子。

“老寿，你放心。哪里有老百姓就饿不着咱们。你们这点心，我带去防个急用。”老甘紧紧捏了捏老寿的手就走了。

老寿看他走远了，回身进屋关门。一摸，门栓上挂着两条干粮袋，老甘只拿了一半上了远路。打仗的人，留下了一半安家的粮。老寿悄悄地用手掌抹去两眼的热泪，把门关上。

三、也不知是老寿背了“时”，还是“时”背了老寿

老寿悄悄地用手掌拭去了两汪眼泪，把车悄悄地赶回村里。那三个跟去

的老头，在村头上就下了车各走各的。老寿一个人卸下牲口，牵到饲养院里。有那聪明人一见，便跟在后面问道：“老寿上县委啦？甘书记请你吸红牡丹了吧！”

“你们走开吧！”老寿说。

“这，你就错了。”聪明人学着老寿的口气，“甘书记说了些啥，也给咱传达传达嘛！”

“行！”老寿把牲口拴到槽上，回过身来，扬着眉，颤着声说道：“甘书记请我吸的黄烟，喝的绿茶，还捏着我的手，叫我放心，有党在，就饿不着老百姓。怎么样？够劲吧！”说完，老寿掉身就走了。

梨才鸡蛋大，老寿就搬上凉床，上梨园那个小窝棚里住去了。说是去守梨，实际呢，老寿也说不出为什么，他想清静些；再有，就把梨看护好。梨要甜的时候，最易招虫，有那种细虫，一咬就往里钻，钻到梨心，这梨就毁了。今年梨是大年，大伙儿可是指望着它，过冬的口粮，过年的新衣裳，都在这树上长着呢！于是老寿学着人家那有名气的水果的保养法儿，上小学讨来了一些废旧本子，把树上的小梨头也一个一个地用纸包了起来。这些土梨一包上纸，也显得娇贵了。这果园还从来没有这么排场过。社员们从梨园边上过，都抬头望着，高兴地招呼说：“老寿哪！你也不敲锣，也不打鼓，一个人不声不吭也在搞大跃进啊！”

老寿说：“跃进不跃进，我不在行，我就想让虫少咬一个梨。”

白天他爬上爬下包着一个一个的小梨头。晚上就坐在小窝棚前面，望着一天的繁星。有时，这里那里会点起一溜气灯：有人在挑灯夜战。老寿一个人吧嗒着旱烟，这时候，他才觉出自己心里有忧，有愁，还不知为什么有点伤心。他说不出，但总觉得现在的革命，不像过去那么真刀真枪，干部和老百姓的情分，也没过去那样实心实意。现在好像掺了假，革命有点像变戏法，亩产一万二、一万四，自己大队变出了一个一万六。为什么变戏法？变给谁看呢……说起来也丢人，种地的人心里都有数，可是装得真像有那么一回事，还一层层向上报喜。看来戏法还是变给上面看的，这，这革命为了谁呀……

“颠倒了，倒过来了……”老寿捏着早已熄灭的旱烟杆，喃喃着。这不，做工作不是真正为了老百姓，反要老百姓花了工夫，变着法儿让领导听着开心，看着满意。老百姓高兴不高兴，没人问了。老寿一想到这里，心里顿时

害怕起来，吓得手脚都凉了。可不得了，咱这不是有点反领导的意思了吗……甘书记劝我要听党的话，难道自己真的跟党有了二心？

“杀了头也不能有这个心啊！”老寿陡地站了起来，当即离了窝棚，当即走出梨园，当即找到支部书记老韩的家里，他要原原本本，向党反映反映自己的思想，表明自己跟党没有二心。

当他推开老韩家的堂屋门，就一只脚门里，一只脚门外，愣住了。原来甘书记带着他那个秘书正坐在里面。甘书记一见了老寿，便笑道：“哦！你来得正好，上次你对领导提了些意见……”

“我……我，”老寿这时恨不得浑身都长出嘴来，把一肚的话全吐出来，但是越急越是说不出来，脸也红了，口也吃了，心也跳了，挣了一会，才挣出一句话来，“我，我就是来说说这……”

“不要说了。上次你提的意见很好嘛！现在我就到你们队来蹲点，要来个全党大办粮食，扎扎实实解决粮食问题，把一切可以种粮的地，都要种上粮。粮是宝中宝，要以粮为纲嘛！你说对不对？”

“对！对！”老寿边说边朝老韩看看。老韩低着头在吸烟，没搭腔。

“很好。”甘书记果断地说，“你是老党员，事先跟你打个招呼，这是党对你的爱护。现在形势发展这么快，争取不犯错误，就是前进。”说到这里，甘书记也向老韩看了一眼。老韩还是低着头抽烟，一声不吭。老寿听不大懂，心里琢磨着，是不是嫌亩产一万六千斤还不够高？正想着，甘书记又说话了，不过不是对老寿说的：“我看应该写个简报，争取三天三夜改变原貌，应该有这种事不隔夜，雷厉风行的作风，老韩，你看怎么样？”

“哎！”老韩应了一声，声音就像是大病当中的呻吟，

“好！”甘书记就向秘书说：“那你就起草吧！”接着又对老韩说：“你也别蹲在屋里，去发动社员写写决心书，搞出一些声势来。老寿，你是看梨园的，更应该表个决心。”

“我，我决心早下了，跟党没有二心。”老寿终于抓紧机会，说出了梗在心里的一句要紧话。

“好！很好！”甘书记听了以后，竟站起身来，握着老寿的手摇了一下，说道，“那你就来带这个头，你先写了贴出去，我给你写到简报里去。”

老寿又是意外，又是激动，又有点茫然，说：“写啥？咋写？”

老韩抬起眼，看到老寿抖动着眉毛，手足无措的样子，便站起身来，说道：“走吧！我告诉你咋写。”说完就和老寿一起走出门，走出院子，一直走到村道上了，老韩还没吱声，老寿心又跳起来了，说：“到底咋回事，你吭个声啊！”

“你听着，老寿，“老韩显得十分乏力地说道，“领导已决定把梨园砍掉，让出地来种麦。”

“啥？”老寿猛地收住了脚。

“今晚上就要组织劳力干了。甘书记不是说了限三天三夜？要放倒树，整好地，下好种，要改变面貌，这是要上报的。”

“毁了！这下全毁了！”老寿腿一软，坐到了地上。他恨不得在地上打滚，可是他连打滚的力气都没了。

“你胡说啥呀！”老韩一把拉起了老寿，说道，“你不要忘记自己是个党员。”

“……大伙儿……大伙儿都指望着今年的梨呀！”老寿说到这里，心里像是插上了一把刀，他捶胸顿脚地干号了起来。老韩一看他这样，便猛喝了一声：“你疯啦？你……”话没说完，老寿骤然停止了号哭，把脸凑到老韩的脸前，说道：“你，你手摸胸膛说一句，这样干对不对……你说呀！这样做，咱对得起谁？对得起党？对得起老少社员？你说呀……你为什么不言语……你亏心！你孬种！我去跟他说。”说着就返身要走。老韩一把拉住了说道：“你这是怎么啦？这事是上面有文的。”

“上面的文也得听听老百姓的。”老寿不知哪来的劲，一下摔开了老韩的手，回头就往甘书记住的院里走去。

四、“大地啊！母亲”不是诗人创造的

老寿走进屋子，又走出来，走出来又走进去，他睡不着啊！走到第八次的时候，星星已经淡下去了，鸡叫了第一遍。

老寿伫立在屋前的枣树下，听着那炒豆似的机枪、大炮也轰轰地连成了串，天上的照明弹，一挂就是一大溜。千里淮海平原，汇集了百万大军，把敌人搓成一球一球地围了起来。捷报，捷报，又一个捷报。这样的大战，真

是百世难遇啊！远道来的粮车，像一道道流不完的长流水，成日成夜吱扭吱扭地往前送。千里之外的老百姓，都在为淮海大战贡献力量，可是咱呢……老寿想到这里，心里像开了的锅，身上那件三层新的棉袄，烧得他前胸后背净冒汗。

鸡啼二遍的时候，副区长老甘来了。他刚一进门，老寿都不敢认他了。才几天没见，他瘦落了形，眼窝塌下去了，腮帮子凹下去了，一脸黑茬茬的络腮胡子，围着一张干裂的嘴，裂开的血口子都发了黑。他一进门，就背靠着炕沿，坐倒在蒲垫上，说："老寿，快帮我通知党团员、积极分子，马上来开个会。还有……你有没有热水，给我一碗。"

"有！有！"老寿连连应着，走出门去，伸手就在屋檐上，使劲拽了两把屋草，进来就填进灶膛里，点着了火。老寿在锅里添了水，又敲了四个鸡蛋。一边忙一边说道，"老甘哪，遇见啥困难了，你开口嘛！"

"啥困难？柴草！老寿，解放军打这样的大仗，粮食不用咱筹划，咱连个柴草都供不上，像话吗？"老甘说着，一边使劲地用手搓着脸，胡茬子搓得刷刷响。"土地庙拆了，土改前的那些小破屋也拆了，还有啥？啊！"

是啊，还有啥呢？老寿的老伴刚去世，她心爱的小木柜子上次也支援了前线。

"别着急，咱再合计合计。"老寿把一碗滚热的汤鸡蛋端到老甘面前的矮桌上，就急急出门去通知人了。

等到老韩和其他党团员、积极分子十多个人跟着老寿走到屋里时，只见老甘背靠着炕，双手搭在匣子枪上，头歪到肩膀上睡得正香，桌上那碗汤鸡蛋已经冰凉了。

大伙儿蹑着脚，悄悄地围着那个睡着了的人，蹲下来，坐下来，开了一个哑巴会，议题是明白的：柴草。大家你看着我，我看着你，谁也没有说一句话，可是大家都被紧急地动员了起来：柴草。

最后，大家看着老甘睡沉了的脸，相互坚决的眼色，点点头，散了会。

老寿送大伙儿走出屋去，没再进来。他站在屋前的枣树下发起愣来。这枣树不大，可是结的小甜枣，可真没说的，土改时，老伴对分进的这三间草屋倒不怎样，可是对屋前这七棵枣树，喜得几宿都没合上眼，头年打下的枣，她只给正要去参军的儿子铁栓尝了几颗，全部都送到了部队，慰劳了解放军。

“铁栓娘，还是你想得好啊！”老寿在心里跟老伴合计着，“可不，你早就想到了慰劳解放军。”

鸡叫三遍，晨曦初露的时候，老寿已脱了棉袄，抡起斧子，哼的一声，向枣树砍了下去，树不大，老寿哼了三下，树就倒了，枝梢上还带着几颗红透了的枣子。起早的孩子们欢叫着，一哄而上。老寿却笑得眼睛弯弯的，打量这棵树，捆捆扎扎，不过担把光景，七棵树，不过七担柴。

“少是少了点儿，总比没有的强。”老寿想着，又哼的一声，向第二棵枣树砍了下去。当他砍到第五棵的时候，他的膀子叫人从后面抱住了。回头一看，是老甘，再一看，周围站着的，不尽是孩子，村里的一些爷们也站在那里，默默地看着。老寿笑着说：“这地里的东西嘛！去了还能再长。去了枣树种梨树，咱拿枣儿换梨吃。那梨又水灵又甜，比枣强多了。”

老甘紧紧捏着老寿的膀子，眼里转着泪花，说：“将来我们点灯不用油，耕地不用牛，当然也有各种各样的果园。不过现在，你还是留两棵给孩子们解解馋吧！”说话时，那些参加哑巴会的，也有没有参加的，挑的挑，扛的扛，都来了。大木柜，石榴树，旧水车，洋槐树，一个老大爷带了两个孩子，抬来了一副板，老大爷挤到老甘面前说：“咱没树，我有副寿材板，可行？”

老甘没有说话，他环顾着大家，又仔细地看着一件件的东西，最后说道：“老少爷们，革命的衣食父母，你们对革命的贡献，党是不会忘记的。”

这个不算大的村落里，一天放倒了三百多棵树，于是村子成了赤膊村。老甘含着两眶热泪，从这个小小的赤膊村里，运走了一千担硬柴。

第二年的春天，当百万雄师飞渡长江的时候，老寿为村里果园培育的梨树苗苗，已有筷子长了。当村里有人来看望苗苗的时候，这是老寿最高兴的事情了，眉毛一耸一耸地说：“桃三梨四，大伙儿算算看，再过四年，老甘说的那种铁牛，咱不牵它三五条回来才有鬼呢！”说着就坐在苗圃边的田埂上，抱着膝盖，乐得直摇晃身子。

五、一味的梨呀！梨呀！哪像个革命的样子

老寿坐在窝棚前的地上，抱着膝盖，摇晃着身子，嘴里喃喃着什么，像

傻了一样。刚才甘书记已经说了，现在革命深入了，要不是看着他是个老同志，早把他当绊脚石搬掉了。社员们见老寿这模样，含着眼泪劝他，哄他，拉着架着地把他弄回家去。可是过不了一会儿，老寿又摇摇晃晃地走回来，重又坐在窝棚前的地上，抱着膝盖，摇晃着身子，眼睁睁地看着那汽灯抬来了，锯子斧子搬来了，锣鼓家伙敲起来了，社员们举起斧子，梨树倒下来了，那用纸包裹着的青梨，也跟着横在了地上。老寿身子摇得更厉害了，嘴里叨叨得也更响了，他唤着："老甘哪！你来呀！咱那老甘哪，你怎么不见啦……"他唤着，同时用手小心地把包梨的纸扒拉开来，原先像鸡蛋大的青梨，已足足大了一圈，颜色也转淡了一些。

"哎！"老寿长长地呻吟了一声，就霍地站立起来，直愣愣地走到参加夜战的甘书记面前，他想说，"凭良心，你限时限刻把梨树砍光，是真为了革命？是真为了夺秋粮？你这是欺弄人，你这是为了向上报喜，你这是假革命！"可是老寿并没吃过豹子胆，他也没这口才。他摇摇晃晃，站在甘书记面前，只是喃喃地说道："再等二十天，只要二十天，梨熟了再砍，啊？等梨下来了就砍，啊？麦子先下在树行间，不耽误啊！"

老韩在旁一听，替他捏汗，便抢着说道："老寿，你不要再说了。三天要改变面貌，这是党的决定。"

"甘书记，不能等了？二十天也不行？"老寿仍不死心。

"不行！"甘书记面容严肃，说道，"我们现在不是闹生产，这是闹革命！需要的时候，命都要豁上，你还是梨呀，梨呀！还是一个党员，像话吗？"

"哎！"老寿像是受了伤，痛苦地唤了一声，就两手扒开了衣裳，露出了瘦骨嶙峋的胸膛，哑声地说道："拿去吧！为革命我没怕死过。把我这块石头搬了吧！我是块石头，绊脚的石头，我赶不了这形势，我闹不来这革命，我想不通，把我搬掉吧！搬掉吧……"

老韩急忙喝道："老寿你喝醉啦？快回去。"甘书记却摇头叹息道："可见这场革命考验人。他要向右倒，想拉也拉不住啊！"

终于，老寿被搬了石头，撤销了他生产队队委、梨园管理负责人等职。然后，甘书记主持召开了支部大会，认为老寿是个典型的、自己跳出来的右倾分子。给予留党察看两年的处分。甘书记说："这还是照顾他是个老同志，否则的话……"当然，这事也及时写了简报，说明以粮为纲也是在斗争中取得胜利的。

老寿一下变老了，皱纹深了，人也佝偻了，整天坐在屋门前那两棵枣树下。人说他在打盹，他自己说他睡不着，晚上也睡不着。他那双朦胧的双眼，总是一动不动地在望着什么。

也许是望着那没有梨树的梨园！那里虽然已撒下麦种，不过梨树的根还埋在地下。甘书记完成了任务，回县去了，大队也已得到了通报表扬。正因为得到了表扬，又是甘书记抓的点，大队得到的化肥、城镇劳力的支援、救济粮都比别队多，所以老寿担心的每天八大两倒没成问题。有点变化的是甘书记已经不兼公社书记，是县里分工抓棉粮油的书记了。

不过，看来他也不像在望梨园。老寿自从那天从党员会上回来以后，他再也没有提过梨园，更不问队里的事。他那朦胧的两眼，一动不动地望着一个地方，可以半天也不改动一下姿态。只是偶尔翕动着嘴，像是在跟人说话，有时也举起那须眉全白了的头，看看树上的枣儿是不是有红了的。

这也是老寿脾性上的一个改变。往年，枣儿等不到红，就全给孩子们钩个光，本来，这就是给孩子们解馋的嘛！可是今年变了，老寿不许孩子们动一个，连自己那宝贝孙子也不给，摘下来的枣，全晒了起来。有时，他就不吃饭，抓把枣当饭，儿子媳妇问他干嘛这样，他轻轻说道："我试试，看能耐饥不？"说着又似睡非睡地呆着不动了。

这朦胧的双眼，有人说是经神失常的症状，有人说是气恼苦闷的表现，有人说是他在回忆过去，怀念老甘。谁知道呢！这朦胧的双眼里，到底变幻着什么……

六、老寿心里发生的一切，是发生在心里吗

反侵略战争爆发了。真正考验人的时候到了。有些基干民兵参了军。老韩天天被叫去开会，一开会就要净拣那些好听的说，因为上面要看汇报呢！

村子里一下冷清了，人心都有点发紧。敌人虽然离得还远，但是那飞机却是呼呼地，没日没夜地在头顶上转，转一圈就翘起屁股下蛋，黑烟柱一个一个冲得半天高。村里有那胆小的，没经过战争锻炼的，就像掐了头的苍蝇瞎闯，更加上还有坏人的造谣惑众。眼看着人心要散了。

这时候，老寿打定了主意，站出来了。在组织里的人嘛，他不出来谁出来！他浑身披挂得又利索又威武。腿上绑腿打得紧腾腾的，腰扎宽皮带，左右掖着四个手榴弹，左肩斜背一支牛角号，右肩斜背着一条干粮袋。老寿对大伙儿说话了："没事，啥事也没。咱的老甘在，就在西边那架大山的对面。俺这就去找他。有了他，胜利就是咱的。现在敌人不过是派些飞机来撅屁股拉屎，怕他怎的。当年淮海大战，那个枪子炮弹，哗哗地像下雹子。咱那口子在擀面条，说是缺个小葱，还走出一里地去，到她娘家后院里掐了几根，又走回来，根本不理那个茬。咱眼下第一要紧的事，是要组织起来，我说得分一拨人去挖防空洞，民兵呢？得在仓库前面站一个岗，村前村后是巡回流动哨，祠堂的屋顶高，在那里再安一个防空哨。敌机来了，要是过路的，咱不睬它，要是奔着咱来的，就吹号报警，大家就钻洞。敌机一走，再吹号，咱该干啥就干啥。"不知怎么的，老寿变得怪能说话了，而且腿脚也灵便了。说着，把牛角号交给了民兵，自己把干粮袋背好，说，"第二要紧的事，是把老甘找回来。我这就去。大家说说可在理？"

乡亲们听完以后，一片声地说道："这就合上榫了。这才是正理。快去把咱的老甘找回吧！有了他，咱们怎么难，都能打胜仗。"乡亲们递给老寿一根梨木削成的棍杖，乡亲们递给老寿一袋炒得喷鼻香的小麦面，说道："好老寿，你可要把咱的老甘找回来呀！"

老寿接受了委托，告辞了乡亲，直往西边的大山奔去。

山哪！好高哦！老寿却头也不抬，只顾一步一步往上攀。他知道，山高望不见顶，可是走是能走到顶的。只要这么一步一步登上去，登上去。这山哪！好险哦！岌岌的悬崖，沉沉的深渊，怪石流沙，没有现成的路。但是老寿目不旁顾。他知道，只要脚底下踩得稳稳的，就摔不死人。他翻过一架山，又有一架更高的山，翻过更高的山，还有更高更高的山。这山哪！多深哦！没有人迹，也没有战争的烽烟。这里有的是奇寒，大苍雪，冷风，还有山石上的冰凌。为找老甘他披着霜雪，涉过溪流，踏破了山鞋，挂破了衣裳，为找老甘，他终于爬到了山巅上。望望山那边，跟他来的路上一样，是一片苍苍莽莽的大地，伸展开去，似乎无垠无极。这上哪里去找？这上哪里去寻？老寿张开双臂，从肺腑里发出一声呼号："老甘哪！回来呀！咱有话对你说，咱有事跟你商量！"

“……老甘……老甘……回来……回来……商量……商量……”荒山深峪里的回声，也似乎在帮他寻找，一递一声地把声音传到很远很远的地方。

“回来呀！跟咱同患难的人！回来呀！为咱受煎熬的人！回来啊！咱们党的光荣！回来啊！咱们胜利的保证！”老寿嘶声地喊着，回声也以加倍宏大的声音响应起来：

“回来啊……党的光荣……回来啊……胜利的保证……”

……雪又密密地飘落下来，把老寿来的足迹掩盖了，把老寿要去的路，铺垫得厚厚的，洁白然而难行。

几天以后，老寿疲惫地回来了。他没有找到老甘，不过已打听到了他的下落。有人清清楚楚地告诉他，老甘哪！他不在大山的那一边，他在一个最美的地方。那里的山上树成林，那里的山腰上，茶园果园成片，那里山下五谷丰登，六畜兴旺。哪里最美，哪里就是他工作的地方。

老寿心里有了底，准备回来把吃空了的干粮袋，重新装满。换去磨烂了的鞋，歇息走乏了的腿，然后再出发去找。可是当他刚刚走到村边，就遇上了敌机的扫射，他前后左右的土，都被打得噗噗直响，村里烟火冲天，老寿知道不好，便猫着腰，一口气奔进村里。果然，队里的粮仓中了弹。

真金哪怕烈火烧，老寿大喊了一声：“救粮仓要紧。”就一个鹞子翻身，从倒塌的墙上，翻进了火焰直蹿的仓库。可是大家一进尘烟弥漫的仓库，都愣了。原来仓库里空空荡荡，既没有重重叠叠的粮袋，也没有大大小小的粮囤，只有靠墙放着几个口袋，插的标签上写明是各式种子。当大家拎着出来的时候，房梁屋顶就一齐倒了下来。

打仗怕的就是粮尽弹绝。仓库的底一露馅，大伙儿心里立时坠上了千斤石。就在这当儿，老寿报告了老甘的下落，同时老韩也跑来说，情况有了变化，敌人在附近降下了伞兵。于是当场大家一齐声地推老寿带队，决定一起去找老甘，带上骡马、牛羊，愿跟老甘一起上山，一起钻洞，一起抗敌，一起胜利。决定以后，各自回去准备，约定半夜以老寿的牛角号为准，一起动身起程。

老寿回到家里，打好了背包，换好了鞋，把干枣灌进干粮袋，当一切准备停当的时候，忽然有人轻轻叩了三下门。

啊！这不是老甘吗？他就是这么敲门的，难道真把他给盼来了？老寿赶紧拔栓开门，一看，不禁吓了一跳。进来的却是甘书记，他蓬乱着头，身上又是雪又是泥，没一个跟随的人，手里捏着一条空空的干粮袋，一进来就把门关上，气喘吁吁地说道：“后面有人朝我放枪！”

“胡说！你动摇军心。”老寿威严地说道。

“是真的。我跟你们一起行动吧！我不能一个人走。”

“这得问问大伙儿。”

“胡说！我是你们的领导。”

“这也得问问大伙儿。”老寿认准了一个理，而且竟都说出来了。他自己都觉着奇怪，自己的胆子怎么会这么大。

“谁都知道我是个领导干部，只有反党分子才不承认。我这是好意才提醒你这些话。快给我装上干粮，我带领你们行动。”甘书记说着就递上了那条空粮袋。

“我没有粮食。”老寿决断地说。

“哼！看你那粮袋鼓鼓地，还说没有？”甘书记冷笑一声，说，“不装也不要紧。我是干部，有你们吃的，就有我的一份。”说着从口袋里掏出一张纸来，晃了晃，说，“这是有文的，规定的。”

“有文！有文也没有粮食给你吃。我这是干枣。”

“干枣就干枣。”说着，他就张开了袋口来接。

老寿气得正要爆发，忽然响起了砰啪两下震耳的声音。这是啥！

七、这不是结尾

冲天炮一个接一个的蹿上了半空，还夹着一挂一挂的小鞭炮，噼噼啪啪地响个不停。

“爷爷，爷爷！”孙儿摇着老寿，兴高采烈地报告说：“咱大队炼出钢来啦！用坩埚炼出来的。快去看呀！”

老寿努力睁大朦胧的眼睛，茫然地说道：“炼钢？谁炼钢？那，那老甘呢？仗不打啦……”

“你说啥呀！爷爷。我说咱大队自己炼出钢来啦！有了钢，咱就可以造拖拉机了。”

“哦！拖拉机……”老寿想起很早很早以前，老甘是说过耕地不用牛的。“拖拉机，那敢情好！可是……”可是老寿又觉得自己种了一辈子庄稼，如今又要去炼钢，又要造拖拉机，他更加迷惘起来。全白了的长眉下面，眼睛又朦胧地合了起来。慢慢地，从他那合起的眼睛里，迸出了两颗混浊的泪水。他还想在梦幻中去找回那威武雄壮的故事来，但现在连这也隐遁了。他依然是一块背时的石头，被人搬到了路边的一块绊脚的石头。

“对呀，为什么不真的找老甘去？”老寿猛然睁大了眼睛，醒悟过来，“我找老甘去。跟他说说去。他会告诉我，这是咋回事，这到底是谁背了时！”老寿颤巍巍地站了起来，颤巍巍地走出村去……

结尾于一九七九年元月，老寿老甘重逢之时，互诉衷肠之际。奋斗，寻求多少年的理想，多少年，多少代价啊！终于付于实现之年，中国人民大喜，大幸，大干之年。

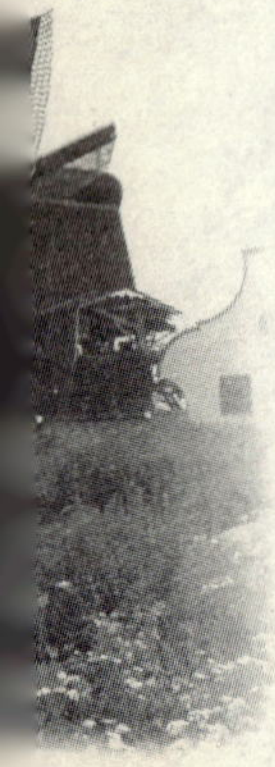

乡场上 / 何士光

在我们梨花屯乡场，这条乌蒙山乡里的小街上，冯幺爸，这个四十多岁的、高高大大的汉子，是一个出了名的醉鬼，一个破产了的、顶没价值的庄稼人。这些年来，只有鬼才知道，一年三百六十五天，他是怎样过来的，在乡场上不值一提。现在呢，却不知道被人把他从哪儿找来，咧着嘴笑着，站在两个女人的中间，等候大队支书问话，为两个女人的纠纷作见证，一时间变得像一个宝贝似的，这就引人好笑得不行！

“冯幺爸！刚才，吃早饭——就是小学放早学的时候，你是不是牵着牛从场口走过?”

支书曹福贵这样问。事情是在乡场上发生的，那么当然，找他这个支书也行，找乡场上的宋书记也行，裁决一回是应该的；但所有在场的人没有一个不明白，曹支书是偏袒罗二娘这一方的。别看这位年纪和冯幺爸不相上下的支书，也是一副庄稼人模样，穿着对襟衣裳，包着一圈白布帕，他呀，板眼深沉得很——梨花屯就这么一条一眼就能望穿的小街，人们在这儿聚族而居似的，谁还不清楚谁的底细?

冯幺爸眨着眼，伸手搔着乱蓬蓬的头发，像平时那样嬉皮笑脸的，说：“一条街上住着，吵哪样哟!”

人们哄的一声笑了。这时正逢早饭过后的一刻空闲，小小的街子上已聚着差不多半条街的人，好比一粒石子就能惊动一个水塘，搅乱那些仿佛一动不动的倒影一样，乡场上的一点点事情，都会引起大家的关心。这一半是因为街太小，事情往往说不定和自己有牵连，一半呢，乡场上可让人们一看的东西，也确实太少！这冯幺爸不明明在耍花招？他作证，就未必会是好见证！

“哎——你说，走过没有？”

“你是说……吃早饭？”

“放早饭学的时候！”

“唔，牵着牛？”

“是呀！”

他又伸手摸他的头，自己也不由得好笑起来，咧着那大嘴，好像他害羞，这就又引起一阵笑声。

这时候，他身旁那个矮胖的女人，就是罗二娘，冷笑起来了——她这是向着她对面那个瘦弱的女人来的，说：“冯幺爸，别人硬说你当时在场，全看见的呀！看见我罗家的人下贱，连别人两分钱的东西也眼红，该打……”

这女人一开口，冯幺爸带来的快活的气氛就淡薄了，大家又把事情记起来，变得烦闷。这些年来，一听见她的声音，人们的心里就像被雨水湿透了的、只留下包谷残梗的田野那样抑郁、寂寥。你看她那妇人家的样子，又邋遢又好笑是不是？三十多岁，头发和脸好像从来也没有洗过，两件灯芯绒衣裳迭着穿在一起，上面有好些油迹，换一个场合肯定要贻笑大方；但谁知道呢，在这儿，在梨花屯乡场上，她却仿佛一个贵妇人了，因为她男人是乡场上食品购销站的会计，是一个卖肉的……没有人相信那瘦弱的女人，或是她的娃儿，敢招惹这罗家。她男人任老大，在乡场的小学校里教书，是一位多年的、老实巴巴的民办教师，同罗家咋相比呢？大家才从乡场上那些凄凉的日子里过来，都知道这小街上的宠辱对这两个女人是怎样的不同——这虽说像噩梦一样怪诞，却又如石头一样真实——知道明明是罗二娘在欺侮人，因此都为任老大女人不平和担心……

“请你说一句好话，冯幺爸！我那娃儿，实在是没有……”

任老大女人怯生生地望着冯幺爸，恳求他。苦命的女人嫁给一个教书的，在乡场上从来都做不起人。一身衣裳，就和她家那间愁苦地立在场口的房子一样，总是补缀不尽；一张脸也憔悴得只见一个尖尖的下巴，和着一双黯淡无光的大眼睛。她从来就孱弱，本分，如果不是万不得已，是不会牵扯冯幺爸的。

罗二娘一下子就把话接过来了："没有！没有把人打够是不是？我罗家的娃儿，在这街上就抬不起头……呸！除非狗都不啃骨头了，还差不多！你呀，你差得远……"

她早就这样在任老大家门前骂了半天。这个女人一天若是不骂街，就好像失了体面。她要任老大女人领娃娃去找乡场上那个医生，去开处方，去付药费，要是在梨花屯医不好，就上县城，上地区，上省！她那妇人家的心肠，是动辄就要整治人。这不能说不毒辣。果真这样，事情就大了，穷女人咋经得起？

"吵，是吵不出一个名堂来的，罗二娘！"曹支书止住了她，不慌不忙地说。

他当然比罗二娘有算计。他说："既然任老大家说冯幺爸在场，就还是让冯幺爸来说；事情搞清楚了，解决起来就容易了。冯幺爸，你说！"

"今天早上呢，"冯幺爸有些慌了，说，"我倒是在犁田……今年是责任田！"

他又咧了咧嘴，想笑，但没有笑出来。

看样子，他当时是在场的，他是不敢说。本来，作为一个庄稼人，这些年来，撇开表面的恭维不说，在这乡场上就低人一等，他呢，偏偏又还比谁都更无出息。他有女人，有大小六个娃儿，做活路却不在意。"做哪样哟！"他惯常是摇头晃脑地说，"做，不做，还不是差不多？就收那么几颗，不够鸦雀啄的；除了这样粮，又除那样粮，到头来还不是和我冯幺爸一样精打光？"他无心做活路，又没别的手艺，猪儿生意啦，赶场天转手倒卖啦，他不仅没有本钱，还说那是"伤天害理"。到秋天，分了那么一点点，他还要卖这么一升两升，打一斤酒，分一半猪杂碎，大醉酩酊地喝一回。"怎么？"他反问规劝他的人说，"只有你们才行？我冯幺爸就不是人，只该喝清水？"一醉，就唏唏嘘嘘地哭，醒了，又依旧嬉皮笑脸的。还不到春天，就缠着曹支书要回销粮，以后呢，就涎着脸找人接济，借半升包谷，或是一碗碎米。他给你跑腿，给你抬病人，比方罗二娘家请客的时候，他就去搬桌凳，然后就在那儿吃一顿。他要伸手，要求告人，他咋敢随便得罪人呢？罗二娘这尊神，他得罪不起；但要害任老大这样可怜的人，一个人若不是丧尽天良，也就未必忍心。一时间，你叫他选哪一头好呢？

"你在，就说你在。"曹支书正告他说，"如若不在，就说不在！"

"我……倒是犁田回来……"

"哟，冯幺爸，"罗二娘叫起来，"你真在？那就好得很！你说，你真看见了？真像任家说的那样？"

冯幺爸其实还没有说他在，这罗二娘就受不住了，一步向冯幺爸逼过来。她才不相信这个冯幺爸敢不站在她这一边呢！在她眼里，冯幺爸在乡场上不过像一条狗，只有朝她摇尾巴的份。有一次，给了他一挂猪肠子，他不是半夜三更也肯下乡去扶她喝醉了酒的男人？冷天不是她亲自打发人去找他来的？慢说只是要他打一回圆场，就是要他去咬人，也不过是几斤骨头的生意——安排一个娃儿进工厂，不也才半条猪的买卖？这个冯幺爸算老几呢？

冯幺爸忙说："我是说……"

……哎，他确实是不敢说，这多叫人烦闷啊！

人们同情冯幺爸了。你以为，得罪罗二娘，就只是得罪她一家是不是？要只是这样，好像也就不需要太多的勇气了；不，事情远远不这样简单呢！你得罪了一尊神，也就是对所有的神明的不敬；得罪了姓罗的一家，也就得罪了梨花屯整个的上层！瞧，我们这乡场，是这样的狭小，偏僻，边远，四下里是漠漠的水田，不远的地方就横着大山青黛的脊梁，但对于我们梨花屯的男男女女来说，这仿佛就是整个的人世：比方说，要是你没有从街上那爿唯一的店子里买好半瓶煤油、一块肥皂，那你就不用指望再到哪儿去弄到了！……但是，如果你得罪了罗二娘的话，你就会发觉商店的老陈也会对你冷冷的，于是你夜里会没有光亮，也不知道该用些什么来洗你的衣裳；更不要说，在二月里，曹支书还会一笔勾掉该发给你的回销粮，使你难度春荒；你慌慌张张地，想在第二天去找一找乡场上那位姓宋的书记，但就在当晚，你无意中听人说起，宋书记刚用麻袋不知从罗二娘家里装走了什么东西……不，这小小的乡场，好一似由这些各执一股的人儿合股经营的，好多叫你意想不到、叫你一筹莫展的事情，还在后头呢！那么，你还要不要在这儿过下去？这是你想离开也无法离开的乡土，你的儿辈晚生多半也还得在这儿生长，你又怎样呢……许多顶天立地的好汉，不也一时间在几个鬼蜮的面前忍气吞声？既如此，在这小小的乡场上，我们也难苛求他冯幺爸，说他没骨气……

罗二娘哼了一声："就看你说……"

冯幺爸艰难地笑着，真慌张了，空长成一条堂堂的汉子，在一个女人的眼光的威逼下，竟是这样气馁，像小姑娘一样扭捏。他换了一回脚，站好，仿佛原来那样子妨碍他似的，但也还是说不出话来。这正是春日载阳、有鸣仓庚的好天气，阳光把乡场照得明晃晃的，他好像热得厉害，耳鬓有一股细细的汗水，顺着他又方又宽的脸腮淌下来……

罗二娘不耐烦了："是好是歹，你倒是说一句话呀……照你这样子，好像还真是姓罗的不是？"

"冯幺爸！"曹支书这时已卷好了一支叶子烟，点燃了，上前一步说，"说你在场，这是任家的娃儿说出来的。你真在场，就说在场；要是不在，就说不在！就是说，要向人民负责；对任老大家，你要负责；对罗二娘呢，你当然也要负责！你听清楚了？"

曹支书说话是很懂得一点儿分寸的，但正是因为有分寸，人们也就不会听不出来，这是暗示，是不露声色地向冯幺爸施加压力。冯幺爸又换了一回脚，越来越不知道怎样站才好了。

这样下去，事情难免要弄坏的。出于不平，人们有些耐不住了，一句两句地岔起话来：

"冯幺爸，你就说！"

"这有好大一回事？说说有哪样要紧？"

"说就说嘛，说了好去做活路，春工忙忙的……"

这当然也和曹支书一样，说得很有分寸，但这人心所向，对冯幺爸同样也是压力。

再推挪，是过不去的了。冯幺爸干脆不开口，不知怎样一来，竟叹了一口气，往旁边走了几步，在一处房檐下蹲下来，抱着双手，闷着，眼光直愣愣的。往常他也老像这样蹲在门前晒太阳，那是眯着眼，甜甜美美的；今天呢，却实在一点也不惬意，仿佛是一个终于被人找到了的欠账的人，该当场拿出来的数目是偌大一笔，而他有的又不过是空手一双，只好耸着两个肩头任人发落了……哎，一个人千万别落到这步田地，无非是景不如人罢了，就一点小事也如负重载，一句真话也说不起！

小小的街头一时间沉寂了，只见乡场的上空正划过去一朵圆圆的白云；燕子低飞着，不住地啁啾……远处还清楚地传来一声布谷鸟的啼叫。

稍一停，罗二娘就扯开嗓子骂起来。这回她是冒火了。即便冯幺爸一声不吭，不也意味她理亏？这就等于在一街人的面前丢了她的脸，而这人又竟然是连狗也不如的冯幺爸，这咋得了？

“咦——冯幺爸，你说你还叫不叫人？你哑啦？我罗二娘有哪一点对你不起？是一条狗呢，也还要叫几声！”

接下去就是一连串不堪入耳的骂人的话了，她好像已经把任老大女人撇在一边，认冯幺爸才是冤家。

“不要骂哟！”

“……是请人家来作证……”

有人这样插嘴说，许多人实在听不下去了。

“就要骂！我话说在前头，这不关哪一个的相干！哪一个脑壳大就站出来说，就不要怪我罗二娘不认人啦！”

冯幺爸呢，他的头低下去，低下去，还是一声不吭。哎，这冯幺爸真是让人捏死了啊，大家都替他难过。

罗二娘一直在骂。这个恶鸡婆一会双手叉腰，一会又顿足，拍腿，还一声接一声地呸，往冯幺爸面前吐口水。

“依我说呢，”曹支书又开口了，“冯幺爸，你就实事求是地讲！‘四人帮’都粉碎四年了，要讲个实事求是才行……”

他劝呀劝的，冯幺爸终于动了一动，站起来了。

“对嘛，”支书说，“本来又不关你的事……”

冯幺爸一声不响地点点头，拖着步子走回来，那样子好像要哭似的，好不蹊跷。常言说，昧良心出于无奈，莫非他真要害那又穷又懦弱的教书匠一家？

“曹支书，”他的声音也很奇怪，像在发抖，“你……要我说？”

“等你半天哪！”

冯幺爸又点头，站住了。

“我冯幺爸，大家知道的，”他心里不好过，向着大家，说得慢吞吞的，“在这街上算不得一个人……不消哪个说，像一条狗……我穷得无法——我没有办法呀……大家是看见的……脸是丢尽了……”

他这是怎么啦？人们很诧异，都静下来，望着他。

“去年呢，”他接下去说，“……谷子和包谷合在一起，我多分了几百斤，算来一家人吃得到端阳。有几十斤糯谷，我女人说今年给娃娃们包几个粽子粑。那时呢，洋芋也出来了……那几块菜籽，国家要奖售大米，自留地还有一些麦子要收……去年没有硬喊我们把烂田放了水来种小季，田里的水是满当当的，这责任落实到人，打田栽秧算来也容易……只要秧子栽得下去，往后有谷子挞，有包谷扳……”

罗二娘打断他说：“冯幺爸，你扯南山盖北海，你要扯好远呀！”

万没料到，冯幺爸猛地转过身，也把脚一跺，眼都红了，敞开声音吼起来：“曹支书，这回销粮，有——也由你，没有——也由你，我冯幺爸今年不要也照样过下去！”

人们从来没有看见冯幺爸这样凶过，一时都愣住了！他那宽大的脸突然沉下来，铁青着，又咬着牙，真有几分叫人畏惧。

“我冯幺爸要吃二两肉不？”他自己拍着胸膛回答，“要吃！这又怎样？买！等卖了菜籽，就买几斤来给娃娃们吃一顿，保证不找你姓罗的就是！反正现在赶场天乡下人照样有猪杀，这回就不光包给你食品站一家，敞开的，就多这么一角几分钱，要肥要瘦随你选……跟你说清楚，比不得前几年啰，哪个再要这也不卖，那也不卖，这也藏在柜台下，那也藏在门后头，我看他那营业任务还完不成呢！老子今年……”

“冯幺爸！你嘴巴放干净点，你是哪个的老子？”

“你又怎样？未必你敢摸我一下？要动手今天就试一回……老子前几年人不人鬼不鬼的，气算是受够了！幸得好，国家这两年放开了我们庄稼人的手脚，哪个敢跟我再骂一句，我今天就不客气！”

曹支书插进来说：“吔，冯幺爸。”

冯幺爸一下子就打断了他：“不要跟我来这一手！你那些鬼名堂哟，收拾起走远点！送我进管训班？支派我大年三十去修水利？不行啰！你那一套本钱吃不通啰……你当你的官，你当十年官我冯幺爸十年不偷牛。做活路——国家这回是准的，我看你又把我咋个办？”

“你……你……”

“你什么！你不是要我当见证？我就是一直在场！莫非罗家的娃儿才算得是人养的？捡了任老大家娃儿的东西，不但说不还，别人问他一句，他还一凶二恶的，来不来就开口骂！哪个打他啦？任家的娃儿不仅没有动手，连骂也没有还一句！这回你听清楚了没有？”

这一切是这样突如其来，大家先是一怔，跟着，男男女女的笑声像旱天雷一样，一下子在街面上炸开，整整一条街都晃荡起来。这雷声又化为久久的喧哗和纷纷的议论，像随之而来的哗啦啦的雨水一样，在乡场上闹个不停。换一个比方，又好比今年正月里玩龙灯，小小的乡场是一片喜庆的爆竹……冯幺爸这家伙蹲在那儿大半天，原来还有这么一通盘算，平日里真把他错看了！就是这样，就该这样，这像栽完了满满一坝秧子一样畅快……

只见他又回过头来，一本正经地对任老大女人说：“跟任老师讲，没有打！我冯幺爸亲眼看见的！我们庄稼人不像那些龟儿子……”

罗二娘嘶哑着声音叫道：“好哇，冯幺爸，你记着……”

但她那一点点声音在人们的一片喧笑之中就算不得什么了，倒是只听得冯幺爸的声音才吼得那么响：“……只要国家的政策不像前些年那样，不三天两头变，不再跟我们这些做庄稼的过不去，我冯幺爸有的是力气，怕哪样？……”

这样，他迈着他那一双大脚，说是没有工夫陪着，头也不回地走了。望着他那宽大的背影，大家又一一想起来，不错，从去年起，冯幺爸是不同了，他不大喝酒了，也勤快了。他那一双大码数的解放鞋，不就是去年冬天才新买的？这才叫“手里有粮，心里不慌，脚踏实地，喜气洋洋！”穿上了解放鞋，这就解放了，不公正的日子有如烟尘，早在一天天散开，乡场上也有如阳光透射灰雾，正在一刻刻改变模样，庄稼人的脊梁，正在挺直起来……

这一场说来寻常到极点的纠纷，使梨花屯的人们好不开心。再不管罗二娘怎样吵闹，大家笑着，心满意足，很快就散开了。确实是春工忙忙啊，正有好多好多要做的事情，全体，男男女女，都步履匆匆的……

五　月 / 田中禾

走进村，正是半后晌。

乍看，村路那样窄，坑坑洼洼，全不像原来的样子。小时候她们在月亮地里玩，觉得这路是很宽的，很平坦。

树把路遮严了，树荫很浓。路面上，雨水冲出浅浅的沟壕，长满狗尾草。车辙里散落着闪闪发亮的麦秸，谁家已经开镰割麦了。

这是一天最安静的时候，没有人声、犬吠，老母鸡叫蛋也像离得很远，隐隐约约。

她走近自己的家。板打院墙经几番风雨，颓堕成一溜黄土堆。

受了她的脚步惊吓，一群麻雀从院里飞起来。墙根的阴凉里，满头白发的奶奶坐在断了拐肘的木椅里。

“谁？谁啦？”奶奶朝大门口喊，用手搭起眼罩，吃力地望着。

那大门，其实是两堆黄土留下的缺空，没有门楼，也没有门框门扇。香雨现在就站在那土墙的缺空里，两手在胸前垂着。抓着一个大提包，让提包蹭着膝盖。

奶奶摸起身边的拐杖——一根劈口子的竹竿，身子作出挣扎起立的架势。

“奶——”香雨喊出这么一声，眼眶有些湿润。

奶奶愣了片刻，好像噎着了。她把拐棍使劲撑着，站起来，颤巍巍的，向前挪了几步：“是我的雨雨？”

“奶——”香雨的声音又脆又颤，冲动的情绪在胸腔里升腾。

“我的娃儿，你怎么这会儿回来了?”

“嗳。”

“不是说，你要上北京吗?”

“不去了。”

“乖娃儿，奶就不喜愿你去。奶八十四，春上害了几场病，怕见不着我的雨雨。”

“奶——”香雨拿白皙的手臂在脸上擦拭。她觉得一踏进家门，感情就变得这般脆弱，想扑进奶奶怀里哭一场。

在奶奶眼里，雨雨是一条长长的淡灰色的影子，凭着黑黑的头发和白白的脸，长长的胳臂，才知道她在怎样站住。

“瘦了。”奶奶用多皱的干巴的手捏着香雨的胳膊，用灰失失的脏袖子揩着干瘪的眼窝，伤心地嘟囔说，“娃儿是叫成堆成堆的书把你累坏了。”

香雨终于流下了眼泪，一时哽咽，说不出话。她想对奶奶说，她考上了研究生，人家妒忌，不让去。可是，奶奶不懂这些，她无法向她说明白。从小，香雨就习惯奶奶的爱抚，它能把她心上的创伤抚平，抻展。可是这一次，她觉得谁也无法安慰她。

香雨是个聪明沉稳的孩子。她好像从小就知道人活在世上不容易，需得拼了命去奋斗。在人们印象里，她总是细细的，瘦瘦的，默默地想着心事。无论得了大人赞扬还是受了大人训斥，总是一样地眨着深不可测的大眼，望着你。不笑，也不哭。不显高兴，也不显懊丧。从小学开始，她就是老师喜爱的学生。头几年，爹妈忙着家里地里无穷尽的杂事，并不在意孩子的学习。爹说，她被奶奶惯坏了，懒，笨，没有眼色。放了学，不知道帮家里干活，倒要妹妹去刷锅洗碗，喂鸡喂鹅，招呼弟弟。后来，有那么一天，香雨忽然对爹说，前村的民办教师春风考上大学了。

“乡下人，考什么大学!”爹嚼着馍，蘸了辣椒，大口地吃，大声地吸溜嘴。

“往后，乡下学生跟知青们一样，都能考学。分出来，一样干工作，吃国家粮。”

“你那能耐行吗?想得恁美!”

香雨没说话，奶奶却愤愤不平地嚷:“你就那样隔门缝看人!满庄子打

听打听去，哪个不夸我雨雨行。年年都是……是五好，是吧，雨雨?”

雨雨没有做声，爹也没和奶奶抬杠，他照样嚼着馍，只是着意瞥了香雨一眼。从那以后，爹更多地使唤妹妹，不再吆喝香雨去干这干那。

就在那一年，她被选拔进县中去读书，方圆三四个村，就选她一人。爹妈着实高兴了一场。虽然花那么多钱，把本来就穷的家挤得更干，可到底辛苦没有白受。如今香雨读完大学，分配到外省工作。是雨雨给他家争了脸，让弯腰驼背的爹，在人前高出几尺；使因为中风而手脚蜷缩的妈，成为全村最受称赞的贤德媳妇。雨雨，她是全村人的骄傲哩。

可是，他们并不知道，一个从小村里走出去的丫头，没有父母为她经营，没有亲故可以倚恃，全靠自己去奋斗，那是如何的艰难。

雨雨揿动轧水井的粗笨的手柄，轧出一盆清凉清凉的水。她觉得，这铁柄比以前更滞重，轧一盆水要喘几口气。

她觉得自己烧锅技术不如以前，划了五根火柴才引着那些隔年的棉秆，使烟筒里冒出滚滚的黑烟。

甚至她觉得奶奶那样用心用意为她藏着的腊菜也不如以前好吃。粗，嚼不烂，满嘴都是渣滓。从前的腊菜是酸溜溜的，很香，一边吃一边流涎水。

太阳平西的时候，妈从地里回来。她第一眼看见她，觉得那佝偻的身材更显矮小，蓬乱的剪发更其污秽。一种凄怆的感情倏地涌上她的心头。

“别，灰土狼烟的。”妈偏着身子，不让香雨去接她腋下夹着的一捆青草。

香雨抢过去，一定要把它接过来。由于胳臂张得窄，刚刚到手，那草捆便骨碌地散开在当院里。

“别，别，你不会。”妈一边挥手，一边蹲下去收揽。

这时，她看见妹妹定定地立在大门口，肩上担着一担油菜秆，不出声地看着。

“怎么？油菜打了?”她朝妹妹说，搓着手，不知该怎样帮她。

妹妹不做声。她挤进大门，把担子撂下地，用手拨开妈妈，将地上的草揽好，用膝头压着，俯下身，双手使劲，勒紧草腰子，提起来，扔到院墙角去。

“改娃子，你姐跟你说话呢！”妈拍着身上的土说。

“听见了。”她说着，码好油菜秆，拿扫帚扫地。然后，拽一条毛巾，呼嗒呼嗒摇着铁柄轧水。

“别理她，成天猫脸狗脸的。”奶奶用拐棍点着地，喃喃地对香雨说，“干一点子活，满院子盛不下她。有功！”

“有功怎样？”小改突然大声说，“谁还能一天减我几顿嚷？没用的人，不兴多说，还不兴少说！”她头上的两只蜻蜓辫子左右摆动，嘴里喷着白色唾沫，声音激愤，一副凶悍的样子。

奶奶毫不示弱地敲着拐棍：“恶！有本事！有能耐！说话都不让人说。我就说你有功，看你敢拿绳子勒死我！”

“改娃，那么大丫头，不怕人家笑话。”妈继续拍打着身上的土，无可奈何地说。

香雨从来就不会劝架，这会儿更有些不知所措，只是一声又一声地喊着：“妹……奶！”

好在改娃并没有继续争吵，气呼呼地拿毛巾在脸上擦了几下，哗的一声，把水泼得远远的，当当啷啷，把脸盆扔在院里，钻进西屋，呼通通关上门，再也不露面。

“在场里，跟你爹抬杠了。”妈轻轻地叹息着。

月亮升上树梢的时候，爹从场里回来。他说：“煮鸡蛋了吗？给雨吃。”便蹲在小凳上抽烟。

开晚饭的时候，香雨想起弟弟：“爹，金成呢？”

“进城了。”

“进城干啥？”

“谁知道他妈啦个×的，连高中都考不上，回来不干活。成天瞎窜！”

晚饭摆上来。香雨敲着西屋门，叫了几遍，改娃说不饿，不想吃。爹一袋又一袋抽烟，抽了好长时间，啪啪地磕着烟锅说：“我们吃！”接着，又愤愤地说，“种几棵菜，不够偷！大麦天，连个青菜都吃不上。”

香雨看见爹的筷子总在碗里搅。她知道，改娃不吃饭，爹又气又心疼，吃不下。香雨心里很不是滋味。她毕业一年了，没给家里寄过钱，爹总是说，如今日子好过，家里不要你的钱。你得攒几个，买表，买自行车，那是城里

少不了的。她每天都在想着她的论文，从来没有想过家。直到这次回乡，她才给妹妹买了一套复习资料，一路上想了许多教训话，定要说服她，再复习一年，下些苦功……可是现在，她觉得这些话都可以免了。

临睡时候，爹说：“南地的麦，我看行了。明儿早，就割吧。”

大家都没做声。风轻轻掠过院子。嗒，一个杏子从老杏树上落下来。

麦天，她喜欢听“吃杯茶”在黎明里叫。那鸟儿声音很嘹亮，上下翻飞，有时候翅膀就在你耳旁扇动，簌簌响。

可是今天，她没能听到。她醒来时，一家人都下地了。猪在院里哼，厨房里有烧锅折柴的声响。窗户上一片金闪闪的阳光。脚头，奶奶早已起床。长时间不跟奶睡，不习惯。夜里睡得很不好。蛇蚤在身下蹦跶，浑身痒痒。老鼠扑扑腾腾在身边打架，叽叽地呻唤，听起来瘆人。一天一夜火车汽车的劳顿，后半夜困极了。等到沉沉睡去，天已经亮了。

“奶——”在轧井旁漱洗着，她拿出从前惯用的口气嚷，“咋不叫我，让人家睡到这会儿？”

奶奶的白发被灶门口的火光映红了。老人眯着眼，一脸皱褶高高隆起，专心专意烧锅。打从记事起，她习惯了奶奶做全家的饭。妈虽然蜷缩着手脚，却从未停息地里的活计。从前，生产队照顾她，派她拿竹竿坐在村边看鸡鸭。这几年，不再需要这样活路，妈就像健康人一样下地种责任田。

她看见奶奶站起来，双手抓着锅盖向上掀。吃力地掀了几次，才稍稍掀开一条缝。一股浓烟从灶口冲出来，差点熏着奶奶的脸。香雨跑过去，帮奶奶掀起锅盖。

“如今不种桃黍，用木拍子，沉死了！”奶奶嘟噜说。

锅里水沸腾着，篦上馏着白馍。这锅，跟他们学校教师伙房的锅差不多大小。以奶奶衰弱的身躯，她如何担得起这样重的担子，年复一年，蹚过岁月的长河？如今八十四岁，还在照样干着……在漫长的落着雪的冬日，奶奶拥着她，坐在被窝里。她哭，奶奶就从贴胸的衣袋里摸一疙瘩薯面窝头或是一块黄面饼子，在手里晃动：“甜甜，谁吃？”

“我吃，雨雨吃。”

“雨雨吃了亲谁？”

“亲奶奶。”

“雨雨长大养活谁?”

“养活奶奶。”

那般好吃的“甜甜”，总是被奶奶的身子暖得温乎乎的。如今长大了，每月有五十三块工资，可她从未给奶奶扯过一尺布，买过一斤糖。昨天，她打开特意捎给奶奶的蛋糕，奶奶掉泪了。她轻轻摸着圆圆的硬纸盒，不安地说：“要好多钱吧？你才干事……还有一桩大事没办。要仔细些。家里这二年顿顿有白馍，不要你惦记。出门在外，直管吃好，莫叫身子受亏。”当她为了那篇《中国农民的形成及其在历史上的地位》伏案熬夜的时候，当她在学校领导的门前奔走，疲惫地为纠正一张不公正的鉴定表诉告的时候，强烈的欲念和恩怨充塞了全部的生活和思想，挤走了慈蔼的奶奶，挤走了所有过往生活的记忆。她把奶奶遗忘在九霄云外，甚至连做梦都不曾梦到过。她自责着，想要尽力帮助奶奶。和面，拌汤，调小葱，喂猪，喂鸡，把青草铺进兔笼，羊拴到村外。

“唉，还是我的雨雨勤快，知道疼人。”奶奶坐进破椅里，絮絮叨叨地说，“改娃子不成。乖孤得很，奶使不动。三天两头给家里怄气。西门外的大狗什么东西，她偏跟他好!”

“什么，他和大狗吗?”香雨瞪大眼睛，不胜惊疑地问。

“村里都闹得风风雨雨，你妈还舍不得吵她哩……”

香雨不敢相信奶奶的话。奶奶自小就不喜欢改娃，她贪玩，不学习，考不上学，一家人瞧不起。可改娃才二十二岁，她小着呢。大狗都三十了，名声又不好。她会傻到那样?

“奶，我下地送饭去。”

奶奶想了想，脸上绽着笑：“担得动?”

“担动的。”

奶奶慢慢腾腾帮她把木桶洗刷干净，一头装汤，一头放馍，把一盆调小葱搁在馍上。

“慢点。”

奶奶扶着大门边的土墙望着。虽然她眼里只有一片灰蒙蒙的雾，但她却像能看见走远的孙女一样，凝神地立着。

太阳在地平线上照耀，风荡过宽展展的原野。露水刚刚在草叶上闪耀，倏地，便消失得无影无踪。金黄金黄的麦海被分割成破碎的方块。收割过的田里，麦个子一排排横躺着，人们在忙忙地蠕动。透过麦浪，可以看到攒动的人头或是弯弓似的身子。

改娃直起身拧麦腰子，看见香雨趔趔趄趄担着挑子走来，就三步两步跨过去，把担子接过来。虽然她脸上仍然没有笑意，但香雨感到她此刻的情绪并不坏。

金成也在地里干活。看见香雨，只是咧嘴笑。一年多没见，弟弟已经出脱成一个漂亮的小伙子。港衫，小喇叭裤，长头发。

“吔，金成这一身，真够意思！”香雨笑着说。

金成羞怯地看着姐，一时想不出话讲。

“昨晚，啥时回来的？”

“……总有十一二点吧。”小伙子垂了头，好像在地上寻镰刀。

“十二点？”爹虎起脸凑过来，把鞋脱掉，垫在身子下坐着，“两点半！”

“干啥么，那样忙？”

香雨直勾勾地盯着弟弟。

“嘻嘻，”金成又笑了，“电视投影《霍元甲》全集。最后一天。”

“噢唷，我当你上夜大哩。”香雨讥讽地说。

改娃正在擦汗，这时候嘎嘎地笑起来：“别看考不上高中，要是有个少林武术班，保险能考上。”

金成涨红了脸，却没真生气，把嘴撅了撅：“也到集上买个圆镜镜，照照自个儿！还说人家！”

“咋了？”改娃霎时板起脸，挑起眉毛，鼻子和嘴角都抽动着，声气十足地说，“十六七岁的小伙子，游手好闲，还不让说？别人不敢说，我偏说！十几亩地，往后，你得挑一半！谁该养活谁。”

不等金成接腔，正在捆麦的妈从地中间走过来：“好了，好了！你姐把饭菜都送来了。吃！吃了干活。”

金成把眉毛竖了几竖，瞥瞥改娃的神色，不知怎么的，不敢壮胆吵下去，把镰刀狠狠摔在地上，弯腰到桶里去盛饭。

改娃迎着阳光站着。香雨发现她比过去更加成熟丰满。胳膊腿很粗实，肩头又宽又圆。尽管像每一个乡下女孩子一样贴身穿了小衣裳，胸脯箍得很紧，但那富于弹性的一对乳房仍十分显眼地高高隆起着。肥大的两胯把天蓝色涤纶裤子绷得紧绷绷的，好像裤缝随时都会拆绽。露水混着泥土，使她的裤腿和鞋子涂满黄色的泥浆。香雨觉得，改娃已经成了一个棒劳力，再让她坐下来啃书本，是根本不可能了。

“妹，吃。”她给妹妹捧一碗汤。

“慌啥。”改娃并不接碗，自顾自地从从容容走到地头，撩起沟里的水洗脸。她探着身子，手在脸上噗噜噗噜抹，水珠迎着阳光，晶亮晶亮的从她手臂上滚下去。

爹睃她一眼，粗声粗气地对香雨说：“你自己吃。”端了碗，低着头，咯噔咯噔，使劲嚼着小葱，好像在发泄自己的气恨。

循着爹的目光，香雨看见，在改娃对面的沟坎上，大狗正站在那里朝这边张望。他家的麦子都撂倒了。一辆小四轮拖拉机在地中间停着。七八口人在装车，谷杈挥舞，麦捆一个个飞上车顶。一群劳力，粗手大脚地干活，粗腔大调地嚷叫，引得一地人眼巴巴地望。

看见香雨望他，大狗趁势讪讪地踱过来：“大学生回来割麦么？老堆叔给你做什么好吃的？”

香雨很客气地把碗伸着：“你先吃吧。”

“你们吃，你们吃，我吃过了。”大狗对着香雨说，眼睛不时地瞥着改娃。改娃板着脸，将湿手绢甩了甩，搭在乌黑的头发上，从大狗身旁擦过去，端起饭碗，转脸去吃。

“老堆叔，这麦子不错哩。”

爹从鼻子里哼了一声，呼噜呼噜照样吃饭。

大狗向前凑了凑，很神秘地压低声音说：“老堆叔，你可得赶紧些呀……今年卖粮可难啦，得趁早……”

爹仍然埋头吃饭，妈却沉不住气地凑过来问：“有啥消息吗？”

改娃把饭碗敲了一下，大声说：“还用问他！我早说过了。你们不信。”

大狗立刻接上话茬，郑重其事而又非常贴己地说：“西仓有三天就满了。东仓只收八万。今儿，明儿，敞开。后儿就凭条。再迟延，卖不上了！”

金成斜着眼说：“昨晚广播里还说要解决农民卖粮难的问题呢，我不信

打了粮食会卖不出去。”

爹把饭碗撂在地下，闷气闷气地说：“就你话多！还不快吃了割！”

尽管大狗听出这话是冲他来的，却仍然喋喋不休地说：“大叔，不敢迟疑呀。我家的麦，今儿就能打出来。吃过饭，叫小五把机器开过来，帮你割。晌午能上场，夜里一打，明个晒一天，后儿能卖。”

“照你那么说，后儿不就凭条儿啦？我这脸面，哪儿去弄条儿？”

“不碍的，我……我……给你想法嘛！”

“算啦，还不起人情。”爹一边说，一边摸起镰刀，弯腰去割麦。

太阳升得很高了。尘土从爹的镰刀底下升腾起来，像一片飞舞的小虫。大狗尴尬地立着，慢慢摸出一支烟来抽。

“三哥——开了！”远处，大狗弟弟小五在喊叫。

大狗嘿嘿地笑着：“婶子，啥时用车，说一声。”

妈嘴里唔着，改娃站起来不谦不让地说：“别卖空头人情。要帮，下午过来。我们不白用，给钱！不帮，站远些。劳力弱也到不了让你们看笑话。”

“好我的妹子哩，这说到哪儿去了！”大狗忙忙摇着头，说着，退走了。

太阳一落，凉气就上来，一天的燥热慢慢消散了。月亮没有出，天黑乌乌的。风停了，树梢直直立着。田野里，有几只萤火虫悠悠地飞。远远近近，有些移动的光柱，那是拖拉机的车灯。

电不来，麦场里静悄悄的。场边坐着一溜劳力，大家散散谈谈，蹲着，卧着。有人撑不住，跑到远处去抽烟。

香雨侧身躺在麦捆上，嘴里嚼着一棍光溜溜的麦葶儿。她旁边，是一个早已废弃不用的石磙。累极了，好像全身关节都散了架。腰疼得折断了一样难支难熬。胳臂和颜面都在火辣辣发烧。“要蜕皮。”她想。在这种时候，她才懂得，默默躺着，不玩，不聊天，不看书，不想东西，是一种享受。她甚至盼望今晚电不要来。

麦子是傍晚上场的。爹买了五盒烟央邻友帮忙，管了一顿像样的饭。如果电正常，两个钟头便可以收拾干净。这种50型脱粒机蛮好用，就是占人手，搬、解、喂、搓，要十几个劳力团团转。

下午，爹差点和改娃吵架。刘家开了机器来，爹没有正眼看。小五呢，活活泼泼爱说爱笑的小伙子，那会儿也有些脸色灰暗。拖拉机跑了来回，改娃撵前撵后让烟让水，小伙子只是哼哼。爹看不上，恨改娃那份热情，敲着镰把嚷："显人！疯前疯后的，还顾不得干活！"改娃根本不吃这一套，腾地窜到拖拉机前头，拦住说："我今儿偏让你喝这碗水！不喝，把机器开走！"小五傻愣愣地刹了车，脸同身上的汗衫一样红。半天，苦笑着，拿眼瞟着发怒的老头子，低着头，把一碗糖水咕嘟嘟灌下去。直到收工，他的头都没有抬起来。改娃像一个胜利者，谁也不看，大手大脚风快地干活，一眨间便捆起一趟麦个子，爹被她甩得远远的。她站在地头，擦着汗，得意地拿手绢扇凉，还轻轻哼歌儿。待爹直起腰，瞪大眼盯她的时候，她又像没事一样，背身虎虎地扎新趟子。那斗气的脸，那脸上奇怪地亘起的肉，使香雨的心灼疼了。

改娃长大了。她静静地想。她的脾气什么时候变得这张乖张，叫人不可捉摸，她没留意过。在她脑海里，改娃永远是个穿着不合身的大褂子、拖着一双裂口子鞋、翘着粗硬的小辫、捧着大碗，眼巴巴望桌上饭菜的小丫头。长大起来，又总见她在村路上疯、跑，书包在手上转圈甩，像风车。做活也忙忙的，碰得锅碗瓢勺叮当响。

麦子运完后，她终于同爹吵了一架。爹说，晚上用电。她偏说，还用小五的机器。小五嘟嘟囔囔说："机器晚上我们自己也要打麦。"改娃不等他说完，拿手挥掉他头上的草帽："对你狗哥说，机器我先用！个把钟头，耽误你们了！"爹就同她吵。两人谁也不让，跳着脚，拍着腿。最后，改娃转过脸逼着小五："你说，你今晚来不来？"小五有些怯，闪烁其词地说："我三哥说，他后半夜来。"改娃有半分钟没有说话，死死盯着小五的脸，愤愤地说"窝囊废！算了，我不管。"吃过晚饭，她就洗了脚，擦了澡，关门睡觉。

金成不知什么时候溜了，等到爹妈四处找，已经没有踪影。奶奶愤愤地说："净吃柿子拣软的捏，把我雨雨累死你们也不心疼。娃儿干了一天，她干过那么重的活！手打了泡，以后咋掂笔写字！那人高马大的，躺在屋里睡，你们都哑巴了，舍不得吵一声！你们呀……"

香雨截断奶奶的话，不让她说。她怕改娃听见，又怕爹和奶顶上吵。在这样的时候，治国雄才也难当好一个农家之主。爹真够难的。他们在小刘庄是外姓，亲戚本家少，劳力弱，好不容易凑够了十几个人，大家喝了两瓶白干酒，上了场，却坐在这里等电。爹心里什么滋味！

“熊！还不是潘大头提成没弄到手，这会儿拿一手。”

黑暗里，是谁骂骂咧咧嚷了一句。潘大头是大队电工，在小刘庄有几家亲戚。所以，大家都不接腔。夜色重归于寂静。蝉儿在场边洼地里叫，不绝如缕，好像一根细细的游丝，一直攀绕到人们心里。

在学校，该响熄灯铃了。那是县城新建的一所中学，是个偏僻的县城。她的同学们几乎没人分到这样糟的地方。她是历史系拔尖的学生，却看着成绩平平的同学留校，进社会科学院，到编辑部，她是憋一口气到这鬼地方来的。人生的第一个不公平带给她更大的狠劲。没有关系，就靠自个。哪里都一样。反正我要考研究生，有真才实学总会出人头地。可是现在……真是累极了，身心交瘁！一种幻灭感使她的意志崩溃。她翻转身，仰面躺着。月亮还没出，也看不到星星，天宇像一泓深不可测的大湖，灰黝黝的，压在她脸上。手臂碰上身旁的石磙，冰凉冰凉。她是赌气请假回来的。校长微笑着说：“要请人代课。超过十天得扣工资。”“那你就扣吧！”她生硬地说。校长仍然笑着：“还尽量赶回来，啊？”“要是赶不回呢？”“……那你再来信。”他真是宽宏大量，丝毫不计较头天吵过架。她是那样凶地同他吵，哭着，诉着，很有些像改娃……

天色很阴沉，好像有一堆流云在浮动。会不会下雨呢？他们没顾上听县广播站的天气预报。也许广播线断了，门头上的喇叭根本就没响。那个县的广播站她是去过的。很小的单位，两排土瓦房。他住在西头。中文系毕业，早她一年。人挺好，有些平庸，窝窝囊囊。干那么一个小广播站的小编辑很当一回事，胸无大志。她觉得自己迟早会调到省城或别的地方，他会成为绊脚索，所以，她对他不冷不热，似乎没有什么爱情冲动。这次她没有考取研究生，也许他会私下里感到高兴。石磙太凉，她把手收回到胸口上。不知怎么的，突然觉得自己在这世界上很孤独。无论在闭塞的学校，还是在僻远的小村，她都孤零零的，没有一个知音。她二十六岁了，不知道怎样在人海里穿过来，对谁也不曾留意。心像石磙一样冷，也像石磙一样坚硬执著，一味要压平面前的路。她知道，他会来信的。这时候，她有点儿希望收到一封不拘谁的信，但却不敢指望谁能解除她的忧烦。她对遥远的她所工作和生活的那个环境充满厌恶，宁可就这样静静地躺在麦场上。天是越来越阴了，凉气变成微风，麦垛上的枯叶发出簌簌的响声。但愿不要下雨，今夜和明天都不要下。她这样盯着天空看着，天渐渐升高，升高，高到一无所有……

也许她睡着半分钟，也许她睡了两个钟头。一声粗野的吆喝把她惊醒了。

"怎么？这鸡巴电还没来？"——是大狗的声音，"潘大头这鳖孙还真给咱们来一手！"

不知怎么的，场上没人接腔。他索性大腔大调嚷："老堆叔！你不就点把钟的活儿吗？后半夜不保险，哗一家伙落了雨，够你呛！还是快点整吧……"

"你老堆叔不就等你去说面子嘛。"谁这么话里藏话地撂了一句，大狗却非常乐意地顺水推舟说："好说。就是轮不到咱，赖也要赖他个把钟点。我去！"

这时候，才听见爹接腔说："这儿有烟，拿上！"

"有，有！"大狗嚷着，脚板落地踏踏响，急匆匆走了。

有人说，他去，准能克着潘大头。有少说，那算什么能耐，痞子身道，不知脸气。不管大家怎样议论，反正潘大头真的被他缠来了。他拖着他的胳膊，一路骂，一路在头上啪啪地拍。

"不给电，把狗日的宰了，卖驴肉。"

啪！变压器的淋壳合上了。光明立刻降临。歪歪扭扭的线杆上的灯泡亮了，麦场里响起纷沓的人声，整个世界仿佛都被从地狱里打捞出来，即刻洋溢着生机。爹的脸上绽开笑容，媚意十足地给潘大头递一支烟。

潘大头接过烟，夹在耳朵上，威严地挥着手："变电所知道，得挨熊！"伸出一根指头，冲大狗晃着："只许一小时，赶紧整！

"整你的屁股！用老子车你可不一小时一小时。变电所来了，爷们请客。你站远些。"

机器呜呜叫起来。人们歇过一气儿，精神抖擞，满场奔跑。灰尘腾起浓浓的黄雾，灯光变得昏暗，人们互相碰撞，大声喊叫，像在混浊的洪水里游泳。

异样的兴奋使香雨忘记了疲劳。她头上扎着白毛巾，一趟趟奔跑，把远处的麦个子向近处拖。大脑好像变成一片空白，意识消失了，人成了机器的一部分，随着重一阵轻一阵的呜呜声往返，几乎不知道自己在怎样工作。

后来，她觉得脸上爬过几只毛虫，涔涔的，用手背一抹，袖子濡湿了一大片。她这才感到汗水已经漫过面颊、脖颈，顺着两乳间的胸口，顺着窄窄的脊梁滚滚而下。裤腰被浸透了，黏糊糊的，像勒着一条湿毛巾。

后来，她又觉得有凉凉的水滴落在发林上。她以为是自己的汗。过了一会儿，脸上、手臂上接二连三感到星星点点的凉意，她猛惊地想："要下雨吗?"她站下来，仰脸看天。在昏黄的灯光外，一切都是漆黑的，看不出晴阴。但凉凉的水滴着着实实落下来，一滴，一滴，打在脸上。

"哎哟，你怎么死在这儿!"

她被一个跑得飞快的人撞倒，滚了两滚，又被拉起来，拉到一个角落里。她惊疑地看见，拉她的人是改娃。

"改娃，下雨了!"她惊慌地说。

"我知道。"改娃拍着身上的尘土，她早就在这儿干活，她没有发现她。

"怎么办?"

"别管。"

"改娃……"香雨觉得没有话说。在这种时候，好像一切都是不可理喻的，"爹老了。他够难的。"香雨忽然哭起来。

"哭啥!天也没有塌下来。"改娃看也不看她，扭身去干活。

机器忽然停了。震耳的噪音一消失，大家骤地丧失了听觉。转眼工夫，雨点嗒嗒落下来，人们四散轰跑，各自去收拾自己的麦垛。

只有这时候，她才发现大狗的价值。他没有像别人一样溜走。他光着上身，瘦而麻利，浑身是劲，笨重的桑杈在手里轻巧地舞动，一个麦秸垛转眼便堆起来。他一边干，一边指挥："二妹，麦拢到东边去，对!那儿高，不过水。脏麦拢南边……大妹，你跑快些，我场里有塑料单，拿一捆来。

香雨不知道大狗家的麦场在哪儿，绕了半天才挟着一捆塑料薄膜跑回来。雨点已经很稠。电停了，场里墨黑一片。风夹着水汽，呼呼掠过田野，无边的雾霾卷过来，像洪水漫过江堤。四处是嘈乱的人声和犬吠。

黑暗中，几个人仍在忙忙干活，但她觉得场里的气氛有些异样，好像刚刚发生过什么事。麦秸垛边有两个人影。走近看，是妈和金成。

"妈，你来干啥!"

妈没有接腔。

"大狗呢?"

“走了！”

“金成，你跑哪儿去啦？”

“在二蛋家下军棋！多有功。”妈唠叨着。

“我以为明天才打哩。”金成讷讷地说。

“快过来扬脏麦！”爹厉声喊，“改娃也过来！”

“是大堆要紧还是脏麦要紧？”改娃也厉声地喊，毫不示弱，“都过来拾掇麦！”

“我叫你过来！”爹坚持说。

改娃不做声，把身子背过去，倔犟地拢麦：“把塑料单抖开！”

“你过来不过来？”爹停下荆杈，更加严厉地喊。

改娃头也不回，狠狠地说：“不过去！”

“我叫你——”爹突然暴怒了，像一头狮子，举起荆杈，向改娃扑过去。金成还在发愣，改娃的背上已经狠狠挨了一荆杈。她趴倒在麦堆上，又滚到地上，踢着腿，哭着，大声嚷：“打！给你打！打不死你不算爹！”

爹不管三七二十一，抡着荆杈，左一下右一下拍，喘着气，连声嚷着：“我叫你！我叫你！我叫……”荆杈落得又狠又快，却很少落在改娃身上。麦堆被扑腾散了，麦粒飞扬。改娃突然跳起来，双手夺着荆杈，使劲拽着：“你打！你就会打我！我是牛，是马，是你条狗，你也怜惜怜惜。”

“你……你给我丢人现眼！”

“那怨我？”

“胆大！真真胆大！”爹喘着，双手拽着杈把，头贴着胳臂，“真真地欺负人。”

“算了，算了！”妈把荆杈夺过去，“老昏君！娃子有啥错？快拾掇麦。”

改娃坐在场边哭，两只脚跐着地，胳膊狠狠擦泪，脖子抖动着。

风渐渐小了，雨点稀稀拉拉，终于没有落下来。一天浓云向东北方向压过去。很远很远的地方打起一个亮闪，雷声咕咚咚从地平线上响过来。

一场虚惊过后，全家人都泄了劲。大家各自慢慢蹲下去，找地方歇息。谁也不说话，只有改娃嘤嘤地哭。

爹看见香雨脚旁的塑料薄膜，又一次勃然大怒：“把他家的东西给我扔出去！从今往后，谁和他家来往，打断他的腿！”

她不知道在去拿塑料薄膜的这段时间里究竟出了什么事，但她揣测必定与大狗有关。她又恨又怜地弯下腰，俯到改娃耳边，小声问："改娃，怎么回事?"

改娃哭得更痛，浑身抽搐。香雨把手伸进她腋下，想挽着她。她却很凶地扭动身子，把她的手推开，卜楞着头。

妈说："二娃儿，跟你姐回。天都亮了，回家睡去。"

香雨不管她的反抗，挽着她，劝着，搀她向村里走。

雷和闪电都停了。田野上静悄悄的。风擦动树梢，时而滴下几滴水珠。在不远的地方，谁家的脱粒机又开始呜呜唱歌。改娃的哭声渐渐平息，只剩下从胸腔里发出的抽泣。

"妹，好好对我说，咋回事?"

"……停电那会儿，我摔倒了。他……"

"他怎么?"

"他搀我，碰我这儿……让爹看见了。"

她们有好大一会儿不说话，只有两个人的脚步轻轻响。

"妹，你真和他……"

"别瞎扯!"

"反正，这件事，你要慎重。"

"我看，他们家挺好的。"

"妹，你可不能目光短浅……"

"反正你是大学生，你怎知道我们哪!"

香雨一下子看清了她们之间的隔阂，她搂着改娃，摇着她："你咋能这样！我回来两天了，你连一声姐都没喊。你就这样恨我!"

改娃哭了。她靠在香雨身上，依偎着她，就像从前，在学校里受了欺负，姐去找她回来时候那样。香雨把改娃的头捧起来，对着她泪水纵横的脸蛋狠狠亲了一下："小改，我知道你过得真不容易。姐太不关心你……"

改娃没有做声。她觉得她的眼泪更汹涌地流着，漫过被风雨阳光侵蚀得粗糙涩硬的面颊。香雨的心被妹妹的眼泪融化了。她在稿纸上研究历史的农民，为什么不到田野里来研究现实的农民，尤其这些年轻的农民呢？啊，我的兄弟姐妹们，他们在如何生活和思考，他们在怎样的路上走啊?

突然，在她们头顶上响起一个清脆的声音："吃——杯——茶！吃杯——吃杯——茶！”从村庄，从树林，从田野，升起浓浓的沉重的雾霭，像细雨一样把姊妹俩裹进朦胧的世界里，黎明来了。

出乎全家人的预料，这一次，改娃没有关门躺下，倒像很沉稳。照样吃饭，出出进进，洗洗涮涮，只是不去干活，不和人说话。冷若冰霜的样子，好像世界是与她无关的。姊妹俩之间重又筑起感情的高墙，使香雨感到伤心。现在，她已经无法去怪罪小改，姊妹俩在家里的地位相差得过于悬殊，她对一家人加给她的优越感越来越觉得羞愧。她只有更多地干活，以补赎内心的歉疚。

可是，她干活太差了，连金成都赶不上。两天毒日头，他守在场里，晒麦，起场，装包，用架子车向家里盘，俨然是一个顶门立户的男子汉。

黄昏时分，爹妈没回来，她看见西屋门半开着。金成侧身立在门缝里，一脚门里，一脚门外，低声和改娃说话。她听见改娃问：“得多少？”

“……七块。”

“看你还去哄哄！”

她感到奇怪。等金成慌慌张张走出大门，就过去问：“他跟你要钱？”

“还赌账。”

“他……赌钱？”

“庄上的二号号们都这样儿。”

香雨忽然明白了。昨晚打麦找不到他，妈说他在下棋，看来妈是替他掩盖。

“你们怎么这样惯他？”香雨愤愤地说。

改娃没有回话，瞥她一眼，就把门关上了。香雨久久站在院里，心里觉得很凄惶。改娃眼神里所包含的语言她觉得很难懂。怎么回事呢？改娃和金成本是很不对劲的，却又忽然这样亲昵。相形之下，她倒成了外人。

这想法苦恼着她，使她变得沉闷。她觉得自己的心像冗杂的家一样，被过多的东西充塞得失去秩序。本来就狭窄的屋子，到处堆放着鼓鼓囊囊的麻包、布袋，连插脚的地方都没有。老鼠大模大样在粮堆上溜，鸡鸭挺着皮球样的嗉囊满地拉屎。丰收了，打下的粮食比预想的还要多。一家人却没有因此而改变忧心忡忡的脸色。

他家的麦子收打得不慢。可是，晒了两个大太阳，他们发现“槐树门外”

的人家已经卖过粮了——大队支书狗剩住在槐树底下，村里人就用“槐树门外”称呼他的三门近亲。庄稼人习惯了看着槐树门外的动静行事。人们说，狗剩一个人卖了五千斤，还都是白麦一级。这消息既使爹妈着急，又使他们兴奋：幸亏去年托狗剩换的麦种，不敢指望跟人家卖一样等级，大约卖花麦二级是没问题的，恰好是三等九级正中间的一级。

爹妈是极细心的。他们把麦摊得薄薄的，时不时用木锨蹚来蹚去。第二天下午，一连请了四五位行家来验看。他们像验质员一样把麦粒摊在掌心里，细细拨弄。一粒粒撂进嘴里，咯咯地十分仔细地品嚼，两只眼忽闪忽闪眨巴。然后，把手撒开，拍着，小心翼翼地说：“我看，差不多。”

爹不放心。什么时候啊，谷子、绿豆、芝麻、黄豆等着下地，棉苗又得拾掇，丢下家里雷追电紧的活去排队，验不上再拉回来，多窝囊！为求稳妥，爹揣上一盒烟去请狗剩。

狗剩这人很随和。从来都乐意给乡亲帮忙。他抓起麦粒一嚼，笑着说：“嘣嘣响，我看行。”

可是，在他们忙忙起场的时候，狗剩漫不经心地问：“你分到多少指标？”

爹愣着了：“还有指标？”

“老堆叔呀，打今儿起，凭计划卖啰。粮条都发到队里，快去找他们要。”

“你可知道，我们队分多少？”

“总有五六千斤哩。”

金成一听便嚷起来：“一个队二十多户，才五六千斤？”

狗剩十分惋惜地说：“唉呀，早一点驾把就好了嘛，国家有国家的难处，仓库满了，他啥办法？”

他看一家人急得什么似的，很过意不去，压低声音说：“你找大狗。他姨家表哥是验质员，说不定会有门儿。”

为了拿到粮条，两个老人从黄昏跑到半夜。先是找队长，队长说，按地亩摊，他家该分二百五十斤。可是，队长是个好人。他怜惜他们病弱老小的种庄稼不容易，给他们指路，说北门外几家有门子，不稀罕这几百斤粮条。老两口就到北门外去打商量。这样事，又总难免口舌周折，到十一点多钟，两个人才捧起碗在灶门口吃饭。唾沫没有白费，拿到八百斤粮条。

“行啦，不少啦。”爹呼噜噜喝着饭，两天来头一次露出一丝喜色。好像刚刚指挥完一场力量悬殊的战役，虽然战绩不大，却实在难得，可以心满意足了。

“我就不明白，放着粮食哪样不好！偏要剜窟窿打洞去卖。卖空了，荒年拿绳扎着脖子！”奶奶唠唠叨叨点着拐杖，用眼睛斜睨着爹妈。

“你晓得个啥！屋里四五千斤粮食，不卖，你一口吃完！还不说去年的剩麦。”奶奶的话把爹的火气逗起来，他抓起勺子盛饭，把锅沿敲得啪啪响，“不卖，哪有钱？他妈这提成那提成，干部工资，大队办公招待，护林员，民办教师，修路钱，补税钱，集资办学……去年猪任务、蛋任务咱都没交……”

“那也要扣吗？”香雨听得发呆了。

“你不交猪，不交鸡蛋，大队出高价买了顶任务，差出的钱，不扣你，扣谁……”爹说得激愤起来，一发不可收拾，“还有乡里摊派下的老鼠药、塑料薄膜、盐酸二氢钾……三亩地，呋喃丹就给你派三四斤！还都是浮动过的价钱，他妈啦的……”

“算了算了，”妈用筷子轻轻敲一下碗边，“天塌压大家，又不是咱一家。用不着发火。我都算过了，七百斤公粮是平价，去掉农业税，再扣十来项杂耍，差不多够了。全当地里没收下。那几年受饥挨饿怎么过了？人，总要知个足。能多卖些加价粮就好了，一斤比市场贵几分哩，有面子的都去市场上籴了卖。唉——才这八百斤粮条……”

这时候，改娃从黑影里闯进来，把手里一张小小的纸条压在锅台上，背着身子说：“卖了麦，给我奶买一套老衣，给金成三十块钱交学费，让他当复习生去。”

说完，头也不回地走出去。

香雨捡起那条子看，是打字机打印的售粮券。四张连在一起，每张五百斤。金成夺过去，在手里翻弄着，意味深长地看着爹妈：“哼，明儿个，得三把架子车啰。”

爹把头埋在饭碗里吸溜吸溜喝。香雨揣想这些粮条可能是大狗送来的，但这会儿谁也不愿意提起。

妈说：“饭吃结实些。烙几个馍带上。去借车，装！”

金成瞪大眼说：“现在就装？”

爹啪地把饭碗顿在锅台上，吵架似的吼道：“你当还早？十几里哩，我怕现时粮站的车子都排成龙了。”

二三十条袋子装上车，煞紧，已经后半夜了。改娃不露面，车子只得作这样分工：爹一辆，金成一辆，另一辆由妈出梢，香雨驾把。好在这村子离公路不远，六里土路，过一条沟。

在起程的时候，改娃从屋里走出来，把香雨的车把接过去，简单而生硬地对妈说：“你回去！”妈手挽绳子站在那里，好久没有动。她在腰里摸索了一阵，对改娃说：“拿上钱。你没有吃饭，到镇上买碗汤喝。热了，买根黄瓜。”改娃没有接，拉起车子，机械地又说一句：“你回去！”

车子咕咚咚颠簸在坑坑洼洼的村路上，从村头暗影里传来妈细弱的喊声：“二娃儿——叫你爹不要跟验质员吵架——”

白茫茫的夜雾在她们面前慢慢升起来。上弦月朦朦胧胧，无边的田野被淡淡的清辉笼罩着。树和草都摇着幽幽暗的影。虽然都在默默走路，香雨却觉得大家心里是畅朗的。夜风吹过发烧的面颊清冷起来。吃饭、装车带来的燥汗渐渐消弭，胸怀豁然开阔，忧烦一扫而尽。

在此之前，她无论如何也想象不出，一张打印字条能为一个农家带来这么大的欢乐。现在她甚至觉得，这字条比研究生录取通知更其珍贵。它能使一个农家恢复自尊，洗刷掉因为卖不出粮食而显得愚笨、可怜、低人一等的屈辱感。此时此刻，她忽然觉得，在父母弟妹面前，自己因为分配、考研究生而受到的委屈根本不应该想起。故乡的大地一碧如洗，它是这样丰饶、慈蔼、宽厚，它哺育了你，小雨雨，给了你可以给的一切，却从未向你索取过什么。它默默地注视着，爱抚着，却不流露它的期待。你伏案夜读，但你可曾想过这一切都是为了谁？为了什么？如果你仅仅是为了个人“前途”，你的论文远远脱离脚下的土地……

“绳子！”

改娃一声惊呼，她肩上的绳子被拽脱在车轮下，飞快地缠在车轴上，改娃高高驾着胳臂，车脚吱吱嘎嘎划过长长的陡坡。沉重的车轮带着巨大的惯性一直滑到坡下才停住。

改娃把绳子从车下拖出来，气哼哼地扔给她：“拉紧嘛，这样松着……”

他们走过泥泞的沟底，四个人一辆一辆将车子推过去。车襻绷紧了，改娃的头低得几乎碰着路面。一尺，一尺，他们捧着车帮，扒着辐条，一辆一辆把车子送上坡，谁也没有觉得路有什么难走。他们在公路上歇了几分钟，擦着汗，谈几句什么话。身上更轻爽了。路边的杨树沙沙响，月光被它摇碎，轻轻落在饱满的麻袋上。唯一扫兴的事情是公路上时时响起突突的拖拉机轰鸣和嘎嘎的架子车喧响。

“走！可是不早咧。”爹咳了一阵，把车襻扛在肩上，伸起脖梗，沿着平坦的沙石公路大步向前走。

夜色更浓，月亮向西天移去，路旁村庄里响起鸡啼。

四点半钟，他们到达粮站。尽管早已想象过这里的拥挤，面对现实，他们仍不免感到惶恐。拖拉机、牛车、架子车密密实实填塞了粮站门前的大路，拐一个弯，在公路上延续一里多长。在这地方，没有人讲规矩。只要可以向前钻，就拼命向前钻。后边的人趴在前边的车上，胳膊奓开，上身倾斜，脚踩着车尾巴，把车子叠压在前边的车上。月亮和星星都落下去。黑沉沉的黎明里，到处明灭着点点火光。人们抽烟，聊天，骂咧，说怪话，咳嗽，响亮地咯痰。身上的汗干了，经风一吹，冷嗖嗖的。奔波的脚步停下来，眼涩，头重。强烈的困乏袭来，香雨和金成靠在车上打盹。

刚来的人爱说话，说上一阵，便沉默起来，静静等待。焦虑时时躁动起来，使人们的心像火烧一样难熬。为了谁的轴头碰了谁的辐条，就会爆发一场激烈的争吵。

时间过得很慢，像蚂蚁慢慢爬过人们的心头。天忽然亮了，太阳却迟迟地向上升。村庄里炊烟慢慢飘出又慢慢消失。队伍总在原地停着，人们也总在老地方靠着，百无聊赖。所欣慰的是，身后的车辆眼见得越来越多。

香雨总觉得自己是在惺忪的残梦里，她不知道天怎么亮起来的。虽然车马人流都被灿烂的阳光照着，画面浓烈而鲜明，她却仍然有一种浑浑噩噩的朦胧感。

“×他妈！几点了，还不开门？”

听到旁边的牢骚，香雨看看手表：“九点了，为什么还不动？”

大家都激愤起来，脸上却又全都木呆着。队伍这么长、这么挤，谁也不想费劲去前头打听消息。有人隔三插四高喊着向前发问，问不出究竟，徒然挑起更多人的烦躁。

改娃侧身靠在麻袋上。不说话，没有表情，头发零乱，脸上像蒙着灰尘。

太阳热辣辣地照在身上。灰尘、喧嚣、牲口拉下的粪便，干渴、饥饿，所有这一切香雨都可以忍耐，人们有意无意流泻在她身上的目光却使她不安。这些目光，使她知道自己的穿着和举止是与大家不合辙的。孤独感强烈地从心底升上来。面前晃动着的，是吃饱了的农民。一个个袒胸露背，红光满面。小伙子不安分地窜来窜去，大声说俏皮话，故意粗野地骂人。她忽然非常想念自己的学校，一个安安静静的绿色校园。在轻松的铃声里度过每一个恬淡的早晨和静谧的夜晚，每月五号可以拿到当月的饭票和工资。如果她把全部精力用来教书，她定能教得出色，赢得学生的尊敬和校长的垂爱。她忽然发现，自己一下子堕入那位广播站小编辑的人生哲学里。当她瞧不起他的平庸的时候，他说："小编辑也是需要人干的。干好，也是社会需要。"

"走啦！走啦！"

一阵风吹过人海，从前向后掀起一层狂涛，人们兴奋地各自挪动车辆，急切地伸着脖子向前张望。尽管在手忙脚乱之后，车轮几乎没有前进，但大家毕竟感受到希望的鼓舞，身上抖起精神。麻木的神经一旦被希望唤醒，又立刻变得急躁难忍，整个的心被凝滞的时间煎熬着。他们左右观望，抬头看天。太阳一动不动悬在头上，灼热的光芒喷薄四射。酸臭的汗味从热烘烘的肉体上蒸发出来，大家都有些醺醺欲醉。

不知怎么的，忽然间，太阳西斜了，慢慢地坠下去。月亮升起，田野里荡起轻烟。先是黄昏掩去人们的倦容，接着，最后一缕光线消失。黑暗渐次加浓，长夜降临，这里那里亮起火星，响着呢哝的人语。人们是怎样熬过后半夜的困乏，度过凛冽的黎明，在曙色泛起的时候将头垂在胸前，抵抗着最后一刻的瞌睡啊！

太阳终于再一次跃出地面，慢慢爬上粮库高高的房脊，像昨天一样，又那么定定地悬着，毒毒地晒着，一动不动地照在当顶。

香雨已经不再一遍又一遍去看手表。表已经毫无意义。漫长的两天没有任何时间概念。在她的脑海里，时间是从验质员终于出现在她家车前开始的。

噗——细长的铁钎戳进麻袋里，车子周围一片寂静。爹盯着验质员的脸，额头高耸，眉毛上挑，嘴巴微微张开。他看着他从钎子里倒出麦子，放在掌上拨了几下，笃笃有声地把麦粒扔进嘴里。验质员不说话，也不流露任何可以判断喜忧的表情。他嚼了几下，呸的一声将渣滓喷出去，从口袋里掏出半截红粉笔，以非常优美而自然的姿势在麻袋上一连打了几个叉子。

爹惊惶失措，失去控制。他急急扑过去，脚在车尾上绊了一下，差点栽倒。在验质员转身的一瞬间，抓住他的胳膊："同志，同志！这麦湿?"

验质员瞥了爹一眼，一声不吱地把他的手拿开，重又掉过头去。

"同志……你再钎一家伙，这麦，我晒了两个大太阳，摊得那样薄……"

验质员毫不理睬，噗——把钎子扎进另一家的麻袋里。

爹站在那里，脸色从铁红变成苍白。他一支手提着麻袋口，另一只手向前伸着，皱巴巴的额头滚下明晃晃的汗水。

验质员的态度激怒了香雨，她愤愤地走过去说："同志，这麦怎么啦?"

"得晒！"

"同志……"她很想向他讲讲道理，可是，一时什么也讲不出。

这时候，后边车上的人大声说："不行就拉回去晒嘛，同志不会亏人的。"一边说，一边望着验质员嘿嘿笑。

老汉张惶四顾，希望能够得到人们的同情。可是，这当口，人们的同情心好像都已泯灭。几乎所有的人都嚷嚷："不行就拉走，别耽误人家的事。"

脾气很坏的爹并没有和验质员吵架，他像一个羞怯的女人，默默把麻袋扎好，头也不抬，煞紧车子，向旁边的人赔着小心："受劳，让一让，我把车子拉出去。"

走出这个队伍，他们又费了半天时间。虽然不断赔着小心，仍然不免遭人白眼。在那么多人面前，拉着重车回去，心理上的羞惭和懊丧使他们不敢抬起头来。

又是黄昏时分，雾蒙蒙的田野传来耧铃的叮当。爹把车子停下来，脸朝外蹲在公路边上，左手捂着心口，右手从怀里摸出一支烟，送嘴里，摸出打火机，慢慢打着火，嗞——用力吸一口。接着是一连串沉重的咳呛。

大家都把车子停住。金成跑到路边转悠。改娃静静立在车辕里，胳膊放在翘起的车把上，车襻松松垂在肩头，两只腿交叉成文字形，让发烫的脚轻轻点在地上歇息。没有人叹气，也没有人说话。两天两夜风餐露宿，他们像在外漂流了一年，蓬头垢面，神情沮丧。

香雨颓坐在一堆沙石上。她看着苍茫大地在眼前展开博大美丽的剪影。

村庄和树木插在浅灰色的天幕上，归鸟给空旷的天穹撒上一片隐隐的黑点。两天来，她的记忆像一个没有图像的电视屏幕，晚风吹过，她觉得自己的意识开始苏醒。她扳着指头，计算离开学校的天数。她吃惊地发现，明天就是第八天了。她非常非常想念学校，想工作，想站在讲台上向学生们发表热情洋溢的讲话。就像鱼儿有自己的水域一样，她有一片自己的天地。在那里，她不是一个多余的人，不是一个没有价值的人。她倏地想起那个平庸的小编辑，竟然涌出从没有过的柔情。我二十六岁了！她这样对自己感叹，需要一个男子的热诚的爱……

一辆四轮拖拉机从镇子里开过来。两盏车灯劈开沉沉暮霭，使周围的夜色一下子变得更浓重。拖拉机在离他们几尺远的地方减速，吱——哐咚，在公路旁停下来。它没有熄火，发动机轰隆轰隆响着。

香雨看见，大狗和小五从车上跳下来。小五犹豫了一下，就站在车头的暗影里，默默向他们张望。大狗大步流星走过来，仍然是大腔大调毫不在乎的样子，边走边嚷："怎么回事？没验上？"

见没人接腔，就继续嚷道：

"怎么不上东仓交？我给二妹交代过的嘛！来，扒车，给我装上。我去交。小五——把车打过来！"

小五轰哧轰哧将车调转头，打过来。

爹蹲着没有动，改娃也没有动。金成喊了一声："爹——"

这时候，小五和改娃隔着拖拉机头站着。虽然他们都站在暗影里，香雨却觉得改娃的眼睛里闪跳着火星，她对着小五的脸热辣辣地望着，眼神充满哀怨。香雨从来也没有发现过改娃的眼睛这样动人。在这样的目光下，小五有些慌乱，他把头抬了两抬，终于低下去，仿佛在查看轮胎。

爹慢慢站起来，不慌不忙地说："这麦，不卖了。"

"不卖？"大狗惊疑地反问。

"一斤不就差几分钱嘛？我——上市场哩！"

"爹！"金成急不可耐地说，"一千斤就是几十块呀！"

"家里活关紧。火茬子不等人。谷子，绿豆，错一晌就错一成收哩！"

"爹！"金成不甘心地嚷着。

改娃却已经不吭声地解了煞车绳，向小五招呼说："搭一把！"

大狗立刻跑过去，低下头，把身子钻在麻袋底下，哼一声，扛在车帮上。

爹突然腾地跳起来，用手抓着麻袋角，厉声喝道："放下！不卖就是不卖！"

爹愈是态度坚决，改娃也愈是分毫不让。一个推，一个拉，通一声，麻袋跌落在地，摔开一条大缝，金黄的麦粒洒落在公路上。

爹大口大口喘着气，双手卡腰，冲着大狗和小五，使足劲吼道："给我滚——"

大狗一迭声地说："老堆叔，这干啥！我们又不是卖驴肝肺的，惹你生气，划不来。"然后，气昂昂地挥着手说："走！我们走！"

在拖拉机转头的时候，改娃喊着："小五，我坐你的车回家！"小五没有应声。改娃去扒拖斗，金成拖着她的胳膊喊："二姐！二姐——"改娃看见金成哭了，眼泪顺着鼻洼向下淌，她的心软下来，慢慢松开手，任金成拉着她，在公路上气狠狠地站着。

第二天，香雨洗衣服，准备明天登程回校。她到大队部去，果然找到一封她的信。还好，只在队部搁了两天，没有丢失，也没有被人拆看。她捧着这封信，有生第一次感受到爱情的冲动。两页信读了半晌，一遍又一遍欣赏着熟悉的笔迹，想象着他写信时的心情和面容。她觉得很温暖，突然觉得他才是她在世界上的亲人。此刻，她觉得有许多话想对他说。她想到结婚，想到需要一个小锅，一张圆桌，与他相对吃饭——那桌上所摆的饭食都是这样在农民的车上排过几天队，这样经验质员的铁钎检验，收进仓，加工而成的。

爹借了舅家的牲口来，现在又去借耧。

妈下地去拾掇棉苗。

金成等着帮耧，手里攥着布袋靠在油菜秆上睡着了。他伸腿拉胳膊歪在地下，嘴里淌着长长的涎水。

奶奶照样拄着拐杖坐在阴凉里。

庄稼院里静悄悄的，麻雀啾啾喳喳慢慢落下来，一边叨食，一边机灵地抬头观望。

这时候，一阵通通通的响声，小五把拖拉机开到门口来。改娃跑进院里喊："金成！金成！"

金成从油菜秆上跳起来，好像早已知道似的，不等改娃吩咐，便窜进堂屋去扛麦包。小五站在院门口，脸色仓皇，搓着手。改娃喊：“你手上有胶水还是面筋，搓个没完？还不过来帮忙！”

小五红着脸，冲香雨和奶奶笑了笑，就帮助装车。

香雨问：“怎么？去卖么？”

改娃嗳了一声。

“爹同意？”

改娃又嗳了二声。

奶奶不放心，戳着拐棍想站起来。改娃露出一脸笑说：“奶，坐远些，免得撞着。”

几十袋粮食把车装得高高的。小改爬上去，把煞绳拽紧，喊了声：“走！”拖拉机就开动了。

小改在车上摇晃，手把碰在脸上的树枝拨开。上了村路，兴头十足地扭回头，向香雨招手：“姐，你走，我不送你了！”

庄稼院里又恢复了寂静。香雨总觉得改娃这样高兴，定有什么原因。

忽然，她看见大狗懒洋洋地靠在路对面的一棵洋槐树上。面色那样难看，好像正发着疟疾。她诧异地问：“狗哥，没出门？”

大狗唔唔了一句，她看见他精瘦的脸上留着鲜明的泪痕。

“跑了！他们下湖北了。”

“你是说小五？”

“我披着血布衫子干，三十岁了，容易吗……”

金成在大门口晃，两手插在口袋里，嘴里吹着口哨。香雨觉得他似乎什么都知道，就严厉地问：“金成，你二姐真的下湖北去？”

“嗳。”

“他们……”

“他们跑生意。”

“那麦——”

“到那边卖，那边——”

“你可知道他们跑什么生意？”

“贩黄豆，贩大米，贩猪娃，多啦！”

“她怎么跟一个小伙子跑生意？”

大狗叹了一口气："不瞒你说，大妹子，他俩在学校就对劲儿。小五顾着我，犹犹豫豫。这如今……也好。我反正过墙了。"

香雨似乎觉得改娃是该寻一条别样的路走，可是，这算不算一条路呢？她心里很乱。她觉得事情不应该是这样子。

大狗神情恍惚地立在那里。本来是一条精明利落的汉子，现在面色灰暗，形容枯槁，一下子像老了十岁。她忽然发现，他的抬头纹很重，眼窝很深，眼睛很大，肩头仍是紧巴强悍的，现在她才看出，改娃在这个汉子心中的分量是那样重。

这时候，小五的四轮拖拉机在公路上向南跑。改娃仰面躺在车顶上的一个洼坑里。五月的阳光照在她年轻的脸上。她的头发像一堆乌云，蓬蓬松松堆在麦包上。健壮的身躯舒展开来，肌肉随着车厢颤动，浑身散发着青春的活力。

天气真好，田野上，风很恬和，树叶在头顶上哗哗闪过，好像疾飞的绿翅鸟。

改娃安详地闭着眼，嘴角抿着一个冷峻的微笑。也许她在想："这会儿，爹正耩那火茬子绿豆吧，秋里还会有好收成，粮食棉花可更难卖。"

血　魂/张　平

×年腊月，在吕梁山区×县×乡×个山庄……

腊月初七

吃过午饭，大林往后沟的责任田里挑了担茅粪。傍黑时分，才一头挑着两个茅罐，一头挑着捆柴，乏乏地走回家来。

老婆秀兰一见了他，登时便是一顿埋怨：“死到地里去啦，咋才回来！”

张大林四十出头，光头无须，黑干精瘦，个头不高，一看就是个只会下苦种地的蔫巴老实汉子。

“啥事么？”他一边放下挑子，一边没好气地问。

“三儿刚才又来啦，叫你一回来就去他家。那样子，你不晓得有多气人哩！”秀兰好像窝着一肚子怨气。

“咋啦？”大林顿时有些紧张起来。

“还不是说元奎家的事。你当人家前一回说说就没事啦。”

“不是给他说了不行吗？业不由主啦！”

“你以为人家怕你这熊货，随便说说就算啦。唉唉，三儿刚才可真凶哩，说咱这一家子脑筋不活泛，榆木疙瘩难刻画，就不怕日后倒灶。”三儿是大队的电工，没人敢惹的。

“娘的，王元奎给了他多少好处，养了他这一副狗性子。”

“哥，”二林这时也从屋里走出来，火火地对他说，“刚才三儿还说，你要是今儿晚上不去，日后要出了啥事，可别再去找他！”

“放他娘的屁！”大林勃然大怒，“欺负人欺负得骑到头上啦！俺就不去，看他要咋的！”

王元奎家跟大林家是隔壁邻居。王元奎家是个大院，大林家是个小院。小院几乎被大院包着，是这么个样子：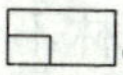。大林家的院子有四分多。元奎家的院子足有一亩六。大林家后边本是生产队的牛院，左边本是村里专供五保户住的一个院落，这两年都被王元奎家弄到了手，便成了如今这个样子。

不久前，王元奎打发了电工三儿来做说客，要把大林家这块基地买下，拆房还给迁移费。至于大林家的基地，王元奎做了保证，说他已给村里说好了，不用大林掏一分，便在村外给批一块。

大林爹和娘都不愿意，大林也不愿意。一是因为大林家在村内，门前便是大路，水井就在跟前，场院也在附近，若移到村外，就啥也不方便了；二来村外也实在没啥好地方。不是沟边，便是崖下；三呢，说是能给些钱，其实拆了重盖，再添些材料，里里外外也落不下几个，还不算粮食。家里没劳力，亲戚又少，盖房子那是容易的啊！

三儿跑了几回见大林不愿意，便加了价。从三千一直加到四千、五千、六千……

说得大林烦了：“给一万也不卖！俺总不能为了几个钱把老业也卖了，把两个老人的安生日子也卖了！”

王元奎有钱。王元奎是全县、全地区都挂了号的重点专业户。王元奎的建筑工程队，发展到今天的规模，已经拥有吊车、起重机、五台拖拉机、八辆“东方”车，敢同省建一公司抢生意。去年在县城建了一座由他自营的旅馆，花了四十万块！他办了一个土产品收购公司，专门收购熟制羊皮和香烛，并负责供应原料，使乡里半数以上的村庄成了“专业”村。为了搞好运输，他一次捐款两万块，修通了村里到乡里的公路，轰动了整个县城。省报也做了报道，老实说，大林若真要一万块，也只怕王元奎是肯给的。

然而偏是大林家不卖。

前两天，大林把家里做了一冬天的几百斤香烛送到王元奎的土产收购站时，没想到人家怎么也不收，说是库房里放满了，家里又没地方，过些日子

再说。大林说了好半天也不顶事。这种东西，公家不收，附近又卖不出去。大林拉回家来，一家人长吁短叹，明知道这是人家冲着家里的房基来的，却也想不出啥对付的法子。

眼看着一家人劳累了一冬的东西换不成票子，又眼看着别人家里的香烛又全都卖了好价钱，再加上年关接近，一家人正火着呢，三儿却跑来说了这么几句不三不四的话，不由得大林不动怒。大概是因为三儿在王元奎跟前说了硬气话，说不成不好交代，才这么三番五次地跑来给大林说。

没想到大林偏是软硬不吃。

吃饭时，大林那患着肺心病的爹气喘吁吁地说："三儿不打紧的，怕是王元奎。人家四个儿子三个闺女，七龙八虎的，又有钱又有势。村长乡长的，都怕他三分，连县委书记也是人家家里的常客。他要真有了啥点子，只怕会干得出来哩。"

"怕他咋的，有钱也不能不遵王法！"大林不以为然。

"王法，王法还不是人定的！有钱便是理，王字颠倒了还不是个理字！如今一村的人都巴结人家想弄几个钱哩，你在人家眼里还不是碟小菜！"秀兰使劲瞪了丈夫一眼。

"嫂子！你不懂。现在哪儿也讲法制呢，他不守法，咱就告他。"二林高中才毕业，懂得不少新名词。

"唉，啥也是命里定的，是福跑不了，是祸也躲不掉。俺这两天眼皮老是跳，只怕是个灾哩！"患着眼病的娘，一边说，一边用袄襟擦了擦眼睛。

腊月十四

一大早，大林就被王元奎家的鞭炮声震醒了。过了不多久，墙那边便人声嘈杂，你喊他嚷地热闹起来。剁肉的、切菜的、烧火的、搬桌子撑篷的，红火得很。

"这一家子今个咋了？"他问一旁早已醒着的秀兰。

"看你糊涂的，庆虎媳妇生了个小子，今儿过三天哩！"秀兰翻了个身，并不起来。按往常，她早收拾好屋子在忙乎了。

庆虎是王元奎的二儿子。照这儿的乡俗，生下孩子第三天，是大喜大庆的日子，要请全村人喝酒的。

“没请咱?”大林吃惊地支起身子。

秀兰不理他，颠着脸不吭声。

大林急忙穿好，跑到隔间去问爹。

“爹，元奎家昨儿个没请咱们?”

“俺跟你娘还正想问你哩。俺昨天跟元奎家的照了几次面，人家都没吭声呀。”爹和娘都怔怔地坐在炕上瞅着他。

“会不会忘了?”大林也怔怔地问。

“哪能哩。”大林娘一边揉眼睛一边说，“往常，谁家有事，哪回不是头几天就请人。像这种事，要挨门挨户地请哩，咋会忘了哩。”

不好！大林突然意识到事情的严重性。像这种事，全村人都被请了，独独没请他家，这可是最丢脸最让人难堪的。往常，谁家同谁家有过口舌，碰到这种机会，还三番五次地请了叫了地和事呢，哪有平时没吵没骂的，突然这么不请了的！何况还是一墙之隔的邻居！除非是深仇大恨才干得出这种事情。两家为基地的事，虽然有了心眼，可也不该到了这步田地上。

“俺问问他去。俺究竟做了啥对不起他家的事，这样踩俺的脸！”大林愤愤地说。

“嗨，去不得。”大林爹咳嗽了一阵子，紫着脸说，“越问越丢脸。就在家里待着好了，反正咱心里有数就行。他请咱，咱就去；他不请咱，咱也不必理他。唉，这事呀，究底里还是冲着咱这基地来的，只怕是个开头哩。”

整整一上午，一家人像被贼偷了似的，谁也提不起精神来。听着院子那边客来客往，猜拳行令，又嚷又笑的热腾劲儿，没一个人肯到大门外看一看，站一站。

晌午时分，大林喂饱了牛，让二林把牛牵到门外去。

二林打开门，往外瞅了两眼，急忙又慌慌地折回来，变脸失色地嚷：“哥！哥！你快来看呀，不好啦，元奎家的牲口把咱拴牛的地方全占啦!”

大林赶忙跑了出去，果然，王元奎家的三头牛、两匹骡子，一字摆开，全拴在了他家的院墙根下。一头牛这会儿正在他家的墙上蹭痒痒，把墙上的土蹭下来好多。而紧靠他家门口，在元奎家的院墙根下，则小山似的堆了两大堆圈粪，比大林家的院门几乎还高！靠元奎家门口那边倒是空着一长溜地

方，却摆着一台拖拉机和两辆吉普车。

大林呆住了。在门前拴牲口，在门口旁堆圈粪，这分明是活活欺负人呀！居然连个招呼也不打，看来人家根本就没把你这一家人放在眼里！让他吃惊的是，这山似的两堆圈粪，就像从天上掉下来似的，这可不是一会儿工夫就干得了的呀，莫非他一家人是半夜里堆来的？

“哥，让他家把牲口拉走！别人家的地方，他拴牲口也不放个屁！”二林说着便去解拴在门口的骡子缰绳。

“回来！”爹这会儿一喘一喘地也站到了院门口，火火地喊住了二林，“你真不懂事。今儿是闹事的日子！大林，你也回，把大门关了。”

“那咱的牛哩？”二林不情愿地说。

“先拴在院子里，等过了这两天再说。”

“操你娘！”二林朝院子那边骂了一句。

一整天，除了大林挑了两担水，一家人谁也没出院门一步。大林挑水时，和门前门后的几个人照了面，打招呼时，都躲躲闪闪的，敷衍上两句，便低着头走开了。要是王元奎家门口站着个啥人，干脆就假装没瞅见他。

晚上天刚黑下来，院门吱呀一声，斜对门的四婶便悄悄闪了进来。一进里屋，便压低了嗓门嚷嚷：“哎呀呀，他伯哇，你这一家子是咋了哩，偏要跟人家作对呀！人家财大气粗的，你惹得起呀。有啥大不了的事情，忍忍不就过去了。你不晓得，可村里都给人家送礼，人家收礼可收海啦！再没钱的还十块八块地送哩，像你这做邻居的，咋能连面也不露哩！”

大林爹一听，咳嗽得喘不上气来，大林娘一边给老头子捶背，一边说：“他婶呀，你想想咱这家儿，咋敢惹人家哩。人家可村里地请客，连哑巴聋子的都请到啦，就是打发上个三岁的娃儿上门吭一声，咱也不敢不露面呀！抬头不见低头见的，哪天不十回八回地照面哩，人家就没吭过一声么，敢是咱这做邻居的不是人呀！”

“哟，这可难说清了哩！”四婶一听便瞪大了眼，“人家元奎家的，整整一天啦，见了谁就给谁说，说你这一家子可真不算人，得了千般好处都记不到心里，一回照顾不到，就全给惹下啦。说那一天在你家门口，碰见了大林爹，喊了三声都没理人家！”

“胡……胡说八道！”大林爹听到这儿，一喘一喘的，憋得脸都发了青。

“娘的，老子找她对证去！”大林气得转脸就要走。

“哎哟哟，”慌得四婶一把把大林拉住，“你这一去，不是把俺给卖啦！再说，你去了这事能说得清么。”

“他婶呀，”大林娘眼睛红红地，“你想想咱这一家子是那样的人吗，人家啥样的人咱敢不理。这事呀，你不晓得，人家是冲着咱这基地来的呀。”说着，大林娘便把事情的原原本本给说了一遍。在邻居里头，四婶同大林家关系非同一般。那年四婶跟孩子上山，半路上碰见了几只恶狼，若不是碰到上山打柴的大林父子俩，只怕她娘儿俩早葬身狼腹了。因为这，四婶家许多年来，跟大林家一直不分里外，有啥说啥的。

“敢是为这哩！”四婶听大林娘这么一说，登时也没了主意，“这可该咋办哩！照俺说，这就怨大林了，不卖也该给人家三儿说好听些么，咋能不去哩！俺说他伯，事情到这分上了，还是别惹人家。明天人家还请客哩，你一家子送上一份礼，送厚点，还怕他家不收嘛，让人家恨了你，日后真有个啥事，谁敢给你家帮忙呀。”

“不去！”大林气恨恨地，“俺这一家子还没活到那分上！”

腊月十七

王元奎家的客整整请了三天。

人家一直也没请，大林家一直也没去。

头一天请的大都是村里的客。第二天大都是亲戚和村里的头头。第三天请的几乎全是乡里县里的客人，吉普车就来了十几辆！

满村的人都夸元奎家的酒席好。十个碟子十个碗，肉管够，酒管够，饭管够！人家有钱，可也舍得，不是那抠抠索索，把钱串在肋条上的人家。

大林听了，不由得暗暗叫苦。老实说，王元奎一家平时的为人就蛮不错。借点钱啦，使个东西啦，用用车啦，谁开口也答应。就连常年给王元奎家喂牛出圈担茅粪的光棍哑巴牛儿，支书也使不动他，就是只听王元奎的。

“唉唉。”大林爹垂着头，“王元奎这么一回回的，把满村的人都为到了。只怕日后跟元奎家有了啥事，没人会向着咱的。”

吃了晌午饭，一家人静静地坐在饭桌旁，屏声敛气地听着外头的响动。

元奎家把牲口拴过来已经整四天了，今儿不请客了，可不知牲口还往不往这儿拴。要是不拴了，那一天的黑云可就全散了。

二林今儿出去的早，已经把牛拴在门外墙根下了。大林也已经把这几天牲口踩起的土，撒下的粪尿铲平扫净了。只剩下那几个扎在土里的铁环没拔。他觉得，只要王元奎家一见这样子，也就知道是咋回事了。这两天你家请客，把牲口在这儿拴就拴了。今儿你家不请了，按理你家就别在这儿拴了。这不是你家该拴的地方么。

谁晓得门口突然一声叫骂，惊得一家人全都挺直了身子，瞪大了眼。

“娘的，谁家的牛拴到这儿啦！唵！”

二林噌地跳起来就往门外跑。大林随后也跟了出去。

王元奎的三儿子庆西，牵着牲口凶凶地站在门口。

“谁说这地方是你家的呀！”二林一出去就接了话茬。

“你瞎啦！就瞅不见这环子！”庆西开口就骂。

“你才瞎了呢！不瞎能把环子扎在人家门口！”二林毫不示弱。

“娘的，你再骂一句！”庆西攥着拳头逼了过来。

“你再骂一句！”二林也挺高了胸脯。

“谁也不准骂人！”大林把二林拉开，站在了庆西跟前。要打架，二林根本不是庆西的对手。庆西又粗又壮，虎背熊腰的，也根本不把这兄弟俩放在眼里。

“把你家这牛拉走！”庆西还是要打架的样子。

“庆西，你还讲理不讲理了。”大林尽力压低嗓门，“这是俺家门旁，又是俺家墙根。俺在这儿拴牛，也不是三日两日了，这你又不是不知道，咋会是你家的地方。”

“你的地方？你的地方这几天你咋不拴牛！你的地方这几天咋拴着俺家的牲口！你不讲理了还是俺不讲理了。你家门前的地方就能成了你家的！你家的房子院子也在俺家前头哩，你这房子院子也成了俺的了？”

“你……你胡说！”这一顿胡搅蛮缠，气得大林连话也说不出来了，“咱就让大伙儿评评理。”

街上的人早已围满了，远的，近的，端碗正吃着饭的，抱小孩的，纳鞋底的……这半天了，都只站着看，谁也不来劝架，听大林这么一嚷，都避开

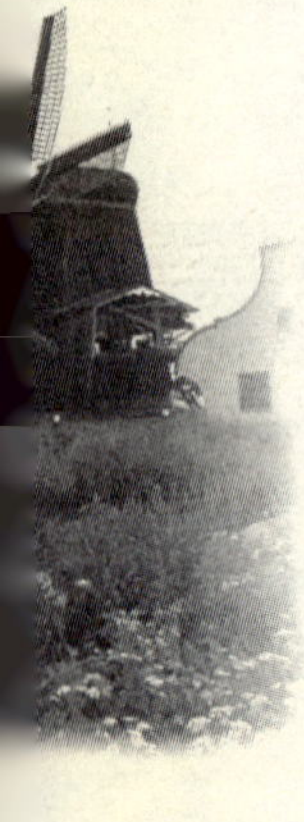

了眼神，谁也不朝大林这边瞅。

王元奎的二儿子庆虎，四儿子庆来，还有在家的两个闺女，这会儿全都跑了出来，虎虎地围了一圈。王元奎的老婆则站在自家门口，不三不四地骂："穷极啦是咋的！啥也能看在眼里！牲口在公家的路上拴着，拴到你家院子里去啦……"

王元奎老婆这么一骂，大林媳妇可就接上了："想把俺这一家子赶走呀，瞎了你的眼！有钱有的恶心……"

正吵着，不防王元奎的四儿子冲上去便解开了大林家的牛缰绳，紧跟着顺牛肚子便是一脚。

二林一见，顺手拿起手边的粪铲，在元奎家的骡子背上就是一家伙。

庆西举起拳头便朝二林抡了过来……

"住手！"

猛然一声断喝，四周顿时便静了下来。王元奎穿得齐齐整整，威风凛凛地站在了人群头里，朝着他那几个儿子闺女："混账！没大没小的，都给俺往家滚！"

庆西歪着头："那牲口往哪儿拴嘛。"

"往那边挤挤不就行啦！鸡毛蒜皮的事，净给俺找麻烦！"

"元奎，"大林爹这会儿佝偻着腰，颤巍巍地走过来，喘得呼哧呼哧地，"你说说，今儿这事怨谁呀？"

"老哥，你可千万别在意呀。"王元奎一脸歉意地说，"这事儿就怪俺！本来提前该给你打个招呼的，可这几天实在是忙，又想着你会到家里坐坐的，哪晓得你一家子这几天连面也不露。咱们几辈辈的邻居啦，啥时候红过脸的！俺忙，常不在家，小的又不懂事，以后还得你多担待哩！至于这拴牲口，俺也不是要占这儿，实在是这两天忙，家里乱，院子里拴不下嘛。后院里倒是能拴的，可这些日子作了仓库，大伙送来的香啦，羊皮啦，都要往里头放哩，俺总不能让大伙儿干了一冬的活儿都窝在家里，要过年啦，谁家不是等着几个钱花。过了这几天，俺还能不给你腾！"

"元奎！"大林爹眼睛红红地，"当着大伙，只要你有这话，俺还怕啥的。俺也不是吃草长大的，不识好歹。"

见元奎出来这么一说，四周的人这时全都帮腔劝了起来："大林呀，既

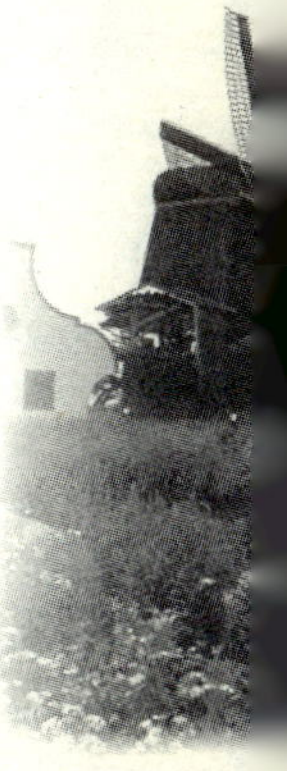

然庆虎爹说到这儿了，拴就拴几天呗。门前门后的，谁没个用得着谁的时候！”

“大林爹，你就回去吧。外头这么冷，别再受了寒。庆虎家这几天也实在是乱，将就上几天不就行啦。”

“是哩是哩，庆虎爹也是为大伙好嘛。”

“反正拴也是在大路上拴着，要脏也是脏大伙，何必呢！”

“好啦好啦，庆虎，你把环子挪一挪，对凑着能拴下得啦。”

“回吧，回吧……”

众人这么帮着劝着，等大林家和元奎家的六头牲口一字儿排开，全拴在了大林家院墙根，元奎一家子被人簇拥着回了家时，事情好像也就平息了。

唯有大林怔怔地站在门前，瞅着家门口一边饲养场似的一溜牲口，一边小山样的两堆圈粪，再瞅瞅王元奎家门口扫得干干净净的情景，一种受了愚弄和欺压的感觉，格外强烈地在心头冲涌了上来。

腊月二十二

五天过去了，王元奎家的牲口仍在门前拴着。一堆堆，一摊摊的粪尿，再加上猪拱鸡刨，门口简直像个大粪场。

大林家是条母牛，元奎家却在一旁拴了条大犍牛，又抵又蹭的，吓得那母牛连卧也不敢卧。吵了架的第二天，大林便只好把牛拴了回来。

看看要过年了，门前的粪堆和牲口又丝毫看不出有腾开的意思。王元奎整天跑得不在家，他老婆和他那几个儿子闺女，又整天黑着脸，对他一家子理也不理的，只怕一说又要吵起来打起来。没办法，大林只好跑去找村长。

村长不等大林把话说完，就打住了话头：“咋的这事情也来找俺！你应该先找你们的组长，组长解决不了再去找民政调解嘛！不过你既然来了，丑话咱就说在头里，有件事俺还得提醒着你点。王元奎可是咱县的重点专业户，咱们村还想靠着人家走专业化的道路呢，你可别犯了红眼病。要是因为这故意跟人家闹矛盾，那可是犯法的。现在哪儿也一样，要重点保护专业户哩！”

“这话可是从哪儿说起呀。”大林一听就蒙了，“村长，你可以派人去看看么。”

“好了好了，你去找你们的组长吧。俺只是提醒提醒你，不管有没有这念头，是得注意哩。”

大林从村长那儿出来，像是从凉水缸里泡了一样，连心也冷了。想了好半天，还是去了组长那儿。

组长一听，满腹牢骚：“娘的，这些当头头的也是，这事儿俺这组长能管了？俺过去当队长时，也没人家王元奎现在的一分哩。俺能管了人家！好处自个落，得罪人叫俺顶。大林，不是俺这组长王八蛋，专吃昧心食，实在是咱管不了。王元奎会听俺的？笑话！照俺说，你要能忍就忍了。忍不了就告状，让村里的民政解决好了。反正俺这当组长的都他娘的是摆设，没那本事。其实呀，只怕你找了民政也扯鸡巴蛋！除非……”

“除非咋？”大林急忙问。

“除非他娘的把事情弄大了，民政不管不行了！”

“这话咋讲？”

“瞧你这副老实相。你就不会把他家的牲口全都赶走？不会把环子全拔得扔了？不会把你家的牲口你家的圈粪，也弄到他家门口去？真是的！”

“那还不打起来了？”大林皱紧了眉头。

“人家就不怕打？怕打你就别告么！你老老实实地忍着不就行了。”

大林愕然地瞅着组长。组长掏出支烟来，也不让他。噌地点着了，狠吸了两口，说：“你思谋思谋吧。人家那一家子可是不好惹哩。”

大林走出来，痴愣了一阵子，还是去找了民政调解员。

调解员听完了，板着脸问：“拴牲口的地方是你家的？”

“是在俺的墙根下边。”

“俺问墙根下面的地方是不是你家的！”

“不是，是在街面上。俺家院墙外边就是路，那……”

“行了。他家堆的圈粪是不是把你家的门堵了？”

“没堵。可就在门口，多高的一堆。”

“你走得出去么？”

“走是能走出去，就是……”

“行啦，你回去吧！”调解员一脸的不高兴，“啥事也来搅和。人家一不占你的地方，二没堵你家的路，你告人家啥哩！白馍白面的，吃饱了撑

得呀！”

“这……”大林一急，嘴就拙了，“可……俺家连拴牲口的地方也没了呀！”

“你有没有拴牲口的地方碍人家啥事情！碍民政啥事情！回去吧。下次要还是为这事，趁早别来！”

大林恼悻悻地走回家来，给家里人一学说，气得老婆登时就把他骂了个昏天黑地：“跟着你这没出息的熊货，把人窝囊死啦！眼看着就要过年啦，门前那鬼样子，亲戚朋友的咋登门哩！这一家子的脸往哪儿搁哩！俺算是瞎了眼啦，咋会跟了你！穷了不算，天天还要这么提心吊胆地受这惊怕……”

听着听着，大林突然恶狠狠地喊了一声：“二林！”

“咋哩?”睡了的二林连袄也没披便跑了出来。

“明儿起早点，出圈！娘的，咱把粪也堆到他家门口去！把牲口也拴到他家门口去！”

腊月二十三

赶天亮，兄弟俩便把铲出来的圈粪，积在院里的灰土和杂肥，总共二十来架子车，全都堆在了王元奎家门旁。元奎家的粪堆离他家门口有多近，他们堆得也有多近。

等堆完了，二林一边擦着汗，一边有点发怯地说：“哥，人家要是把咱家的粪铲走了咋办?”

“不怕。天这么冷，今儿又阴着。粪堆一会儿就冻住了，要铲也得费些工夫哩。”大林一边说，一边有些心疼地瞅着弟弟。爹有病，二林从小到大，啥事也靠着哥哥嫂嫂。长兄如父，他对大林总有着一种依恋之情。大林也格外地疼爱这个伶俐乖巧的弟弟。二林今年十七岁，长得很单薄，长溜脸儿，白净面皮，像个姑娘家。高中毕业，刚到社会上，便碰上这种事情。大林叹口气，轻轻在弟弟头上摸了一把：“二林……”

“嗯?”二林眨巴着眼睛瞅着哥。

“这两天……没事，你少出门。”当哥的觉得鼻子有些酸，转脸走开了。

说是六点多了，天还黑咕隆咚的。冬天，又是阴天，等到天亮，怕要到八点了。村里冷冷清清的，不见一个人影。如今的庄稼人，在这又阴又冷的腊月天，没有几个早起的。

粪堆上了，汗流了，气出了，剩下的可就是提心吊胆了。门虚掩着，门外稍稍有个响动，弟兄俩的心便忽地提了上来。

屋子里黑洞洞的。秀兰早也起来了，和衣靠在被子上。炉火捅得很旺，屋里暖烘烘的，只有孩子还香香地睡着。夫妻俩谁也不说话，蓝火苗子一跳一跳的，映出两张不安的脸。

吱——

还没等大林悟出什么来，二林已经挑开门帘，探过一张恐慌不安的脸来："哥，元奎家的门开了。"

二林说完，撒腿就往院门口跑，把耳朵贴在门缝听动静。大林有些木然在愣着。秀兰蹬了他一脚："出去呀。"这才清醒了似的跑出屋去，站在院子里静静地听着。

爹屋里刚才那一阵接一阵的揪心的咳嗽，此时也突然没了。

一家人的心好像全在怦怦怦地跳。

过了好一阵子，却没听到什么动静。

这时天色朦朦胧胧的，开始发亮了。

嘎吱——咚！

元奎家的门突然又响了，好像开得很宽。紧接着，便是一阵急急的脚步声，朝他家门口走过来。

大林那颗乱跳的心好像一下子提到了嗓子眼。

哗——刷！院门上猛然一声响。

贴在门缝的二林惊得往后一跳，紧忙又在脸上摸了一把。愣了一愣，嚓地拉开门，正好看了个后身，王元奎老婆端着个尿盆正往回走。

尿！王元奎老婆把尿泼在了他家门上！

这是迷信里头最狠毒，最厉害，也是平时对人最蛮横的一招，把尿泼在了门上！

起初二林好像还没意识到这是怎么一回事，仍在摸着溅在脸上的尿点子。但紧接着便像疯了似的一跳，扭头就往屋里跑。一边呼哧呼哧地喘粗气，一边像是豁出去了似的嚷："哥，拿尿盆来！老子也要泼她，老子也要泼她！

爹，把门打开……王元奎！俺操了你娘啦，你这一伙龟孙子……”

大林也好像被这突如其来的侮辱气蒙了，傻呆呆地站在院子里，一动不动地眼巴巴地瞅着弟弟这屋那屋地找尿。

大林屋里就没尿。爹和娘屋里，娘刚才已经倒了。二林见没尿，气得抖了一阵子，便提了茅罐茅勺，在茅坑里舀了半罐子茅粪！还没等大林明白过来，二林早已蹿了出去。

刷——哧！半茅罐茅粪，全给泼在了元奎家门口。

当二林气冲冲地跑回来时，爹正满脸惊慌地站在院子里：“你……你把茅粪泼啦?”

“泼啦!”

“泼到元奎家门口啦?”

“泼到门口啦!”

“唉，完啦!”大林爹踉踉跄跄地，差点没栽在地上，“这年是别想过啦，孽障!”

大林一把扶住爹，像是在安慰爹，又像是在安慰自己：“爹，不怕。是他家先给咱家门上泼了尿么，咱不怕他。”

“还不怕呀！人家兄弟姊妹一大帮，如今又是啥样人家，咋会饶了你兄弟俩！唉，完啦!”老人家咳嗽了两声，连眼泪也涌出来了。

没想到从早上一直到快吃午饭，王元奎一家子居然一点动静也没有。只是在他家门前时不时地站着三三两两的人，叽叽咕咕地盯着那一摊茅粪看。大林家门口倒是挺安静。泼在门上的尿早干了，啥也看不出来。

刚才倒是四婶悄悄来过一次，一进门便满脸惊慌，拍手捶腿地嚷：“别斗啦，别斗啦！你这一家子咋斗得过人家呀！人家一大早就打了电话把元奎催回来啦。元奎一下车，见了那茅粪，脸登时就颠了，好怕人哩！瞧你这一家子，这会儿不是干等着死挨呀!”

“四婶，这能怨俺家么!”大林丧气地说。

“背过弯儿，哪个也知道不怨你家，不是给逼狠了，谁敢干那事哩。唉唉，这事俺是最清楚啦。”四婶压低嗓门，“人家给你家门上泼尿，可不是一回两回的啦！除了今儿这回，你和人家吵了的第二天大早，人家就泼啦!”

“啊，这是真的!”大林一震。

“四婶活这么大啦，啥时候说过假话。俺可是亲眼看见的哩。在场的还有哑巴牛儿。俺老眼昏花了，可那么个大活人，还是看得准的。除了她，谁肯干这事哩！”

“嘿！”大林气得直跺脚。

“这事你家知道了就行啦。照俺说，事情到了这份上，能别闹就别闹啦。唉，只怕人家不甘罢休哩！”

果然，一家人刚坐在饭桌旁时，村里的高音喇叭就响了，一个炸耳的声音不停地在喊：“张大林！张大林！马上和你弟弟一块儿到村委会来！张大林！张大林！听见了没有，马上到村委会来……”

大林和二林胡乱拨拉了两口饭，赶忙就走。从家门口到村委会办公室，喇叭声一直没停。等到兄弟俩进了村委会办公室时，喇叭还响了一遍。

村委会的大院里，办公室门口，窗户上早挤满了人，叽叽喳喳，嘻嘻哈哈的，像看猴戏。

没想到办公室里坐着那么多人。村长，支书，治安员，民政调解员，村里要紧的几个干部几乎全在。靠墙角，居然还坐着乡里的一个干部。

兄弟俩站在办公室当中，被一圈的眼睛牢牢地盯紧。大林默默地站着，一个旧时的记忆伴着一个强烈的念头猛袭了来，这不是像要搞批斗……

十多年前，三四月，青黄不接，粮不够吃，他半夜去偷苜蓿，被民兵抓住。也是像今天这气氛，也是在这办公室里，也是在这办公室的大院里，做检查，受审，批斗……那时候，他刚结婚不久，为这，老婆差点没跟他离了婚。

此情此景，何曾相识！他的思绪陡地僵住了。

“张大林。”村长的一声喊，让他猛地又清醒了。然而这口气，这嗓音，这板着的脸，还是让他感到何曾相识，何曾相识！

村长：“大林，你晓得村委会为啥要叫你吗？晓得不晓得你今天干了件啥样性质的事吗？嗯！”

大林：“……”

二林：咋的不把元奎那一家子也叫来！”

治安员：“没问你，不准插话。”

支书：“大林，你真是太不像话了。那年村里撤销了对你的处分时，你还感动得哭哩。说你一辈子也不会忘了这件事。可如今，咋会变成这个样子！

你就不想想，咋能把粪堆在人家门口，把茅粪泼在人家门上……”

二林：“是他先泼的！王元奎老婆把尿都泼在俺脸上了……”

治安员：“住嘴！再插话把你捆起来！”

乡干部：“野蛮。”

村长：“俺昨天晚上还一再给你叮咛，人家是专业户，要注意影响，注意动机。想不到原来你是提前打招呼来啦，一回去就干了这事！大林，我告给你，你今儿的行为是触犯了刑律的，懂不懂！”

大林：“村长！你让俺说两句行不行！你总得先听听俺的呀！”

治安员：“先注意你的态度！”

支书：“那你就说说吧。照俺说，你现在的思想，仍然是不端正的哩。”

乡干部：“主要是思想问题。”

大林：“俺希望你们能到现场看看，挑头起事的到底是谁。俺跟他一无冤二无仇，为啥平白无故地要把圈粪堆在他家门旁，要把茅粪泼在他家门口！他家在几天前就占了俺家拴牛的地方，就把圈粪堆在俺家门跟前……”

民政：“真是的，你这纯粹是有意制造矛盾么。昨天晚上俺已经给你讲明了，人家拴牛没占你家的地方，人家堆粪也没占你家的地方。”

大林：“那俺家的粪咋就占了他家的地方！俺家……”

治安员：“端正态度！”

民政：恰恰就是你家占了人家的地方。人家的圈粪堆在人家墙上，并没有堆在你家墙上，可你家为啥要把圈粪堆在人家墙上！”

大林：“……可也一样在俺家门口堆着呀！”

村长：“这不是诡辩嘛，在村委会你还这样，在外头谁还管得了你。”

支书：“不像话。”

乡干部：“这就叫做不懂法不守法。”

民政：“再说你这泼茅粪，纯粹就是侮辱人格，侵犯人权。”

二林：“元奎老婆……”

大林：“二林！你别插嘴。俺请求村委会马上调查！这件事究竟是谁挑起的！今儿早上，俺兄弟俩亲眼看见王元奎老婆把尿泼在了俺家门上！而且这种事她干了不是一次两次了，前几天她就把尿往俺家门上泼！”

四周一片窃笑，议论声。大林扭头看去，偌大的院落，黑压压地几乎站满了人。

民政："听着，诬告是要犯诬陷罪的！俺先问你人家门口的茅粪是你家泼的吗？"

大林："……是。"

民政："承认了就好。那么，你确实以为王元奎老婆在你家门上泼了尿？"

大林："这是事实！俺跟二林亲眼看见的。"

民政："你们的话不足为凭，这得有人证！"

大林："……"

二林："哑巴牛儿就看见的！还有四婶也看见的！"

民政："这两位能给你们出面作证么？"

大林："……"

村长："马上把这两个传来！"

满院子一片哗然，人们好不兴奋。大林愕然地瞅着这一张张又熟悉又陌生的面孔，心绪乱极了。二林则挺直胸脯，分外自信地站着，显出一副桀骜不驯的样子。

二十分钟后，哑巴牛儿来了。四婶没来，只来了个四婶的小儿子。

哑巴牛儿不怎么聋，只是个半哑。听了人们的问话，便涨着脸，啊呀啊呀地比画起来。比画了好半天，人们才听明白了，别的他啥也没看见过，就看见大林和二林把好多好多茅粪泼在了王元奎家的大门上。

满院子的人，轰的一声全笑了起来。连板着脸的村长和支书，脸上也有了笑意。

问到四婶十六岁的小儿子时，那小子红着脸，小声嘟囔着："俺娘这些天有病，早上从来就不出门的，那天听见外边吵架，才出去看了看，就没见过泼尿嘛……"

二林脸色突然变得煞白，呆呆地瞅着这一切。大林则像一头栽进了冰窖里，浑身一阵阵寒颤。

村长："好啦，这两个证人可以走啦。"

牛儿在人群里走过时，几个小伙子嘻嘻哈哈地在他头上摸来摸去：

"牛儿，嘿嘿，好你个牛儿！"

"啥，牛儿这鸡巴脑门好滑哩！"

"操你娘，牛儿你这回讨个零花钱，不请客看老子不揍你!"

……

村长："张大林，你还有啥可说的么?"

大林："村长，你能相信这种证词么！俺以人格作保，俺没说了一句假话……"

村长："够了！大林，村委会今天对你兄弟俩够宽大的啦！假如你再这么无理强辩，那可要从严处理的！好啦，下面你认真听一听村委会对这件事的处理，让民政给你念一遍。"

民政："听着。鉴于张大林及其弟张二林无理向专业户王元奎家门口堆粪、泼茅粪一事，经村委会研究，决定按以下几条处理：一、马上铲掉、冲净王元奎家门口的茅粪。二、两天之内拉走堆在王元奎家门口的圈粪和土杂肥。三、上门向王元奎一家赔情道歉，并在村广播上做出公开检查。四、罚款三十元。"

大林："俺不服！一百个不服！这是包庇！俺要到上面去告你们!"

二林："贪赃枉法，卑鄙无耻!"

民政："假如你们不遵，那么今后发生任何事情，一切后果都由你们承担!"

支书："真是不像话。"

乡干部："晚上在广播上应好好讲讲这事。"

村长："大林，俺告诉你，这种处理够宽大的啦，不要在这事上栽了跟头。回去好好想想。"

大林二林回到家里，一家人又哭又骂，又气又愁地整整坐了一下午一晚上，到了也没商量出个咋对付的法子来。不过有一条是统一了的，对村委会的判决不服，不遵。

一家人好像全都豁出去了。

后半夜了，娘在屋里却突然哭出了声："……真是日久见人心呀，早知你今天这个样，那一年咋不叫狼把你娘儿俩吞了呀！人心真是识不透……"

腊月二十四

半夜时分，下起了小雪。赶天亮时，地上薄薄地落了一层。

大林一夜没合眼。一直到鸡叫头遍时，才迷迷糊糊地睡着了。正睡沉了，猛地又被二林摇醒了。

“哥！你快起来呀，哥！”

“啥事?”大林噌地坐了起来。

二林像是哭似的嚷：“哥呀，元奎老婆又把尿泼在咱家门上啦，你快看看这咋办呀!”

没想到元奎老婆这回竟泼了这么多尿！整个两扇门上湿淋淋地像被尿泡了一般。门外一大片，从门缝里又流过来一大摊。门里门外的雪上，都被尿水浸成了赭黄色。

大清早，路面上还没被人踩过。一来一回两道脚印，清清楚楚地从元奎家门口延伸到大林家门口。

大林一看这情景，当机立断：“二林，你在这儿守着，俺找村委干部去。千万不要让人把现场破坏了。”

大林说完，撒腿就跑。

第一个找的是支书家。叫了老半天，支书的儿媳妇才睡眼惺忪地开了院门。支书还睡着，连屋门也没开。只是隔着窗户说了两句：“大林呀，这事情俺晓得就行啦，你先去找找他们吧。俺八点钟还有个会哩。”

村长倒是起来了，正在洗脸。见了大林，不知咋的那么亲热。又是让座，又是让老婆拿烟。听大林说完了，把眉头一皱：“这个王元奎，咋搞的嘛！昨天你走了，俺把他找来，还一再嘱咐他不要叫家里再闹事，他满口答应了嘛！嗨，现在这人呀，都会干这事。阳一套阴一套，说一套干一套。有啥了不起的，不就是个专业户嘛。专业户就能这么胡作非为！你不晓得俺这人哩！就这脾气，不知咋的，一见这号事气就不打一处来，这样吧，你先去把治安和民政叫上，俺随后就到。”

大林怔了怔，只好去找治安。治安家在一条深胡同里，胡同外面的大门关得严严的，喊了老半天，不知是不答应，还是听不见，治安员就是喊不

起来。

没办法，又赶紧跑去找民政。民政不在家，到牛房里喂牲口去了。民政老婆一见大林，一把拉住说得大林咋也走不了：“……俺那死鬼，昨天一回来俺就骂了他一顿。俺说他，大林是啥样人家，王元奎是啥样人家，哪个人心里没杆秤！人家大林那么老实正派的人，你们那样训人家，心里就过得去呀！俺那死鬼，别看当个干部，头脑简单着哩。俺就骂他像条狗，唿哨一声就扑上去了。落好的事儿没他的份儿，得罪人的事就轮上他啦！其实呀，他心里也没啥，就是那两片子烂嘴！村长啦，支书啦，人家怕啥的，拍拍屁股啥也抖得利利索索，一个人也不得罪。可俺对你说老实话哩，哪样事不是人家点了头才算呀……”

等脱身走出来时，天已经大亮了。找到村口牛房时，民政调解员正给牲口拌料。听大林说完，好半天了就是不吭声。只是把拌料棍在牛槽里哧啦哧啦地搅来搅去。末了，有些不耐烦地：“你走吧，俺一会儿去。”

“你现在就得去呀。”大林一听就急了，“等一会儿人多了，就没现场啦。”

“没啦咋的，不就是说他家给你家门上泼了尿么。”

“这是明摆的事么，你一看就清楚了呀。”

“清楚了？这能清楚了？俺一个说清楚就清楚了？”

“你是村委干部呀，只要你见了，那还清楚不了。”

“不就是让俺给你作人证么。你咋不把他们几个也一块儿叫上！”

“你……你是民政呀，咋也是得找你嘛。”

“你别在这儿一劲熬了行不行！”民政突然火了起来，“说一会儿去就一会儿去嘛，俺连这点儿自由也没啦！不就是泼了一盆子尿么，你不往人家门上倒茅粪，人家就往你门上泼尿！真是的，你这人咋这么糊涂！俺敢是硬要得罪你哩！你想想，啥事没个前因后果哩。人要明白了，啥事不好办……”

“啥！你说啥！”大林像是不认识似的瞅着民政，随即又好像恍然悟出了什么似的，“俺明白啦，俺总算明白啦。俺可真是糊涂！王元奎谋算俺的房基，你民政一定是最清楚的。王元奎说了，随便让俺在村外挑基地，瞅准了哪一处都行，这不给你提前说通行吗！俺是明白啦，这分明是合了伙地想谋算俺么。王元奎有钱，有汽车，有拖拉机，有用哇！俺这样的人算个啥哩，还怕得罪呀……”

"张大林!"民政陡地把料棍往地上一摔，"你在俺这儿闹算啥本事！有能耐把他们一块儿叫上么，敢是俺咋了你啦!"

"你还要咋的呀！人家吭一声，连面也不露，你们便一个个全到齐了。俺喊破了嗓子，磕烂了头，你们推来推去的，理也不理。俺今儿只求你这么一点事呀，俺只求你去看一眼……"

"大林——"

突然一声刺耳凄厉的喊。秀兰披头散发，浑身是泥，一脸是血，跌跌撞撞地冲进了院里："大林！你死到这儿啦！快去救二林呀，二林让元奎那一家子快打死啦！哎呀，这还有人活的路吗！大林，你快点呀！再迟了就没弟弟啦……"

大林只觉得脑子嗡的一声，噌地跳出牛房，拔腿就跑。

然而一切都晚了。当他跑到家门口，拨开围观的人群，只看见爹在号，娘在哭，二林倒在血泊中……王元奎家的两扇大门，紧紧地关着。

两腿打战，周身发麻，嗓子眼呜呜呜地直响。猛然间，他像头豹子似的吼了一声，三步两步跳到王元奎那大门前，一边用脚用肩猛踢猛撞，一边撕裂了嗓子似的喊："王元奎，你出来！老子跟你拼啦，你这恶霸……"

"大林!"当爹的扑上去一把抱住他的腿，"别在这儿疯啦，救二林要紧哪！快呀。"

围观的人这会儿也七嘴八舌地嚷起来：

"就是哩，得赶快送医院治伤呀!"

"事情归事情，救人要紧哪!"

"快去找找保健员，先得止住血呀!"

……

一个女的走过来，在大林耳旁悄悄地："把人抬到他家里去！看他要咋的！把人打成这样，关住门就没事啦！大林，把二林抬到他家炕上去!"

"使不得，使不得!"另一个男的凑过来，压低嗓门，使劲地摆手，"抬到人家炕上要咋的，是死是活人家才不心疼哩，还不是让咱的人受了！还是快点送到乡医院是正经。"

"大林！你还等啥呀!"当娘的连哭带喊。

大林呼哧了几声，哇的一声哭了起来。一边哭，一边找来了平车、被褥。

众人七手八脚，帮衬着把不省人事的二林抬上车，村里的保健员做了紧急救护，然后急急地往乡医院拉去。走了没多远，只听得三儿阴阳怪气地说了一句：“嗨，昨天这茅粪往这儿一泼，俺就料到这架是打定啦！嘿嘿，果不其然，连一天也没出了哩！”

西北风里，众人都缩头缩脑地瞅着他，没一个人搭腔。

腊月二十六

两天两夜了，二林一直昏迷着。

据昨天的几个大夫诊断，除了肺部和肾脏的内伤外，至少有三处骨折。两只手腕和左脚，水亮亮的全都肿成了紫青色。胸前背后和两腿后侧，伤痕累累，瘀血重重，几乎没了一块好肉。头上有四处瘀血。脖子肿得水桶一般粗。奇怪的是，这么重的伤。除了鼻子和嘴不断地往外流血，便血外，竟没有一处流血的外伤。

这用啥打的么？连几个医生也纳闷。

后来才知道，二林这一身伤，竟是让裹了布条棉花的钢条铁棍打成的！

那天早上，大林让二林守着现场，自个跑去找村干部时，秀兰还没起来。正穿着衣服，只听的门外几声吵骂，猛然间便是二林声嘶力竭地喊：“哥！哥哥！哥呀——”紧接着一声惨叫，就啥也听不到了。

秀兰连袜子也没顾上穿，蹬上鞋就往门外跑。这时二林已被打趴在地上了，王元奎的三个儿子庆虎庆来庆西，仍然拿着家伙，没轻没重地朝二林身上抡。

秀兰吆喝了一声，没命地扑了上来。庆虎见状一跃而起。一巴掌扇过来，紧跟着又是一脚。秀兰便一头栽下去，在地上滚了几滚。

元奎老婆站在大门台阶上，嗓音不高，却分外瘆人地：“狠狠地给俺打！狗胆包天，敢跟俺作对哩！往坏的打！往折的打！不就是撂几个钱么，把你这狗骨头打折了，俺撂一千再给你治！不服气呀，不服气俺就再撂一回，俺就不信把这些狗养的治不服！”

秀兰一见不好，爬起来拔脚就逃，一边逃一边喊救人。跑好远了，还看得见那几个死命地朝二林身上打。直到大林爹和娘抢天呼地，踉踉跄跄地跑出来时，那一家子才住了手，关了门。

门前门后，可巷里的邻居，不知是听不见，还是没起来，自始至终，没一个人跑出来拉架、劝架。直到打完了，大林爹娘呼号起来，人们才陆陆续续地出来了。

两天两夜的忙乎、折腾，熬得大林两眼通红，一脸憔悴。早就该剃了的长头发乱莲蓬的，使脸显得更小、更黑。早该洗了，没顾上换的衣服，显得更脏、更破。被一路上的雪和泥浸过的棉鞋，连颜色也看不出来。加上那一张阴沉沉的脸色和那一副直勾勾瞅着人的眼神，活似一个疯了的囚犯！

其实他的神经一丝儿不乱。前天昨天那种烈火一般的情绪，到这会已经冷却了，冷得像块石头，像块冰！

前天晚上进医院时，他发觉医生、护士们还挺尽心的，打针呀，输液呀，跑得很勤。然而一到昨天下午，当医院里换了医生和护士时，他便觉得有些不对头了。本来昨天就该透视的，透视员却突然说机子不合适了，片子也没了，还得到县城里跑一趟。一走就再没露面。换了的医生，来检查了一回，便说二林可能没有骨折，大概是脱臼了。

他正想着事到如今，这些村干部将会咋处理这件事时，没料到秀兰昨天来时，带来了民政的一个条子，人家便把所有的干系全解脱了：村民政无法调解，请原告予以上诉。

昨天下午，他去了派出所。所长看了村民政的条子，说得写一份申诉书。并一再嘱咐，谁打的就写谁的名字，没打的就别写，写好了明天再来。没想到今天去派出所时，所长却不见踪影。问了两个人，说是下去办案了，不知啥时候才能回来。

回到医院时，他瞥见一个挺熟的身影在院长办公室走了出来。想了半天才想出来，庆龙！他仿佛被人打了一闷棍，猛地愣住了。庆龙是王元奎的大儿子。一直在外地跑运输，经商的王庆龙在整个乡里无人不晓。前不久，他一回就给乡里订回了三百多方木材，价格便宜得跟排价一样。全是上好的椽檩大梁。别说一般人了，就连乡里的头头算上，哪个见了庆龙不点头。

夜深人静，秀兰也蜷在墙角睡了。坐在仍然昏迷着的二林身旁，他睁着两只布满血丝的眼睛，把事情的前前后后，从头到尾细细地理了一遍。

俺有啥对不起乡亲们的事么，没有，从来没有。就那年偷了一回苜蓿，可乡亲们谁也原谅他，他挨了斗，门前门后的，多少人跑来来也家里坐，劝他，安慰他，连那个押了他的小伙子，也跑来了要他别恨他。秀兰跟他闹离婚，又有多少人跑来开导她，劝解她。他虽然挨了斗，可心里没留下伤疤。他从乡亲们的情意里，看到了自己家里有人缘儿。这人缘儿是他家几辈人为来的！上下几代，都是安分守己的庄稼人，没打过官司，没打过架。就连吵架斗嘴的事，也几乎没有过。只要家里有的东西，谁来借也能拿去。谁家盖房啦，打墙啦，只要肯吭声，那可是一心一意地下力干。可巷里新盖的房子上，哪间没他的汗水！爹说了，为人就得心诚哩，大伙用你个啥呀，不就是这几两汗的力气！

然而就在这一夜之间，他家这几辈子为来的人缘儿，好像一下子全没了！全是假的！

是因为他家做事过分了么。跟王元奎家这起事从头到尾，到底为啥，到底怨谁，他不信门前门后的会看不出来！就说是二林在你门前泼了茅粪，可他还是个孩子呀！一个孩子挨了那样的毒手，一个孩子那样的嘶喊，可就是没一个人出来！他不信可巷的人没一个听不见，他不信，死也不信！莫非可巷的人全都变了心肠，见利忘义，昧了良心！他不信，也一样不信！

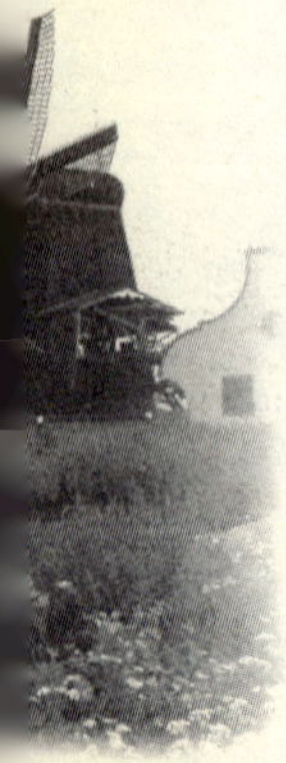

可这到底是因为啥呀！那村长的脸面，民政的埋怨，哑巴的指指画画，四婶的躲躲闪闪，众人看猴戏似的眼神，那几个小伙子的嬉闹……还有派出所的含糊其辞，医院里的忽热忽冷。

可这些，到底怨谁……假如，挨了打的不是二林，而是别人，那么，你又会咋样？

昏昏的灯下，他止不住地打了个寒战。

腊月二十七

二林从昨天晚上突然开始说胡话，眼睛瞪得溜圆，大喊大嚷：“你……你就打！王元奎，你出来！老子看见你啦……哥！哥哥！哥呀……”

喊叫起来，胳膊腿一阵乱动，两个人摁也摁不住。有时不小心，若要摁在手腕上、脚上，便会哎呀一声惨叫。闹腾上一阵子，累了，又沉沉地昏睡过去。睡上半天，好像能清醒一会儿。睁开眼，痴痴地瞅着，认不出人，也叫不答应，只是呻唤。再过一会儿，又突然喊叫起来。

医生来过几次。来了也不说话，仔细地看看，然后开上药单，给护士嘱咐几句，又匆匆地走了。若问紧了，便说，等透视了，拍了片子再做处理。

透视科的医生去了城里，两天了，一直没回来。

派出所的所长，也一直不见踪影。

傍黑时分，大林从派出所回来时，发现炕头放着几个鸡蛋。几天了，头一回有人来看望，大林不由得问："谁来啦？"

秀兰眼睛红红地瞅着他，好半天了，才说："三儿来啦，等了你半天没等着，已经走啦。他留了话，问咱愿意私办么，还说私办好，得上几个钱算啦，要把人家告倒了，也不容易哩。"

"放他娘的屁！三儿你这条狗！"

"你看咋办呀？"秀兰哭了起来，"这还不是王元奎让来的呀！"

大林一把抓起那几个鸡蛋，啪地摔了出去："王元奎！老子跟你势不两立！乡里告不下你，去县里告，县里告不下，去地区、去省！俺就不信这世界上哪儿也是你的天下！"

腊月二十八

"坐下坐下，我看你也是气糊涂啦。这两天，出了人命案，总得先处理么。看把你急成啥啦。"所长四十多岁的样子，看上去挺斯文，一边倒过一杯水来，一边挺和气地说，"你想想，你就是到了上边去告状，目的是要咋的么。"

"犯啥法就按啥法处理，就现在这样子，还不该先把凶手逮起来！"

"不就是拘留么。可拘留也得够条件呀。像你这，就不行么。第一，你们两家是属于打架斗殴，不算恣意行凶，无理打人。"

"啥？这还不算！"

"嗨，你们村里的报案材料写的就是打架斗殴么，白纸黑字，又盖着公章，写得明明白白呀。"

大林一下子呆住了。

"第二，挨打者如果重伤致残，这就是说至少是折了骨头，毁了脸面以上的重伤，咱们这儿才会呈报上级，批准后，才有权拘留逮捕。可是从医院送来的伤情诊断上看，根本说明不了问题。软组织挫伤和脱臼，都属于轻伤。即使咱这儿报上去，也批不准的呀！”

“……”

“第三，真要拘留逮捕人，至少也得两个证人。你说说，你能找下证人吗？说老实话，俺办了多少起案了，别说像你这样的家儿，就是再比你像样点的，要想正儿八经地找两证人，也真难哩。”

“这就没个理啦！”

“你看你，拿在桌面上，人家这哪条不是理？你要真去告上告下，拖来拖去的，只怕到时候哪儿也不管了，弄不好往民政法庭上一转，你打官司去吧。人家请上个律师，一年两年的你也别想打得赢。这不马上又要过年啦，三晃两晃，等到哪儿也放了假，可就推到过了年去啦。少说也得等十天半月的。”

“俺咽不了这口气，俺就不信告不下他！”

“别说梦话啦，这么个事，在上头那些人眼里，算个啥呀！别说不会有人理你，就算你告准了，人家能不来电话打问，能不看看这些材料？弄不好，只怕你还会挨一顿批评哩！三推两推还不是下边管？反过来，就是把王元奎的两个儿子拘留了，那又要咋的？打了不罚，罚了不打。弄不好你还得出药费。人家一出来，可是毫毛不少一根。你这又不是杀人案。”

大林突然觉得浑身上下没了一丝力气，好像连说话的劲儿也没了，只是怔怔地瞅着所长那张分外和善的脸。

“依我说，最好最快的办法倒不是没有，只是不知你愿意不愿意。”所长点上烟，瞅了一眼大林，“事情已经到这分上了，打也是已经打啦，还不如让他经济上受些损失。找上两个人，私下办一办，咱这儿再施加点压力，咋也让他出个千儿八百的……”

大林一下子挺直了身子，像不认识似的盯紧了所长。

“当然啦，你要是有硬关系那就不说啦。若有硬关系，逮了他，还要让他掏药费，赔损失，还要罚他的款。你瞧，我这也是胡说八道了。我是看着你老实巴交怪可怜的，才这么说了一大通。我也不怕你告我，你也不会告我。到底该咋办，主意自然要你拿。这两天我都在，你想想好啦……”

迷迷糊糊地，不知是怎样从派出所走出来的。天上灰沉沉的，撒着盐粒一般的雪，西北风呜呜地响，朝人猛扑。大中午了，滴水没沾，不觉得饿，也不觉得冷，只感到周身一阵阵麻木。不远处便是集市，过年前的最后一个集市，人山人海，喊声如潮。他却觉得离他好远好远。恍惚中，他好像觉得有个熟悉的身影在身旁走过。他转过身去，那不是四婶么！四婶挎着个篮子，低着头，像逃似的急急地走远了。他笑了一笑，又转过脸来，路旁两个小孩，慌慌地瞅着他，撒腿就跑，他又笑了一笑。

他觉得好累，好乏，连心也好像不跳了。猛然间，他想起那年去山里打柴，一失脚，溜到了崖边。两脚悬在空中，双手只抓着一株山柴，一直抓了半个时辰。好奇怪，今天的感觉竟会跟那时一样！不行啦，真的不行啦，俺实在顶不住啦……真想那么松开手，然后朝那无底的沟里摔下去，摔下去……

从派出所到医院，一里多的路，他走了足有半个时辰。

回到药房，只见秀兰两眼红红地哭作一团，原来二林醒了。

整整四天了，二林头一次认出了人。

“二林。”他慌忙俯上去。

“……哥。”二林喃喃地喊了他一声。

“你……觉得咋样？”大林只觉得鼻子一酸。

“就是……疼，哥。”眼泪从二林的眼里直涌出来，“哥，王元奎那坏蛋……抓起来了吗？”

“二林！”大林止不住地哽咽起来。

“二林，你好好养伤，啊？”秀兰一边给二林擦眼泪，一边又止不住地用袖子蹭眼睛，“王元奎……公安局已经把他逮起来了。”

“……让公安局好好收拾他……哥，那天，就是他使的坏。俺看见他了，他在……门后头，一摆手，那几个……就上来了……王元奎！你这个狗东西！你出来！哥！哥哥！哥呀……”

二林突然说起了胡话，又迷糊过去了。

“二林！”大林猛然一下子哭出了声，一边哭，一边嚷，“哥对不起你哇，二林！”

他跌坐在旁边的空床上，两手捂住脸，越哭越凶，越哭眼泪越多，越哭越忍不住地悲酸、凄楚、怨愤……想着这多天受到的冷遇、愚弄、欺诈，想

着世人对自己的冷漠、疏远、离弃，想着王元奎一家子的奸猾、狠毒，想着二林被打倒时那凄厉的喊“哥！哥哥！哥呀——”便哭得越发伤心起来。二林被铁棍打趴下时，谁也没喊，喊得就是他这个哥！爹娘年迈有病，嫂嫂是个弱女人，四围的邻居又全不见出来，唯只有这个哥大概还能护了他，偏是哥不在跟前。也许二林的这几声喊全是一种下意识，然而正因为是下意识，才让他这么难受凄楚！

秀兰在一旁，也呼哧呼哧地哭个不停。一边哭，一边埋怨：“你可真是憨，人家早就谋算好了的要打人哩，你就偏把二林一个人放下跑了。你还找那几个村干部哩，哪个不是人家的人！人家前几天才办了个啥公司，支书、村长和村里的几个头头都入了股。王元奎是股东哩，村长支书的能不替人家办事！就连这医院的院长，也只怕是人家的人哩。”

说到这会儿，大林慢慢地止住了哭，他默默把两手从脸上拉下来，两眼痴痴地瞅着，好像什么也不看，什么也不听。秀兰却越说越难受，越哭越伤心：“刚才才听人说，这医院的院长跟王元奎可不是一般关系哩。医院前头才开张的那个药铺，就是王元奎给院长盖下的。到现在还垫着几千块钱哩……俺看啦，咱这一步一步地，可都由着人家的耍哩！看看就到年根了，可该咋办呀！你受得了俺可受不了啦！干脆咱这一家子都死了算啦，这还活个啥意思哩！”

任凭秀兰怎样哭，怎样嚷，大林仍然一直僵了似的一声不吭，一动不动地痴痴地瞅着，坐着。

“到底该咋办哩，你吭声呀！”秀兰猛地扑上去，死命地撕他、拽他、摇他，“你咋啦？你这是咋啦！大林，你说话呀，他们到底咋了你啦，你哑了呀！大林……”

呯，门突然被撞开了。秀兰转脸一看，噌地站起身来，愣在那儿了。

走进来的竟是王元奎！跟在他身后的还有村长、民政、医院院长、值班医生、挎着手枪的派出所所长、抱着一大箱糕点吃食的哑巴牛儿！

秀兰痴愣着眼神，慌慌张张地，一时竟不知该如何是好。

唯只有大林仍旧那么木然地，一动不动地坐着，用一副直勾勾漠然的眼神，默默地瞅着这些来人。

“大林，元奎来看望你们啦！”村长扬了扬手说。

元奎并不说什么，径直走到病床跟前，轻轻掀开被子查看二林的伤势。看着看着，他突然唏嘘了一声，一边掏出手绢，一边吃惊地嚷：“咋搞的么，咋搞的么，能弄成这样！”

然后像支撑不住了似的，一屁股坐下来，一手支在腿上，一手用手绢捂在嘴上。

屋子里好静。

过了一会儿，民政叹了口气，说：“大林，今天俺和村长来，是代表村委会来的，村委的工作做得很不够，在这起事上，是有责任的。这两天，俺们已经责成庆虎他们几个写检讨啦，他们几个也有了悔过表示，这两天……”

“让他们一个一个全给俺跪到这儿来！”王元奎突然愤愤地喊了一句。

屋子里登时又静了下来。

秀兰低声地啜泣起来。

“大林呀，”王元奎显得有些无力地说，“俺知道，你一定恨俺。这事究底里也全怪俺，唉，事情已经到了这分上啦，让俺能补多少，就补回多少吧。这不，所长、村长他们都在么，二林这养伤期间，家里的农活、杂活，还有两位老人，都由俺负担照顾。经济损失，也全由俺赔偿，牛儿，你把箱子搬过来。”

王元奎朝哑巴牛儿打了个手势。牛儿赶忙跑过来，并把箱子里的麻花、鸡蛋、年糕、点心……全都摊在了床头上，摆了好大一片。王元奎又掏出一叠钱来，放在了这一堆东西上头。

“这二百块钱，你就当零花钱使吧。过几天，俺还会送来的。刘院长，二林这伤，俺就拜托你啦，该咋看就咋看，缺了药，由俺负责在外地买，啥药好就用啥药，再贵也不怕。”

院长点点头：“这个自然。”

……

大林觉得好困，困得连眼皮也好像撑不住了。模模糊糊地，眼前那几个人影在晃，在跳……那年，省委的一个头头来村里视察灾情，不好像也这样？支书、主任、公社书记、县委书记，都恭恭敬敬地在一旁跟着……

大林突然觉得有些好笑，有些滑稽……他合上了眼睛。但没多久，又睁开了。一屋子的人，走得只剩了所长一个，好像是在对他说话：“……村长是怕出事哩，才硬让我来了。你们今天的表现都不错么，其实呀，也就是这回事，以后就真的不见面啦？冤仇宜解不宜结嘛。再说这打架，双方也都有责任的么……”

……

他又合上了眼，没一会儿，便睡着了。真的睡着了。他不知道所长又说了些什么，又是怎样走的，仿佛这多天的劳累、紧张、悲愤、忧愁、焦急，猛然间全化成了瞌睡，让他一下子就睡沉了。昏昏乎乎的，好像觉得秀兰喊过他，哭过一阵子，又在他头上摸。医生也好像来过，护士给二林换输液的瓶子。秀兰给他做了饭，端了过来，摇他……他一直没醒来，就这么半靠在墙上，僵僵地、沉沉地，睡得跟死了一般。从中午到下午，一直到天黑下来，他也没动了一动。

外头，风越刮越紧，雪花越飘越大。

半夜时分，一阵敲门声，他醒了。

门开了，抖抖索索地摸进两个人来。大林颤了一颤，猛地跳起，差点没跪下来，娘和爹！

爹和娘活像两个雪人。湿了的裤腿和棉鞋冻得硬邦邦的。爹进来便是咳，直咳得脸色发青，喘不过气来。一辆拉货的顺车把他俩捎了十几里。剩下的十几里，两个老人竟是走来的。越走风越猛，雪也越下越大，从中午到晚上，十几里的山路，走了竟有八九个钟头。

爹坐了一会儿，喝了口热水，稍稍缓了过来。一缓过来，便嘶哑着嗓子哭。一边哭，一边嚷：“大林呀，这些天你咋的连个信儿也不捎哇！你把俺扶起来，先让俺看看二林……”

爹这么一嚷，一家人全都号啕了。

这一看，让两个老人哭得越发伤心起来。爹哭了一阵子，又猛咳起来。直咳得吐出一大堆带血丝的白沫来，这才昏昏地合上眼睛，安静些了。

秀兰见能丢下手了，赶忙给两个老人张罗吃的。一边做，一边埋怨：“娘，你也真是哩，爹这样子，你咋能让他来了哩！”

“俺能挡住么。你爹自二林给打了，病一下子就重了。昨天他就要来的。他说他怕是熬不过去了，再不来看看，就怕……看不上了……”

听娘这么一说，秀兰呼哧呼哧地，隔一阵子，便撩起袄襟在脸上擦一把。

娘抹了几把泪，又接着说：“你爹这几天成天在家里骂，骂你这些天都干了些啥。人家打了人，啥事也没有，反倒越红火气派了。前两天，听说成立啥公司哩，乡长、村长、书记的，在人家家里喝了整整一天酒。那派出所的所长也来了哩，第二天天黑了才坐上摩托走了。你想想你爹在家里能好受的了呀！前天晚上咳了好大一摊血，糊里糊涂的，骂骂你，骂骂王元奎，样子像拼命似的。孙子都给吓怕了，让俺给送到了你姨家里。大林，这么多天了，到底是咋回事呀！门前门后的，送点东西都不敢往医院送，都悄悄送到咱家里，敢是咱犯了法啦!”

“娘——”大林浑身打战，泪流如柱，像头狮子似的呜咽了一声。

“本来俺还能劝住你爹不来哩，可今儿早上，县委书记和县长坐车到了人家家里，给人家送啥匾来啦。匾往门上挂时，那炮放得可村的人都来看了。王元奎一家子站在门口，笑得好光彩哩，听说后来还研究了个啥方案。说是由县里出头，在咱村开办个啥公司。经理是王元奎，地方要占在咱院里。说是等二林伤好些了，就跟咱商量，让咱腾哩。你想想，你爹还能在家待得住么。哎——大林，不是娘逼你哩。这回让人家白打了，人家不赶咱，只怕咱也没脸在村里住了呀，大林!”

大林默默无声地听着，浑身上下猛烈地颤着，那双圆睁的眼里，泪水汹涌地流着，两道眼神像在喷火……

也不知过了多久，他那疯了一般的情绪终于慢慢平稳了下来。呼吸均匀了，胸脯也不那么急剧地起伏了。渐渐地，眼泪也不流了。那张满是泪痕的脸变得越来越阴沉，眼光也越来越冷，越来越暗，越来越瘆人……

等到夜深了，一切都沉寂了的时候，他悄悄站起来，轻轻拉开门，然后一闪走了出去。

风停了，雪住了，只有刀子一般的冷。

十年前，他挨了斗时，也动过这个念头。然而如今，却没人拦他了。出了门，便是一条死沉沉的、畅通无阻的大路。

冷冷的雪光映着一张阴森森的脸，在荒野的山路上，像一个孤零零的鬼魂。

腊月二十九

清晨七时许。

派出所所长的门通的一声被踢开了。随着一股冷风和血腥气，闪进一个两眼血红，满脸杀气，一身血迹，手持一把利斧的汉子来。把正在洗脸的所长惊得退了好几步。

“你是谁?”

“认不出来了?”那汉子把斧头往地上一撂，一屁股坐在椅子上。像是干完了一场累活儿似的，“俺叫张大林。俺把王元奎一家子全杀了。”

“什么!”所长把眼珠子瞪得能掉出来。

“俺把王元奎一家子全杀了。”他仍然语气很轻地说，“本来俺还想把你也杀了，把村长、支书、院长一个个全杀了。后来想想，将来给俺判刑时，你们几个还得给俺当人证哩。”

他很平静地掏出一支烟来。

所长猛地扑到桌子跟前，一手拉开抽屉握住了手枪，一手按响了警铃。

……

葫芦沟今昔 / 马　烽

今年初冬，报社派我到晋西北山区去做脱贫致富的专题报道。有天到了红石乡政府，接待我的是乡党委马书记。这是个不到四十岁的干部，言谈举止都很风趣。他边陪我吃午饭，边简明扼要地介绍了一番全乡的情况。之后，向我提出一个建议。他说：“你最好是到苗全茂村看看。要说脱贫致富，那村子最典型了！这两年，无论专区里县里来的同志，没有个不去参观的。”他笑了笑又说：“夸张点说，来到我们红石乡，不去苗全茂，等于没有来红石乡！这就像到了太原，不去晋祠，等于没有到太原一样！”

苗全茂，这显然是个人名。我想这一定是以抗日烈士命名的村庄。这里是抗日老根据地，以烈士名字命名村名、地名，并不稀奇。我问他，这里离苗全茂有多远？他说：“沿这条川往上走十来里，拐个弯就到。”他说着站起身来，倒过筷子指着墙上挂的全乡地图说：“你看，就在这儿。”

我凑过去一看，只见代表村庄的那个圆圈旁，标着“葫芦沟”三个字。我随口问道：“你怎么叫苗全茂？”

“那是人们给葫芦沟起的绰号！”

“绰号！”我感到有点奇怪。我知道农民们爱互相起绰号，可还没有听说过给村子起绰号的。马书记笑眯眯地瞟了我一眼，边继续吃饭，边给我讲解这个绰号的来历：

苗全茂，确实是个人名，不过不是什么烈士，而是葫芦沟以前的老队长。文化大革命前夕，他就一心一意学大寨，成年累月领着社员们开山炸石，劈岭填沟。搞什么“大寨田”和“人造小平原”。葫芦沟本来就是个穷村子，这么三折腾两折腾，闹得人们连肚子也填不饱了，只好出外讨饭。有回，几个讨饭的竟然讨到了县革委会门上，被革委会作为“盲流”扣住了。问他们是哪个村的？他们说是苗全茂大队的社员。新上台的造反派们闹不清全县的村名、地名，就把他们交到了公安局。公安局的人知道苗全茂是葫芦沟的老队长，于是就派人把他们押送回村里来。从这以后，苗全茂就变成了葫芦沟的绰号。每逢人们形容某个地方穷困的时候，就会说：“那地方，简直是苗全茂！”甚至有的人还编了这么两句顺口溜：“牛尾沟出掏炭的（那村煤窑工人多），‘苗全茂’出要饭的。”而现在的葫芦沟却变成全乡拔尖的富村子了。

“他们主要靠了什么？”听到这里，我不由得问了这么一句。

“当然是靠了三中全会以来一系列农村政策喽！”马书记说，“不过最要紧的是村里出了个年轻的改革家！”接着他告我说，这人叫苗雨田。三年前被选成了村主任，一上台就显示出了他的才华。大搞横向经济联系，引进技术，引进设备，充分发挥本地优势。很快就把一潭死水搞活了。以前人均收入不足百元，去年竟然突破了五百元大关，比以前增长了四倍。苗雨田不仅成了全乡的典范，也成了全县的标兵。今年县里正准备选他参加全省的劳模大会。

“有人又给编了两句顺口溜。”马书记接着念道，“苗全茂领导‘苗全茂’，全村穷得把饭要；苗雨田领导‘苗全茂’，家家发财人人笑。”

马书记讲得有声有色，我听得津津有味。这是一条多么好的采访线索啊！吃完午饭，我决定立刻去葫芦沟。马书记要亲自陪我去，并吩咐通讯员去供销社借一三〇卡车（乡里没有小车）。根据近年来当记者的经验，我发现当地领导陪同采访，利少弊多。被访问的人往往是看顶头上司的眼色行事，不大容易搞清真实情况。因而我婉言谢绝了马书记的好意。我说我采访喜欢“单干”，只要能借给我一辆自行车就行了。通讯员说正好有辆葫芦沟来送统购粮的拖拉机要返回去。于是我就坐拖拉机上路了。

这是一辆小四轮拖拉机。驾驶员是个年轻姑娘，名字叫花妮。戴着一顶皮帽子，穿着一双翻毛皮靴，披着一件军大衣，打扮得像个愣小伙子。拖车里放着两捆麻袋，还堆着十来袋面粉。她告我说，这是卖了粗粮替村里人买的细粮。路上，我本打算和她聊聊村里的情况，可是，看到来往的车辆很多，

又是汽车，又是卡车，又是马车，又是自行车。喇叭声，铃声，车把式的吆喝声此起彼伏，连连不断。我怕分散她的注意力，只好默默地观看沿途的景色。

小四轮大约走了有二十分钟，就拐进了旁边的一条小沟。这条沟很有点特别，两旁是直陡陡的土崖，抬头望，只能看到一线天。拖拉机就在这个夹缝中行驶。机器的响声，震得悬崖上往下落土。我忍不住说了声：

“真险要！”

“这里叫葫芦蔓。”花妮头也不回地说，“不长一截截。”

果然走了不多一会儿，爬上一个小坡，视野忽然开阔了。两旁出现了一些坡地、梯田，四周是连绵起伏的山岭。整个看起来，像个大洗脸盆。再走不远就是村子了。村口的粉白墙上写着三个红色的大美术字：葫芦沟。

小四轮刚开进村，就在一座大门前停住了。花妮扭头来笑了笑说：“到了。”接着她又向院里大声喊道：“苗大叔，来客喽！”

我跳下拖车来，还没来得及说声谢谢，她已经开走了。

这是一座西式大门，由两根石砌的方柱组成，安着钢筋焊成的栅栏，和城市里机关、学校的门面差不多。方柱上挂着好几块牌子，这里是村民委员会，是民兵队部，也是文化室。院子很宽大，北边是一排溜青石碹的窑洞。靠东头的窑门前搁着一辆摩托。旁边有个花白胡子的小老汉，坐在那里锻一块小石碑。他下身穿着老棉裤，上身却只穿着一件红色的棉布背心，露着两条光胳膊。他握锤子的右胳膊特别显得粗壮，好像是小孩子的大腿。一看就知道是个老石匠。他从老花镜上边看着我走过来，用沙哑的声音说了句：“来啦！”算是打招呼。然后就放下手里的工具，边穿扔在旁边的棉袄，边站起身来向屋里喊道：“雨田，来啦！”

随着他的喊声，从房里出来个三十来岁的汉子。留着大背头，穿着一身深颜色西装，没有打领带，敞开的胸前露出了里边的花毛衣。他边向我迎来，边热情地说：“欢迎光临指导！请进家，请！”

这是一间会客室兼办公室。墙上挂着许多锦旗、奖状，地上摆着半圈人造革沙发。写字台上放着电话机和广播机，窗台上还摆着两盆菊花。看起来比乡党委的会客室还要气魄一些。我一进门就拿出记者证给他看，他只扫了一眼：“知道，知道。你是省报记者方斌同志。刚才马书记已经打过电话

了。”随即又自我介绍道：“我叫苗雨田，担任村主任职务。”他说着从口袋里掏出一张名片，双手递给我。我见名片上的头衔不是村主任，而是“永乐果脯厂经理”。还没等我开口，他就说道：“两边都挂着。在市面上活动，村主任不如经理牌子硬。”说完大声笑了起来，看来这是个很坦率的人物。

这时，那个老汉已沏好茶，又把铁壶里的水倒在了脸盆里，要我洗脸。我忙问道：“你老贵姓？”

“贱姓苗。”

“我们村有百分之七十姓苗。”苗雨田接着介绍道，“大叔是村民委员会的通讯员，又是接待员，还是保管员，真个是连中三元！”说完又哈哈大笑起来。

这时电话铃响了。苗大叔接完电话，连忙向苗雨田说：“你快动身吧，又催了。”

“我立刻走。”苗雨田边穿上大衣，戴上头盔，边向我说，“非常抱歉，我不能陪你了。我要进城去谈一笔生意——签订明年的供销合同。大叔会照顾你。我尽量争取早点回来。”说完，匆匆走出去了。院里传来的摩托声，很快就消失了。

苗大叔端来了几碟果脯和一碟炒南瓜子，摆在茶几上。他要我尝尝，说这都是他们村的土特产品。接着他又说道：“记者同志，要不要先给你介绍一下村里的基本情况？”

“那当然好了。”我连忙掏出了笔记本和钢笔。可他并没有坐下来介绍，而是转身走回里屋去了。不一时提来一台录音机，放在写字台上，边接电源，边说：“来参观的人多，介绍不过来。雨田就想了这么个点子：他写了个稿稿，请县广播站的人给录了音。村里情况这里边都有。你消消停停听。听完了再参观参观。”他随手按下键钮，转身走了。录音机里立时发出女播音员的声音：“各位首长，各位来宾：葫芦沟全体村民向您致敬。热烈欢迎诸位光临指导……”接下来就是介绍村里的基本情况。我边听，边做笔记：这是个六十来户人家的小村庄，人均耕地只有二亩挂零。近年来，所以能够摆脱贫困局面，逐步走上富裕的道路，主要是三个原因：一是实行家庭联产承包责任制之后，充分调动了农民的生产积极性，种植业、养殖业有了很大发展；二是群众集资兴办了一个果脯厂，除了加工苹果、梨之外，把山里那些野生野长的山桃、山杏收集起来，加工成了桃脯、杏脯，变废为宝，增加收入；三是村里会石匠活儿的人多，他们利用农闲季节，组织修建队，出外包揽工程，每年也能赚回不少工资。介绍中也提到了过去“学大寨”时，由于政策太死，束缚了群众的手脚，村里的穷困状况，但没有说讨吃要饭，起绰号那件事。

我听完录音，走到了院子里。苗大叔又光着膀子在雕刻那块石碑。我走过去一看，只见碑上刻着两个大字：奠基。末尾的一行小字是年月日，还没有刻完。我问他这是干什么用？他说：“村里要盖个礼堂——唱戏、放电影、开会，有个遮风避雨处。雨田要在下面埋块碑，还说要举行什么奠基典礼！他的花样真多！都是从电视上学来的！”

我蹲下来，拿出烟敬给他一支，他摇了摇头说：“我是烟酒不沾。没那份福气！”

我问他家有几口人？收入情况？他笑了笑说：“一人吃饱，全家不饿！我是五保户，全靠村里养活哩！”

“他们怎么给你分派了那么多职务？”

“是我要求干的。”他边说，边穿棉袄。“咱不会下棋，不会打扑克，不爱种花，不爱养鸟，与其整天坐在敬老院里等死，不如跑跑打打痛快！”

“你们村里过去，真有过讨吃的？”

“那倒也不假。讨吃总比偷人强。老人们常说，宁可讨一口，也不偷一斗。”他说着站起身来，“你来看看我们村今天的情况吧！”他把我领到挂着“展览室”牌子的窑洞前，从腰带上解下一串钥匙来，打开门，让我进去参观。然后，他转身又开别的门去了。

我走进去一看，只见墙上挂满了图表和照片。窑洞中间的长桌上，摆着许多刊物和报纸。很显然，这里是展览室兼阅览室。照片有黑白的，也有彩色的。有的人家在收秋，有的人家在打场；有的人在喂鸡，有的人在喂猪；有用荆条编箩筐的，有开汽车跑运输的；果脯厂在包装成品，修建队在砌公路涵洞；老农在银行里存票票，姑娘们在商店里试新衣……看来是把全村生产、生活的情景都照下来了。看了这些照片，也就不难理解葫芦沟脱贫致富的原因了。在这些照片中，最引人注目的是苗雨田参加县劳模会后，回到村里来的那张大彩照：他穿着西装，结着领带，胸前是一朵大红花，两手举着镶在玻璃镜框里的奖状，周围挤满了欢迎的人群。有的在鼓掌，有的在欢笑。

其中我认出了苗大叔，他满脸笑容，眼里却含着两点激动的泪。人们的形象、表情都十分自然，没有一点装腔作势的痕迹，显然是摄影师偷拍的。一个穷困的山村，在短短的几年里，走上了富裕的道路，群众对这位领导人，自然会拥戴了。受到上级的嘉奖，是他本人的光荣，也是全村人的骄傲。

第二孔窑洞是“游艺室”。里边安着乒乓球台，另外还有象棋、军棋等文娱品。

第三孔窑洞是“电视室”。靠后墙桌上摆着一台二十四寸的大彩电，地中央只有十几条板凳。我进去的时候，只见苗大叔拿着一团棉纸，正在抹荧光屏上的尘土。他告我说，去年彩电刚买来的时候，每天晚上这里人山人海，连窗户外都趴满了人，今年有不少人家也买下了电视机，来这里的人就逐渐少了。

正说到这里，院里有人喊苗大叔。我随苗大叔走出窑洞，见是一位年轻妇女。人样子长得粗粗笨笨，头发是烫过的，穿戴的也很入时，和大城市里的年轻妇女差不多。她一手抱着个小孩，一手端着碗油糕。她说话有点结巴，磕磕绊绊地说今天是她儿子根根一周岁生日，她公公知道苗大叔爱吃油糕，让她特意送来的。苗大叔没有说什么感谢的话，他用手指摸了摸小孩的脸，笑着说：“真是个有了苗苗就不愁结穗穗，这一下，万山老汉可算心满意足了。”

后来我才知道，万山老汉父子俩都是光棍。儿子快三十岁了娶不起媳妇，老汉愁得整天唉声叹气。近几年来，万山老汉除了种地，白天黑夜编箩筐，儿子跟着修建队当石匠。父子俩一年也有两千来块钱的收入。前年秋收以后儿子结了婚，今年就有了一岁的孙子，老汉当然心满意足了。

“凤娥，你这会儿要没事，替我看看门。我领客人去果脯厂看看。”苗大叔说，“有紧要事，就在广播上喊我。”

凤娥点了点头，抱着孩子，端着油糕走进办公室去了。

刚出大门，正好碰上花妮开着小四轮过来，拖车上堆满了粮袋，显然又是去乡里送粮。我向她招了招手，算是对她的谢意，她也向我笑了笑。苗大叔问道：“花妮，白糖捎回来了没有？

“上午没找到供销社保管。这回……”

“你就是等到天黑，也把白糖拉回来。千万不能让果脯厂停工待料。”

花妮应了一声，加大马力，开着拖拉机走了。我们也朝村里走去。

村民委员会隔壁，是一座新盖的四合院。门上悬着一块匾。上边写着“敬老院”三个大字。我和苗大叔走过去的时候，只见门槛上坐着一个四十大几的女人，两手撑着下巴，满脸不高兴的神色，好像正在生闷气。苗大叔问道：“俞梅，你这是怎啦？”

“怎啦？半后晌了，他们午饭还没吃。蒸下的馍，烩下的菜，重新热了三回，请了三次，就是顾不上吃。忙着‘马踩车’哩！”她说着，站起身来，向院里摆了一下头。

我朝里一望，只见两个老汉坐着小板凳，在太阳地里下象棋。他们正在争夺一个棋子，只听那个白胡子老汉叫道：“你懂不懂下棋的规矩？举手无悔！这个车我是吃定了！”那个光头老汉说道：“我的手还没离开棋子，你就吃？你把我的手指头吃了吧！”白胡子老汉道：“你只要承认你是臭棋，我就让你这一子儿。”光头老汉道：“谁要你让？你的棋比狗屎还臭”“你的棋比烂死人还臭！”“呸！”“呸，呸！”

两个老汉越争声音越高，看样子真有点动感情了。人们常说，老年人像小孩，一点也不假。苗大叔笑了笑，向俞梅说：“你去把棋盘给他们抖了！”

“吓死我也不敢。”俞梅说，“前些天，我抖过一回，他俩联合起来，差点把我揍了！只有你说话才灵。”

苗大叔不声不响地走了过去，抓着塑料棋盘的一角，哗啦一声，把一盘棋给抖散了。两个敌对棋手，立刻结成了统一战线。白胡子老汉气呼呼地叫道：“俞梅，我看你是不想活了！”

“你不要以为你是个女的，我就不敢捶你！”光头老汉说着也站了起来。当他看到棋盘是在苗大叔手里抓着，说话的声音立刻变了：“嗬，是你呀！”白胡子老汉笑着说：“我看你简直变成二主任了！连下棋你也管？”

“我是怕你俩饿着肚子，爬不到阎王那儿去哩！”苗大叔笑着说了这么一句。白胡子老汉也笑着说：“像你这号爱管闲事的贱骨头，阎王早就相中你了，让你去给他管家哩！”光头老汉接上说：“你见了阎王，替我们请个假。就说我俩杀棋还没分出个输赢来哩！”

老年人开玩笑都有点特别，说得尽是你死他死这类话。两个老汉边说笑，边向东边伙房走去。俞梅也跟着他们走进了伙房。这时我才发现她的左脚有点跛。

我问苗大叔，全村有多少五保老人？他告我说，连他自己共三个。他是住在办公室里，自己做饭自己吃。这里只住着这两个老汉，其余的房间是客房。村子出了名，下乡来的干部也就多起来了。临时派饭，找住处来不及，村里群众忙于生产，也不愿意增加这些额外负担。他边说，边领我看了看那些房间。除了那两个老汉的房里是火坑外，别的房间里摆的都是木床。床上放着整洁的铺盖，另外还有床头柜、暖水瓶、台灯之类的东西。伙房旁边是一个小餐厅，对面西屋是库房。看起来倒也像个小招待所。

正在这时，俞梅从伙房里出来了。她向苗大叔挤了挤眼，低声说："刚才三请四唤就是不吃，如今像是饿了八辈子，不等饭菜热好，就狼吞虎咽开了。"她一扭头看到了我，忙说道："哟！这是新来的客人？你挑吧，住哪个房间也可以。"我忙说我只是顺便来参观一下。苗大叔向我介绍说，俞梅是这里的大管家。敬老院、招待所都由她全权负责，她是炊事员，也是招待员。我忙说："这么多事，够你忙了。"

"也不怎，忙起来一阵子。"她说，"比前些年修大寨田，苦轻多了。"苗大叔接着说："那时候俞梅是妇女突击队长。抡大锤，背石头，赛过壮小伙子……"他发现我正盯着看俞梅的左脚，叹了口气说，"唉！可惜出了回事故，把脚砸坏了。"

"要是早二年砸坏的话，我拐着腿讨吃，总比别人讨的多。"俞梅补了这么一句，忽然又转了话头说，"幸亏那时我已结了婚，要不，连对象也找不下了。"她说着笑了起来。

看来这是个性格开朗的女人。我不失时机地问了问她家现在的生活情况。她答我说，比过去强多了。不过收入是全村最低的。丈夫除了种地，别的什么手艺也不会。农闲时候跟上修建队当小工，多少能赚点现钱，刚够供儿子在镇上住中学用。去年儿子又考上了大学。她说："雨田说孩子住了大学，开支大了，我这也算因公负伤，就照顾我干了这份差事。一年也有三百来块的补助。"她感慨地说，"要不人家当劳模哩！连我砸了脚这点旧事都挂在心上！"

看来苗雨田对村里这些老弱病残倒是很关心的。

离开敬老院，我跟着苗大叔从街上走过，两旁大都是新房舍。有的人家门楼盖得很像个样子，有的用水泥、马牙石贴面，还有的镶嵌着一些碎玻璃片。玻璃碎片在太阳下闪闪发光。我向苗大叔说，我想顺便访问几户居民。他说："这好办。你想去哪家也行。"

沿途我有意走访了三户房舍不太好的人家。这三户人家，都是只有一些老头老太太。有的在逗小孩，有的在喂兔子，还有的叼着烟袋在听收音机。一问才知道儿子们收完秋，到修建队去了，姑娘媳妇们都在果脯厂上班。三家的收入情况差不多，人均都在四百元左右。我问苗大叔，村里有没有万元户？他说："有哇，花妮家就是。她开小四轮，她哥开大卡车。一年纯收入一万也多。"

"苗雨田家怎么样？"

"他呀，要是只顾自己发财的话，不要说万元户，就是当个双万元户也轻而易举。"

我忙问苗大叔究竟是怎回事？他告我说，果脯厂最早就是苗雨田个人办起来的。产品销路很好，也很赚钱。自从他被选为村主任之后，他就自动改成集资联营的厂子。现款、劳力都吸收，社员们产下的苹果、梨，上山采摘的毛桃、山杏都可作价入股。刚收下的苹果一斤只能卖三毛来钱，作为股金，年终就能变成六毛多。厂子扩大了，一些闲散的妇女劳力也有了活儿干。这就给全村群众带来了很大利益。

从这件事上倒也可以看出来，苗雨田是个颇有气度的新干部。

我们边走边谈论，不知不觉已走到了村西边的果脯厂门口。看样子这是一座旧庙改建的。东边的柱子上挂着"永乐果脯厂"的牌子，右边柱子上也挂着一块牌子，上写"食品重地，闲人免进"。两扇大门紧闭，只在左边的一扇上开了个小门。我们刚走到这里，忽听高音喇叭里传出一个女人的喊声："苗、苗、苗大叔。快、快、快回来。有，参、参观的。"

这显然是那个年轻媳妇凤娥在广播上叫喊。我劝苗大叔赶快回办公室去，他坚持要领我进去，说怕他们不接待。我说我有记者证，大概还不至于碰钉子。正在这时，从小门里走出一个五十多岁的女人来，穿着白大褂，戴着白帽子。一见苗大叔就热情地说："哟，苗大叔，您可真是大忙人呀！广播上又叫您了。这位是来参观的客人？"

苗大叔忙向我介绍说这是任技师。又向任技师介绍了我的身份，要她领我看看，然后这才转身走了。任技师边和我握手，边客气地说："欢迎您参

观，欢迎您指导！”忽又转身高叫道：“苗大叔，库里的白糖可不多喽！请您……”

“已经拉去啦。”苗大叔扭头答了这么一句，急匆匆走了。我随口向任技师问道：“他还负责厂里的材料供应?”

“不。他是村委会的通讯员。”任技师望着苗大叔的背影说，“您甭瞧他只是个打杂儿的，可这老人办什么事都尽心尽力。他是苗雨田的得力助手。”她边说，边领我从那扇小门走了进去。

这是一座很大的庙院，正殿是旧的，东西房是新建的。所有的房屋都粉刷得雪白。院当中铺着几张席子，上边堆着一大堆苹果。手压式的抽水机旁，摆着一些大缸和箩筐。有几个小伙子，正在那里挑选，清洗苹果。正殿和东西房都是生产车间，每个车间门口都贴着一张红纸条，上写“谢绝入内参观”几个字。任技师笑了笑说：“请您就在窗外瞧瞧吧。这种进口的玩艺儿，处处得讲卫生。一丁点儿也马虎不得。”她讲得一口流利的北京话。一问之下才知道，她原是北京食品厂的退休工人，是苗雨田去年请她来担任技术指导的。她边领我透过各个车间的玻璃窗户观望，边给我讲解。果脯这种食品，看起来简单，制作起来也相当复杂。水果经过清洗之后，要削皮，去核，切瓣，糖腌，蒸煮，烘烤，晾晒等几道手续，才能作为成品上市。在车间里干活儿的，大都是一些青年妇女。个个都穿着白大褂，戴着白帽子，像是医院里的大夫、护士一样。任技师说：“您甭瞧这是个半土不洋的小厂子，一年能加工一二十万斤水果。如今，产品在北京市场上也站得住脚跟儿!”

我不由得向院当中的那堆苹果望了一眼。任技师向大殿后边半崖里的两孔旧土窑洞指了指说：“大宗的都在那儿储藏着。我们是随用随取。听说那几孔土窑是苗大叔捐献出来的。他以前就在那儿住，要我，真不敢住。”她笑了笑说，“储存水果倒是个好去处。放到明年四五月，照样儿水灵。”

“那为什么不卖鲜果，而要加工成果脯才卖?”我问。

“品种不好，鲜货卖不上好价码儿。加工成果脯，就能成倍增值。”她说，“葫芦沟如今富起来，我看至少三分之一是靠这玩艺儿!”

“苹果是从外村购的?”

“哪儿的话，都是本村产品。”

“本村产的?”我感到有点奇怪。来葫芦沟的路上，我没看到一株苹果树。

庄户家院里倒是都栽着几株，但显然产不下多少。我向任技师问道：“他们村的苹果树在哪里栽着？”

“葫芦底。”任技师向西指了指，“后边沟里。那儿，满山遍野都是苹果树。拿这儿的土活说：‘海的海啦！’春天特美。站在庙门口儿，都能闻到甜蜜蜜的花香味儿。要搁在北京城，卖票游览，也得请警察维持秩序！”

任技师的话，引起了我极大兴趣，我决定到葫芦底看看去。当任技师把我送到大门口的时候，正好花妮开着小四轮拉来了白糖。任技师向我招了招手，说了声：“回见，您哪。”便忙着招呼人们卸车去了。

在去葫芦底口的路上，我开始构思一篇通讯报道。我认为，就凭今天耳闻目睹的这些材料，也可写成一篇有说服力的文章。有总的情况，有统计数字，有具体例子。而且对比非常强烈：以往穷得讨饭，如今家家过上了丰衣足食的生活。就连收入最低的俞梅家，都能供起一个大学生。这是多么生动的例子啊！我想连夜写出来寄回去，用不了几天就可以见报了。

从果脯厂向西走，沟又窄了。两边的土崖，好像要往一块靠拢。可是走不多远，忽然又开朗了。真个是“山重水复疑无路，柳暗花明又一村”。怪不得这村叫葫芦沟，从葫芦蔓，经过村子，再到这里，真像是个大葫芦。展现在我眼前的，是一个袖珍式的小平原。中间是一条料石砌成的排洪渠道，两岸是平展展的耕地，大部分土地上长的是暗绿色的麦苗。四周的那些陡坡上是一级级的梯田，从崖跟底直排到崖顶。田埂也都是用料石砌成的，像是一些巨大的台阶，台阶上栽着一排又一排的果树。这地方，整个看起来，很有点像北京工人体育场。梯田上的那些果树像是无数井然有序的观众。像手臂一样的枝丫伸向四方，好像在尽情欢呼。我真没想到，葫芦沟竟然有这么个好地方！怪不得任技师大加赞美。

我沿着渠岸边往里走，边欣赏这一特殊的景色。沟逐渐又窄了，两旁出现了石崖头。崖跟堆满了破碎的石块，有个人不知蹲在那里锻什么。我走过去，才发现这是下棋的那个花白胡子老汉，他正在一方片石上凿棋盘。他大概听到了脚步声，兴奋地说道：“你看看这多好！这一下，谁也抖不了咱们的棋盘啦！”他说着抬头望了我一眼，“喏！我还当是那个老臭棋哩。你是干啥的？”

我告他说我是省里来的记者。

“记者？就是在报上写文章的人吧？你不去村里看果脯厂，看万元户，跑到这里来有啥看头？”

看来这老汉颇有点不满情绪。我问：“老大爷，你贵姓？”

“苗！”

我随手掏出纸烟来敬给他一支，他没有拒绝。我边点火边说：“葫芦底这地方真不错！”

“秋天才好看哩！”他说，“满树是苹果，地埂上吊的都是南瓜。这里一年的出产，能顶全村一半的收入。”

“你村有这么好的条件，怎么以前还穷得讨吃？”

“嗨，你这可是明白人问了句糊涂话。那阵子，地还没修成，果树还没栽哩！你当这地方是天生的？”

我不由得望了望大片的平地，望了望层层梯田和一排一排的果树，感叹道：“看来当初修这片地，一定费了不少劲。”

“那还用说。”他边抽烟，边和我闲聊。他告我说，这里原是一片连草都不长的乱石河湾，两边是陡峭的土崖。从一九六四年开始，他们就在这里劈崖垫地。花了三年工夫，垫成了一百多亩平地，没想到一场特大暴雨，冲了个精光。后来就学大寨的办法：开山取石，先砌了一条排洪渠，然后垫地。又在两旁修梯田，砌石地埂，担水栽果树，前前后后花了十来年工夫，才修成现在这个样子。我忙问道：“这就是老队长苗全茂领着干的吧。”

“哦！你也知道有个苗全茂？苗全茂辛辛苦苦了半辈子，结果是给苗雨田做了一锅好饭。如今上边的干部，一提起葫芦沟今天的好日子，都知道有个能干的苗雨田；一提起过去的穷困生活，捎捎带带总要敲打几句苗全茂！说实话，我过去对苗全茂也窝着一肚子火，可是平心静气想一想，要是没有苗全茂那股一口咬住不放的干劲，葫芦沟能有今天？人，要凭良心说话！”

刚才，我本来以为这老汉就是苗全茂。听他最后这句话，知道猜错了。我问他：“当时为什么一定要在这里造地？”他说：“那时候，政策把人的手脚捆得死死的，只准种地，不准干别的。公粮统购还不能少交。可人均只有二亩多沙梁地，不造点好地能行？车不顺，马别腿，不走这步棋走啥？这地方河滩宽，崖上土头厚，正是造地的好场所。全村人只好没明没夜在这儿下死工夫!”

这时我忍不住插了一句:“饿上肚子修大寨田?”

“饿肚子?不。那年月，虽说一年口粮只有三百六十斤，可在工程上劳动一天，队里还补助八两。搅糠拌菜倒也能凑乎下来。”

“那怎么会出现许多讨饭的?”

“嗨!那是上头逼出来的。”他告我说，当时地还没有修成，公社倒作为学大寨的成绩报上去了。县里就给增加了征购任务，并且要求超额完成，打算树苗全茂当全县劳模。苗全茂知道，如果把队里掌握的那点机动粮都上交了，工程只好半路停下来，他跑了县里好几趟，再三要求减免，县里高低不答应。苗全茂愁得不行，也气得不行。他私下和社员们说:“咱们不能打肿脸充胖子。我当劳模，大家饿肚，我还算个人吗?”当时，一些不能上工地，领不到补助粮的社员，也要求增加口粮。他们说:“要不是怕给全村丢人，早出外讨吃去了。”这事倒提醒了苗全茂。他说:“好，谁想出去讨吃就讨吧，最好到公社，到县里去讨。你们要怕丢葫芦沟的人，就说是苗全茂大队的，我不怕丢我的人!”于是就有些人真个出外讨吃了。这么一来，苗全茂不但没当成劳模，这个名字反而变成了讨吃要饭的别号。不过增加的征购任务总算给减了。

我听他讲完，不由得笑了起来。他也笑了。他笑着说:“别看苗全茂是个蔫蔫呼呼的人，还有点鬼点子哩，也有股‘愚公移山’的劲头!要没这么个领头人，葫芦底也不会变成如今这个样子。你看看，砌渠道，砌地埂，用了多少料石?有人计算过，说是一块接一块能摆到太原城!”

“多亏你们村有那么多石匠……”

“嗨!除了两个老石匠，都是搞工程带出来的。钎子、凿子不知磨秃多少根，手上不知掉了多少层皮。有的人把命都贴上了!”

“还死过人?”

“七三年出了个大事故，这里的石崖忽然塌下来了。一下砸死两个活蹦乱跳的小伙子，还砸伤了好几个，我家金宝就是那回……”他说到这里停住了，我知道老人心里一定很悲痛。我想安慰他几句，可又不知该说什么好。我又敬给他一支烟，他手抖得很厉害，半天才对着了火。他狠吸了几口，这才又告我说:“当时我正病着。家里人瞒着没告我。等我病好了，知道这场塌天大祸以后，我简直气疯了。我决心要找苗全茂拼命。我跑到葫芦底来，只见他还在领着一些人凿石头，我二话没说，扑过去，照着他当胸就是一拳。一拳就打得他跌坐在地上。他站了起来，没有还手。他说：‘你打吧，该出出肚里那口恶气。’我一把揪住他的领口，正要再打的时候，被众人七手八脚拉开了。我坐在一块石头上哭天骂地，把苗全茂骂了个狗血喷头。众人劝解了半天，我才算安静下来。苗全茂走过来说：‘老哥，我知道你心里难过，可我心里也不好受啊！’这时才有人告我说，他儿子也被砸死了。我一听，傻眼了。忍不住又流出了热泪，心里很难过。都是当爹的，他儿子也死了，我怎么能那样对待他？愣了半天才说：‘还不趁早收摊，等甚？’他说：‘半路收兵，以前的就都白干了。咱们这辈子人苦就苦到底吧，不要让后辈儿孙再过苦日子了！’他没有说更多的道理，第二天，我也就上工了。”他叹了口气说，“我金宝要是活着，今年三十二了，和苗雨田同年同岁！”

“你觉着苗雨田这个干部怎样？”

“是个有本事的后生。上过中学，有文化，有肚才。也是个有良心的人。第一步棋，村里人就叫好！”

“是把他自己办的果脯厂，改成全村集资办的大厂子？”

“不。那是他走的第二步棋。”他接着告我说，苗雨田一上台，首先在北坡上那片果树长得最好的梯田里，竖了一块碑，把修建葫芦底的前后经过，都刻在上边了，还把两位死难者的名字也刻上了。这件事深得人心。

冬天太阳落得早，山里太阳落得更早。刚刚五点钟，天色已经逐渐暗下来了。我本想爬到北面的梯田里看看那块碑，也只好放弃了这个念头。

刚一进村，忽听高音喇叭大声呼叫：“注意啦，报社来的方记者，赶快回大队……村民委员会来。有电话！”

同样的内容，广播了两次。声音有点沙哑，显然是苗大叔在找我，可就是猜不出是谁给我来电话。我连忙加快了脚步。

村民委员会的院子里已亮起了灯。上午还是冷冷清清，如今热闹起来了。电视室里不知在播映什么节目，不时传出来哄堂大笑。游艺室里传出来的是打乒乓球和甩棋子的响声。我匆匆走进会客室。屋里亮着灯，没有人。听见苗大叔在里屋不知和谁说话。我推门走了进去，原来是苗雨田回来了。苗大叔一见我就说：“马书记来电话，问你晚上回去不？要回去，他就派车来接。”

还没等我回答，苗雨田就抢着说："今晚住下，一定得住下，我给马书记打电话。"他也不管我同意不同意，连忙跑到外间打电话去了。

这时我才看清房里的陈设和普通社员家差不多，靠炉台是一盘火炕，炕上铺着席子、毡子，还搁着一卷行李。地下摆着几件木器家具。条桌上是一些炊事用具和切开的半个南瓜。显然这就是苗大叔住的地方。苗大叔告我说，广播上把他叫回来，才知道是县兽医站的同志来察看大牲畜膘情的。刚把他们送走，就接到了马书记的电话。苗大叔边切南瓜做晚饭，边问我："你看咱那果脯厂怎样？"

"看来，给葫芦沟带来了不小利益。"

"那是。"他说，"靠老人们可想不出这些点子来！这不，雨田今天进城又谈成一笔买卖：加工南瓜条。一斤南瓜五分钱，加工成糖瓜条，能卖三毛，增值五倍！这是前些天他和任技师研制出来的新产品。

正在这时，院里有人喊苗大叔。他应了一声，走了出去。接着苗雨田打完电话进来了，一进门就热情地向我说："你好不容易来了，我没顾上陪你，真抱歉！你至少住一天，咱这里有个小招待所。虽然条件差，吃住倒还方便。我明天陪你到葫芦底参观参观。可以这么说，来葫芦沟不去葫芦底，等于没来葫芦沟。"

我告他说我已经去过了。

"哦，去过了？可你知道，那么大的工程是怎么来的吗？"

"我听说是老队长苗全茂，领着全村人干了十来年，才修成的。"

"是啊！那是我们老一代人，用鲜血和汗水创造出来的。"他边说，边掏出纸烟来递给我一支，他自己也点了一支。然后坐在炕沿上，接着说，"我不否认，我当了村主任，干了几件有益的事。可是，如果没有葫芦底这个坚实的基础，葫芦沟现在能变成这个样子吗？我只不过是把别人辛辛苦苦织下的布，缝成了件衣裳！"他讲得很诚恳，也很有感情。我曾接触过一些新上台的干部。有些人在介绍情况的时候，为了突出自己的功绩，总是爱挑前任的缺点、失误，把过去的成就一笔抹杀。而苗雨田恰恰相反。这一点颇使我感动。我向他说："我很想访问一下老队长苗全茂。不知这位老人还在不在世？"

"啊！闹了半天，你还不知道老队长是谁呀？"他笑着说，"就是咱们的苗大叔嘛！"

苗雨田的话音刚落，正好苗大叔走了进来。我立时扑过去，紧紧抓住了苗大叔两只像枯树枝一样粗糙的手，不住地摇晃。我不知道该说什么才好。怪不得在他陪我参观那三户农家的时候，人们对他是那样的热情，那样的尊重。原来他就是葫芦沟的“开国元勋!”我知道站在我面前的，还是那个干瘦老头，而在我心中却形成了一个高大形象。

晚饭，我没有去招待所吃，而是和苗大叔一块喝他熬下的南瓜稀饭，吃凤娥家送来的油糕；夜晚，我也没有到招待所客房去住，而是要求和苗大叔睡在同一盘暖炕上，想趁机和他聊聊。他不声不响地从招待所抱来了一副新铺盖，然后转身又出去了。等了好半天也没有回来。我走到院里，只见他刚刚打扫完游艺室和电视室，接着又关好大门，拉熄院里的灯，这才回来睡觉。我随口问道：“你老一天干这么多杂七杂八的事，就不嫌麻烦?”

“坐着吃闲饭，更没意思。老天爷给生了两只手，不用白不用。”

我问起了他的出身、经历。他说得很简单：小时候家穷，跟着二位石匠师傅学手艺。出师以后就到各村去给人家锻磨，锻墓碑。抗日战争时期，给民兵们锻石雷，配炸药。土地改革时入了党，合作化以后，当了村干部，一直干了三十年。前几年老伴病故，自知年老体衰，跟不上新的形势，就自动辞职下了台。

我说他为葫芦沟立下了汗马功劳，后辈儿孙永远会怀念他。他随口说道：“怀念不怀念寡淡事。再说，那又不是我一个人干的。”

我问他，如今看到当年的工程，发挥了这么大的经济效益，有什么感想?他平淡地说：“前人栽树，后人歇凉。从古至今都一样!”

我对把苗全茂三个字当成了讨吃要饭的代名词这件事，很有点抱不平。我问他为啥不向上级解释清楚?

“由人说去吧。哪个坟地里埋的人，也不是唾沫淹死的。”他说完，翻了个身，随即响起了香甜的鼾声。我却翻来倒去，久久不能入睡。不由得把这一天的所见所闻，又从头回味了一番……

想着想着，我忽然感到有点后怕，假如我不去葫芦底参观，离开果脯厂就匆匆返回乡政府，当然也就遇不到苗雨田了。按照我当时的构思，可能写成一篇有声有色、对比强烈的脱贫致富专题报道。可那样，我将要犯一个严重的错误，无形中歪曲了历史的真实，把一位具有中华民族优良传统美德的老干部，写成反面教员；了解真实情况的人，一定会骂我是“克里空”。不只丢我的人，也败坏报纸的声誉。

我忽然又庆幸自己，一时心血来潮，去了葫芦底，偶然碰到了那位白胡子老大爷。最后又见到了苗雨田，这才避免了一次报道失误。我想这篇报道按实际情况写出来，很可能平淡无奇，没棱没角，甚至不被报纸采用。但我却对得起真实的生活，对得起一个记者的良心！

这样一想，我也就心安理得地进入梦乡了……

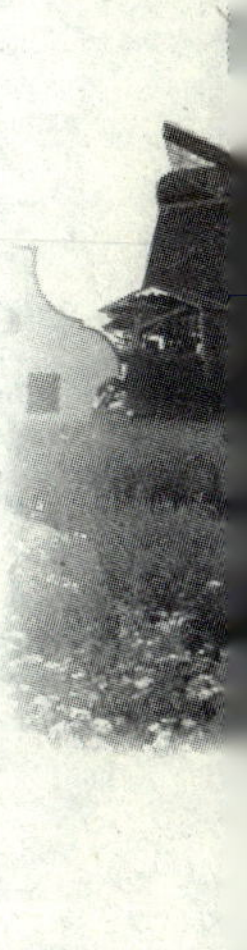

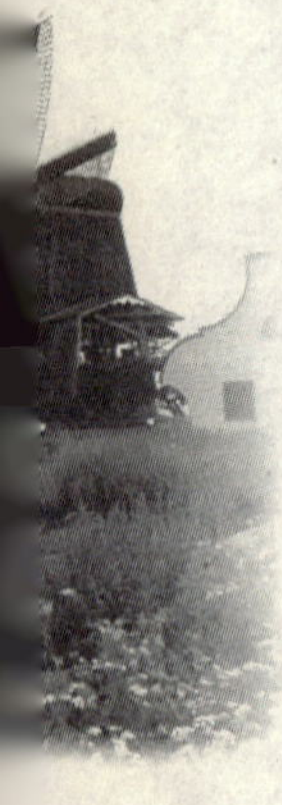

扶贫纪事 / 谭文峰

柳坪村又来了三个主任。

“主任”是柳坪人对下乡干部的通称。文革时期，柳坪村常年不离下乡工作队，什么“毛宣队”、“工宣队”、“清查队”等，来来去去像赶庙会。柳坪人懒得去一一判明身份，便发明了“主任”这个通称。管他局长科长干事管理员，一进柳坪村，便统统成了“主任”。

主任们是被一辆草色吉普车送进柳坪村的。那时正是农历十月秋罢，田野里一派肃杀。搁置起犁耙锄钩的柳坪人正在坪当间那棵古槐下悠闲地捧了海碗说古道今，就见一辆蜗牛般的吉普车蜿蜒爬来。车头大披红幅，系一朵耀眼的红绸花。坪里人初以为是某家官儿迎亲的轿车，细划今日坪里却并无哪个闺女出阁。正疑惑间，就见村长柳明栓将饭碗扔给老婆，起身朝车子迎去。

车子停在蛛网弥漫的村委会门前。从车里钻出一胖一瘦一娃娃脸的三个男人。为首的胖子朝柳明栓点点头，伸出手，说，我们是来帮助工作的。柳明栓弓了腰握住胖子的手，说，欢迎，欢迎各位主任！于是柳坪人都知道了，村里又来了下乡主任。

吉普车掉头回转时，柳坪人才看见车头的红绸带上有“扶贫治穷”几个金字。

柳坪人很快知道，胖子张主任是主任们的头，在县民政局做五分之一的副局长。张主任来的第二天，就把一只药锅儿提在手里，在谁家吃派饭，就在谁家熬汤药。张主任很和蔼，一点架子都没有。不论男女老少，见面一律是“好、好，今天天气哈哈哈……”早上起来，就在村委会门前的草坪上“摸鱼”。闭着眼睛，东摸西摸，手脚乱颤，摸完了便呆了一般站在那儿搂肚子，半天一动不动，似入定的老和尚。惹得一群大人娃儿们围了看稀奇。看了嘴里便啧啧，便觉得张主任这人很神，便肃然起敬。

瘦子李主任五十三四岁的模样。有人打探李主任的身份，李主任便念了四句偈子：三十四岁登科，五十三岁正科，一十九载老科，革命不敢忘科。听得人懵懵懂懂，不知其所以然。还是听娃娃脸的小林主任讲，才知道他是县水利局农水科的科长。李主任自称是“老下乡”。不出三天，柳坪人全喜上了李主任。一提起便说，李主任？瞎，乐哈戏！李主任走哪里，哪里便围一群人。李主任会唱戏，只要有人拍手，便随时来一段蒲剧清唱。现编现演，唱得都是笑词儿。一说话，张口便是顺口溜，见人说人，见物道物，不笑破你肚皮不罢休。李主任还会玩些小把戏，拿出一块空手帕，三甩两抖便变出一副扑克牌，或者一盒烟，就把烟散给那些个傻瞪着眼，乐不可支的村民们，村民们一个个受宠若惊，叼在唇上把来玩去不肯吸。李主任还会口技，坪里的大喇叭多年不响，李主任鼓捣鼓捣弄响了，天刚亮便放上一阵子，鸡啼鸟鸣，马嘶牛叫，全是从他嘴里变出来的。然后便吼一段顺口溜：

雄鸡啼，天下亮，
村民同志快上工。
把冬闲，变冬忙，
荒山河滩去要粮。
干时苦，吃时甜，
白面馍馍吃不完。
出大力，流大汗，
油馍酥饼吃得欢。
柳坪人民志气大，
千年穷字连根拔！

不管田里的，家里的，干活的，睡觉的，柳坪人全都笑了。全都觉得穷荒沉闷的日子有了些许乐趣，有了些许滋味。见了李主任，全都亲亲热热如一家人，不用村长派饭，谁见了谁往家拉，连娃儿们见了李主任，也都扯着裤管往家拽。

娃娃脸的小林主任，年纪最小，职务最低。二十八岁，看起来却像二十一二岁。虽说文凭最高，却只是个农业局的小干事。柳坪人背后说他“官不大，僚不小”。娃娃脸上成天拧着个疙瘩眉，不喜说，不喜笑，整日价沉着脸，好像柳坪人欠了他八斗黑豆钱。见了柳坪人穿的补丁裤子透窟窿鞋皱眉头，见了柳坪人住的黑窑洞皱眉头，见了柳坪人喝面糊糊吃窝窝头皱眉头，见了婆姨们煮饭不洗手脸也皱眉头。有一次吃着吃着就呕了起来，闹得主人家好大没意思。见天南岭里上，北洼里下，也不知采花呀还是拈草。还装出一副主事官的模样，见了甚事都要过问过问。婆姨们上集里卖鸡蛋回坪，他也要寻根究底打探谁家有多少只鸡，每天下几颗蛋，每月能卖多少钱，掏起小本本往上记。咋？还想当市管会？想收税？呸！才不理你呢！于是，见了小林主任，婆姨们夹了竹篮低了脑袋直往家跑，小林主任喊都喊不住。村长再派小林主任的饭，婆姨们便这家喊没面，那家喊没盐。眼见得小林主任饭也吃不上了，村长柳明栓只好强行实施轮流制，一家一家挨次吃。自然吃饭时那场面便有些尴尬，伙食也就更差劲，有时连窝头也取消了，只剩了缺油少盐的玉米面糊糊。主人家不热情，加上小林主任嫌腌臜，便常常只能吃个小半饱。他年轻，耗量大，又跑又动的，到了夜里便饿得睡不着觉，在外边乱走。走着走着就吐酸水，再后来就胃疼，就脸色灰黄。个把月下来，人便变了样子。后来实在顶不住，就借回城办公事的机会到医院瞧大夫，诊断结果是患了胃溃疡。妻子哭得一塌糊涂，死活拦住不让他走。小林主任只好在家住了两星期。再回到柳坪，脸色便好看的多了。但张主任脸色便不好看，言语间便有“年轻、耍滑、溜号”之类词语出来。小林主任满面惭愧，无言以对。

主任们到柳坪来，主要任务是扶贫。于是就召集支部、村委开会，研究扶贫。支部只有书记，没有委员，村委也只有村长，没有成员。书记和村长都是柳明栓一人。于是就临时指派两名党员代替支委，邀请两名村民代替村委参加会议。扶贫重点是扶持贫困户，但柳坪包括柳明栓在内全是贫困户。于是就改为扶持贫困村。张主任说，要半年脱贫，半年致富，一年变新村。

如何脱贫？如何致富？张主任说要因地制宜。于是就研究“因地制宜”。柳坪地处干岗，放牧没有草场，造林没有山头，开矿没有资源，养鱼没有水源，只有薄地千数亩，散布四周冈子。因穷买不起化肥，只好广种薄收，亩产只有百八十斤。产量越低就越穷，越穷产量就越低。研究来研究去，众人眉头一疙瘩，因地还是无法制宜。

后来，一直没有发言的小林主任便开了口。他从口袋里摸出那个白皮本子，念了一串串数字。那数字都是有关柳坪的，有几个数字连柳明栓几个柳坪人自己听了都触目惊心。柳坪人实际口粮人均只有二百五十斤，人均经济收入二十三元。全村三百八十户，有十二户全家合盖一床被窝。二十三户平均每年八个月缺盐吃，有一个十四岁的女孩成了“白毛女”。建国四十年了，柳坪人却仍在贫困线上挣扎，起码的衣食住行都得不到保障……小林主任说着便动了感情，嗓音哽塞，眼眶发红，泪水就要涌出来。张主任忙重重地咳一声。小林主任才意识到失态，忙清清嗓子，定了定神，恢复常态。小林主任接着讲，如何脱贫，有一个典型经验可以借鉴。我有一个同学，现在东垣乡当乡长。他初到那个乡时，其贫困状态和柳坪差不多，也是地广土薄，干旱低产。后来他通过调查发现，那里土脊虽薄，却适合种植烟草。后来就大抓烟草生产。结果他那个乡的烟叶受到各地烟厂的欢迎，据说可和云烟媲美。现在他那个乡已被列为省烟草生产基地，去年人均收入高达一千二百元。粮食生产不仅没有因种植烟草受到影响，而且因地里化肥多了，总产量比以前还提高三点五倍。前些时我把柳坪村的土壤采集了十几个样品，托人带到省农科所进行了分解检验，结果和东垣乡的土壤成分基本相同。我考虑了好久，觉得如果说因地制宜，目前种植烟草是最好的门路。见效快，得利早，群众可以迅速脱贫。据我查考有关资料，烟草生产至少十年内不会垮。省烟草公司有一个“十年规划”，目前正在大力扶持发展烟草生产基地，我们正好可以趁机将柳坪的烟草生产发展起来，尽快使群众脱贫，大家以为如何？

众人沉默。无声中烟雾浓浓地缭绕。柳坪人几杆烟筒狠狠地吞吐，低了头面无表情。李主任在用一张旧报纸折叠一顶“官帽”，折来叠去，费尽心机地想给它插一双帽翅。张主任双眉紧锁，一双胖掌在鼻下不停地扇动，呈一脸挣扎的痛苦。小林主任略显窘色，正不知如何是好，柳明栓开言道：“甭提种烟叶，粮还不够吃哩！”余人便和道：“是哩是哩，粮还不够吃哩！”小林主任忙说：“粮不够吃不是因为田不够，而是产量太低。只要科学种田，有三分之一的田便会有现在几倍的产量。”柳明栓又道：“咱柳坪，种烤烟从没人干过，只怕连烟秧也赔进去。”小林主任忙说：“技术方面不用愁，我可以找老同学派技术员来，从育苗、栽种、烘烤一管到底。也由他们烟站负责收购。”

众人又是沉默。无声中烟雾更浓更烈地缭绕。小林主任显出急躁，瞧瞧众人仍无反应，便咬咬牙，说：“咱们柳坪今年拿出三分之一的田地来种烟，每人种一点五亩，以亩均四百元计算，我保证年底人均收入六百元。达不到这个目标，老乡们就用乱棍把我赶出村。我死而无怨！”

浓浓烟雾不觉一抖，柳明栓几人齐齐抬头看去，见小林主任满面庄严，双目直视，有亮光闪烁，星火般耀眼。不禁为之动容，就又齐头去看张主任脸色，见张主任一双胖掌仍在鼻下不停扇动。

“好吧，我同意小林同志的意见。”张主任终于停住了手掌。

“试试看，试试干，年底交账再结算！”李主任把一顶“官帽”在手指上旋得滴溜溜乱转。

小林主任的“烟草脱贫”方案就此通过。小林主任当场被委以“主管领导”的重任。

惊蛰一声雷，冰封的大地开始返春。绵酥的土层里便有尖尖的草芽蠕动。此时正是烟草育苗的最佳时机。东垣乡的技术员已请来了。小林主任又千求万恳，找老同学弄来了品种烟的优种。尽管村民们骂声连天，但在小林主任声嘶力竭地劝说，加上柳明栓黑着脸吼骂强制下，各家的育苗畦总算整治好了。就在即将破土下种之时，忽然一夜北风细雪，天气倒寒。田畦里便是一层滑溜溜的冰壳。一些絮破袄薄的村民，便重又袖手掩襟，缩进窑里不肯出来。一连三天，天气没有转机，眼看育苗就要错过时期，小林主任急得心如火燎。电话向县气象站询问，说这次从西伯利亚过来的冷空气流速缓滞，周期较长，大约还要一星期才能回暖。小林主任不由倒吸一口冷气，有点傻眼。向技术员请教，技术员皱眉沉思半天，说办法只有一个：烧开水！小林主任一时没有听懂，怔怔地说不出话。技术员解释说，用开水把下种的沟烫开，温畦下种，用干草覆盖保暖。等天气转暖了，秧苗芽儿也发好了，正好出土。

小林主任问以前有没有试过，技术员说没有。小林主任愣了半天，咬咬牙说，就烧开水！

开水下种，柳坪人闻所未闻。小林主任挨门逐户去动员，去把村民们从窑屋里喊出来。村民们不烧水，不烫田，全袖了手聚在朝阳的村委墙根下晒太阳，骂娘。村民们原本对种植烟草就想不通，以为又要开始“学大寨”了，又要小麦高粱杂交地来一通瞎指挥了。柳坪人宁肯安安稳稳保个肚半圆，也不肯去瞎折腾。于是从小林主任动员种烟苗以来，几乎天天骂不离口。如今又听说要用开水下种，更是犹如听“天方夜谭”。于是不用烧开水，墙根下的暖和旮旯里，叫骂声早就如开水般沸腾了。

不叫不骂，第一个提了开水桶到田里下种的柳坪人，是柳治国。柳治国是柳坪村的第一代“文化人”。六四年高中毕业，考上大学的当口儿，父亲被“四清”运动“揪”出来，据说有“严重历史和现行问题”，本来他家成分在全村就最高，是富农，于是新账旧账一起清算。结果查来清去问题没有查清，他父亲却从村南的崖头跳下去，“畏罪自杀”。于是柳治国便中断学业，回村做父亲的替身了。每次运动，便和村里的四类分子站在一起陪斗。只许规规矩矩，不许乱说乱动。十年墨水便沤烂在肚子里，再无出头之日。一晃二十余年，柳治国四十又五岁，变作有口无言的木头人，柳坪人难得听到他一句话。近几年来，柳治国虽已“政治上解放”，但柳坪人也只是看到他眼珠活泛，脸色翻新，却仍难听见他一句话。小林主任在柳治国家吃派饭，随意攀谈，发现他偶尔吐出一句半句来，很有见地、很有分量，“人”的素质很高，不是一般的柳坪人所能比拟的。就有好感，就常常有意去他家串门儿，渐渐对话就多了起来，就有“投机”之感。虽说他在村民们面前仍是无言，小林主任却发现，那只是一种不屑于为伍的沉默，一种鄙薄。他不和任何人招呼，不和任何人通气，独自挑了一大担开水到他的苗畦里去，小林主任见状，忙派技术员前去指导。

小林主任终于和柳明栓一起，将村民们赶羊一般赶到了各家的田畦里去。村民们骂骂咧咧，胡乱地将开水泼洒到田畦里。胡乱地将小林主任辛辛苦苦搞来的优种烟籽抛撒到田畦里去。

谷雨一过，椿树发出大把大把咕嘟芽儿，秧苗就要移栽。小林主任到各家苗畦里转一转，只见一家家秧苗高矮不齐，杂乱无章。大部分人家的秧苗

不能自给，有些人家的苗畦里光秃一片，一棵秧苗也不见，小林主任瞧着，心都发凉，无端地生出一丝悲哀。这悲哀像刀刻一样深印在小林主任的心底，使他此生此世都不能够抹掉。

只有柳治国家苗畦里秧苗一派整齐，绿油油、密匝匝的十分诱人。这给小林主任心里多少带来一丝慰藉。治国啊！心里叫一声，便有一种莫名的感激感动感叹生出。

小林主任找柳明栓商量，要他先带村民们栽植，自己去想法搞秧苗。他先去找柳治国。他家的烟苗肯定用不完，可以给别家匀一点出来。柳治国不看他，眼睛看着远处。远处无际的山冈像起伏的海涛，静止无声却让人感觉到不息的腾啸和深刻的冷峻。说，我的秧苗自己用，不给别人。小林主任着急说，你用不完的。你家只有六亩烟田。柳治国仍不看他，说，我家二十亩田，除了留五亩种麦子做口粮，其余全种烟。小林说，你那十几亩全已种了麦子呀？柳治国说，我犁掉。小林主任怔怔地瞧着柳治国，说不出话来。

小林主任决定到东垣去一趟，仍找老同学求援。头天晚上他让柳明栓召集村民开个会，动员移栽烟苗的事情。不料在会上发生了变故。一些人借口秧苗没出来找技术员的茬口，要赶走技术员，说技术员也是白吃饭，混工钱。一些早就不愿管饭出钱雇用技术员的村民，趁机起哄，要小林主任当众宣布辞退技术员，否则便不管饭，不出工钱。一时间会场闹得不可收拾，柳明栓出来吼骂都不管用。小林主任长期在机关，哪见过这样的群众场面，脸涨得紫红说不出话来。正不知如何收场，柳治国站了出来。

柳治国一站出来，会场立马鸦雀无声。这个长期不说话的人，突然说出一番话来，把那些个自以为聪明的柳坪人吓一大跳。柳治国说，技术员不用辞退，吃、住、工资他一人负担，而且从明天起，每月给技术员加十元烟卷钱。这真把柳坪人吓愣了。柳坪人现在吃盐都还困难，这个柳治国有多大本事养得起技术员？每月工钱就要八十元呢！柳治国又说，不过有一条，技术员从此便成为我的私人顾问，不再过问村人烟事。

小林主任见此也傻眼了。技术员成了柳治国的私人顾问，那么全村的烟事技术谁来指导？不让柳治国雇聘，那么技术员的吃住工资谁来负担？村民们不愿负担，又不能强迫命令。

这天夜里，小林主任便睡不着觉。张主任回城养病去了，李主任回家看老婆。空荡荡的村委会里只剩了他一人。春夜料峭的寒意浸透薄薄的被套，使他觉得通身透凉，辗转反侧难以入眠。想着秧苗的事，想着技术员的事，想着会场上的事，心里就觉着一阵阵难受，胃里就有厚厚重重一块积物不住要翻上来，老有一种要呕吐的感觉。胃又疼起来，先是小疼，用手压住可稍减，后来便大痛，用手掌使劲按压也不起作用。痛得他不住在床上翻滚，额头上密密的汗珠一颗颗爆出来。他想起来找一点什么东西来吃，把胃撑起来就会止痛。找来找去却没有什么东西可吃。便想起在家里时，晚上读书，刚刚觉得有点口渴，妻子就会像有感应器似的，马上把一杯泡好的糖茶递到手里，有几次他奇怪地问妻子，你怎么知道我想喝水？妻子笑而不答，下次亦然。他就想妻子现在不知有没有感应，如果妻子看到他现在这副惨样，会疼死哭死了。就觉得心里酸酸的，有两道泪水冷冰冰地顺面颊淌下来。

第二天大早，柳坪的男人们还在被窝里躺着回笼觉，女人们刚刚打着哈欠睡眼惺忪地往茅厕里送尿罐的时候，小林主任早已走出八里路，搭上了通往东垣乡的公共汽车。

回到柳坪，已是掌灯时分。村长柳明栓刚刚钻进被窝。听到小林主任贼叫，忙披衣起来。开门一瞧，吓一大跳。只见车上只有半车连泥带水的烟苗，又见小林主任满面血污，额头一道裂口还在渗血，衣服全是灰土，一条胳膊耷拉着，说话也哆哆嗦嗦，不住打抖，忙把他扶进屋里。小林主任一天没吃饭，饥饿劳累，加上伤痛，一点力气也没有了。佝偻着身子，腰也直不起来，勉强给柳明栓交代了，说秧苗是从东垣乡四个村起的，回来路上，车栽进了路沟里。要他立即连夜把烟苗分下去，明天一早赶紧移栽，千万不能把这些烟苗毁了。就再也支撑不住，哼呀呀地就从椅子上溜下地去。柳明栓急上前去扶时，早已人事不知了。柳明栓原本对种植烟草也是一种消极态度，以为不过是主任们为了好交差，又来瞎折腾一番罢了。如今看到小林主任伤成这样子，仍在关心烟苗，不禁心为之震撼。忙喊了几个人来，亲自护送着把小林主任送往医院。

第二天一早，柳明栓便黑着脸，挨家挨户吼喊日骂。村民们一个个祖宗八代都给柳明栓日骂个遍，却一句也不敢吭，乖乖领了烟苗，领着老婆娃儿到自家田畦里栽秧苗去了。柳明栓喊来技术员，亲自一家一家查看验收。这一天，柳明栓脾气大得怕人，村民们稍不当心，就会被骂个狗血淋头。一个个小心翼翼，一棵秧苗也不敢糟蹋了。

小林主任在医院住了一个月。左臂上打着石膏，额头上留条长疤回来了。到烟田里一看，家家都栽得整整齐齐，刚返青的烟苗直挺挺的，看上去精神得很。心里忽然有一种说不出的感动。中午在柳治国家吃饭，就有一种想喝酒的冲动，三盏下肚，额头那条长疤便红红地发亮，瞅了柳治国，说："群众还是好的。"柳治国不语，只嘿嘿冷笑。又说："只有落后的干部，没有落后的群众。"柳治国仍不语，只管冷笑。小林主任心里不悦，也冷笑，讥道："金口难开？"柳治国不看他，只瞅着院外高高远远的天，说："只有失败的干部，没有失败的群众。"小林主任愕然。

这一段时间较清闲，烟田管理还未交手。妻子从县城赶来叫小林，软硬兼施，一定要他回去休养。小林无奈，张主任仍未回柳坪，只好给李主任打个招呼，又嘱咐柳明栓一定要抓好烟田管理，抓紧施肥、锄草、掐杈等，便回城去了。出柳坪村口，又禁不住回头看几眼，心里忽有一种异样的滋味生出。

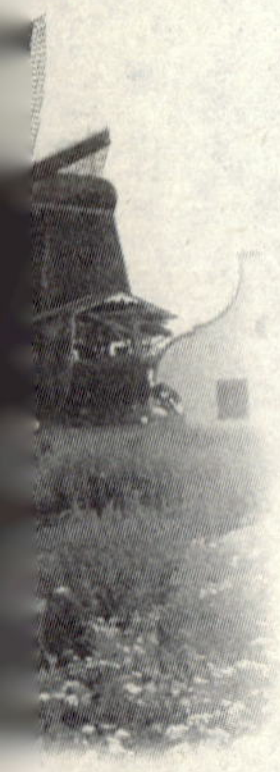

小林主任一走，就剩了李主任。李主任在柳坪，照旧是个受欢迎的人物。他每日东家进，西家出，不用村长派饭，走哪家吃哪家。和老汉们抽旱烟，和老太们聊家常，和婆姨媳妇们开玩笑，和姑娘小伙们玩牌打麻将。碰到谁家干活儿，就帮上一手。没有多久，便成了个地地道道的柳坪人。坪里两家里卖屋易地，要请李主任来写字据做中人，婆姨汉子们骂架，要请李主任来评个公道，上梁娶媳妇宴宾客，谁家也不会忘了请李主任来吃酒席。李主任仍是那么乐乐意意的"乐哈戏"，人多的地方仍忘不了来一段蒲剧清唱快板顺口溜或戏法魔术。隔一段时间想家了就回去看看老婆。李主任这一回下乡，真觉得似神仙日子。参加工作三十年、正副科长当了十九年，李主任从没有干不好的工作，也从没有上升提拔的希望，老也不能"进步"。正如他说"革命不敢忘科"。虽说生性开朗，却也难除苦恼。对天对地赌咒，谁要再求进一步，谁就是大王八。机关里日子便难熬，天天对自己念一个字：混！到柳坪这段日子，混得可算是快活。快活了一段日子，李主任每日静下来，总觉得心里头有点空，虚得发慌。想想柳坪人倒是待自己不薄，该为他们做点什么好事才是。又想想没有必要。自己倒是待公家不薄，做了许多工作，公家也不肯为自己办好事。于是心里便坦然，便不再虚慌。每日照旧快活。一日，到柳明栓家吃饭，正遇柳家发生一件事故：柳明栓婆姨挑水时跌了一跤，跌得手腕骨折，下颌错位。柳明栓及邻居们全慌慌乱乱请医抓药服侍病人，自然顾不及烧饭，也忘了请李主任吃饭。这天中午李主任饿的肚子。饿了肚子自然快活不起来，便有了李主任自到柳坪后第一个不快活日。晚饭仍在柳明栓家。谈起柳明栓老婆的受伤，由受伤又谈起柳坪人的一大难：吃水难。每天要到南岭腰的泉水里去挑水，来回三四里地，挑上两担水便要一个早上。晴天还好说，雨天是一路红土胶泥，黏糊糊地踩进去拔不出来，上坡下坡不小心便是一个屁股墩。懒一点的人家，下雨天宁肯饿着肚子钻被窝，也不肯去挑水。柳明栓叹气说，生在柳坪村，一辈子活受罪。柳坪人吃水难，这情况李主任早清楚。只因从不影响自已的快活，所以从无深刻感受。今日遇此事故，心中便突然一个念头一动。笑嘻嘻问柳明栓道，你想不想吃自来水？想不想把水接到家门口？柳明栓不懂，愣瞧了李主任半天，说，老鳖才不想！李主任笑说，你别管，瞧我的好了。胸有成竹的样子。第二天李主任便回了一趟县城。回来后吩咐柳明栓说，写一份申请拨款的报告，造一份水坝工程预算表。又吩咐说，再准备三只羊，一百斤鸡蛋，一百五十斤核桃。柳明栓便去找了柳治国，把写报告和造预算的事交代给他。然后就一家一家去收鸡蛋，收核桃。没有的就交钱，没钱的就用麦子顶替。然后用收来的钱去买羊。

柳治国把报告和预算表交给柳明栓，柳明栓拿给李主任看。李主任不看报告只看预算表。见最后一栏总计款数为二千八百元，便又还给柳明栓，说，把数字改一下，提高到五千元。柳治国便又重新去造了预算表。过了几天，羊、鸡蛋、核桃全准备好了，李主任就让柳明栓雇了辆三轮车，和他一起进城去。李主任领着柳明栓，挨次去拜访水利局的一位局长和二位副局长，还有农水科在家主持工作的年轻副科长及会计科长，给局长们每人一头羊、二十斤鸡蛋、三十斤核桃，给副科长和会计科长每人二十斤鸡蛋、三十斤核桃。然后把报告和预算表逐一呈给各位领导过目，再三强调柳坪是全县扶贫重点，修坝治水十万火急。李主任不失时机地插上一两句，极是得体，又极是关键。临走，忘不了赔笑道一句，帮帮我的忙啊！“我”字咬得极重。

柳明栓回到柳坪，一星期后李主任才回来。一回来就把一张五千元的水利投资款汇单交给柳明栓。柳明栓瞧着“伍仟元”这几个大字手就发抖，膝盖一软就差点给李主任跪下。

有了钱就开工修水塔，安自来水。其实说起来很简单，在村南的高坡头修一座蓄水塔，把南岭腰的泉水平引到水塔去，再用水管送到村里。不用修提水工程，水管可用塑胶管，节资省事又省力。只是柳坪人温饱不保，从也不敢有此“非分”之想。如今见李主任一把拿来偌大一笔“巨款”，多年梦愿就要成现实，柳坪全村都惊惊咋咋的，人人寝食不安。白日黑夜围在村委会，围着李主任不肯散。对本来熟络如家人的李主任，喜爱中突然平添几分敬畏，远远地站下，恭敬地微笑，说话低声低气。吃饭时鸡蛋是餐餐不可少的，更有感恩者，狠心杀了生蛋的母鸡，炖鸡汤给李主任补身子。再和婆姨媳妇们开玩笑，便一个个忸忸怩怩，有种似真似假的感觉。

小林主任在家住了半月，又回到柳坪。依然吊着臂膊，依然留着长疤，只是肌肉稍稍丰满。似乎有些亏心，见了村人便主动堆起两颊的肌肉，歉疚地笑笑。却见村人并不理会，个个显得匆匆忙忙。去见柳明栓，也失去原先的热情，淡淡地应酬，也很忙的样子。问起烟苗管理，只说忙，顾不上。小林主任便一脸肌肉发僵。村子里走一走，看到有小四轮来来往往，拉着石头水泥胶管什么的往村南去。南岭头熙熙攘攘，村人悉集于此。到田里看烟苗，大都黄恹恹一副病态，满是枝枝杈杈，杂草却十分的茂盛，一派唯我独尊的神气。还有几家田里，已长起尺把高的玉米苗，烟苗儿有一搭没一搭地做了陪衬。心头便有一把火腾地燃起，浑身立时焦躁难耐。遍村找技术员不见，问及，才知早已被辞退。村人不愿负担食宿工钱，老寻借口找茬，技术员不甘忍辱，一气之下卷铺盖走人，柳治国苦留不住，只好任其而去，问及为何要在烟田里种玉米，答曰，间作，会增产。小林主任心头的火把慢慢熄灭，只禁不住哀哀地大口叹气。

六月收罢麦子，烟事便到忙季。卡叶烘烤，打包分级，一家里没有三两个人手忙不过来。烘烤是烟叶生产的最后一道工序，关键之关键。质量好次，等级上下，价钱高低，全在这最后的关键一着，也是最复杂、最严格、最讲究的一道工艺。要建烤房，备燃料，安装烤表，还要请技术员。烤烟的火候、成色、质级，没有技术员的指导万万不行。但是，建烤房要钱，买燃料要钱，安烤表要钱，请技术员要钱，一切都要钱。钱从哪里来呀？村民们问小林主任。小林主任便瞠目。说，可以先贷款。村民们便一哄而散。贷款？打死也不干！贷款驴打滚，越长越多，谁来还？要儿孙来还呀！

水塔已经修好，就剩了架管道，接龙头。柳明栓一声吆喝，村民们立马跟了走，把小林主任晾在村头。瞧见李主任悠哉乐哉转来转去，屁股后头总有村民鞍前马后地献殷勤，便自惭形秽，觉得论群众工作自不如李主任远了。夜里睡觉，便向李主任请教。李主任深深瞧小林几眼，仍念四句偈子：有心好事事无好，无心坏事事有坏，内欲方者外须圆，外欲圆者内勿奸。小林主任不懂，又不好问。便想自己这正规大学毕业生实在不如农村大学出来的李主任学问深。

第二天在柳治国家吃饭，说起李主任的四句偈子，问可解其意？柳治国不语，满面穆色。再问，便说："你可读过《周易》？"小林主任摇头。柳治国便又不语。再问，便说："天地昭昭，神明可鉴。"又谈起烤房、贷款事，柳治国说，不管别人，我是一定要贷款，要请技术员。说着拿出两份文稿，一是贷款申请，一是聘请技术员协议书，详列有技术承包、工资待遇等款项。小林看罢，感动地说，解吾者，治国也！柳治国冷笑，解吾者，天地也。小林便拿了贷款申请去找柳明栓盖章，去找信用社负责人审批，找办事员办手续，直至把款交到柳治国手里。然后又带柳治国到东垣乡去请来技术员，马上动手建烤房。小林又去找柳明栓开村民会，连哄带劝，连吼带骂，又动员又强制，要大家贷款，建烤房，请技术员。村民们说，贷款还不了怎么办？小林主任想，就是三两个月时间，卖了烤烟钱自然有了，不会还不了。就咬咬牙，说，我负责还！村民们便不再吭声，只是用眼睛不信任地瞟他。最后总算达成协议：村委出面贷款，全村合请一个技术员，几家联合盖一个烤房，集体雇车拉煤，费用均摊。

七月骄阳似火，天晒地烤，正是收烟叶的好时机。村街田头，到处可见一座座土房子，屁股上竖着高高的烟囱，升冒着缕缕散淡的青烟。小林主任托着刚去掉石膏的臂膊，这家烤房前转转，那家烤房里瞧瞧，掩不住满面喜色。收获的季节终于到来，虽然大部分村民由于管理不善，产量不会很高，但终于要有收获了。到了秋天，大部分家庭都会有一笔不算小的收入。这在柳坪人的历史上是前所未有的。小林主任的脸上，老有一股掩饰不住的笑意。柳治国家的烤房就建在田头，最大最正规也最惹眼。烤房不远处搭了个凉棚，柳治国和他的私人技术员白天黑夜就守在烤房前。他十五亩烟田，管理得又

好，烟苗长势茁壮，烟叶又大又肥，烤出来后金黄耀眼，十分诱人。小林主任每来便禁不住用手去拈一叶来放了鼻尖下去吸，直呛得掩胸大咳，鼻涕眼泪全出来。一边赞不绝口，一边就慨叹，柳坪家家都要有这样就好了。柳治国便笑，冷笑。

烤烟刚刚进入交手阶段，便又发生变故。几家种烟少管理得又不好没有收成的村民，开始起哄，说技术员什么活儿都不干，每天这家烤房转转，那家烤房看看，指手画脚，就凭说那么几句话，就值八十元钱？连饭钱都不抵！于是有几家带头，断了技术员伙食。有几家一断，其余人家的就怕分担得要多，也跟着起哄。技术员便有几餐吃不到饭，一气之下，卷铺盖跑了。赶小林主任知道，技术员早不见影儿了。气得跺脚骂街也不管事。技术员跑了，村民们不但不着急，反而高兴，认为少了负担，省了饭钱工钱，免得还未赚钱先出钱。不就烤烟吗？有什么了不起，横竖也就是把烟放在烤房里烘，烘干得了，谁不会呀！小林主任只觉脊梁阵阵发凉，心头阵阵悲哀。只好仍请柳治国的技术员看他的情面帮忙，他宁肯用自己的工资补贴。技术员勉强答应。有人请了就去看看，没人请就只守柳治国一家烤房。小林主任一家一家去检查，只见烤出的烟叶一塌糊涂，焦煳如黑炭，用手一捏全是碎末。小林主任只觉得眼前发黑，胸内犹如万箭乱穿。

一月下来，许多人家的烟事已罢，只把黑糊糊的烟叶打了捆，等东垣乡的烟站前来收购。柳治国家烟事却正值盛朗，要许多人力来卡叶、挑运、分级打包。就在村头贴了帖子，招劳力工，每天管吃三元工钱。帖子刚出去，就有村民蜂拥而来，你挤他拥，争先恐后。有些烟事尚未完的人家，也弃自家烟叶不顾，竞相来柳治国家打工。自认现挣工钱要保险多了，谁知道那鬼烟叶将来会怎么样！小林主任见此只好哀哀叹气。村民们见小林主任便远远躲开。

柳治国家烟叶烤了一茬又一茬，似层出不穷。烟事直到十月才罢。

东垣乡烟站直到本乡烟事接近尾声，才腾出人手前来柳坪收购。瞧见柳坪人搬运出一捆捆黑烟叶，便眉头皱起许多疙瘩，待检验定级，多为废品不能收购。小林主任出头说情，才勉强收下，一律末等末级，每公斤八分钱！柳坪人全愣愣蹲在地下，半天不明白八分钱的含义。一公斤柴火还卖二角钱呢，从正月里开水浇地到现在，辛辛苦苦一年倒种出这八分钱？别说赚钱，就是烤房钱、燃料钱、烤表钱从哪儿出？贷款用什么还？幸亏还赶跑了技术员，不用再出饭钱工钱！

小林主任也一屁股蹲在地下，好半天说不出话。前景不会理想早在预料之中，只是没想到如此惨，惨得让人绝望。

直到烟站的大卡车呜呜开走，村民们才攥着手里几张皱巴巴的碎票子醒过神来，才终于弄明白了他们到头来粮钱两空还背上信用社的一笔沉沉的债！而这一切一切的根源，都在坑害人的小林主任。骤然间，便如火山爆发，哭喊声、咒骂声、疯狂的扑打声全向着小林主任铺头盖脸而来。小林主任僵如一尊泥塑，两眼直瞪瞪瞅着远方，任人唾骂捶打。

晚上小林主任没有吃饭。柳治国找来时，他正在一块块废弃的烟田里傻子般游走。瞧见柳治国，便想起他说过的那句话：只有失败的干部，没有失败的群众。他就想，到底是我失败了，还是他们失败了？想了一个晚上都没想通。

柳治国仍一脸冷峻。虽然他在一天中便成为万元户。他的烟叶多是一等一级，共卖了一万三千余元。

这天夜里小林主任胃疼得异常剧烈，后来他呕了起来，呕得要死要活。待他起来时，忽然发现呕出的胃液里有紫色的血丝。

柳坪村的自来水通水仪式在国庆节举行，仪式简单却也隆重。李主任被村民们拥在村中央的水管前，披红戴花像个新郎官。这天正巧是八月十五中秋节，柳坪村三百余户每家都在李主任面前敬上一斤月饼。脸放红光如重阳菊的李主任便被月饼埋起来。随后一块石碑便在水管旁竖起来。石碑正面镌刻七个楷字：吃水不忘引水人。背面有碑文，意为：柳坪辈世水窘，为大难，某某年某月，李主任扶贫于柳坪，不忍村民水窘之苦，投巨资引水，造福村民，其恩如日月。凡柳坪后世，饮水思源，恩泽永铭云云。夜里，村人集资设宴，盛敬李主任。李主任并不谦让，尽兴而饮，一醉方休。

几近年底，张主任方回到柳坪。依然胖，脸色愈见红润；依然提了药锅子，在谁家吃饭便在谁家熬药，早上起来依然在村委会前的草坪上“摸鱼”、“入定”。张主任依然很和蔼，见谁都笑眯眯，“今天天气哈哈哈”。村民们依然觉得张主任很神，很可敬，派饭便依然支小锅做偏饭。

年底，开总结会，张主任便不点名批评有些干部不切实际，劳民伤财，极“左”作风等，点名表扬李主任关心群众疾苦，为群众办实事。将李主任评为“先进工作者”上报县委“下乡办”。

一过阳历年，主任们便要离开柳坪村。没有车来接。张主任提前离开，李主任被村民们拥着坐上一辆小四轮，直送到县委大院。然后村民们便围在县委楼前，要见书记、县长，吁请县委为李主任评功晋级。县委领导被这种场面感动，第一次知道了有李主任这个名字，立即命宣传部组织人采写典型材料上报，又命组织部对李主任进行考察。不久，“一十九载老科”的李主任，五十四岁时终于成了副局长。

小林主任最后一个离开柳坪村。天未亮便上路。携了小小铺盖卷儿，脚步匆匆有点像出逃。回头瞧着黑黝黝的柳坪村，便有莫名的惊惧生出，不由步子加快。刚出村口，就见有黑影挡在前面，心中猛一惊，却听见一声重重地叹气。听出是柳治国。走过去，见还有几人，都是平日与小林主任相近，烟叶收成较好的村民。众人都无语，只随了慢慢走。

走出八里路，看看车站已到，小林主任便站下，瞧着柳治国，仍说不出话。良久，柳治国伸出一只手，说，勿以成败论英雄。又说，你已经成功了。便有大颗泪珠从小林主任眼角滚出。此时，正有一辆客车开过来，小林主任一转身跨上车去，再也没有回头。

柳治国望着远去的客车，一脸肃穆。

万家诉讼 / 陈源斌

太阳好起来了。何碧秋拿牙锹剁挑在麦田里的塘泥，剁完最后一墒了。她听说丈夫被打，将手上拾掇拾掇，回家看过伤势，转来找村长。

村长家在村东头。也不过两进排厢，一个院子。屋瓦是小瓦，屋墙是青砖实砌，院墙也是青砖实砌。门槛是用青石做的。院子里一口水井，上面一棚落光叶子的葡萄架。对面一地盆花都是枯枝杆儿。拴着一条狗。何碧秋绕过那狗，看见村长坐堂屋里呷酒。她说："你打了他，现在旁证也有了，医生诊断也有了，是个什么说法呢？"村长一哼："说法？"何碧秋说："你打他，踢他胸口，倒罢了。你还踢他下身，这是要人命，不该有个说法？"村长慢慢举杯，何碧秋说："那你就别怪我了。"

村长问："你怎么我？"何碧秋说："请政府讲理。"村长笑道："我打他又不为私。我是村长，政府不帮我，下次谁听吆喝这村的事？"何碧秋说："只怕如意算盘。"村长说："好。到乡里的路你认得吧：过了摆渡口，再走一二十里，就是了。也辛苦你了。"何碧秋见他张狂，便不再啰嗦，回头收拾动身。

走了一里多路，到摆渡口了。望见岸边等渡的人已跳在船上。船工弯腰解桩上的缆绳，听见声音，虚抓绳头，等着。等何碧秋上船，说："站稳咧。"收了绳子，换竹篙将船缓缓撑进一片白水里去。

过渡的这几个人或站或坐，都袖着手，东西放在舱里。这些人七嘴八舌让船工说，船工笑道："你们是想东北方向的路快修好了，不坐我的船了吧？”又说：“不过是土公路，大半截又在人家地盘，一个弯儿绕十万八千里，仍不如走渡口节省。”这些人议论道：“我们王桥村，亘古就属安徽，只因造了这座水库，把路都隔断了，反被江苏抱在怀里。出个门，比登天还难，还不如划归江苏省呢。”说了一阵，船工目光落见何碧秋，问：“这位面生呀？”有认得的便替她说：“她就是万家的。”船工明白了：“怪不得你脸上有事，是你要告王长柱吧？老话讲居家莫讼，怎就到了这一步？”

何碧秋说：“村长管一村人，就像一大家子，当家的管下人，打，骂，都可以的。可他要人的命，就不合体统了。这又罢了，我登门问，他连个说法都没有。”船工听着点头：“这是他王长柱不对了。”

说话间，船身摇晃起来。船已近库汊中央，脸上觉有东西蹭擦。在岸上是很平静的，到这儿有风了。那风贴水而起，逐渐大起来，风也变冷了，刺得面皮绷紧。风搅得库水涌动，浪花乱翻开来。船工说：“有水便生风，有风便有浪，过了这段深涧，会平静的。”把竹篙收好，拽出双桨来摇。风扯出了响声，脚下舱板不停颠荡。人嘴里的词儿倏地少了，只有零星几句，声腔不很匀足。憋一口气，慢慢散出去，把一颗心徐徐放落。桨急船紧，风势果然过了，却早近这边岸来。船渐行渐稳，船工收了桨，再换篙撑起来。

这些人扯起原先的话头。船工道：“我说，在娘家青枝绿叶，嫁入后面黄饥瘦。不提它倒也罢了，一提它泪水直流。”猜了一阵，猜不准。看何碧秋脸上心事，疑想是她。船工说：“努。”将手举起。众人看他手中的竹篙，水淋淋的，不觉恍然，又有些不解瘾。这时船已傍岸，说笑几句，跳下船，各自赶路。

乡里不是原先模样了。多了一条细沙路，路边挨排栽着树，边上尽是住户，放足眼光才从这头望到那头。住户的房子三层两层一层高矮不等。何碧秋从一座大门口张见一幢六层楼，以为是乡政府，进门问了，却是乡办工厂。转弯抹角，到一个僻静旮旯，才找准了。见乡政府比早先添加了两排平房。她进一个门，说几句，有人把她领到西头一间，说：“这是李公安员，你不妨跟他细说。”

李公安员小四十年纪，眉眼平常，辨认不准忠厚奸猾。见他正捧着一只凹腰茶杯看报，此时转头迎过来说：“王长柱？他是托你捎信让我去喝酒吧？

你回去说，他要不改酒桌上的蛮气，我再也不去。”何碧秋说：“我是来告他的。”李公安员诧异道：“哦?”看过旁证，看过医生诊断，皱眉说：“怎么是区医院证明？还是外省的?”何碧秋说：“我们王桥，往本省的路都被水隔住，只好去江苏呀。”

把前前后后说了一遍，李公安员听罢，收好旁证和诊断书，看看手表，说：“食堂开饭了，你在这吃吧。”何碧秋说：“不客气。”李公安员说：“不是我请客。我可以帮你买饭菜票，食堂里碗筷现成，能借用的。”何碧秋说：“不了。我一路过来，看见不少饭店。”李公安员说：“饭店里的饭菜，斩人呢。”何碧秋说：“我问过两家面食摊，一碗面条五毛六毛，贵也贵不到哪里去。”李公安员便站起身来：“我下午有个会。明天我去处理这件事，你在家等着别走。”

第二天傍中午，何碧秋见李公安员一路向这边问过来，迎上去问候道：“累您了。您是走来的?”李公安员说：“骑自行车。”何碧秋问：“从新土路绕过来的?”李公安员说：“那太远了。我车技好，这一路田埂都敢骑。只是过了摆渡，来你们村全是上坡，我推到半腰，觉得不划算，又返回去，车子交请船工代看，一来二去，刚走到这里。何碧秋惊讶道：“您还没见过村长?”李公安员说：“我到你家看看，这就去。”

进屋看过伤势，转向村长家来。狗跳闹得凶，村长赶来喝住，连喊：“坐！坐！”一扭头看见何碧秋，不喊了，脸沉下来。

李公安员自去坐了，让村长与何碧秋坐，两人都不坐。李公安员在板凳上说：“旁证、医院证明我都看了，我还看了伤势。这件事，是你办错了。”村长发毛说：“我错了？我是为自己吗？上面布置成片栽油菜，各户都通了，就他家不通。百十亩油菜夹他家一块小麦，看着像头上的疤痢。验收组下来，还没进村，看见这种场景，把分扣了，打个不及格，还限期改进。我要他补栽油菜，说了一遍、两遍、三遍，不听！用嘴不行了，不用脚用甚?”李公安员笑说：“其实你仍然用嘴好。”村长说：“是该用嘴，我恨不得拿牙咬他!”李公安员敛色道：“无论怎么说，你打人，还打伤人，这就是你的错了。”村长瞅他道：“这句话是你个人还是代表乡里说的?”李公安员不答，转脸对何碧秋说：“这样，你暂先回避一下，别走远了。”

在外面等了一会儿，李公安员出来跟她商量：“医药费由村里报销，另给些调养费和误工补贴，这部分由他私人和村里各出一半，怎样？”何碧秋说：“这一来，人不把我看扁了？我并不是要钱，只要他有个说法。”李公安员又协商说：“他人一向蛮气，又是村长，面子是第一要紧的呀。”何碧秋问：“那没说法了？”李公安员想了一想，解释说：“医药费、调养费和误工补贴由村里和他私人拿，就证明事情的你对他错，岂不正是个说法吗？”何碧秋细想在理，应下来。

回到屋里，李公安员说：“事情就这样。不算处理，叫调解、搭桥，都行。你们依我呢，我照老例在村里吃饭，不依呢，我饿肚子走回去。”在村里吃罢饭，李公安员来跟何碧秋打声招呼，又劝说几句，回乡里去了。

这边丈夫在床上问：“刚刚两次进屋的，是谁？”何碧秋说。“乡里的李公安员。我告下村长了。”丈夫急道：“你拧过他？”何碧秋说：“李公安员敲定我对他错了。”又把医药费、调养费和误工补贴的事说了，“下午他付了钱，岂不正是个说法？”

到后晌，何碧秋转了去，狗在院子里吼叫，村长喝它，声腔里有些味道。何碧秋说：“发票带来了，收条也打了。”村长问：“总数多少？”对了数字，村长掏出一叠崭新票面，用指头捻开，数一遍，再数一遍。何碧秋想等他先递过票子，再还回去说“算了，事情也就这样了”，没容她这话出口，却见村长随手一扬，将票子洒落到地上。

何碧秋呆问道：“这是干吗？”村长拿腔道：“给你钱呀？”何碧秋说：“你打了他，不给个说法，又来污糟我！”村长说：“我是为你好，其中有个道理的。”

村长顿了顿，缓缓道：“我仍是村长，仍管着这块地皮上的三长两短，仍不免要憋住气作践你万家。地上的票子一共三十张，你捡一张低一次头，算总共朝我低头认错三十下，一切恩怨都免了。”

这般说完，又催促她弯腰捡票子。何碧秋气愤道：“上午怎么说的？”村长反问：“我上午说了吗？”何碧秋说：“并没听你一句驳词！”村长笑道：“你当我软了？李公安员过库爬埂来一趟不容易，我是给他面子。再说，这钱也不是公私各半，都是村上的。”何碧秋怔了怔，踩着地上的票子就往回走。

回家坐在床边说了，丈夫说：“我说拧不过他。”何碧秋说：“你怎不早说?”丈夫说：“我不晓得。”何碧秋啐道：“你现在晓得了呀?”丈夫叹气：“都撕破脸了。”何碧秋愣了半晌：“这个理不扳平，今后没法活。”丈夫愁道：“告不倒他，怎办?”何碧秋咬牙道：“我带足盘缠，就住在那里!”两口子在床上翻了一夜。

睡到天亮起床，梳洗了，踩着一地银霜，过渡口来到乡里。李公安员门锁着，向别人打听，说上县开会，三两天不定回来。何碧秋站了一会儿，慢慢想到前天见面，李公安员漏说到曾和村长同过酒桌，直疑心两人头天做好了圈套，诱她去钻。左想右想，只有上县里告这一条路可走了。

从乡里搭上进城班车，下了车，满地的人。地上的霜已化尽了，出了冬日里少见的暖阳。车站几间旧房子看着眼生。旅客都不在站里避风，在站前空地上挤成一团。空地由一遭栅栏围着，各有一宽一窄的缺口，让人和车进出。她站住让胀胀的脑子松动了，慢慢辨认准东南西北，这才挤出栅栏，沿街往城里去。

街不像七八年前见过的街了，多少食摊儿吆喝：卖馄饨的，卖水饺的，卖阳春面的，卖红烧杂碎的，卖熏烧兔头的，卖卤猪尾巴的……将路面挤得逼仄。何碧秋向一位面善的摊主打听，这人勒细了嗓子笑道：“吃哦?”听清她问，一抹笑去，指一个地方，只见男的女的大剌剌地进去，便跟着也朝门里走，却被旁门里一位上岁数的人叫住：“进去要登记的，带证件了吗?”验过身份证，让何碧秋说了开头，插道：“你找错地方了。这是法院，公安局在街里呢。”何碧秋问：“怎么走?”答说：“笔直往前，右拐弯，再左拐弯，再右拐弯，大门里有一幢楼。你去一楼左手第三间，把诉状交给屋里的人，就是了。”何碧秋不解道：“什么诉状?”

上岁数的人解释说：“就是控告别人的状子呀!”何碧秋慌说：“哎呀，我怎的没带!”这人安慰道：“你不用着急，可以补一个嘛。”

一路过去都是买卖，锅碗瓢盆勺，油盐酱醋茶，身上头上脚上手上床上和脸面上的，吃的用的花的，述说不尽。拐弯走尽这条街，再左拐，却是一街毛线生意，满眼里鲜亮：杏红，桃红，肉红，土红，水红……铁锈红；柳叶绿，檀枝绿，墨绿……玉石绿，各种各样的黄，各种各样的蓝，各种各样的颜色。心思跟它并不搭界，眼却早花了。

脱身拐过街角，差点撞到一个写字摊上，这字摊设在避风朝阳处，摊主戴副眼镜，留了胡须，一脸老气，正跟一个中年男子讨价还价：“若是家常书信、感谢信、表扬信、申请救济、请调报告，都能通融的。只是这代写检讨，一厘也不能减。”中年男子道：“不该这个价呀？”摊主说：“你骑车撞了人，还逃跑，被捉拿住，这张纸上不使出手段，怎么过关？你还不乖乖付钱！”中年男子拿着检讨书走了。

何碧秋看在眼里，询问一声，摊主答道：“可以！”铺开纸笔，这边讲完，他那边已写好了。

拿着诉状到公安局楼下，找到左手第三间，进门去，见屋里两个人穿着制服，捧着凹腰茶杯说话。何碧秋递过诉状，其中一个人接住看了，眉头直皱，递给另一个，看了也皱眉道：“这上面尽堆些华而不实的词藻，又扣了许多吓人大帽子，主要事实经过，却陈述不清，是不管用的。”问：“你在街头字摊上写的吧？花了多少钱？”何碧秋说：“要四十，实付三十五。”两人相视一眼：“这阵子太忙，一放又乱了。真该挤些时间，把街头治安秩序，好好整治整治！”

其中一个对何碧秋说：“你写诉状，应该找律师事务所呀。”何碧秋问：“它是干什么的？”这人说：“就是帮人打官司的地方。代写诉状，代理诉讼，辩护或上诉、申诉。原告，被告，刑事，民事，经济，行政，各方面，都可以的。”何碧秋问：“是公家的吧。”另一个插说：“我们政法口下属五个部门：公、检、法、司、民，司就是司法局，律师事务所又是司法局下属的一个部门。”何碧秋听罢，再请两人详细说了走法。

找到地方，见是一幢平房，大小五间屋。东西顶头两间门分别开在内走廊里，中间一副双扇式大门，门旁挂了三块招牌，一律白底黑字，字数多多少少，字迹也肥瘦不等。看这里气势，绝难比刚见过的法院、公安局楼房。看了一阵，问西顶头门里一个女的，这个女的把头埋在纸上也不抬，随手朝中间指指。何碧秋进屋去，见中门内三间没隔山墙，通敞一厢大屋，放有几张办公桌，几只椅子，坐着几个人，问了一声，让她跟坐里墙角的一个人说话。

这人约摸三十小几，头上早添了些白发，捧住凹腰茶杯近前让座。何碧秋坐了，问：“怎么称呼您呢？”这人说：“我姓吴，叫小吴，叫吴律师，都行。”何碧秋叫“吴律师”，说了一遍。

吴律师问：“要不要聘请代理人？”何碧秋不懂道：“什么意思呢？”吴律师说：“就是当你的全权代表，一道出席各种场面，帮你说话，依法维护你的正当利益。”何碧秋问：“要付钱吧？”吴律师脑门皱皱道：“当然。”又说：“收费不归我们自己，上交国家，价目也是固定的。”拿出表格来看。何碧秋请他详说，吴律师说：“上面几项都是不变的。这一项，是指律师受聘后，外出调查、取证等的车旅食宿一应费用，也由聘请人负担。”何碧秋问：“大约数目呢？”吴律师道：“说不准。得看具体情况，实报实销。”何碧秋低头默想一回，算不准这里头的深浅，便问：“不请代理人，单写一张诉状，行吗？”吴律师说：“当然可以。”

问了价目，便宜得惊人，这才认定被摊主骗了。按住懊悔，从头说事情，吴律师写好了，读一遍，加减几个字，誊写到一种格式纸上。何碧秋开过发票，银货两讫，赶到公安局来，早已下班了。

中午在食摊上吃一碗椒面，辣出一头汗。坐着等汗干了，太阳已挪过头顶了。顺街打问旅社，选定街角一家门面小些的，问一夜价钱，管登记的老头把头探出窗口：“开发票哦？”何碧秋问：“开与不开，怎么说？”老头笑道：“开票每铺一晚六块，实付四块，回去报销后，有两块进你腰包。不开票，一晚三块。”何碧秋惊讶道：“你是私人还是公家的？”老头说：“国家保护个体经营呀！”见她发愣，又说：“我店面虽小，被褥换得很勤，你看看再说嘛。”强邀着看了一遍，见地下和床上果然爽净。又碍店主热情，便付钱住定这里了。

那店主放下心来拉呱道：“大嫂你进城，有要紧事吧？”何碧秋说：“告状。”店主听罢问：“伤着要害没？”何碧秋说：“幸好没有，离也不远，好大一块紫血淤肿。”店主说：“也就罢了，不至于闹到公安局呀。”何碧秋说：“眼下将就也行，倒是想着日后呢。不把这个理扳平，我一家日后没法活。”店主同情道：“说的也是。”

巴到上班，到这边来，两个穿制服的前脚后脚到了。看了诉状、旁证和诊断书，惊讶道：“怎么是外省的区医院证明？”何碧秋回答了。两个人拿出簿本来，问几句，记到上面，让捺指印。捺过指印，两个人说：“你先回去，我们会处理的。不过，这几天有几桩急案需办，你稍稍耐心等候。”何碧秋应声出来。

出得楼门，仰脸被西斜阳光一刺，憋不住鼻孔窜痒，就打了个喷嚏。忽听有人叫，却是李公安员，问：“你上县了？王长柱付你钱了吧。”见她不吭声，惊讶道：“他竟敢不付？”何碧秋说：“我没说他不付，是说他怎么个付法。”李公安员听罢，评判道：“这个王长柱，真不晓事！”又检讨：“也怪我，当初应该三人抵面，手接手清账，就没有这些话了。”何碧秋说：“现在扯破脸，结下子孙仇了。”李公安员说：“这个人啊，香的不吃吃辣的。”何碧秋听他口音向着自己，解释道：“我去乡里没找到您，才来县城，刚刚写了诉状递了。”李公安员正色道：“这是你的权利嘛。”说着，听见那边人叫。

何碧秋瞅见是刚刚收她诉状中的一个人，这人拿着茶杯去洗涮间倒了残叶，返回站在内廊问李公安员：“有个妇女刚走，是你地皮上的事呀。”李公安员说：“我也约略了解些。什么时候派人下去呀？”这人说：“局里哪里挤得出人手？”李公安员说：“其中一个当事人，就是那个村长，我有些熟悉，单对单说话抹不开面子，你们至少要派个把人吧？”到这里，何碧秋想到听人家墙根不妥，赶紧退到大门口。

过会儿李公安员出来说：“好了，过几天你来乡里一趟。”何碧秋问：“是几天呢？你说个准数。”李公安员说了，两人分手。

到了这天，李公安员办急案不在，由别人转交了一份县公安局的处罚裁定。何碧秋听上面的文字，仍是承担医药费、调养费和误工补贴三项，数字跟上回不相上下，心想：“转了一圈儿，岂不绕回来了？”见她愣着，这人告诉她李公安员说过，如果对裁决不服，可以提请上面复议。何碧秋听了，不再多说，回家将两头放足架子催了一半膘的猪，拉到江苏地面集上卖成钱，当做进城的花费。

何碧秋上城仍住这家旅店。去市公安局申请了复议回来，店主老头在窗口安慰她说：“反正这码事了，你别太急，下午空闲，去逛公园散散闷气也好。”何碧秋问：“说这七八年来，西南城墙下三五里水塘，都修做了风景，又造了一座祠墓，棺材是金丝楠木的。公园猜想决不是先前模样吧？”店主点头道；“只恨天不助雅兴，风嗖嗖的。”何碧秋说：“我们一年三百六十五日，不在乎这个。”

到祠墓一问门票，三块五，忍痛付了。进门一座寻常大殿，寻常几样石人石马。转过殿去，一块石龟驮着一扇石碑，这又是见过的。却见龟嘴下放一只大石香炉，围许多人看热闹。近前看时，炉内没有香灰，是半坛清水。这些人正向水里投放硬币，多数沉了，水底明晃晃的一堆。竟有几枚浮在水上。原来殿角把这里风遮挡了，那冷好了一些。有一上岁数穿斋服的坐在阳暖处，守张桌子兑换硬币。围看的人老少不等，夹杂一伙青年，穿得花簇锦绣。欢声闹动的也是这伙青年，每投一枚，总先问一个心愿，有调工资的，有分房的，有娶到好女子的，有当官提级的，说的一并是寻常话。何碧秋呆望一回，自去换了五毛角子，握在手里，心里祷告了官司输赢，挤进人群去丢。一连五枚都沉了。边上一个看客焦急，要过硬币替她投，这五枚全都浮住。何碧秋一颗心也悬飘住，愣着瞎想。忽听耳边一阵哄闹，是一个花簇青年问今晚麻将桌上的收成，才明白不过是场儿戏。收了心事，来看祠墓。

那祠墓其实是在坡腰上挖一个洞，边顶衬了方石，三五十步深浅，只拐一个弯，那口棺材阻在眼前。看它不比见过的大许多，漆也是见过的荸荠色，不值得花三块五买这个看。

转来公园，门口依稀亲切。走过小石拱桥，见左边先前一大片暖花房，改作了游艺场。风从右边空旷池塘上泼洒过来，逼人一身冰水。两个值班姑娘缩在售票亭内不出头。有一拨游客，看是两对夫妻，带的两个孩子闹着乘“旋风”，家长去买票，那边不卖，双方对起嘴来。

听其中一个游客协商道：“我们在外地，来一趟不容易。”值班姑娘道：“天又冷，又不逢星期日，你等足二十个人，才能售票开机。”两个孩子更闹了，游客便说：“我买二十张票，总可以了吧？”每张票六块，付了钱，姑娘把头缩在衣领里，出床开机。买票的游客便过来说：“这位大嫂不用买了，乘便坐一坐，也是人情。”又道：“不用你付钱的。”何碧秋被强邀了过去，见这“旋风”是庭院大小块铁盘，斜戗在地下，盘上设有飞机形状座位。选了一处，屁股刚刚落座，那盘已转动了。

却不提防它转动不合规矩，如叫驴毛了，又如牡牛红了眼睛，再如母猪婆遭兽叼去奶猪，上下左右前后蹿跳，蹿跳的又不依这上下左右前后次序，

只顾乱。她想这岂不是活受罪吗？想着，人已把持不住，见天和地都被颠动了。那天歪倾着倒插下来，又刺斜着复向上去，地便脚跟脚随天翻覆。天和地也搅混了，一会儿粘住，一会儿撕开。她也顾不得天地的闹腾了，自己肚里打起架来，肠子、胃子、心肺、肝脾，挪来移去，都跑错了，找不到原位。连身子也不去管它了，脑壳里一股浆儿搅转旋动，拌成了一团乱汤儿——正眩晕间，铁盘猛地住了，剩下五脏六腑脑浆和天地依然旋转个不停。

竭力将魂收拢，看见两对夫妻站在地上，两个孩子早爬上一座高台，要坐空中踩车。一个穿干部服的男子过去望见，嚷叫孩子下来，又问家长："你们该买票呀？"游客说："是天冷人少，说等足二十个人才卖呢。"这男子道："谁说的？"到窗口前训斥一顿。值班姑娘无奈卖了票，冲着走远的那男子背影啐道："你成天坐办公室，倒轻松，哪天说好了，撂给你一个人干！"去高台上开了机。这踩车两个座位，一个大人领一个孩子，踩动车子在空中一根铁轨上走，看着悬乎。何碧秋自去别处转悠了。

回来对店主说："一回花钱，看个空；一回没花钱，看个昏。"话题转到官司上，店主说："这件事，在你天大地大，在人却芝麻绿豆。都因这一辈年轻人，不讲传统了，偷的、抢的、骗的，为一个钱字都干得出来，为赌一口气，杀人像割灯草。公安局人手又紧，哪忙得过来？从这上面想，前次为你下裁决，真还不错呢。"何碧秋问："依这话没用了？"店主道："也不能这样讲。"何碧秋一肚子冷气冰凉去睡了。

清早起来，店主说："昨晚我有话没讲，今早就讲了吧：前次裁定书是县公安局名义，其实是下边承办人办的，局长不过听个汇报，盖上大印了事。你申请市公安局复议，还是这回事。承办人见过的多了，你这事算什么呢？照例批个维持原裁决。依我看，你直接找市公安局长，他听汇报时心里有数，或许有救。"何碧秋说："那好，我这就去一趟。"店主说："你又不懂。局长室你不一定进得去。即使进去，许多人不断来汇报工作打岔，他静不下心听你说，只会公事公办。"

何碧秋晓得有话，等他讲。店主道："你不妨打个马虎眼，问清他住处，中午或晚上等他下班，到他家里说。"见她不语，声明道："我可不为拉生意，你多住一宿三块钱，发不了大财的。"何碧秋说："您多心了。我是在想，人人都打这个主意，市公安局长家岂不被踏平了门槛，吃睡不得安宁？"

店主笑道："正是人人都像你这般想，所以并没多少人真登他的门！"

何碧秋转来市公安局传达室问："这位老同志，请问严励民在吗？"传达员瞅瞅她："你找严局长？"何碧秋说："我从大老远乡下来，他这会儿上班忙，我在家里等着吧。我有七八年没来了，不知他家搬没搬？"传达员说："你不知道呢，严局长今天不在局里，他夜里被罪犯用刀刺伤了，这会儿怕还在医院呢。"何碧秋惊讶道："是吗？"

老传达员说："昨晚局里开党组会，开到十二点，严局长到家一点过了，电视也没了，人也困了，准备洗漱上床。倒完洗脚水，从客厅过时，听见门锁吱吱嘎嘎响，晓得有人撬门。严局长过去把门猛一拉，那家伙吓一跳，倒也狠着咧，顺手把匕首捅过来。严局长闪过了，将匕首打落。那家伙一看苗头不对，转身就跑。严局长虎跳着将他捉住。过廊里还有两个同伙，握着匕首刺过来，一把匕首被躲了，另一把匕首戳着了，本指望把人戳倒逃跑，严局长却忍住疼痛，手上捉牢那家伙不放。到这地步，过廊里各户都出来了人，把一个同伙堵住活捉，另一个跳窗闪了腿，也被活捉了。"

何碧秋听了暗想着："世上百样行当都难，当市公安局长凶险更大呢。这三个想必先前结有恩怨，半夜来寻仇的。也碰巧晚上开会，若平常，这三个撬门进了屋，人睡着了，一家人性命怕是不保了。"不免问了伤势，传达员说并无碍大事，何碧秋说："我先去家里看看吧。"

依他指点，乘上6路车，坐两站再换3路，过四站下来，往前走块把田远近，朝左拐进一条窄街，走过一所小学，一排连幢楼房，右首空旷出来，却是一口老大的水塘，塘水灰笃笃的，不很清爽，塘边栽了乌菜、蚕虫苗，用树枝胡乱插成了篱笆。到这里，也走出五六块田地面了。向右拐一个上坡，进一个敞开的大门，里面老大一块地盘，地势不甚平整。那高地上有些乱，树木高高矮矮，里面夹杂着横横竖竖的民房。下边一片空地砌成八排灰楼，想是在这群楼里。打问了一下，人向高坡指指，说住在上面的红楼里。爬上高坡，由杂树和民房中间穿过去，找着这幢红楼，见它东西方向横着，大约十来间房屋长短。高只有两层，尖屋顶，楼身灰扑扑的，不很鲜亮。在楼下站了一会儿，把来路熟记了。

回到旅店，店主已听说了，说："原以为蓄意报复，一提审，三个人都是西北口音。这三个家伙运气也倒煞了，在边陲犯了事，一路流窜过来，到

这个城市，落脚不足半个钟点。他们本意是想隐蔽点，找个不起眼的人家，先弄点零花，喘过气来再动大手脚，却不想头遭撞在市公安局长手里。”何碧秋忙问：“三个人不晓得是公安局宿舍?”店主道：“他一路几千里，撞到这块，三个蒙眼虫虫，晓得个东南西北？再说那也不是公安局宿舍，是各个单位杂居的大院。”何碧秋问：“严局长怎不住本单位宿舍呢?”店主道：“这个人，廉洁上有些名气，他住的是他爱人单位的宿舍。”何碧秋说：“怪不得，我看也不信是他这种人住的地方。”

请帮拿主意，店主说：“这就不好讲了。人又不在家里，住医院了，好歹是个病人，你空手去谈事情，不妥。不空着手吧，道理上又说不通。”经他这么一点，何碧秋倒有了主意。嘴上七扯八拉，把话题引到别的地方。

挨过下午，何碧秋看了几个菜场，转到市中心这一处来。这个菜场是用一条旧街改做的，从头到尾，足足三五里远近。此时不是一天里买和卖的潮头，仍见货物压倒了街面。鸡鹅鸭鸟，猪牛羊狗，各种干货水货山货海货，挤酸了眼睛。亏它排列得极有次序：蔬菜是蔬菜的地盘，活禽是活禽的地盘，豆腐千张是豆腐千张的地盘。稀罕的是一类不合节令的时鲜瓜果：黄瓜、茄子、瓠子、韭菜，竟有西瓜、香瓜，说都是当地暖房里出产的。看这光景，怕是天上的仙蟠桃，也能仔细找寻得到。最稀罕的是一类买卖人等：爷们娘们倒也罢了，有几个年岁二八二九细皮嫩肉女子，脸模儿像白面捏一般匀称周正，却穿了油渍麻花的衣裳，站在红白摊前，提刀卖肉，把一副嗓门勒细了吆喝。看着走着，一些时辰也过去了，脚下放紧到菜场的这头，见晚市鱼果然上摊了。

何碧秋看准一筐出水青鲲，讨还了价钱，图它“事事如意”谐音，选了四条十多斤重的，用一只蛇皮袋装了，上车转车，到得大杂院内高坡上那幢红楼前。转了两圈，找不着楼道。这时天光在西边收拢住，地下的冻也紧了，脚踩着咔咔直响。向一个背书包的中学生打问，由偏僻处的小门爬上两段楼阶，面前是一扇独门，敲两下没听回音，却是虚掩的，推门进去，是一个廊道。廊道约略两墒田宽，块把田长。外墙开着许多窗户，靠里是一家家住户的门。数到中间这户举手敲门，一个上岁数的大娘把门开了，看样子这位大娘一人在家。

见那大娘说话声音呛人，像吵架一般，脸上却笑眯眯的。何碧秋便试探着把鱼送了，大娘这边收下。说了几句，大娘倾耳听着。何碧秋又叮嘱道："我是西北乡水库那边王桥村的，我们村长叫王长柱，我叫何碧秋，我丈夫叫万善庆。您说给严局长听，他就晓得了。"说毕，归来店里，住了一宿，回家等候消息。

下来一两个月，丈夫腿间紫血淤肿消尽，能下床走动了。这段日子的间隙，何碧秋兼带忙着地里和家里的事。上回两头猪卖的钱，进城剩有些许，用它另买了四只秧子猪，养在圈里，用玉米掺老糠放尽架子，等开春阳暖细料催膘。地里又铺了一遍塘泥，垩一交圈肥和三袋磷粉。把这些活儿做完，六九交尽，到七九末尾了，春节也早过了。

丈夫来地里帮些活，稍稍出点力，就觉着累。何碧秋问他："到底哪儿硌着呢？"丈夫说："不硌哪儿，只是胸口闷。"何碧秋说："一口气憋在心里，岂有不闷的道理？"话转到官司上，何碧秋说："这许多日子，该有消息了。怕是我没进城去问。"丈夫说："怎么进城呢？三九头下了场大雪，三九尾又是一场雪，头雪连着尾雪，地里的庄稼活没了，人却被它锁住。摆渡口封冰了，从新修土路走，不把人累死？"何碧秋说：从公讲，我交了复议的申请；从私讲，我登门送过鱼。他严局长也该给个信嘛。"丈夫叹道："人活着，就是多事有事。村长也不过让我们毁了麦子，补栽上油菜。若不跟他拗，没这出戏的。"何碧秋瞅他道："你倒说这个理！"

丈夫说："大面积种油种麦，不是他当村长的，是上面布置的。他选定这块地方，因它是出进村的路口，一村的面子。细想，大伙都想通种油了，只咱一家种麦，是像他说的一块疤痢。再说上次上面来验收扣了分，也不是扣他村长个人的，是扣王桥村的。从这里想，咱略也有些理亏。"

何碧秋讥他道："你吃了忘心果了。早些年，上面让种三季稻，他也选定这地方做面子，老辈劝也不听。早稻三百二，中稻三百二，晚稻瘪多实少，实的也就一百来斤。种一稻一麦或一稻一油呢，轻巧巧一千过头。'三三念九，不如二五得十。'他懂得这个算数，却硬着干？"

丈夫辩道："那是早十多年前的事了。这些年田分到户种，讲空的百姓不听，上面说话不都实在了？说村长呢，当年他不跟着干行吗？"何碧秋反问道："怎么不行？他当时是民兵营长，末等角色，硬出头干了，把别人踹倒，自己爬了上去。况且眼下不是十多年前了，容他动手打人，往人要害处踢？"

对嘴之间，听人隔着油菜地朝这边喊："万善庆，村长让你去他家呢。"应了一声，那人走了。何碧秋说："还是我去。"丈夫说："依我说，你见好就收罢。"何碧秋道："告也告了，复议也申请了。"丈夫说："杀人不过头落地。哪怕不正规给个说法，他若服些软，也了事吧。"

何碧秋点头应允，顶着一天灰云回到村里，到村长家，绕过那狗，听见堂屋里呼幺喝六，想是上边来了客，探头却见都是村里的熟脸色。村长看见她，起身迎到门边："来了？"何碧秋道："来了。"

村长笑道："你看见了，我这里放四桌赌呢。"何碧秋说："与我有相干？"村长收了笑道："你常进政法口门槛呀。告到乡里，又告到县公安局，再告到市公安局，你牌子硬着呢，对眼前的违法事，怎么不去举报？"

说话声惊动了屋里，有站着看闲的不看桌上牌了，转来门口看对嘴。何碧秋道："你喊我来，是又污糟我呀？你怕我不敢！"村长说："我还有话呢。"她也不听了，把一口气提在胸口，拔腿往村边走。

走了一阵，天上的云色越发积得厚重，风缓了一些。何碧秋被话一激，加上这般急走，身上出了些汗。来到摆渡口，眺见库水中央被风推出道道波花，找船不见，却搁在岸上。转来敲门，船工正在屋里对着一盆炭火取暖，对她说："库中央化是化开了，岸边还有三五丈宽的冰，早上破开，夜里它又冻住，船板吃不消的。"出来指给她看，到门口打一个寒噤，就倚在门边指说："你看看，天上积的不都是雪团？脚跟、脚要落了。恐怕等这场雪过，才开始渡呢。"何碧秋说一遍，船工劝道："他故意惹你呢，你到乡里举报了！人来，他早收摊了。再说他并不一定真的是赌——别生这个气，回家歇歇更好。"

回家听丈夫说："你去哪儿了？我从地里回来，村长也来了。"何碧秋问："来干什么？"丈夫说："他说你话没听完就走了，市公安局复议决定下了，维持县里的裁决。"

听罢愣了，看看盖了红印的复议决定书，闷坐了一会儿，说："他是村长，却也是这桩官司的被告，好歹不该由他的手转交。我得进城问这个理！"丈夫阻拦道："怎么就走？摆渡口不通。"何碧秋说："我从新土路走！"丈夫说：“绕十万八千里？你再看看这天！”门外果然有雪花飘来飘去。

何碧秋出了村子，雪泼泼洒洒起来。沿新修土路走进江苏地面，那雪越发大了，一片接一片落成棉花朵儿了，慢慢地那棉花朵儿粉了碎了，人像走进了机麦面的厂房，纷纷扬扬，睁眼上下都是个白。此时已打过春，春雪赛如跑马，因此那雪只在空中和眼前飞，一触地面，眨眼就踪影儿不见了。新修路面已被千百只脚踩过，踩硬了，被雪水一润，走着一粘一滑。何碧秋绊腿走着，恨老天爷也这般逼迫人，直想跟它赌一个高低。揣着这种念头，走进了雪的深处。

何碧秋好歹挣扎进城，见天黑尽了，便去老地方住下。次日雪小了些许，换了衣服，转来市公安局，老传达员指指说：“严局长在办公室，这会儿怕正有空闲呢。”

进门见一中年男子桌前坐着，何碧秋对他说：“您是严局长吧？我是西北乡水库那边王桥村的，我们村长叫王长柱，我叫何碧秋，我丈夫叫万善庆。”说了一遍，又惊讶道：“您还不晓得？”严局长边为她泡茶边解释道：“我们几个局长各有分工，具体管的王局长恰好不在，我让承办人接待你吧。”何碧秋赶紧说：“我专程来找您呢。我去过您家，就是您被小偷刺伤的那回。您住医院了，家里有一位大娘。”严局长说：“哦，不错，是前些时来过的一位北方亲戚，她老人家耳朵不好，说话像吵架似的，你没被吓着吧？”

听他这话，何碧秋疑心那天说的，大娘都没听清。看光景严局长也不晓得送鱼的事，这么一来，几十块钱扔进水里了。她不好明说，也不哀怨，只说：“我告的是村长，你们却把复议决定由他转交我，不合情理吧？”严局长说：“是吗？”出门走进另一间屋子。

何碧秋拿眼看屋里摆设，也就简单几样：身边靠墙是一张沙发，头顶墙上贴了白纸黑字。屋中央一架烤火炉子，装有白铁皮管儿拐出窗外去。炉前是一张桌子，足有见过的四张大。一把转椅。后面是一只竹编篓子，里面些许揉皱的纸团。桌上一小块石板，插着两支笔，边上两瓶墨水。铁网盒里一叠字纸。一只茶杯跟李公安员几个人用的一样，也是凹腰的。看到这里，严局长进来说：“你稍等会儿，我让人问了。”

待会儿有人进来汇报：“电话打过了，是乡里李公安员接的。他说本想亲自送达的，恰好出了盗牛案子要破，便请文书了。文书走到水库边，摆渡口不通，只好回头，准备从新修土路上绕过去。回到乡里，却碰到王桥村的村长。文书是新调来的，不了解情况，更不知道村长是当事人被告，就托他转交了。”何碧秋接口道：“这样，也不怪你们。”

严局长问她：“你对复议决定，有什么看法呢？”何碧秋说：“我是百姓，他是村长。我告到乡李公安员处，又告到县公安局，再告到市公安局，都是一种评判，我不服怎样？”严局长解释道：“我们工作难保没错，权限是有制约的。你不服，可以向法院起诉，这是你的权利。”何碧秋问：“怎么起诉呢？”严局长说：“你这种情况，应该找个律师。”何碧秋听这口气，猜想他原不知情，现在晓得办颠倒了，却不好自纠自错，也许是绕个弯子把理扳平。心里有了底，趁机说：“我人不熟，您能帮我认识一个吗？”严局长写张纸条交给她：“你去司法局，找这个人。”

这个人却是上回见过的吴律师。吴律师赞道；“这个法刚颁布，你学了就敢做了，可敬可嘉呀。”何碧秋听糊涂了，照实说：“您说的法，我并不晓得。我只想问问官司能不能打赢。”吴德师道；“我对案情了解不够，不好说。”问这回请代理人不？何碧秋问：“收费还像上次讲的？”吴律师皱眉道：“当然。”何碧秋说：“算了，仍请您代写张诉状吧。”

去法院递了诉状，转来街前，天上雪又细又小些，变做雨了。回到旅店，含糊应答店主几句，睡了一宿，起来换上昨日泥衣裤，踩着一地雨水，回家。

忽然间九天了了。了九过后，地气逐渐腾漫上来，日子一天比一天暖了。地里的麦子往上拔起身子，周遭的油菜尽数开花，像一汪黄灿灿的库水，围住麦田这块孤岛。牲畜也焦躁得很，四只秧子猪忽地由两拃长窜到五拃六拃，总倚在食槽前哼哼唧唧。丈夫显得好了些，只因官司未见分晓，一口气憋着，心口还闷。等法院送达开庭传票，何碧秋进城来，旅店费却大涨了。店主因是熟客，又怜她这桩遭遇，只加了她每宿五毛钱。

店主说道：“国家年前颁布了个行政诉讼法，就是民告官的法。本以为是面子账，不承想动了真格的。说有个乡下妇女抢了风气之先，把市公安局给告了，大名鼎鼎的严局长还得出庭当被告应诉呢。”何碧秋不信道：“她怕是吃多了荤油，把心窍糊住了。这一告，能有个好？”店主说：“这件事，一座城，城郊四乡八村，上上下下都轰动了，要来争看稀奇。说宾馆里住了好几位记者，等做报道呢。”何碧秋道：“看乡下人笑话呀？”店主道：“这你又不懂了。眼下文化还不很发达，国家颁布新法令，下面不免心揣疑团；国家又诚恳想让百姓理解，往往先选一两件注目的案子，隆重地办一下。百姓看在眼里心里，揣知了深浅，就领会这个法了。”何碧秋说：“照这话，乡下女人赢定了？”店主道：“若她输了，这个民告官的法也就砸了，今后还有谁碰它？”

何碧秋打一个比方道：“世上一团乱麻。若百姓不对，政府在理，也得违心判政府错吗？”店主说：“当然依理判决。不过，这是头一回，不比寻常。都猜测这个乡下妇女是预选好的典型，她必定站住理，而事情又不很大，判个民赢官输，于政府面子上无大碍，反倒显出它的宽容大度。”何碧秋觉着新鲜，听了一会儿，洗漱了上床。

等两天出了大好太阳，拿眼看到的都是清爽鲜亮。头几天落过春雨，地面将干还湿。空气润润的，又暖暖的，吸在胸里，有些滋补人。满街的人如坐赌桌旁熬过七昼夜困乏极了又放倒身子睡足了七昼夜，方才尽兴醒来，脚下锵锵的，嘴里喊的都是响亮。街上食的摊儿、用的摊儿、侍候人的摊儿，摊主七吆八喝，像杂鸟闹林。整座城市像刚刚洗了透澡，又剪理了头发，面容神采崭新。

何碧秋拿着开庭传票来到法院，见楼下院子里站着一地的人，各人脸上都摆有事情，嘴上乱说。过去听了几句，瞅见店主在另一人群里插嘴岔舌，上前问道：“您来了，店面谁看呢？”店主说：“我昨天讲的那个官司呀，场面千载难逢，顾得上店面？”何碧秋不觉心疑道：“法院一天要开庭审几桩官司呢？”店主说：“多少不等。有时好几天闲着，有时一天开好几个庭，有时一个庭开好几天。不过今天上午，只开这一个庭。”何碧秋待要开口，店主摇手边走边说：“我托熟人在里面留了空位，待会儿门口堵塞，挤不进去了。”

耳边听见有人在叫，却是上次见过的其中一位法警。法警说：“我们到处找你，却站在这里。”何碧秋道：“说是九点整开庭，还有十多分钟呢。”法警道：“那是指正式开始审理。当事人至少提前十分钟到位。”何碧秋听了，脸上急出来。法警看了道：“你要上厕所吧，二楼楼梯口靠左就是，你也别急，我在下边等着你。”

解了手，洗干净了，随法警进一扇小门，穿过一间放了桌椅的空房子，打开另一扇门，一望便知是法庭大厅了。

扑面一片森森的人的气息压迫而来，何碧秋被它逼住眼光，低头随法警走过一段地板，下了五六级台阶，走几步，到一个半圆形桌柜前，就在跟前的椅子上坐下，法警转去一边了。听有喧哗声按着捺着散布开来，何碧秋慢慢将心静住。见这座法庭犹如一段坡地，主台面上高出一层，自己坐的地方略矮些。人声响动处是旁听席，成一段斜坡形状，近处低，远处高，许多长椅连横放着，坐满了人。过道和大门的人也站满了，猜想不准是院子里的许多人刚刚进来，还是里面的人早就来了，把剩余的人挤在门外。如此乱想，忽听头顶屋上有东西“吱——”一阵糙响，老大房子陡地静下来，几十几百个人都把气屏住，似要听一根绣花针徐徐落地。

坐主台面正中穿制服的法官咳嗽一声，开口说：“我们今天开庭审理，何碧秋诉市公安局复议决定一案。”说到此处，不说了，改说法庭组成人员。先报自己名字，他便是这个庭的审判长。再报旁边两位没穿制服作陪审的，再报外两边两位穿制服的，又报边上一个穿制服当书记员记录的。下边说到原告，叫了名字，何碧秋起身应答坐下。接着叫被告名字，对面一座桌柜前坐着的几个人中，有一个起身应答。

何碧秋抬起眼来看时，阳光由窗户射得庭内明亮，对面站着的，却是市公安局的严局长。正自疑讶，听审判长说：“现在宣读诉状，因原告当事人识字不多，由法庭代为宣读。”书记员刚读罢开头，何碧秋听了，急口叫道：“不是这么回事！”只这一句，听众席上的嘈杂之声泼洒开来。审判长拍拍案木，顿时静住。审判长道：“原告当事人何碧秋，你有什么话，不要紧，慢慢说吧。”

何碧秋说：“你们弄错了，我告的根本不是市公安局严局长，告的是我们王桥村村长王长柱……”约略说了。审判长说：“对的，这是一回事。”何碧秋道：“怎么一回事？他在城里，我在乡下水库那边，八竿子也搭不到一块，他跟我丈夫今生今世从没照过面呢，我凭什么告他？”审判长说了几句，何碧秋焦躁道：“我理不清其中弯曲，我只要打我丈夫的村长王长柱，坐到对面当被告。”听众席上又哄嗡起来，乱了一阵，被告席上严局长要求发言，这乱跟着停了。

严局长说了，审判长听罢，跟身边穿制服和不穿制服的嘀咕几句，将他的说法采纳了。清了嗓子宣布："现在暂时休庭。"一齐起身退到台后的门里去。法警也过来为何碧秋引路，听众席上有人问："上午还开不开庭呀？"穿制服的书记员从门里出来回答："休庭半小时左右，足够了。"

何碧秋进门见审判长等都在椅上坐着，严局长几个也坐着。让她坐，她坐了。法警为她泡了茶，看别人各自凹腰茶杯里都有茶水。审判长道："何碧秋同志，我们事先估计不足，工作没做好，向你道歉。"

何碧秋责怪道："这我又不懂了：我告到乡李公安员处，告到县、市公安局，他们虽有偏差，也讲出个理。你们倒好，让我告市公安局长，岂不是将砖头在火里烧红了，哄我去抓吗？"

审判长听罢，辩说不清，急了，又笑了。严局长几个也笑了。何碧秋奇怪道："别人让我告你，牵连你上法庭当被告人，你不生气，反而笑？"几个中的一个插言道："被告人这个词，说着难听，其实是个称呼。特别是民事和行政，被告人不一定就做了错事。"严局长接着话头说："村长打了你丈夫，按其行为该由公安部门处理。县公安局作了处惩裁决，你觉得偏了，请市局复议。市局复议了，你仍觉得偏，来法院起诉，这是你的正当权利。你代表你一方，我代表市公安局，你我两个此刻是平等的，谁对谁错，都听法庭判决。"说毕，让何碧秋喝茶。

何碧秋喝几口茶道："照这讲，法庭若判您错呢？"严局长道："就依法庭的，对王长柱重新处罚。"在座的人都点头认定。又说几句，将茶水喝完，谈妥了。

去楼上解了手，何碧秋随这拨人各归原位。听众席上扑面气息比先前柔软了些，不再逼迫人了。庭铃又响，乱声静住，审判长把嗓子清了，重说各色人等的名字，说完了，先由书记员代读了诉状，听他吐字也还清楚，纸上所列详情，也还实在。下边由被告答辩。严局长领头先说，身边几个各自说了，无非是说当初县公安局的裁决，是按哪条哪款，后来市局的复议决定，又是按哪条哪款。听口气倒还随和。旁边椅子上的听众不知是进到事情里面了，还是懂得约束了，有好几处忍不住嗓痒，自己憋住，实在憋不住，不过放开窄道由它排泄少许，若听法庭上有人开口了，便复又噤声。

当下两边都把话说完了。审判长又搭个桥，让双方对嘴，对了一会儿，词儿说尽了。审判长捉住火候宣布："上午开庭就到这里。下午四点整，复审。”听了这话，听众四散走了。审判长由台上过来对何碧秋说：“你进城很不方便，好在双方看法虽然不同，但对事实的认定，并无歧异，证据也是齐全的。我们合议庭中午加个班，争取下午当庭作出判决。”何碧秋谢一声，和他分手。

顺道在街摊上吃了饭，回到店里，店主早等在窗口，赞啧一番，说到下午的判决，店主道：“照上午所说，打人情节没有分歧，县和市公安局的处理，也是有依据的。”何碧秋灰心道：“你说我输了？”店主道：“你绝对赢。还是昨晚的道理，国家诚心要百姓领会这个民告官的法，必要选几桩活例子，让人亲眼实见入肉入髓，才有应验。按这个理，必定要把官司判给你。”何碧秋心里踏实了些，店主又道：“你且放宽心，快把城里该逛的地方，细逛了罢。”

何碧秋稍歇出城，走到废城墙下一带水塘边来。七八年前见过的杂树林修整过了，补栽了各种眼生眼熟的树，高的矮的，团的蓬的，猜想春夏耀眼红绿。有一种树没落叶子，叶色也不是绿色，是冷下来的猪血一般的紫。走出老远回头，又疑是一树月季：那树丛里掖许多石雕的禽兽，形状不同，都是见过的：张牙舞爪的狮子，翘甩鼻头的大象，狂跑的驼鸟，眯觉的狗熊。有两样不能放一起的兽放一起了：一只恶虎将一匹马扑倒在地，嘴啃进好深一块肉，叫人不敢多看。看水边造了好些亭子和石桥，亭子一层两层三层四层不等，砌在路口和桥边。石桥有拱着的，有曲着的，担在水上。都没多少稀罕处。见塘里的水已不如七八年前清净了。

忽听有人声闹动。转过弯去，见坡岸凹了进去，约有半块麦场大小地盘，铺着大大小小的石块，地上站了一些穿红着绿的人。春阳斜射下来，被凹地聚起了热，近前暖融融的。这些人就站在石块上脱衣服，男女夹杂，不见有个躲的避的。那男的把上下都扒光了，单剩裆间一张薄皮。女的有只穿遮胸连裆服的，也有戴着罩子和遮羞短衩的。脱好了的，原地跑两圈，把脚掏一掏，吸口气，扑通跳进冷水里去，看水面上散布着多少颗湿头。远眺对面的亭栏上，有男有女一个接一个爬在上面，返身朝水里跳。只觉得那塘水的冰凉，激到自己身上了，身上也就迸出了鸡皮疙瘩。

看到这里，不由得身子往后退退，站到坡上的树林里。树林里也站了些人。这拨人跟凹地上的那拨并不相干，一并穿得整齐，有的毛衣厚袄，有的棉布冬衣，有的鸭毛鹅毛夹克，把手插在裤袋或袖口里，只管睁眼朝下看，见岸边水里动荡的几个女的，正在二八二九好年岁。这几个女子脱剩贴身的，要么是红，要么是黄，要么是绿，要么是紫。水中有几个尽了兴，爬上岸来，却不急着穿衣服，站着让水自己滴落。风由一个突坡处荡过来，将皮肉上吹出寒噤，人便用干毛巾略揩揩，来捡衣服。何碧秋身边这拨看客此时盯定一个穿红色衣的小女子身上。那女子不去寻隐蔽处，就站空地上，在大众目光里脱换。见她将刚揩身子的干毛巾往腰间一围，借它的遮挡，弓腰把下身湿衣脱了，顺势套上长裤，嘴里还跟面前几个赤膊男子不停搭茬。再看她把一件罩衫由头颈套好，探手解脱上身的湿衣，几次没脱下，猜想是其中一个纽扣紧了，又猜想是背带打了死结。她本人倒坦然地不停口舌。岸上这几个穿好衣服，坡上的看客把目光转了，移去水面上看红黄绿紫。

看到这里，一颗春阳渐渐西下去，何碧秋忙向一个看客问了钟点，转身赶回法院开庭。

到了四点整，庭铃响过，审判长说话，说的也都是上午各方说过的话，说完了，起身清清嗓子，开始宣判。

审判长道："本案经本法庭依法开庭审理，并经合议庭慎重讨论，特判决如下：市公安局对县公安局对西北乡王桥村村长王长柱殴打本村村民万善庆一案裁定的复议决定，正确无误，本庭无异议。"

听他说罢，何碧秋晓得是自己输了，呆在那里。耳听听众席上的腔调，有一些向着她，这些人都散退走了。见审判长和严局长几个人走过来，和缓着口气说话，说的还是她如果对判决不服，仍可以向中级法院上诉。听见这句，何碧秋好了一些，坐在那里说："上诉，当然上诉！"

上诉后等了两月，天气递升着暖，一日不比一日了。柳条浅绿又深绿了，整个地面上都绿了，油菜花儿落尽结了荚儿，麦子在地里站起了身子。四只秧子猪各窜成一张弓，再粗填几天，能细喂催膘了。

这日何碧秋去地里垩拔节肥，两墒没到头，有人捎信说上面来了人。何碧秋问："让我去村长家？"捎信人说："不是，是去村公所。来了三个人，先见村长进去过，不一会出来了，脸上多了些许，像刚被人讨了债似的。"何碧秋拾掇好手上，往这边来。

远远望见空地上一辆小车，白色的底漆，腰上粗细两道蓝杠，顶上一盏红灯。一望便知是专抓犯人的警车。看见车内没人，返身朝那边走，听见屋里人在说话，话题与她有关，脚下放慢了来听。

听一个陌生口音道："这个女村民告到乡里、县里、市里，又起诉到县法院，上诉到我们中院，原以为她是个蛮缠角儿，现在下来开座谈会和个别调查，却没想到对她反映这样好。"另一个口音老些的道："照打人情节和伤势看，前面的处罚，是有依据的。可这个何碧秋既不是个蛮缠角儿，头脑又没毛病，她为什么一告再告，抓住不放呢？是不是另有缘故？"听又一个道："你们来一趟也不易，不妨仔细听听她本人的，看怎么说。"

听着这话耳熟，一想，是乡里的李公安员。此时已阻在门前，不好后退，何碧秋特地脚下踏得重了些。屋里听见了脚步声，不说了。只见李公安员伴两个穿制服的坐着。李公安员介绍道："这两位是中级法院负责你上诉案的，朱审判，杨审判。"三个人面前凹腰杯子里都有茶水，李公安员要代为泡茶，何碧秋抢过自己泡了，为他三个添了水，坐下来，说了几句。口音老些的是朱审判，另一个年轻人是杨审判。两人要她把事情从头至尾详细说一遍。

何碧秋理个头绪说："秋后割过稻耕好地，村长选定村前一大片地集中种油，事情是这里惹起的。照实情说，集中种油是上面布置的，晓得是好事情。村长选的地方因是进出的路口，来人好看，不单他当村长的光荣，一村的面子，大伙儿都答应了。只是我家夹在中间的三亩三分地，头年种过一季油，依理得换茬。村长又大咧咧地一讲了事，话没细说到家，我家就种了麦。麦苗出土了，麦叶长到两分宽了，都没话。上面来验收扣了分，村长火了，就有话了。答应他明年笃定种油，不依，让午时三刻毁了麦子，补栽上油菜。庄稼人能忍心下得了手毁青苗？三言两语来去，村长就动了手，把他打了。"

朱杨二审判把话记到本子上，说："打的过程呢，你说一说。"

何碧秋说："他当村长的管一村人，譬如一大家子，当家长的管下人，打，骂，都是可以的。可他呢？踢他胸口倒罢了，又踢他下身，几乎擦着要害了，不是逼人命嘛！"说到这里，姓朱的审判插问道："卷宗里只提到你丈夫下身被踢伤，诊断也是这样写的，没提到踢胸口呀？"何碧秋道："在场人三睹六见，还有假？只因他一脚不很重，不碍着什么，就没让医生诊断，也没多提。"姓朱的审判道："你说你丈夫稍稍干活，就累得胸闷？"何碧秋道："做男人的被人打了，还了得？这场官司告到乡里、县里、市里，再告到法院，又上诉给你们，至今扳不平这个理，他一口气憋在肚里，岂有不累闷的？”

两个审判听了，对望了一眼，说了几句话，又问她：“你丈夫在家吗？”何碧秋道：“追麦肥呢！”两个便道：“走，我们去看看他。”

在太阳底下走出村来，仰看天空干干净净，一片云彩丝儿也没有。一地的都是庄稼，放眼望不清尽头。田埂上的草长到这会儿，脚踩着锵锵的。何碧秋领三人来到地里，见丈夫趁这工夫又垩了两墒肥，正撑着歇息。到了跟前，介绍了，问答几句，让脱上衣看了，用手按了捺了，两个审判说：“到医院拍个透视片子吧。“何碧秋道：“也好，您稍等到傍晚走，我们赶去江苏地面一趟，来得及的。”李公安员说：“那是区医院。上次因为情况特殊，将诊断算数了。按规定是县以上医院证明，才具法律效力。”何碧秋为难道：“地里有点忙了，这儿又不比别处，进趟城不容易呀。”两个审判想了想道：“让他乘我们的车一道进城吧。”

何碧秋待要应了，转头看见散布在地里干活的人，都朝这边张望，心里多了一忧，说出来道：“承你们情。俗话说十里无真信，何况我们被水库隔断的王桥？都晓得警车是专抓犯人的，他若同乘了走，难保没人嚼出多少舌头来！”三个人不好说了。何碧秋又道：“还是我们自己由摆渡口进城，再找你们领去透视拍片吧。”三人听了说：“也好。”开车由新修土路上走了。

进城拍过透视片子，住下，店主过来问候。何碧秋说：“看他一脚并不重，没想到真把一根肋骨踢断了。医生说自然愈合得不太整齐，因此胸口累闷。”店主问：“开诊断了？”何碧秋道：“开了，叫轻伤害。比先前的轻微伤害，少了一个字。”店主点头道：“三年前我亲戚打过一桩伤害案官司，因此这方面我倒在行——现在性质两样了。”何碧秋问：“哪儿不同呢？”

店主道：“轻微伤害、轻伤害、重伤害，各有讲究。头一个不过吃些皮肉苦。中间和后边的都是伤筋动骨，程度又不相同，比方说，打断三根四根肋骨，手腕脚腕被打骨折，能接续愈合的，是轻伤害。把股骨弄断腿残废了，或伤了肝胆心肺脾，或弄瞎了一只两只眼睛，或弄残弄缺了一只两只耳朵，都是重伤害。”

何碧秋不解道：“手脚骨折再接续好，会影响做事的。可耳朵本是个无用的摆设，弄残弄缺不碍着什么，怎么反而是重伤害？”店主道：“毁人容貌了呀！”何碧秋再问道：“三个处罚有轻重吧？”店主道：“头一个不过罚些款。后一个最重要判无期徒刑。国家对你丈夫受的这个轻伤害，处罚余地大些：轻则治安拘留，重的要坐年把牢狱。”何碧秋便道：“依你说，我这回官司赢了？”店主道：“不好说的。我上次都说错了一回呀！”

忽然看见店主握只凹腰杯子喝茶，何碧秋惊讶道：“您也用这个呀？”店主奇怪道：“它有什么呢？”何碧秋说：“我一路打这桩官司，乡李公安员，县公安局承办人，市里严局长，开庭的审判长几个，管上诉的两位审判，都用凹腰杯子，疑心它跟制服一样，是政法口专用的呢。”店主忍不住笑道：“哪里，它本是装秋梨膏的，人一年总要咳上几回，吃完药，看它顺眼，就用来喝茶，慢慢在城里流行了。有一班青年，本没生病，用公费医疗开了，将里面的秋梨膏倒掉，只取这个杯子。我这一只，是熟人多余送的。”何碧秋恍然笑了，丈夫也笑了。店主笑道：“你这位当家的，话少呀。”何碧秋道：“他呀，葫芦晚了季节，没长出嘴来。”

店主说：“你当家的这根肋骨，依医生说法，重接不重接都行。这话要慎重听。若不重接，放在城里工作人身上，成天喝茶看报纸，是可以的。可乡下地里有活，说不定累积成大病；若重接吧，大小也是个手术，剖膛开肚一样风险。”何碧秋说：“正愁的是。”

店主便道：“我有个熟识的退休老中医，治胸肋是数世单传，几服方子，药到病也去了。只不知你家地里活儿能不能脱身？”何碧秋说：“家里请亲戚代照看的。地里的活儿呢，眼下温吞季节，说有，连日夹夜也做不完。说没有呢，丢下不管也不碍大事。”店主说：“那好，你夫妇在我这住下，先吃两服方子，再带一服方子回家去吃，管保见效。”何碧秋说：“只是法院让在家等上诉结果，要不要打声招呼？”店主说：“他们事多人少，半个月内难保忙到你的案子，不用的。”何碧秋把头点点，店主又道：“我也不是为揽生意：住宿费又刚涨过，我们不是一日两日了，仍按每铺三块五一宿收吧。”

一住半个月，那退休老中医真的极好手段，不但将断肋挪正了原位，胸口积闷也排解干净了。夫妻两边谢过了，收拾回家。

在乡里下了车，取路向摆渡口而来。沿途见两边田里秧青水白，心里焦急，脚下这一二十里路，不知不觉间走完了。

到了摆渡口，这边岸边没一个过渡的人，收住脚等。站了一会儿，丈夫照老样子闷声不吭，何碧秋早习惯了，不去管他。再站了一会儿，风从库水上悠悠地荡过来，吹透衣缝，激得皮肉有了松紧，这眼中的目光，一时便长长短短起来。

却见面前一库春水陡地涨过，下边一条岸埂被淹没了，水逼到上一条埂来，地皮浸湿透了。那水不比冬夏，碧透纯清得令人眼馋。上边这条埂头被无数只脚踩踏过的草梗，得着这些滋补，悄悄撑起了身子，又绽开新鲜茎干和嫩头。头顶一颗太阳像刚被这一库碧水泡过洗过，将一盘蓝空照得干净透亮。地上有地气云云雾雾漫起，远处近处的庄子、树木、庄稼、坡洼沟坎遮得糊糊涂涂，看不清之间的人、狗、牛和家养牲畜在走在跑在站。目光不觉软了酸了，收回来，向两边扫看。见左边一片天大白浪，被一截黑铁似的库坝阻住，那浪翻来翻去翻不出多少花样。有鸟在天上要么成群结队，要么单溜，再落到水面上歇住，猜测不准是湖鸥还是野鸭。将目光由这片白水上拢过来，那水越向右走越窄，到眼前便是三二里宽的库汊。库汊折向右边去，七绕八绕，把头埋进一道又一道坡坎里去了……看到此处，才眺见对岸也无人待渡，船工不见影儿，一只渡船冷清清地飘靠在岸边，心里明白，必得要喊了。

喊声也像目光一样，长长短短，传递到对岸去。先是女的喊了一阵，再是男的喊了一阵，才把对岸喊应了。遥见船工拿篙将空船撑出，再换桨摇过库汊中央，却懒得再换篙，只用两柄桨，咿咿呀呀摇近前来。

到岸边停下，船工老脸比往日多了些许。听他说："消闲三五日了，想今天必定上床仰觉，不想到底摆渡了你两位。"何碧秋不解道："人呢？"船工道："自西北方向土路修好，由村里出去的，宁愿骑自行车绕着走。没来得及买车的，也只搭乘顺路拖拉机。"何碧秋问："难道外边没来村里的？"船工道："谁来这块僻地？上面来人呢，有大车小车送。这不，早上来过两拨人。一辆面包，是来验收庄稼的。另有一辆小车，都从那边绕行的。"又道："我和这只船，怕是穿旧的衣裳，要收收叠叠，被人搁放进箱子里啰。"

见他对摆渡如此恋恋不台，又如此伤感，何碧秋也随了同样心情，胸口多了些许。便找出些话来打岔，顺口问道："另一辆小车，又来办什么事呢？"船工道："不清楚。"再瞅瞅认出她了："真忘了你是告状的万家，这是你当家的？那桩案子还没了？”何碧秋说：“怕是早着呢。”等船靠岸，又说了两句，双方分手。

到了家里，帮看家的亲戚说：“上午来警车，把村长铐走了。”何碧秋不信道：“怎么可能呢，你弄错了吧？”看家的亲戚道：“我在圈里喂猪食，起先也不知情。后听村里人沸沸扬扬传，才跑去看。这时村长刚巧从门里出来，身边跟着两个穿制服的。本以为他是应酬上面公事。他的双手原是缩在袖口里的，不料走着脚下一绊，双手一甩一扬，太阳光由他两腕上反照过来，把人眼睛刺花了，才晓得他戴了手铐。”

何碧秋这才吃惊信了，问：“上面人来过咱家？”亲戚道：“没有。”想了一回，仍旧惊疑道：“我上告他，不过想扳平个理，并没要送他去坐牢呀？”

因没料到有这个结果，往下不好说，也无话可说了。忙着弄饭吃，吃在嘴里一点不香。吃完了，看家的亲戚想起一件事来：“地里的麦子起了黑花，别人说得了黑穗病呢。”

当时赶来地里看了。地里的光景跟在家时自然两样，周围油菜早收割过，栽下中秧了。这老大一片秧苗也都返青了，反衬得这块麦田乌油油绿。麦子长势已及腰眼，麦身上的黑花眼见着多了。在埂边和田中间各折下穗头，揉去芒壳，吹出蓄浆半干的颗粒来，在手里掂了两掂，估算病情，还能抢救出六七八收成。忙活了一阵，何碧秋怕丈夫累着，催促他回去歇，丈夫只是不依。

正僵持间，见一群人远远地由秧田埂上走过来，到跟前停下了。其中一个指着道：“这片麦子，岂不是活教材？真该召集全体乡村干部，来开个现场会呢。”听他话者，知是上面来验收庄稼的。又认出这人是早年来讲过免耕法的乡农技员，何碧秋上前问他：“种这块麦子时，我也免耕了，也条播了，也清墒了，怎么它还得病呢？”

乡农技员指指四周，答道：“油菜茬口比小麦早许多，栽了秧，四面水浸润过来了。俗话说寸麦不怕尺水，尺麦却怕寸水，若没有上述措施，你的损失怕还要大。”又奇怪道：“这些集中种油种麦的好处，我在全乡村干会上，讲过不止一次两次，你们村长回来没说？”

何碧秋道：“他呀，先是大咧咧地让人全都种油，后又逼我把麦子毁了，补栽菜苗。他早讲这些理，会生出那许多事来？”

听她这么说，一群人杂叹道：“这位村长呀！”略站站，向别处去了。

这边何碧秋劝不转丈夫，便把手上拾掇拾掇，一道回家。

分享艰难 / 刘醒龙

八月的夜晚，月亮像太阳一样烤得人浑身冒汗。孔太平坐在吉普车的前排上，两条腿都快被发动机的灼热烤熟了。车上没有别人，只有他和司机小许，按道理后排要凉快一些，因为离发动机远。孔太平咬紧牙关不往后挪，这前排座如同大会主席台中央的那个位置，绝不能随便变更。小许一路骂着这鬼天气，让人热得像狗一样，舌头吊出来尺多长。小许又说他的一双脚一到夏天就变成了金华火腿，要色有色，要味有味，就差没有煺毛。孔太平知道小许身上的汗毛长得如同野人，他忽然心里奇怪，小许模样这么白净，怎么也会生出这许多粗野之物哩。他忍不住问小许是不是过去吃错了什么药。小许说他自己也不明白，接下来他马上又声明自己在这方面当不了冠军，洪塔山才是镇里的十连冠。孔太平笑起来，说洪塔山那身毛没有两担开水泡他几个回合，再锋利的刀也煺不下来。两人说笑一阵，一座山谷黑黝黝地扑面而来。吉普车轰轰隆隆地闯了进去。小许伸手将车门打开，并说，孔书记，到了你的地盘。违点小规也不怕了。孔太平没说什么，他先将车上的拉手握牢，另一只手将车门打开。一股凉风从脚下吹向全身，酷热的感觉立即消散了许多。

刚刚有些凉爽的感觉，吉普车忽然颠簸起来，孔太平赶忙将车门关好。小许说不要紧，路上有几个坑。孔太平却厉声说，关上门，不怕一万只怕万一！小许没敢吱声，赶紧关上车门，同时减小油门让车速慢下来。这以后，两人都没说话，路况好，车子走得平稳时，这种沉默有些不对头。孔太平知道自己刚才说话声音太大了，便有意找话说说，缓和缓和气氛。他掏出烟，一次点燃了两支，并将其中一支递给小许。

小许抽了一口烟后，马上告诉孔太平这是假的阿诗玛。小许说，这烟是县城南边金家坳的农民做的。

孔太平说，金家坳是我县唯一一个有希望进入亿元级的村子哩。

小许说，若将那些假烟一查禁，恐怕同我们西河镇的情况差不多。

孔太平说，是该查禁，不然国家的事就全乱套了。

小许说，昨天我听人说了一副对联：富人犯大法只因法律小犯大法的住宾馆；穷人犯小法皆是法律大犯小法的坐监牢。

孔太平想了想，觉得这副对联有些意蕴，他问小许说，你还听见什么没有？

小许说，洪塔山近期内可能要出事。

孔太平忽然敏感起来，他问，出什么事？

小许说，县公安局还在整洪塔山的材料，似乎是经济上有问题。

孔太平说，不对，经济问题应该由检察院办理。

小许说，那要么就是嫖妓搞女人。

孔太平正要再问，迎面一辆汽车亮着大灯扑过来，灯光刺得他俩睁不开眼睛。小许踩了一脚刹车让吉普车停下，然后拉开车门跳到公路中间破口大骂起来。那辆车驶近了停在小许的身前，孔太平认出是一辆桑塔纳。他马上猜测可能是镇里养殖场经理洪塔山的座车。果然从桑塔纳车门里钻出来的那个人正是洪塔山的司机。小许用拳头擂着桑塔纳的外壳，说那司机也不屙泡尿照照自己，敢在西河镇里亮着大灯会车。那司机分辩说，是因为小许没关大灯他才学着没关的。

小许说，今天得让你付点学费，认清楚在西河镇能亮大灯会车的只有老子一人。

小许正要抬脚踢那桑塔纳车灯，孔太平大声阻止了他。孔太平下车后，那司机赶忙上前赔不是。孔太平支开话题，问那司机去哪儿。那司机说是送一个客人。孔太平见车内隐约坐着一个人，就挥挥手让桑塔纳开过去。桑塔纳走后，孔太平又说了几句小许，他担心那车内坐的是养殖场的客户。小许说那人绝不是什么客户，那副妖艳的模样，一看就不是正经路上的人。听说是个女人，孔太平也不再数说小许了。倒是小许来了劲，不断地说现在太不公平了，洪塔山算什么东西，居然坐起桑塔纳来，书记镇长却只能坐破吉普。小许说他若有机会，一定要治一治洪塔山，不让他太嚣张。

小许的话说得孔太平烦躁起来。这时，吉普车已来到镇外的河堤上。孔太平让小许停下来，打开车门时，他叫小许开车先走，自己一个人慢慢地走回去。

吉普车消失在镇子里，四周突然静下来。被太阳烧烤透了的田野，发出一股泥土的酽香，月亮被醺醉了，满面一派橘红。热浪与凉风正处于相持阶段，一会儿凉风扑面，一会儿暑气袭人，进进退退地叫人怎么也安定不下来。

河堤外边的沙滩上，稀稀落落地散布着一些乘凉的男女青年，女孩子嗲声嗲气的话语和男孩子有些浪意的笑声，顺着河水一个涟漪就漂出半里远。孔太平想起小时候自己从县城里来乡下走亲戚时，舅舅带着他走上几里路，同垸里的男女老少一道来这河滩乘凉的情景。有天夜里，满河滩的人睡得正香，忽然有人喊了声狼来了狼来了，惹得许多人慌忙逃个不迭。后来舅舅大喊了一声，说这么多人还怕几只狼，一人屙一泡尿就可以淹死它！舅舅的喊声制止了河滩上的慌乱，大家镇定下来以后才知道是有人在闹着玩，目的是想吓唬那几个睡成一堆的女孩子。舅舅走上前去揪着那人的耳朵，一使劲就将其扔到河水中去了。那人在水中挣扎时，大群女孩纷纷抓起沙子撒到他身上，直到那人急了，说若是谁再敢撒沙子，他就将身上的衣服全脱光，这才将女孩子吓退。那人从水中爬起来时，舅舅对他说了几句预言，断定其人将来不会有出息。孔太平记起这个故事，却不记得舅舅所说的这人是谁了。在当时他可是知道这人的姓名的，时间一长竟忘了。忘不了的是这人如今也该四十岁了。

想起舅舅，孔太平的目光禁不住拐到另外一个方向上。远远地一座小山之下，忽明忽暗地闪着一架霓虹灯，西河养殖有限公司几个字一会儿绿一会儿红，往复变幻不停。空洞的夜晚因此的确添了几分姿色，美中不足是那个“殖”字坏了半边，只剩下“歹”在晃来晃去。舅舅的家就在养殖场附近，虽然离得不算远，可他已有一年多时间没有进过舅舅的家门。孔太平打定主意，近几天一定要去舅舅家坐一坐，不吃顿饭也要喝几杯水。

孔太平从县商业局副局长的位置下到西河镇任职已有四年了，头两年是当镇长，后两年任的是现职。论政绩主要有两个，一是集资建了一座完全小学和一座初中，二是搞了这座养殖场。现在镇里的财政收入很大一部分来源于这座养殖场。所以他对养殖场格外重视，多次在镇里各种重要场合上申明，要像保护大熊猫一样保护养殖场。实际上，这座养殖场也关系到自己今后的命运。回县城工作只是个时间早晚问题，关键是回去后上面给他安排一个什么位置，这才是至关重要的。小镇里政治上是出不了什么大问题的，考核标准最过硬的是经济，经济上去了就是一好百好。

凉风一阵比一阵紧了，暑气明显在消退，河滩上几个女孩子忽然唱起歌来。孔太平心情好起来，他刚要加快步伐，迎面走来两个人影。不知为何，孔太平一认清那两人是镇完小的杨校长和徐书记，竟下意识地躲进河堤旁的柳丛里。

杨校长走到他跟前时忽然停下来说，等一下，我屙泡尿。

徐书记嗯了一声说，我陪你屙一点。

好半天没见水响。杨校长说，妈的，白等了半夜，哪知他竟留在城里偎老婆不回来。

徐书记说，这热的天再好的女人偎起来也没味道。

杨校长说，人家不像我们这些穷教师，去年家里就装了空调，改造了自己的小气候，你还当是大环境啦！

徐书记说，你别笑我土，我还真没见过空调是什么模样哩！

杨校长说，恐怕是你不注意，县城里好多楼房的外墙上挂着些像麻将里的一饼、二饼那样的东西就是空调。

孔太平差一点笑出声来。

杨校长继续说，胡老师突然发病住院，也不知是好是歹，三个月没发工资了，医疗费还要学校先垫付，他妈的这是什么道理！

徐书记说，镇长书记只管自己升官发财，哪里会真心实意地关心教育。你没听见刚才开车的小许在镇委大院里嚷，要全镇人勒紧裤带给镇里买台桑塔纳，不然出门太丢人了。杨校长说，也是，县里随便哪位领导卖台车子也够全县教师好好过上一个月……喂，老徐，我这一阵不知怎么的，屙尿特别费劲，老半天也挣不出一滴。

徐书记说，莫不是前列腺有问题，得赶紧查一查，男人这地方最容易患癌症。

杨校长说，患了癌症才好，我就可以解脱了，死不死活不活反让人难熬……好好，总算屙出来了！憋死个人！

一阵水响过后，两人终于走开了。孔太平听出他们要去镇医院。孔太平明里暗里听惯了别人的牢骚话，他知道杨校长是在说自己，抬腿将眼前的柳树狠狠踹了几下后，心中的火气也就去了多半。

孔太平没走多远就碰上了地委奔小康工作组的孙萍。孙萍一个人正顺着河堤散步，孔太平一见她那模样就开玩笑，问她是不是又收到男朋友的信或者是刚刚给男朋友写完信。孙萍挺大方，说不是这两样，而是一个三年不通音信的老同学突然莽撞地给她写了一封求爱信。孔太平问她感觉如何。孙萍说她发现老同学的文章写好了。孔太平提醒她留心对方是不是抄了哪个名人公开发表的情书。孙萍笑着表示了认同。接着她告诉孔太平，镇里人都知道他今天回来，包括杨校长在内的好几拨人一直在镇委院里等着他，直到小许一个人开着车进院后，他们才散去。孔太平问清除了杨校长是准备找他要钱的以外，别人都是来伸冤告状的，便多多少少有些放心下来。他告诉孙萍，这年头只要不涉及到钱，一切都好办。说了一阵闲话后，孔太平要孙萍给他帮忙做件事，马上到镇医院去看看那个姓胡的老师到底是什么原因住院的。孙萍答应后便往镇医院方向去了。

一进镇子，街两边乘凉的人都拿眼光看他，同他打招呼的人却很少，偶尔开口也是那几个礼节性的字。孔太平平常进出镇子总是坐车，同镇上的人见面的日子不多，这般光景让他有些吃惊，自己刚来镇上时可不是这样，那时谁碰见他都会上前来说一阵话，反映些情况，提点建议什么的。孔太平看见街旁一位老人还在忙个不迭地招呼几个孩子，就走上去询问他家中的情况。他以为老人的儿子、媳妇外出打工去了，谁知老人气呼呼地告诉他，孩子的父母都让派出所的人抓了起来。老人说，自家几个人在一起打麻将带点彩犯什么法，开口就要罚款三千。那些个贪官污吏怎么不去抓，那么多贪污受贿的人怎么不去抓？老人一开口，四周的人都围拢来了。大家七嘴八舌地说了半天，孔太平总算搞清楚，原来镇派出所前天晚上搞了一次行动，抓了四十多个用麻将赌博的人，清一色是镇上的个体户，不要说是干部，就连农民也没有一个。他们认为这一定是派出所的预谋，十几万罚款够买一台桑塔纳。孔太平借口自己刚回，不了解情况，转身往人群外面走。老人在背后说，我将话说明了，要钱没有，要命有几条。孔太平没有理睬。老人又说，这哪像共产党，连国……孔太平不等他那更刺耳的话出口，便猛地转过身大声说，不是共产党有意睁一只眼闭一只眼，让你们这些私营业主先富起来，你们能有今天这么大的铺子？钱来得太容易了，就想赌，是不是？莫以为自己逃税的手脚做得干净，让你逃才逃得了。孔明知道关羽会放曹操才让他去守华容道。不让你逃时，你就是如来佛手中的孙悟空。得了共产党的恩惠却想着王八的好处，这叫什么，这叫混账王八蛋！前年定《村规民约》时，你们都签过字，赌博就要挨罚。不想交罚款的人明天到镇委会里同我打个招呼。

孔太平一吼，街上突然静下来。他什么也不再说，一溜烟地回到镇委院内，也不理睬别人叫他，站在院子当中扯着嗓子大叫，老阎，老阎在家吗？分管政法的阎副书记应声从自家门口钻出来，孔太平要他马上将派出所黄所长叫来。

他刚开门进屋，住隔壁的妇联主任就送了两瓶开水进来，并随口问他怎么这次出去时间延长了三四天。孔太平说，刚开始只准备参观一下华西村，后来大家都闹着要去张家港市看看，参观团的领导只好修改日程安排。妇联主任问他有些什么收获，孔太平一边叹气一边告诉她，经验很多，可是太先进了，他们一下子学不了，还得敲自己的老实锣鼓。

孔太平开始解上衣纽扣，并说自己要冲个澡。妇联主任说，你冲你的澡，我说我的话。孔太平说，那我就脱裤子了。妇联主任笑着说，你那东西我家里也有，吓不着人。妇联主任说笑之间人也起身站起来，她跨过门槛后又回头告诉孔太平，他不在家里，宋家堰村超生了一个人。她说，本来差一点就是三个，另两个被她抓住了时间差，抢先将工作做妥当了。孔太平说，今年一切工作都白做了。他叹了一口气，随手关上门，一个人怔了一会儿后忍不住自言自语道，这些骚女人，老子非要用焊枪将她们闭了不可。

孔太平打开水龙头，放水冲了一阵身子，他刚用肥皂将身子涂抹一遍，水龙头里就没有水了。他打开窗户探出头冲着楼下叫道，一楼的，等会儿再用水好不好，让我将澡洗完。叫了两声，水龙头里又有水了。他赶忙凑过去。这时，电话铃响了起来。孔太平一怔，马上意识到一定是老婆打来的，目的是探听他的行踪，她总是怀疑自己在镇里有别的女人，常常出其不意地搭车跑来或在半夜三更打来电话。孔太平冲出卫生间，抓起电话大声说，是我，我是孔太平，我已经准时回到镇里，你该放心了吧！别用什么孩子不听话，钥匙找不见了等借口来掩盖自己的别有用心，我都明白，你不要耍这种小聪明！他吼了一通后，电话里竟无一点反应。他又说，有话你就快说，不声不响地到头来还是我付电话费。电话里轻轻地响了一下，接下来是一串蜂鸣声。孔太平愣了一会，伸手拨了自己家里的电话号码，电话铃响了一阵后有人拿起了话筒，他对着话筒说，我爱你，你放心，我不会三心二意的！电话里忽然传出儿子的声音，儿子说，你是谁，不许你爱我妈妈，我妈妈只能让我爸爸爱！孔太平说，儿子，我就是你爸爸！儿子在那边欢叫道，妈妈，爸爸要爱你！孔太平放下电话，继续将身上的肥皂液冲洗干净。

派出所黄所长进来时，孔太平刚刚将裤子穿好，天气太热，他懒得再穿上衣，光着膀子，开门见山地问抓赌的情况。黄所长说他们的确是选择了镇上干部发工资的前几天行动的，因为这时干部们口袋里都是瘪的，无钱上麻将桌，这样可以减少许多麻烦和难堪。只不过他们没有考虑到镇上那些个体户竟敢公开抵抗，到现在连一分钱都没收上来。他们准备明天先放几个女人，探探风向。孔太平沉吟一会后，表态不同意这种做法，他说政权机构做事就得令行禁止，不能半途而废，否则就会失去威信。孔太平答应镇里出面帮他们维持一下，条件是收上来的罚款二一添作五，两家对半开。派出所长不同意，他们正指望用这笔钱添一些交通工具。孔太平告诉他，老百姓已猜出他们是想买辆桑塔纳，他们若真的这么做，会失去民心的。因此，不如将这批罚款分一半出来，捐给镇里，专门发放拖欠了几个月的教师工资。黄所长有些松口了，只是不同意交出一半，他觉得太多了，教育上困难，公安部门也同样困难。孔太平思考了半天后改变主意，提出只要明天一天，到时收到多少算多少。黄所长很高兴地同意了。

门外响起了高跟鞋的磕磕声。孔太平连忙抓住上衣往头上套，孙萍进来时，他那铜钱大的肚脐眼还没有盖住。孙萍刚坐下，黄所长便起身告辞，那模样似乎有点避嫌的意思。孔太平留他没留住，只好由他去了。

孙萍将乌黑的披肩长发甩到胸前，像瀑布一样垂着，然后说她想喝口茶。孔太平正要重新泡一杯，孙萍已拿过他喝过的茶杯，有模有样地抿了一口。孔太平想阻止却来不及，他看着孙萍那粉做的一样好看的手，心里咚咚地响了两下。

孙萍抬起头来说，孔书记这茶叶太好了，是哪个村里做的？

孔太平说，我这茶叶算什么好，这回出去考察，你们地委组织部的人那茶叶才真叫好哩，一连八九天，就是看不见他们茶杯里有哪片叶片是两芽的。

孙萍说，那还不是下面乡镇的干部送给他们的。其实我们镇上也应该搞点特制土特产，这对开展工作有好处。

孙萍这话是双关意思，暗里还指疏通关节可以早点向上提拔。孙萍是昨天回到镇里的，她在地区团委工作，团委同组织部在一层楼上办公。她这次回去休假，刚好遇上东河镇的段书记鬼头鬼脑地在组织部门口转，一看就知道是上门送礼的。孔太平本来对孙萍说话的口气有些恼火，但她话里的内容却很重要。东河镇的段书记是他的主要竞争对手，地县领导连续三次考察，都是孔太平排第一，老段排第二。这次地委组织部组织外出考察，人员名单都是戴帽下达的，上面没有东河镇的段书记，他原本有些暗暗高兴，没料到人家却来了这一手。

孙萍说，现在考察干部并不是光看政绩。

孔太平说，我不会这么贱，胡子一大把了，还低三下四地去巴结那些二十来岁的毛头科长。不说这个了，说说医院里的情况吧！

孙萍说，胡老师可能是中暑了。但医生还不敢贸然下结论，一般的中暑醒过来就没事了。胡老师却是醒过来后又接着昏过去了。所以非得住院观察。

孔太平嗯了一声。孙萍继续说，同胡老师一个病房里还有宋家堰村小学的一个民办教师，两人的症状几乎一样。

孔太平想了想说，我得马上去看看，不然万一出了事可没法交代。

孔太平领着孙萍走到门口时，看到院子里空无一人，他很奇怪，往常大家总是整个晚上都在外面乘凉，怎么一下子就变得不怕热了哩！他下到院子中央大声说，都睡了吗？还没睡的请出来一下。喊声刚落，家家户户都有人从门里钻出来。孔太平告诉大家，他准备到医院里看看两个住院治病的老师，谁家里有暂时用不着的罐头、奶粉、麦乳精什么的，请先借给他用用。孔太平一开口，几乎人人都转身进屋拿出一两样东西来，一会儿就积成不小的一堆。孔太平也不客套，找上两只口袋装好后就往医院方向走去。

走了半天，孔太平回头一看，只有孙萍一个人跟在后面。往常这种事他不用开口，鞍前马后总有几个人跟着，特别是妇联主任，哪怕是有意想甩也甩不掉。孙萍走上来，接过他左手提着的那只袋子时，无意中碰了一下他的手。顿时，一种别样的滋味袭上心头。他一下子明白过来，大院里的人为什么要躲进屋里，为什么一个人也没跟上来。他心里骂一句，这些狗日的东西，是想创造机会让我跳火坑哩！孔太平想到这里，脚下迈动的速度忽然加快了。孙萍跟不上，一会儿就被拉开几丈远。急得她不住地叫着等一等。结果，二十分钟的路程，他们只用了十五分钟。

一到医院，孔太平就嚷着找院长，见面后他二话没说，就要院长写一个收条，还注明时间是几点几分。写完收条后，他们才去病房。一边走院长一边同他说了实话。胡老师他们病因其实已查明了，主要是营养没跟上，身子太虚了，又赶上双抢季节农活太累，所以中暑的症状就特别严重。院长对政治问题比较敏感，知道现在教师的情况很复杂，搞不好一颗火星可以燎起一场大火，所以特别吩咐主治医生将病情说含糊一些。院长说杨校长他们推测出了几分，再三追问是不是有营养不足的问题，他们咬紧牙关没有说出真情。孔太平听说胡老师一家人已经有两个月没敢花钱买肉吃，就连端午节时也只是买了一堆杂骨熬上一锅汤。而那个民办教师情况更糟，民办教师有个孩子在地区读中专，为了供孩子上学，暑假期间，他除了下田干活以外，每天还要上山砍两担柴挑到镇上来卖。昨天中午他柴没卖完，人就晕倒在街上。院长的话让孔太平心里格外沉重起来。

孔太平出乎人意料之外来到病房，胡老师他们特别感动。杨校长和徐书记还没走，他俩心里对镇委领导有些气，听孙萍说孔太平一到家就赶到医院里来，也不好一见面就发牢骚，但脸上的表情没有胡老师他们好看。孔太平不大理睬他俩，他询问了胡老师和民办教师的情况以后，当着大家的面表了硬态，他说，这个月十五号以前不将拖欠的教师工资兑现了，他就向县委递交辞职报告。孔太平这么一说，杨校长就不好再挂着脸色了，他主动上去说自己想了个减轻镇里负担的办法，让学生们再挤一挤，腾出几间教室租给别人办企业，只要一个月有它三五千元的收入，学校就可以维持下去。孔太平瞪了他一眼说，这样做你不怕人背后骂，我还怕哩，你若是想当校长就只管教书，若想做生意就将校长的位子让给别人。

这时，门口跑进来一个女孩，冲着孔太平问他几时回来的。孔太平反问她怎么在这里，是不是家里有人生病了。躺在床上的民办教师忙说是学校里安排田毛毛来照料他的。田毛毛是孔太平的表妹，是他舅舅的独生女，高中毕业后在村办小学里当民办教师。田毛毛也不管是否有正经事，一下子就将孔太平拖到病房外面的走廊上，撒着娇非要表哥给她帮一回忙。田毛毛长相很动人，孔太平从小就很宠这个表妹，他早就在舅舅面前表了态，一定要给田毛毛找个合适她的工作。他的确联系了几个地方，可惜田毛毛都不愿去。孔太平以为又是找工作的事，就开口答应了，谁知田毛毛竟要他写个条子给洪塔山，让洪塔山以优惠价卖给她一千只幼甲鱼。

孔太平很奇怪，就问，你要这东西干什么？

田毛毛说，当然不是放在家里养，是别人托我要买的。

孔太平说，毛毛，你别以为现在钱好赚，生意场上的深浅太变化莫测了，你涉世太浅，经不住这种折腾。

田毛毛说，就这一回。赚点小钱将自己打扮打扮。

孔太平说，你要是想买什么就对我说。

田毛毛一撇嘴说，罢罢，我可不敢沾惹你家那只醋罐子。

孔太平笑起来，他抽出笔，就近处找到一张处方笺，随手写了几行字后递给田毛毛。他告诉田毛毛，幼甲鱼平常卖时要二十五块钱一只，他让洪塔山用十八块钱一只卖给她。他要田毛毛别出面，直接将条子交给那要买幼甲鱼的人，然后按差价的百分之五十拿回她应得的那一份钱。他怕田毛毛上人家的当，再三叮嘱她，要她一手交条子一手收钱。田毛毛不以为然地要他别太小看她了。

孔太平返回到病房时，医院院长正同杨校长谈给自己的孩子换个班的事，院长说现在的班主任对他的孩子一直有些歧视。杨校长先否认有歧视这回事，但还是同意考虑，只不过得找个恰当的理由。孔太平来也就是看看，并没有具体的事，他向躺在病床上的人抚慰了几句，便转身往回走。

院长送了一程后正要打住，孔太平却要他一起走一走。一路上，院长不断讲些小故事，逗得孙萍笑个不停。院长说现在搞计划生育的真正阻力是男人，所以有的地方就针锋相对地让男人去结扎，免得他们搞些借腹怀胎的鬼名堂。有一回，他随计划生育工作组到一个村里去打堡垒时，一个七十多岁的老头缠着他们，非要代儿子做结扎手术，工作组不同意，老头反将工作组的头头训了一通，说他们挫伤了他计划生育的积极性。孙萍的笑声让孔太平心里很难受，他知道孙萍是下来镀金的，时间一到就要飞回去，再艰难的工作，在她来看也只是谈笑之间的事。然而，对他们来讲，越是让局外人发笑的事情，做起来越要呕心沥血，绞尽脑汁。

镇委会院子里依然没有人，孔太平拖着院长在院子里的空竹床上坐下来，直到有人从屋里走出来他才放其回去。孔太平回屋再次冲了一个澡，然后也搬了一只竹床到院子中间。他还没下楼就发现院子满是乘凉的人。

坐定后，不断有人凑过来问这问那。食堂炊事员最后过来，该问的别人都问了，炊事员就问华西村那么富，馒头是不是还用粉蒸。一院子的人都笑起来。孙萍一边笑一边说，何师傅，你这种问法，真有点毛主席的味道哩！孙萍这话提醒了孔太平，别人都睡着了以后，他还望着天上的星星和月亮心里细细琢磨。人再富吃的馒头也还是粉做的，一把手身上的脏东西多数是二把手偷偷扔的，这都是基本规律，到哪也改变不了。孔太平下决心要在三天之内搞清楚，自己不在镇里的这段时间，到底发生了什么事。同时，他也要看看镇长赵卫东的政治手腕有没有长进。

鸡叫过后，天气转凉了。孔太平咳嗽一阵，翻身吐痰时，看见一个人影在一旁徘徊，有点欲前又止的意思。他认出是副镇长老柯。老柯平时跟他跟得很紧，有什么小道消息绝不会放在心里过夜。现在连老柯都犹豫起来，可见问题的严重性。

孔太平一翻身就想出了一个对策。

天亮以后，孔太平让办公室主任小赵通知早饭后开一个党委、政府和人大负责人会议。小赵告诉他，赵镇长原定今天到县里去要钱，这时恐怕已经走了。孔太平知道小赵与赵卫东是亲戚，他有意说，镇长知道我回来了，怎么连照面也不打一个就走，该不是我哪儿对不住他吧！小赵是孔太平与赵卫东之间有些摩擦以后，孔太平有意提拔起来的。老柯开始还替他担心，唯恐小赵为虎作伥。但后来的情况让老柯打心里佩服孔太平，小赵当了办公室主任以后，常常直接从孔太平那里领略到许多暗含杀机的话语，小赵当然会转告赵卫东，可赵卫东又不能就这些话有所表示和反应，那样就等于出卖了小赵，由于这种顾忌，赵卫东不得不多方做些收敛。

赵卫东果然没敢走，而且是第一个赶到会场。等人一到齐，孔太平就宣布开会。他说今天会议议题有两个，第一个议题是如何搞好社会治安，协助派出所收缴赌博罚款。孔太平没有说出自己昨晚与黄所长协商达成的协议，只说今天在家的干部都要上街，由他自己带队。有两个人当即表示不同意这么做，其中就有老柯。老柯平时总与孔太平保持高度一致，他一反对，反让大家迷惑不解起来，一个人都不敢轻易表态。事实上，老柯的反对是孔太平会前安排的，什么原由他却没有说明。孔太平借口让大家再想想，转而进行第二个议题。他先问赵卫东有多长时间没有回家。赵卫东说差不多有四十天。他又问了几个人，得到的答复是最少的也有二十天了。这时，孔太平才说，第二个议题是干部休假问题。因为双抢已基本结束，所以他提议镇里的干部分三批休假，第一批优先照顾三十天以上没有回家的人。大家对这提议都表示赞同，只有赵卫东不同意。但一点用处也没有。孔太平说他若再不回去，老婆闹离婚时，组织上一概不负责任。大家都笑着劝赵卫东接受这个提议。赵卫东只好勉强地笑着答应了。孔太平又要小赵以组织的名义通知赵卫东家里，从今天起给他七天休假。孔太平说，赵镇长太累了，必须强制他休息一阵。说着，他就回到第一个议题。九点钟时，他一敲桌子，说不能占了赵镇长等人的休假时间，第一个议题过后再说。

孔太平知道别人都不愿上街和群众对着干，他开这个会的真正目的只是放赵卫东的假，收罚款的事他自有主张。散会后，几个干部围着他说，他们还以为孔太平今天只是传达出外考察的情况。孔太平说这事过一阵有了空再坐下来细细地说。接着他又指出他们用词不当，考察情况只能汇报，不能传达。干部们都说，你是一把手，怎么能向我们汇报哩，只能是我们向你汇报。孔太平对这种回答在心里表示满意，他已经看出来刚才的会开始立竿见影了。

小赵按孔太平的吩咐，让税务所和工商所的头头带着所有的人都来镇委会开会。同时又以镇委会的名义发了一个通告，要那些收到派出所的罚款通知书的人，在今天之内将全部罚款送交到镇委会，否则后果自负。税务所和工商所一共二十多人，孔太平领着他们先上街走了一圈，他没有向他们作什么交代，只是叫他们一个个跟紧些，路上说说笑笑可以，但不准打打闹闹。当然制服是必须穿的，这是孔太平让小赵通知他们时最郑重地重申的一点。转了一圈回来，孔太平让他们集中在二楼会议室打扑克下棋，自己则一个人又到街上去走了一圈。见了人也不说话，人同他打招呼他也不理睬，顶多只是用鼻子哼一声。从街上往回走时，他到镇广播站里去了一趟。他刚回到镇委会院子，镇上的几个高音喇叭就同时响了。先是报时的嘀嘀声，然后女播音员说，现在是北京时间十一点整，离镇委会上午下班时间还有半个小时，离镇委会下午下班时间还有七个小时。无论是镇委会院子里还是街上的人，一下子就听出了那种最后通牒的倒计时的味道来。孔太平上到二楼会议室，他要大家再出去走一趟，他要求这一次人人面孔必须十分严肃。天气很热，出门大家身上的制服就被汗水湿透了。因为镇里一把手在头里带队，他们也不好说些什么，加上心里对这些安排一直不摸底，神神秘秘的反让他们做起来挺认真。冷冰冰铁板一样的模样在小镇的窄街上流动时，虽然已近夏日正午，却也有一股凉嗖嗖的东西直接渗到四周的空气中。

孔太平正在当街走着，一辆桑塔纳迎面驶来。他看出那是洪塔山的座车，理也不理，昂着头仍然不紧不慢地走着，桑塔纳赶紧靠到街边，接着个子和模样都让人看了不舒服的洪塔山从车子里钻出来，老远就大声说，孔书记，我有急事正要找你。孔太平说，过了今天再说，今天我没空。洪塔山还要开口，孔太平突然说，你那养殖场的干部有没有人赌博？惹毛了我，就是经济命脉，我也要查封。洪塔山一愣说，你这是说的哪门子话？孔太平说，我还想见识一下，在西河镇有谁屙得出三尺高的尿！洪塔山也是在生意场上炼成精怪了的人，他意识到孔太平是在敲山震虎，马上露出一副骨头软了的模样说，我这饭碗还不是书记你给的，我可不敢让它变成石头来砸自己的脚。洪塔山站在街边，一直等到孔太平领着那群人走过去后，才转身上车。

上街转了两圈，食堂的饭已熟了，还不见有谁送罚款到镇委会来。孔太平心里有些不踏实，却不让表情露出来。他让两位所长带着自己的人到镇委会食堂去吃饭，一个人也不许回家。有几个女人推说家里有急事，想回家去。孔太平开始没有阻拦她们，等她们走到院子门口时，他才暴跳如雷地吼起来，将她们骂得狗血淋头，一声声都是说，今天是非常时期，就是家里死人失火，也必须坚守岗位到最后一刻。孔太平骂她们时，许多人都从院门外边往里望，那些话都是一个字一个字能听清的。孔太平平时对人态度不错，从不直接批评普通干部和群众，对女同志尤其和气。这也是他老婆对他不放心的地方。今天他一反常起来，大家立刻想到这件事的严重性和关键性。

女人们哭哭啼啼地回到食堂，孔太平让事务长公开地大张旗鼓地到镇委会门前的商店里搬回四箱啤酒，然后自己亲自带头上阵，举着酒杯同大家一起闹酒。税务和工商的干部酒量都练就得比较大，孔太平又让镇里一些会闹酒的人也加入其中，一时间，食堂里碗盏叮当人声鼎沸。转眼间四箱啤酒就喝光了，孔太平让事务长再去搬了两箱来。事务长搬了啤酒回来后，悄悄告诉孔太平，说是外面有些人借故有事，在偷偷地看动静。孔太平说自己心中有数，让他别着这个急。事务长刚走，老柯又凑过来，提醒孔太平是不是稍加收敛，这么大吃大喝传出去影响不好。孔太平说他现在不管好不好，只想影响越搞越大，大吃大喝多数时间是一种工作方法。

一顿饭用了两个小时，六箱啤酒全喝光了。大家都很高兴，连那几个挨了训的女人也都带着醉意说孔太平工作确实有方，跟着他她们愿意指哪打哪。孔太平没有醉，他只喝了很少几杯酒，看见拐角处有人在偷偷张望，他故意大声说，那好，下午依然是一边休息一边待命，一过六点钟就行动。

下午三点钟，广播喇叭里说离镇委会下班时间还有三个小时。

三点过五分，小赵接待了第一个来交罚款的人。紧接着交罚款的人像穿珍珠一样，一串接一串地来了。交完罚款，他们都要问一个相同的问题，就

是交了罚款以后还会不会吊销他们的营业执照。税务所和工商所的人听了很奇怪，他们从没有说过要吊销谁的执照的话。孔太平不让他们将谜底揭穿，他要他们对那些人说，现在个体户太泛滥了，该关的就要关，该管的就要管。这话一点也没有违反国家政策，但从孔太平嘴里说出来时，却有一股子杀气。孔太平说，现在这个时候，当领导的就是要时时透露一点杀气给人看。

孔太平看着小赵的登记表上已有了整整四十个人，抽屉里的现金塞得满满的，脸上立即堆起了笑容。正在开心时，派出所黄所长急匆匆地闯进来。

黄所长腰里吊着一把手枪，见了面就嚷，孔书记，你可不能将我们的油水揩干净了呀。孔太平说，哪里哪里，我们绝对保证只收今天一天，以后的全归你。

黄所长说，你们还会给我以后，不到天黑就会收光的。

孔太平说，不会的，绝对不会。小赵，我们收了多少人的罚款？

小赵心领神会，马上说，才二十多个。

黄所长说，赵主任，你别太小瞧我们的侦察能力了，你们已经收了三十九个人的罚款，正负误差不会超过两人。

孔太平心里吃了一惊，他怕事搞僵，忙说，我们也没料到局势会变化得这么快。

黄所长说，你大书记也别挖苦我们，我们有我们的难处，枪杆子不能对着人民专政，人民公安是保护人民，不像你们人民政府是管着人民。

孔太平说，都是为党卖命。我看这样，镇里这边就收到现在为止，剩下的都让他们去派出所。

黄所长很干脆地说，不行。

孔太平一见黄所长的态度很强硬，就先拐个弯说，要不这样，剩下的还是你们收，至于我们已经收了的，找个机会，我们再好好商量一下。

他这边一软，黄所长就不好再强硬下去，但他要求今晚就开始协商。孔太平想了想，见找不出合适的理由，只好答应他。黄所长一走，孔太平就叫小赵先将现金送到银行里存起来。小赵从未见过这么多钱，一个人不敢去，就叫上小许开车送。他俩刚上车，马达尚在呜呜叫着没有发动起来，办公室电话铃突然响了。孔太平拿起话筒一听，竟是赵卫东。

赵卫东上午出了大院门，其实并没有回去。孔太平不便问他躲在哪里。赵卫东说，有人给他透露消息，派出所准备派人半路拦劫，将镇里收到的罚款控制在手里，争取分配的主动权。黄所长判断镇委会的人不敢将这笔巨款存放在办公室，一定会在天黑之前送到银行里去，所以他已派人在工商银行与农业银行附近分别把守着。孔太平心里很恼火，他没料到黄所长竟会这么干。不过他又有点不相信。他将小赵从车上叫下来，让小许开着车出去转了一圈。小许回来说情况真如赵卫东所说，不仅银行门口有派出所的人，就是镇委会大院门口也有一个拿着对讲机的警察在望风。孔太平不由得对赵卫东心生些许谢意来。

他冷静地想了一阵，终于有了对应的办法。首先他亲自给县教委、电视台和县里分管教育的副书记、副县长打了电话，请他们今晚来西河镇参加一项重要活动。接着又给洪塔山打电话，调他的桑塔纳去接县电视台的记者。然后他让小赵坐上小许的车，到两家银行门口去逛几趟，将黄所长的人从镇委大院门口调开。小赵和小许一动身，大门口的那个警察果然就尾随而去了。接着洪塔山的桑塔纳准时开了进来，洪塔山也随车来了。他还是找孔太平有事。孔太平让老柯去县里将一应人都督促来。

孔太平在等待镇教育站何站长的空隙里，听完洪塔山要说的事。洪塔山的养殖场里，昨天来了几个客户，偏偏甲鱼池旁边的棉花地有人正在打农药。洪塔山怕被客户碰见会有不利因素，影响他们之间产销合同的签订，就亲自去劝那打农药的田细伯稍缓两天再打，结果双方几乎发生了冲突，田细伯差一点用锄头敲碎了洪塔山的头。田细伯是孔太平的亲舅舅。孔太平听了又气又笑，他答应明天抽空去帮助他处理这事。两人分手时，孔太平告诉洪塔山，他写了一个条子，答应给人一些幼甲鱼，希望洪塔山给个方便。洪塔山说得很漂亮，他说只要是孔书记的指示，他绝对百分之一百二十地照吩咐办。

洪塔山刚走，教育站何站长就来了。孔太平非常严肃地先要他用党性来作担保，然后才告诉他，无论他想什么办法，一定要紧急通知全镇各学校校长，晚上八点钟准时赶到镇委会会议室开会，而且必须保密，开会之前不能让消息走漏给外界。何站长有些摸不着头脑，孔太平不肯透露半点信息，只说绝对是不让他们吃亏的事。何站长见模样真的有好处，就使出绝招，站到镇外的人必经之路上，分别告诉一些回到各村的人，让他们给村小学校长捎信，说是有民办教师转正指标下来，要连夜讨论。

从何站长告诉第一个人算起，到最后一位校长赶到教育站，总共只用了一个半小时。来得最早的是镇完小的杨校长，完小里没有民办教师，但他意识到这个会可能有其他目的，他问何站长时，吓得何站长赶忙摇手叫他别瞎猜免得让自己犯错误。杨校长不管这个，继续追问是不是镇里想用那笔赌博罚款补发教师工资，何站长一方面叫他别再说下去，一方面又回答说这种推测有几分道理，现在的事没有比钱的问题更让人敏感了，何况又是从派出所荷包里掏出来的钱，那敏感程度则更要翻倍了。其他校长来了后，他们就不再说这个。校长们争着先要看文件。何站长拿不出来，便随口说到时，县里领导要来亲自传达。校长们到齐后，派出所黄所长也来了。黄所长说自己是来帮一个亲戚开后门的。何站长装模作样地记下了他那亲戚的名字。黄所长忽然问，怎么中学唐校长没来。何站长本是将中学给忘了，他下意识地撒了一个谎，说中学里没有民办教师，倒是天衣无缝。黄所长走后，何站长越发感到杨校长的推测有道理。八点钟时，他带着一帮校长来到镇里，他一个人悄悄地将这一切都说给了孔太平，并重点申明自己是领会到领导的意图以后，有意不通知中学唐校长与会，免得引起派出所的怀疑。孔太平一点也没有给他面子，反说是画蛇添足，不让唐校长来才让人怀疑。何站长想一想终于悟出道理来，现在哪个会议不是毫不相关的人坐半屋子，来与不来是对会议主题的态度问题。看着何站长灰溜溜地走到一边，孔太平心里又有些感叹，他觉得文人的自作聪明真是又可嫌又可怜。这时，黄所长带着他的两个副手全副武装地走过来。

孔太平老远就冲着他们笑，并大声说，天气这么热，还这么注重仪表。

黄所长说，我这是向税务所和工商所学来的，有些事情是得用点威慑力量。

孔太平说，要是你威慑到党委和政府头上，那可就要犯大错误哟！

黄所长听出这话的分量来，他不甘示弱地说，要不要我们回去重新打扮一下，再找几个公关小姐陪着来！

孔太平见好就收，他说，不用不用，我们这些作地方领导的还巴不得请两名武装警察站在门口哩，你们一威风，我们也跟着像个英雄形象了。

听到这话的人都笑起来。孔太平趁机将黄所长等三人请进办公室。跟着县教委主任、电视台记者和县委肖副书记都来了。孔太平让记者们先打开摄像机，他一边介绍情况时，他们就可以同时做节目采访了。孔太平开门见山地对着摄像机镜头说，他代表全镇五万人民感谢镇派出所在自己经济状况十分困难的情况下，仍向全镇教育系统捐款人民币十二万元。黄所长一时没反应过来，摄像的强光一照，三个人都有些发呆。肖副书记表扬他们的话，他们一句也没有听进去。直到孔太平请他们一起到二楼会议室同全镇教育界的代表见面，走出办公室时，室外的凉风一吹，他们才清醒过来。两个副所长借口上厕所，便一去不回。黄所长挨着肖副书记，他不敢走，而且还在聚光灯下，亲手将孔太平交给他的一大提包现金，转交给何站长。在十几位校长的掌声中，黄所长还说了一些堂皇的话语。何站长抱着大提包发表讲话时，黄所长趁人不注意，踢了孔太平一脚。

孔太平没有还手，他小声说，你应该感谢我让你出了名，他们说了，这条新闻可以上省电视台的新闻联播。另外上地区和省的日报一点问题也没有。黄所长说，你不该设下圈套让我钻。

孔太平说，我这也是没办法，镇财政太穷了。

黄所长说，只怕是有些事到时候我也没办法。

捐款仪式一结束，黄所长就走了。这时，校长们已知道民办教师转正通知完全是编造的，惹得他们一个个有喜有忧。喜自然是拖欠的工资可以到手了，忧则是回去没法向民办教师们交代。肖副书记只对结果满意，但对过程提出了批评。孔太平说，如果县里给他们镇一百万，他绝对负责一切都照党章和宪法法律办事。他说正确路线不能当饭吃，不能当钱花。批评归批评，肖副书记也明白基层干部的难处，他说自己在理论上是绝对不支持这种做法。正经话说完以后，他甚至要孔太平付给他当演员的劳务费。孔太平听到大家都跟着肖副书记喊他孔导演，不由得苦笑几声。

大家一一告辞时，何站长也想走，孔太平叫他先留下。待肖副书记他们都走了，孔太平将何站长叫到办公室，当着老柯和小赵的面，他要何站长将十二万块钱中分出四万块钱给镇委会。何站长有些不情愿，他觉得教育站将各方情意都领了，不能只得打折的好处。孔太平不说话，只是阴着脸坐在那里。小赵和老柯不停地劝何站长，要体谅孔书记的一片苦心，没有孔书记这破釜沉舟的一招，这拖欠的几个月工资可能再过一年半载也没钱发放。何站长说这钱本来镇里就是要给的，现在名义上给了十二万，可实际上只得到八万，这之间的亏空，教育站实在没办法背负。做了半夜工作，何站长还是不松口，孔太平火了，他指着何站长的鼻子说，老何，你别给面子还不知道要。十二万都给你，你也多得不了一分钱，我要四万自己也不敢都贪污了，就这样定了。就现在，你数出四万给赵主任。说着他一甩椅子到院子里乘凉去了。

他刚坐下，孙萍就将自己的躺椅搬过来。两人相距不远也不近。孙萍告诉他，镇里对今天发生的两件事反响很强烈，群众都说孔书记真有水平，一天时间就将当今最霸道的人和最难缠的人都摆平了。孔太平问孙萍还听说其他情况没有，孙萍说别的没有，就只看见赵卫东赵镇长在街上拦住肖副书记的车，似乎是回县里去了。孔太平心里又有些不爽，赵卫东同肖副书记是高中同学，关系不同一般，两人这一路同车，也不知会说些什么对他不利的话。孔太平犹豫了一阵，到底还是开口问孙萍在地委组织部有没有比较好的关系。他以为孙萍会理解自己的意思，哪知孙萍只说了她有一个校友在组织部当干部科科长后，就没有下文。干部科正好管着孔太平这一类干部的升迁，孔太平对孙萍一下子重视起来。

这时，小赵走过来，说何站长已答应了，但他希望孔书记表个态，在镇里财政收入情况好转以后，采取某种形式给教育站增加四万块钱。孔太平毫不犹豫地说了两个字：没门。过了一会儿，他又斩钉截铁地说，这个先例不能开，党委和政府不是个体商店可以讨价还价。小赵回屋不久，何站长一个人提着大提包出来了。他有些垂头丧气地同孔太平打了个招呼。孔太平看着他的背影突然将他叫住，然后又叫起小赵和老柯过来，他要小赵和老柯护送何站长到银行去，将钱存起来，以免出现意外。何站长苦笑着说，别人抢劫偷盗我都能对付，我只怕你孔书记，大家都以为孔太平要发脾气，谁知他竟哈哈大笑起来。

老柯从银行里回来后，坐在孔太平的竹床上，两人说了一通悄悄话，老柯告诉孔太平，赵卫东这一阵在镇里放风说孔太平要回县里去当商业局长。

孔太平心里响了一下。镇委书记去当商业局长，看起来是平调，实际上是降职使用。这种类似的职务一般只给乡镇长，书记则大多是到人事、财税、公检法等要害部门，或者到大委大办去，否则就有问题了。孔太平明白昨晚回来时的冷清场面，一定是这个原因，他没有责怪老柯不及时通风报信，老柯有老柯的难处，与他太亲近了，万一赵卫东当了镇委书记，他的处境会不妙的。他原谅了老柯还因为今晚的气氛已发生了变化，大家公开地说西河镇唯有他孔太平才能镇住，别人都不行。他对后面这句话感到特别舒服。但他心里还是打定主意要找机会让赵卫东出一回丑，杀杀赵卫东身上的那股邪气。他将小赵叫来，问他知不知道赵镇长现在在哪。小赵这次真算见识了孔太平的厉害，他不敢说假话，如实说赵卫东晚上才回去，整个白天赵卫东都在财政所同人下象棋。小赵说赵卫东是担心镇里今天有事万一用得着他，才没有走的。孔太平心里清楚赵卫东是怎么个想法，赵卫东一定是打算出来收拾残局的。他没有将这一点戳穿，他心里在担心赵卫东将财政所控制得太死了。镇里分工，他管人事干部，赵卫东管财政金融。他在内心做检讨，今后对赵卫东分管的这一块也不能太放任了。

夜深以后，院子里静下来，天上的星星此时格外明亮。孔太平又想小时的河滩乘凉时有人喊狼来了的情节，他觉得如果现在能找到这个人，肯定十分有趣。

半夜过后，孔太平朦朦胧胧地感到有人用什么东西往他身上遮盖着。他以为是孙萍，睁开眼睛一看，是妇联主任。他没有做声，又将眼睛闭上。刚刚睡着，忽然有人将他摇醒了。摇醒他的人是洪塔山。洪塔山也不管他是否完全清醒，急如星火地告诉他，派出所将他的那几个客户抓走了。孔太平迷糊地问为什么抓他们，洪塔山说是因为有几个姑娘陪他们玩。这话让孔太平一下子惊醒了，他翻身坐起来，从头到尾细问了一遍。为了招待那几个客户，洪塔山专门从省城请来几个公关小姐，昨晚没事，哪知今晚派出所突然下了手。养殖场四周围墙上架有电网，派出所的人也做得出来，居然像特务一样剪断电网，从围墙上爬进养殖场，又用麻醉枪将几条大狼狗放倒，顺顺利利地钻进客房里，将那些男男女女光着身子逮走了。洪塔山说他们事先还专门请派出所全体人员吃了一顿，明明白白地请黄所长高抬贵手给企业一条活路，

黄所长已答应只要不太出格，他们就睁一只眼闭一只眼。洪塔山断定他们出尔反尔只是为了报复镇委会和镇政府，因此这事非得由孔太平出面调解不可。

洪塔山的养殖场提供的税收占全镇财政收入的百分之五十以上，有时竟达到百分之六十左右，而这几个客户又保证了养殖场销售额的百分之五十到六十。派出所这一招实际上是冲着孔太平的咽喉而来，孔太平身上感到一股凉嗖嗖的寒气在弥漫，转眼之间浑身上下又有了一种火燎火烧的感觉。他朝洪塔山要了一支烟，吸了半截让人恢复冷静。他要洪塔山严格控制此事的知情范围，对养殖场内部的人要把话说绝，谁将此事告诉第二个人，就立即开除出场。对外部的人除了他以外，暂时谁也不要说。而且他估计，派出所那边也不会将此事大肆渲染，甚至有可能同样严格控制此事的知情范围。

洪塔山当即回场处理内部事宜。

孔太平一个人想了好久，才决定将此事扩大到小赵那里。他叫醒小赵并对小赵说这事到他那里应该画上句号，包括镇长暂时都不要让他知道，孔太平带着小赵往派出所走去。

让他们奇怪的是，派出所屋里屋外竟是一片漆黑。他们对着紧闭的大门叫了半天，也不见有人来开门。孔太平心里窝起一团火又不能发泄出来，他强忍着让小赵别再叫了，干脆回去睡觉，明早再来。

天亮后不久，洪塔山又跑来了，他告诉孔太平，五更里场里值班人员接到一个客户家里打来的电话，那个客户的老婆因为打麻将也被公安局抓了起来，家里要他赶紧回去救人。洪塔山也不管三七二十一，拉起半醒不醒的孔太平就往外走。孔太平生气地摆脱他，说自己总不能连脸也不要吧。他洗脸刷牙时，洪塔山一直在旁边催促着说，我的好书记，你动作快点吧！到派出所的路上，洪塔山将自己如何在场里做的安排，一一对孔太平做了汇报。孔太平没有挑出什么毛病，就说他是亡羊补牢。

派出所半掩着的大门前，一只肥猪正在拉屎，热腾腾的白汽升起老高。孔太平正要吆喝，从门缝里飞出半截砖头，砸在猪身上发出肉孜孜的一声响。大肥猪一下子窜出老远，并且像有绳子牵着一样，从门缝里拖出一个人来。三人一碰面，孔太平发现他正好是黄所长。

黄所长拿着一把扫帚说，孔书记和洪老板一大早结伴而来，是不是向我们这些穷公安捐赠点什么？

孔太平说，黄所长你也别叫穷，我们不会在你这儿揩油吃早饭，还是让我们进屋去说话吧！

黄所长做一个请的手势。派出所办公室的确有些寒碜，两只破沙发上，几团黑棉絮从窟窿里往外翻着，水泥地面上尽是大坑小坑，办公桌上油漆已经驳落了许多，上面印着的一条毛主席语录已是残缺不全了。

洪塔山说，黄所长办公条件这样艰苦可不行，什么时候闲了到养殖场去走一走，我送几套办公用品给你们。

黄所长说，洪老板这么慷慨，我却不敢接受，艰苦点好，免得落下个腐败的嫌疑。

黄所长接着说，照我多年办案的经验，无论是当领导的，还是当老板的，如果是主动登我破门槛，一定是有求于我。

孔太平说，黄所长你也别绕弯子了，我们的确是无事不登三宝殿，当然，话说回来，你这儿也太森严了，个个腰间都别着一把铁公鸡，好人也还怕枪走火哩。

孔太平使了个眼色，洪塔山忙说，请黄所长高抬贵手，将我那几个客人放了。小弟我还懂得规矩，知道如何感谢你们。

黄所长正色说，你这话是什么意思，别说我们这儿没有你们的什么客人，就是有客人被逮住了，也会绝对按法律条文办事，要谢你们到北京去对着天安门磕几个响头就行。

洪塔山说，黄所长别戏弄我，我们职工昨晚亲眼看见你的两个副手带人冲进客房里，将那几个人带走的。

黄所长说，这不可能，他们做事不可能不先同我打招呼。公安不同官场和生意场，勾心斗角互不买账。我们这儿是军令如山倒，官大一级压死人，管你没商量！

孔太平说，不看僧面看佛面，昨晚我就亲自来过，无论怎么叫你们都不开门，现在是第二次了，你总该给我们一个准确的信息吧！

黄所长说，我们借贵处宝地安营扎寨，哪敢得罪你们，昨晚上所里的同志都出去巡夜去了，按规定，家属是不能管公事的，孔书记你也别见怪。我这就去替你们查，看看是否有人搞僭越，有事没有通过我。

黄所长让他们坐一会，自己去去就来。他一走，孔太平和洪塔山就相对骂了一声，妈的！果然，只一小会儿他就转回来了，进门就说，是抓了几个外地人，已搞清楚了，没什么问题，刚刚放了他们。孔太平和洪塔山赶到门口一看，果然有几个男女在往门外走，洪塔山一喜说正是他们。黄所长连声说误会误会，并将他俩一直送出门。孔太平心里觉得奇怪，跨过大门门槛后，他回头看了一眼，见派出所的几个人正相对而笑。

洪塔山也没顾得上同孔太平打招呼，连同客户和公关小姐们一起，六七个人挤进桑塔纳里，向养殖场急驰而去。

孔太平刚回到镇委会，小赵就迎上来告诉他，昨天夜里，山里的一个村子发生了泥石流，其中一个百来人口的垸子几乎完全被毁，死了九个人，牲畜还没有准确统计，最少也有四十多头。孔太平头皮一下子发麻了，血气阻在那儿，仿佛要胀破头皮。他望了望初露的骄阳，真不敢相信这是事实。可山里就是这样，隔着一道山梁，一边暴雨成灾，一边赤地遍野。他让小赵将昨晚扣下来的四万块钱全部拿出来，同时大声吆喝，让镇委会在家的同志做好准备十分钟以后随他出发去救灾。镇里只留小赵一个人上传下达，小赵将四万块现金交给他时，提议火速通知赵镇长回来。孔太平没有同意，他只同意让赵卫东在县里做些联络，尽可能多弄一些救灾物资资金回来。他对小赵说，你告诉赵镇长，三天之内他要是不能搞到五万块钱现金，一万斤粮食，我跟他从此就是仇人。

十分钟以后，全镇的干部都出动了。孔太平带上老柯、孙萍和妇联主任坐上吉普车在头里走了。路过派出所，他让小许停一下车，自己跳下去找到黄所长，要他派两个人去帮助维护治安。黄所长听了情况后，连忙叫全所的人将自备的干粮与治外伤的药全都拿出来交给他，然后骑上那辆旧三轮摩托，亲自往灾区赶。黄所长的做法提醒了孔太平，他让孙萍下车返回去，协助小赵通知镇上各部门单位，轮流做些熟食送到山里，同时动员镇上的人将自家的旧衣旧物捐献出来。

黄所长的三轮摩托拉着警报在前开道，半路上果然见到路旁的河里在涨着浊水。被泥石流袭击过的村庄田野真是不忍目睹，半夜里从家里仓皇逃出来的人们，多数只穿着一条裤衩。失去衣服遮护的女人们全都挤成一团躲在一处小山凹里，高高低低的一声接一声地哭着。男人们望着面目全非的垸子，一声不吭地怔在那里。天上还在下着雨，泥泞在男人女人那半裸的身体上流淌着。孔太平记得垸子附近有所小学，就想将灾民转移到学校里去躲一躲，他蹚过齐腰深的泥泞过去看时，才发现学校已被毁得干干净净，就连学校操场边的一棵有八百多年树龄的银杏树，也被连根拔起，滚到很远的一处山崖下。

孔太平他们忙了半天，救灾工作才有点头绪。中午过后，县里的领导赶来了，赵卫东也坐着他们的车子赶回来。一见面赵卫东就说他已按照他的要求完成了任务。孔太平免不了要说几句客套话。但他在心里还保持着警惕，赵卫东能在半天之内完成这些钱粮任务，可见他的潜力很大。孔太平让赵卫东仍旧回镇里去组织救灾的后勤保障工作。这时，天已晴了。太阳一出来，气温就急剧升高。孔太平夜里没有休息好，白天里一急一累，外加太阳一烤，早上和中午又没有好好吃东西，他正在指挥别人搭简易棚子时，突然一阵晕眩，人一歪倒在地上。大家七手八脚地将他抬到阴凉地方，早有医生上来给他推了一针葡萄糖。

孔太平醒过来不一会儿，洪塔山匆匆跑来了。孔太平以为洪塔山是来救灾的，一搭腔才知道他还是为了那几个客户嫖妓的事。派出所名义上是将那几个人放了，但还扣着他们的身份证，以及他们的交代材料。他们被放出来时，派出所没有一个人对他们说什么。洪塔山推测，可能是要他们拿钱去赎回那些证词证物。

天灾人祸都处理不过来，洪塔山又拿这说不出口的事来烦他，孔太平真有点恼火了，他生气地质问洪塔山说，你是不是还想我去给养殖场当拉皮条的干爹！洪塔山并不示弱，他说你信任我，让我当这全镇财政顶梁柱的头头，我得对你负责，不然企业出了问题，到头来还得你出面收场。

孔太平说，你别拿这个来要挟我，好不好！洪塔山说，我说的是实话，换了赵镇长我还懒得这么跑腿费口舌哩。养殖场不是我的。办垮了我还正好去干个体。

洪塔山说能不能拿钱去贿赂派出所的人，他等着听孔太平的答复，有人挑担子他才敢做，不然恐怕将来跳进黄河也洗不清。洪塔山说着转身跳进淤泥中，帮忙寻找被掩埋的物件。

孔太平清楚自己是绝不能开口表态同意洪塔山这么做，这是原则问题。然而，卡着养殖场脖子的几个客户，实际上也在卡着他的脖子，养殖场一垮，全镇财政一瘫痪，自己的政治前途也就终结了。别人以为他还在休息，都不忍来打扰。他一个人苦苦思索了半天，终于觉得有个办法可以一试。他朝洪塔山招三次手，洪塔山才发现。

他告诉洪塔山，天黑之前将那几个客户用车送到这儿来，名义上是找黄所长说情，实际上是要他们触景生情，主动表示爱心善心，先让他们受感动，再让他们自己去感动黄所长，形成一个连环套。洪塔山觉得除此以外别无他法，假如这个连环计成功了，也是最理想的结果。

西河镇虽然山多沟多，毕竟只那么大一个地盘，桑塔纳跑一个来回，也就个把钟头。洪塔山将那几个客户领上山时，孔太平也不失时机地将黄所长叫到身边，借口商议晚上要不要派人巡逻值班。黄所长说为了防止发生万一还是派人顶几夜为好。孔太平正在点头，洪塔山他们走拢来了。几个客户严肃的面孔上都流露着震惊与痛苦。洪塔山正向黄所长说，他们是特地来请求宽恕的。年纪稍大一些的姓马的客户打断他的话说，我们的事算个屁，是自讨苦吃，这些人才是真正遭孽哟。太多钱我也拿不出来，说话算数，我捐一万块钱帮助他们重建家园。这位姓马的一带头，剩下几个也马上做出表示，大家都是不多也不少，每人捐出一万，他们身上没有带太多的现金，当场一人写了一张欠条给洪塔山，让洪塔山先替他们垫付，他们回去以后马上将钱汇过来。洪塔山与他们的业务关系很密切，信得过他们，所以没有不答应的道理。

孔太平见他们正按自己预计的去做，心里很高兴，自然说了不少感激的话，并且大声对现场四周的干部群众做了宣布。受了灾的那些人更是热泪盈眶。激动一阵后，大家又回过头来说泥石流，说到最后几乎都是一样的话：他们都听说过泥石流的厉害，可是没想到泥石流这么厉害，简直就像一群饿狼攻击一头瘦牛一样。孔太平抓住时机对黄所长悄悄地说了一句话。他说，其实，这些人心里也不坏，还算有良知。

黄所长看了他一眼说，孔书记，尽管这幕戏只有我一个观众，但我还是被感动了，不管怎样，我也得为这些灾民着想啊。

说着话，黄所长取出腰上的对讲机，他先喂喂地联络了几声，然后说，王八案子取消，放他们一马。洪塔山一高兴，当场表示要送一台大哥大给黄所长。几个客户也千恩万谢地说了不少好话，他们最怕这事捅出去在家人面前不好交代。黄所长叫他们到派出所去将身份证拿走，交代材料当面在派出所毁掉。

他们走后，剩下孔太平和黄所长站在树荫下，一时不知说什么好。过了好久，黄所长先找到话题，他说搞政治的人总以为自己比别人聪明，总爱耍些小花样，其实有些事明了说效果反而更好些。孔太平连忙做了一番解释，说自己这样做也是穷怕了，明里是一级政权，可是光有政没有权，有时只好做些违心的事，搞些短期行为，欺下瞒上敲左诈右，不这样日子就没法过。黄所长说，我也对你说点真心话，不是体谅你的难处，这一回非要让你服输不可，只要我咬住养殖场，你孔书记就是有九条命也过不去这一关。孔太平叹气说，我也说实话，哪个狗日的想赖在书记的位置上不下来。我早就不想干，可人总得争口气，不干了也得有个体面的退法。有人想撵我走，可我偏不走。黄所长说，我知道你指的是谁，是赵卫东，对不对？那小子鬼头鬼脑的，还总想同我套近乎！不是卖乖，我更喜欢你些，哪怕有时是对手，同你干仗很过瘾，输了也痛快。孔太平笑起来，黄所长也跟着笑，笑过之后，孔太平说，到了这一分，我们索性说个明白，你跟我说实话，是不是有人在告洪塔山的状？黄所长说，没有，我们这儿没有，县局有没有我就不知道了。孔太平说，你得帮助我探个虚实，查一查到底情况如何，最少让我心里有个底。黄所长说，我可以问出个九分谱，但别的你可不要找我。孔太平说，能这样我就很感谢了。黄所长问他检察院那边查不查，那边可是经济案子。孔太平想了想说不用查，别的问题他可以想法保洪塔山，如果是经济上有问题，保他反不如抓他，免得好好的一个企业被他搞垮了。听他这一说，黄所长当即擂了孔太平一拳，并夸奖孔太平是个清官坯子。他后面的话是在试探，因为百分之百有问题的领导，在下属案发以后，总是想方设法找检察院里的人探听，以判断下属是否将自己牵连进去。孔太平敢于置检察院而不顾，说明他在这方面是清白的。孔太平吓了一跳，他没料到黄所长在这种气氛下还在搞侦查，黄所长告诉他，许多案子其实都是在这样的不经意中发现并破获的。黄所长问孔太平想不想知道赵卫东的一些个人隐私。孔太平一口谢绝了，他有他的理由，他认为自己同赵卫东实际上是在搞一场政治竞争，知道了隐私就会加以利用，这会导致自己在工作上少花精力，别看一时可以得势，但最终还是不行的，因为别人知道了这一点后会充分做好防范，什么事都有一条暗暗的红线做界限。失去别人的信任比什么都可怕。黄所长觉得孔太平的这段话里充满了哲学辩证法。

救灾工作搞了差不多一个星期，灾民总算都安置下来了。资金紧巴巴的，但总算对付过来了。孔太平没有让洪塔山先将客户们的捐款垫付出来，他想着冬天，那时才是真正的困难，得预防着点。那几个客户回去后，怕邮寄出问题，包了一辆出租亲自将钱送过来。孔太平让小赵将钱分文不动地存进银行。

孔太平刚刚松口气，又马上担起心来，因为又到了月半发工资的日子。先是财政所丁所长找他诉苦，说自己无论怎么样努力奔波也只是筹集到全镇工资总数的一半稍多一点。孔太平要他去找分管财政的赵卫东。丁所长去了以后又依旧回来找他，而且是同镇委会的会计一起来的。孔太平摆出一副撒手不管的架式，说自己这个月工资暂时不领，为镇财政分忧。会计提出先将小赵存的那笔救灾款子挪出来用一用，到时候再填进去。孔太平正色说，不许提这笔钱，谁若是动一分，我就撤谁的职，丁所长这时才说，实在不行，可以将养殖场下月应交的款项先收了。孔太平心里早就料到了这一着，他估计这是赵卫东他们私下设计好了的，目的就是想插手进入养殖场。

他不动声色地说，这得看人家企业同不同意，若同意我没意见。

丁所长说，洪塔山那里得孔书记发话才行，别人去了不管用。孔太平愠怒起来，他说，你这是说的什么话，好像洪塔山是我的亲信家丁，可我听说你们哪一个去不是在他那里又吃又拿的，一箱阿诗玛一阵子就光了。他站起来大声说，我累了我要休息，现在该轮到我休假了。

孔太平让小赵通知镇上主要干部到一起开个会。会上他没说别的，只说自己这几天腹部很不舒服，因此打算从明天起休息一阵，顺便检查一下身体，家里的工作都由赵镇长主持等。赵卫东没有当面提钱的事，反而说希望大家在这一段时间里尽可能不要去打扰孔书记，让他安安静静地休养一阵。孔太平从这话里听出一些意思来，但他懒得同他计较。

回到屋里，孔太平独自坐了一会，然后开始将一些必需用品放进手提包里。后来，他清点起口袋和抽屉里的钱，连毛毛票一起，刚好够一百元，钱是少了点，好在是回家，多和少不大要紧。屋子里很热，镇上又停了电，只靠自己用扇子扇风，实在够呛。他想起家里空调的舒适，老婆的温存，儿子的可爱，心里忽然有了几分期盼。这时，表妹田毛毛敲门进来了。几天不见，田毛毛变了模样，颈上多了一条金项链，身上的连衣裙不仅是新款式，而且没有过去的那种皱巴巴的感觉。孔太平多看了几眼，田毛毛就问自己是不是变漂亮了。孔太平则问她，洪塔山是不是已将幼甲鱼按数给她了。田毛毛说，如果不是做成了这笔生意，我能有钱买这些东西吗？她补充说，我现在既不像民办教师也不想当民办教师了。

孔太平说，那你想做什么？

田毛毛说，暂时保密，不过我想你到时肯定会大吃一惊的。

孔太平笑一笑，也不追问，他说，你父亲好吗，听说他同养殖场的人干了一仗？想必身体没有什么问题。

田毛毛说，他还是那个样，一天到晚都在那一亩半田里泡着，将棉花种得比我妈妈还漂亮。

孔太平说，怎么不说他的棉花种得比你还漂亮？

田毛毛说，他心里是想，可是没能做到。不过他也不敢，他种的棉花若是比我还漂亮，恐怕每株都要变成迷人的妖精。

孔太平说，那也是，光你这小妖精就够他对付了。

田毛毛哧哧地笑起来，她忽然问，表哥，你知道我给幼甲鱼取了什么名字？

孔太平猜不出来。

田毛毛说，它叫“迷你王八”。

孔太平没听清，随口反问了一句。

田毛毛说，现在小家电等商品不是流行什么迷你型吗，这幼王八也是一种迷你型。孔太平差一点没将手中的茶杯笑跌落了。田毛毛得意时，那种娇态特别让人喜爱。田毛毛将一只红丝线系着的小玉佛送给孔太平，说是她特意买的，男佩玉女戴金，可以避邪，还搬出贾宝玉作证明。孔太平不敢戴这玉佛，且不说党政干部戴这东西影响不好，单就三十大几的年龄也不合适。田毛毛说干部们之所以老得快，根本原因是心态衰老得太快，总以为成熟是一件好事。孔太平不同她讨论这个，转而问那个住医院的民办教师的情况。听说那人已出了院，并且已领到拖欠几个月的补助工资，孔太平心情更加好起来。

说了一阵闲话，田毛毛突然提出要他帮忙，做做她父亲的工作，她想同家里分开过。孔太平吃了一惊，直到弄清她的真实目的是想分得那一亩半棉花田的三分之一面积后，他才稍稍宽下心来。孔太平一边问她要分地干什么，一边在心里做出推测。田毛毛不说她的目的所在，孔太平也想不出根由。他不肯表态做舅舅的工作，惹得田毛毛撅着嘴气冲冲地走了。孔太平追到门外留她吃过午饭再走，她连头也不回一下。他开玩笑说，看来自己不是迷你型的表哥。田毛毛这才回一句话，她说孔太平这个表哥是冷血型的。

田毛毛走后，孔太平又到办公室里去转了转，翻翻当天的报纸，发现地区日报上有一篇消息说是西河镇党委政府高度重视教育，然后将孔太平去医院看望教师，千方百计组织资金，将拖欠的教师工资全部补发了等几个例子举出来。孔太平一看文章没有点赵卫东的名就猜出是孙萍写的，因为本县的本镇的业余通讯员，无论何时也不会忘记在每一处都做到党政一把手之间的相对平衡的。他拿上报纸去找孙萍，孙萍不在，随后他想起孙萍同自己打了招呼，说是回地区领工资去。孔太平让小赵将这张报纸剪下来，贴到会议室里的荣誉栏上去。小赵只将报纸剪下来，但没有上楼去贴。小赵说，办公室剩下的最后一点糨糊刚才已彻底用完了，赵镇长已吩咐，这一段一切办公用品都不许买，一分一厘钱都要用来发干部职工工资。孔太平将自己房间的钥匙扔给小赵，让他开了门去拿自己用剩下的半瓶糨糊。小赵没做声，拿上钥匙赶紧去了。孔太平忽然觉得自己这么待小赵一点意思也没有，他打定主意索性回避个彻彻底底，下午干脆去养殖场看看，再顺便看看舅舅，处理一下舅舅往棉花上打农药的问题。

养殖场占地有一百多亩，大小几十个水泥池子里放养的差不多全是甲鱼，从前这儿规模很小，只能从别人那里买来幼甲鱼自然喂养，两三年才能长到半斤以上，所以养殖场总在亏本。洪塔山来了以后，第一年就建起甲鱼过冬暖房，不让甲鱼冬眠，一只幼甲鱼一年时间就能长到一斤多。养殖场也有了丰厚的利润，接下来洪塔山就动手扩大养殖场规模，并创出了西河镇养殖有限公司这块响当当的牌子。

孔太平悄悄走近养殖场新搞成的甲鱼繁殖池，只见成千上万只幼甲鱼像一朵朵印花一样趴在池边的沙地上，那种娇小玲珑的样子实在有几分可爱，孔太平想着田毛毛给这些小家伙取了个“迷你王八”的名字，一个人忍不住轻轻地笑起来。某一时刻里，他不经意地咳了一声，只见先是近处的“迷你王八”纷纷逃入水中，接着是近处和更远处，默默的骚动过后，印花般的小家伙都不见了，池边只有一带银色的沙滩。

孔太平绕着养殖场围墙墙根慢慢走着，好像是前年，他在年终总结大会上讲过，养殖场是自己的心头肉，他在位一天就决不许别人到养殖场里胡来，他规定镇里的干部进养殖场必须有镇委和政府办公室出具的通行许可证。这个规定开始执行得很好，后来同赵卫东的磨擦出现以后，他也不愿执行得太认真了，以免矛盾的扩大化。正走着围墙转了一个九十度的急弯，跟着又闻到一股农药味。他紧走几步登上围墙角上的瞭望塔，就在眼皮下面，养殖场围墙呈现出一个“凹”字型，在凹字的凹处是一块长势极好的棉花田，一个老人正背着喷雾器在棉花丛中喷洒着农药。

孔太平叫了声，舅舅！

老人抬头望了望塔棚，又一声不吭地低下头去继续做自己的事。

孔太平又叫了声，舅舅，我是太平！

老人这次连头也没有抬。孔太平知道叫也无益，他走下塔棚，来到养殖场办公室，正好碰见田毛毛在同洪塔山说着什么，孔太平有些不高兴，就问洪塔山怎么带头违反规定，随便放人进来。洪塔山分辩说田毛毛是养殖场的客户，田毛毛也说自己在同洪塔山谈一笔生意。孔太平不准他们之间再搞什么交易了，“迷你王八”的事只能到此为止。田毛毛说她也不想再做这“迷你王八”的生意了，她现在同洪塔山谈判的是有偿租借土地的问题。孔太平

马上想到那块凸进养殖场的充满农药味的棉花地，一时竟不知说什么好。

洪塔山说，希望孔书记能支持这项交易，棉花地的问题不解决，万一被客户发现，有可能危及整个养殖场的生存。

田毛毛说，那块凸进来的棉花地正好占整块棉花地的三分之一。

孔太平沉吟了半天才说，这事操作起来一定要慎重，毛毛她父亲人虽好，但涉及到他的土地，恐怕是不会让步的。

田毛毛说，我才不怕他，那地本来就有我一份。

孔太平瞪了她一眼说，你难道不了解土地是你父亲的命根子！

田毛毛说，我就不信他把土地看得比我还重要。

孔太平说，冒这个险我们可要慎重，我看还是将围墙加高几米。

洪塔山说，这个也行不通，田细伯连现在的围墙都要推倒，说是挡了他家棉花地的光和风。

田毛毛说一切都包在她身上。她走后，孔太平有一阵思绪老也集中不起来，心中总有一种异样的感觉。洪塔山以为是屋里太热了，就要引他到客房里去，打开空调凉爽一下，孔太平拒绝了，他婉转地告诉洪塔山，镇里有人在打他的主意，想方设法要从养殖场挖走一坨油，而自己从明天开始休假，镇里又等着钱发工资，没人撑腰时希望他巧妙对付。洪塔山心领神会地说他只有来个三十六计走为高，出去躲它一阵再回来。孔太平没有说这样做妥不妥，只说没事时，洪塔山可以到县城他家里坐一坐，接下来孔太平问起那几个客户的情况，洪塔山回答说那个姓马的昨晚还给他打了个电话，并且还让转告对孔书记的问候。孔太平知道他这是卖乖，却不戳穿他。依然接着客户的话题问洪塔山对那些人的做法怎么看。洪塔山狡黠地回答，他没有看法。孔太平本想提醒一下他，让他各方面都收敛一点，特别要注意别撞在公安局那伙人的枪口上，见洪塔山有意不正面回答，自己也就不想说了。隔了一阵，他还是放心不下，就换了一个方式，他告诉洪塔山，自己有意让他当上县人大代表，并且争取当上省人大代表，现在的关键是这一段时间里不要自己往自己脸上抹黑抹屎。若是又脏又臭了，那他就无法提名他当候选人。洪塔山赶紧表态说一定要管好自己。

孔太平又叮嘱了一些话，便起身往外走。洪塔山将他送到养殖场大门口后，人已转了身，又回头对孔太平说，镇里的司机小许，似乎有些同他的司机过不去，总是将吉普车拦在路当中，不让他们的桑塔纳舒舒服服地走。洪塔山说开始他那司机同他说时他还不大相信，但是前天傍晚，他坐在车上时正好遇上了。小许的车故意在旁边慢慢地挤他们，弄得桑塔纳差一点掉到路旁的小河里去了。孔太平知道这事十有八九是真的，他还是说回去后问一问小许，看看到底是他的车出了毛病还是人出了毛病，再做处理。

田毛毛家在宋家堰村的边上，三户人家共着一个屋基场。田毛毛知道孔太平要来家里，早就在门口守候着。他进屋时，舅舅正在后门处用水冲洗着脑袋，屋里有一股农药味。孔太平开玩笑说是田毛毛身上化妆品的香气。舅妈泡了一杯茶端上来，田毛毛要孔太平别喝这烫人的茶，自己进房拿了一杯凉茶给他。孔太平笑一笑，放下凉茶，拿起热茶呷了一口。田毛毛不高兴，说他也守着老规矩，一点开拓思想也没有，这热的天，放着凉茶不喝，而去喝热茶，真是自找苦吃。舅舅走过来，找了张凳子坐下，然后从口袋里摸出一根没有过滤嘴的香烟，自顾自地抽起来。

屋子里忽然沉静下来。孔太平赶紧主动开口问，棉花长势很好吧！舅舅磕了一下烟灰说，不怎么样。孔太平说，能这样已经够不错了。舅舅不高兴地说，你不要当干部当修了，同前几年比起来，这棉花要逊好几分，连自己都不敢看，看了觉得自己可耻。他突然抬起头来，望着孔太平说，大外甥，你能不能让洪塔山将那些白水池子都拆了？孔太平说，为什么呢，全镇上的人都指望靠它发家致富。舅舅说，你这话不对，我就不指望它。舅妈插嘴说，你别以为自己是个国王，什么事都要以你的意志为转移。舅舅不做声了，低头吸烟的模样让孔太平看了后，心中生出许多感慨来。他说，舅妈，不要紧，我就是想多听听舅舅的想法。舅舅将一支烟抽完后，站起来，拿上一把锄头，帽子也没戴便往门外走。舅妈说，太阳这么毒，你光着头去哪？她没有等到回答。孔太平说，我同舅舅一起出去走走。

屋外热浪逼人，太阳照在地上反射出许多弯弯扭扭的光线，就像是白日里燃在野外的火苗。舅舅在前面缓缓地走着。一只狗趴在屋檐下懒洋洋地看了他们一眼，连叫也不愿叫一声。几头牛在一片小树林里无力地垂着头，偶尔用尾巴抽打一下身上的虻虫，发出一声声响来，却一点也不惊人。炎夏的

午后乡村，比半夜还安静，半夜里可以听见星星在微风中唱歌，可以听见悠远的历史，在用动人和吓人的两种语调，交叉着或者混杂着讲述着一代代人的过去故事。骄阳之下，淳厚的乡土在沉默中进行一种积蓄。孔太平跟着舅舅走过一垄垄庄稼时，心里都是一种无语的状态，两个人终于来到了棉花地前。

舅舅问，你怕农药吗？

孔太平说，不怕！

棉花叶子被太阳晒蔫了，白的花朵和红的花朵也都变得软绵绵的，垂着花瓣，颇像女孩子那丝绸裙子的裙边。

孔太平问，这地能产多少棉花？

舅舅说，从来没有少过两百斤。

孔太平心里一算账，也就两千几百来块钱，他正要说种棉花比养甲鱼收入低得太多了，舅舅指着养殖场的围墙说，那是洪塔山，将这么大一片良田熟地全毁了，也将这儿的好男好女给毁了。过去村里一个二流子也没有，现在遍地都是游手好闲的人，等着天上掉面粉，下牛奶。他还想要我这块田，没门。

孔太平说，有些人只是分工不同而已。

舅舅说，吃喝玩乐也是分工分的吗？我虽未出门，可心里明白，这围墙里进进出出的都是一些什么样的角色？大外甥，别看洪塔山现在给你赚了很多钱，可你的江山将全被他毁掉。

孔太平说，我哪来什么江山。

舅舅说，你还记得小时候在大河里乘凉时，半夜里有人喊狼来了的情形吗？

孔太平说，记得，可我不知道那人是谁。

舅舅说，还有谁，远在天边近在眼前，就是洪塔山。洪塔山自己成了狼。

孔太平怎么想也觉得不像。

舅舅说，人是从小看大，小时候大人都说洪塔山不是块正经材料。

孔太平说，大人们说过我吗？

舅舅说，说过，说你能当个好官，可就是路途多灾多难。

孔太平轻轻一笑。这时，从旁边的稻田里爬起来一只大甲鱼。舅舅上前一脚将其踩住。然后用手捉住，看也不看一挥臂就扔到围墙那边去了。跟着一声水响传了过来。

孔太平说，这儿经常有甲鱼？

舅舅说，这畜牲厉害，那么高的围墙，它也能爬过来。叫它王八可真没错，过去除非病急了，医生要用王八做药，人才吃它，不然会遭到大家耻笑的。没料到世事颠倒得这么快，王八上了正席，养的人当它是宝贝，吃的人也当它是宝贝。

孔太平说，事物总是在变化。

舅舅拍拍胸脯说，这儿不能变。

这时，围墙瞭望塔上出现一个人，大声问谁往水池里扔东西了。舅舅没有好气地说，是我，我往水池里扔一瓶农药。孔太平听了忙解释说是一只甲鱼跑出来，被发现后扔了回去。那个人认出孔太平，客气地招呼两句又隐到围墙后面去了。舅舅说这围墙里的那些家伙，总将周围村子里的人当贼，其实他们自己是强盗，将最好的土地强买强要去了。舅舅自豪地声称，他们那套在自己身上是行不通的。

孔太平还在想着那个喊狼来了的少年，他突然意识到一个问题，怎么现在无人喊狼来了呢？

舅舅在自家田地里摸索了一下午，孔太平不能从头到尾地陪他，他在四点半钟左右就离开了舅舅，太阳太厉害了也是其中原因之一。孔太平在舅舅家等了四十多分钟，为的是等出门到朋友那里借一本有关美容化妆的杂志的田毛毛，他在舅妈不在场时，郑重地提醒田毛毛，如果她执意将棉花地的三分之一转给洪塔山，很有可能会亲手毁掉自己的父亲，田毛毛还是不相信，她要孔太平别夸大其词吓唬她。

天黑后，小许开车送他回县城休假，一出镇子，那辆桑塔纳就从背后追上来，鸣着喇叭想超车，小许占住道死也不让。孔太平只当不知道，仿佛在一心一意地听着录音机放出来的歌声。压了二十来分钟，桑塔纳干脆停下不走了。小许骂了一句脏话，一加油门，开着车飞驰起来。这时，孔太平才问小许为什么同养殖场的司机过不去。小许振振有词地说他这是替镇领导打江山树威信。孔太平要他还是小心点为好，开着车不比空手走路，一赌气就容易出问题。他心里却认同小许这么做，有些人不经常敲一敲压一压，他就不知道自己是几斤几两几钱，腰里别一只猪尿泡就以为可以几步登天了。车进县城以后，小许主动说，只要不忙他可以隔天来县城看看，顺便汇报一下别人不会汇报的事，孔太平不置可否，叫他自己看着办。

孔太平进屋后，老婆、儿子自然免不了一番惊喜。随后，一家三口早早开着空调睡了。儿子想同孔太平说话，却被他妈妈哄着闭上了眼睛。儿子睡着以后，孔太平才同老婆抱作一团，美滋滋地亲热了半个钟头。事情过后，孔太平仰在床上做了一个大字，任凭老婆怎么用湿毛巾在他身上揩呀擦的。接着老婆将半边身子压在他身上，说起自己在西河镇发生了泥石流后，心里不知有多担心，她说她的一个同学的爸爸，当年到云南去支边，遇上了泥石流。同行的五台汽车，有四台被泥石流碾得粉碎，车上的一百多人都死了，连一具尸体也没找到。孔太平听说老婆每天都打电话到镇委办公室去问，同时又不让小赵告诉他，心里一时感动起来，两只手不停地在她身上抚摸起来，心里又有些冲动的意思。不料老婆话题一转，忽然问起镇里是不是有一个从地区下来的年轻姑娘。孔太平就烦她像个克格勃一样，想将自己的什么事都查清楚。他一推老婆说自己累了，想睡觉。他一翻身，不一会儿就真的睡着了。

孔太平一觉睡到第二天上午九点钟才醒，睁开眼睛时，见老婆正坐在自己身边，他以为自己只迷糊了一阵，听老婆说儿子已上学去了，连忙爬起来拉开窗帘一看，外面果然是红日高照。孔太平自己睡得香，老婆却一直在担心，怕他睡出毛病，连班也不敢上，请了假在屋里守着。他瞅着老婆笑了一阵，忽然一弯腰将她抱到床上，飞快地将她的衣服脱了个干干净净。

恩爱一场，再吃点东西，就到了十一点，孔太平也懒得出门了，索性开了空调坐在屋里信手翻着老婆喜欢看的那堆闲书。吃过中午饭，孔太平又开始睡午觉，他一直睡到下午四点半才爬起来，一个人在屋里说，总在盼睡觉，今天算是过了一个足瘾。傍晚，孔太平在院子里捅炉子，住楼上的邻居同他搭话。邻居说，从昨晚到今天，他们总感到这屋里有个男人，却又不见露面，还以为是什么不光彩的人来了哩，孔太平的老婆笑嘻嘻地将邻居骂了几句，孔太平则说现在找情人挺时髦，不找的人才不光彩哩。这话别人没听进去，老婆却听进去了，晚饭没吃两口，就撂下筷子坐到沙发上一个人暗自神伤。

孔太平一个人喝了两瓶啤酒，趁着儿子在专心看动画片，他对老婆说，如果她总是这么神经过敏，他马上就回镇上去。这一招很灵，老婆马上找机会笑了一阵，接着又里里外外忙开了。

孙太平看完中央台、省台和县台的新闻节目后，换上皮鞋正要出门到县里几个头头家走一走，电话铃响了。孔太平以为是镇委会哪一位打来的，一接电话才知道是派出所黄所长。

黄所长说，你托我问的那件事，我已问过，的确是存在的。

孔太平开始没有反应过来，他连问了两声什么后，才记起自己托他问的是洪塔山的事。他问，具体情况如何？

黄所长说，其他该要的东西都有了，只是还没有立项。

孔太平见黄所长将立案说成是立项，马上意识到他现在说话不方便。他问，果然黄所长是在公安局门房给他打电话。孔太平约黄所长上家里来谈，十几分钟后，黄所长骑着摩托车赶来了。进屋后，免不了要同孔太平的老婆说笑几句。孔太平叮嘱老婆不要进屋，他们有要事要谈。

黄所长告诉孔太平，有人联名写信检举洪塔山，借跑业务为名，经常在外面用公款嫖妓，光是在县城里，那几个在公安局挂了号的暗娼，洪塔山都同她们睡过。告状信上时间、地点和人物都写得清清楚楚。黄所长翻看了全部材料，那上面有的连住旅店宾馆的发票复印件都有。看样子这几个联名告状的人大有来头，不然的话，得不到这些材料。孔太平听黄所长说了几个人的名字，他们都是镇上一些普通的干部职工，因为种种原因同洪塔山发生了冲突，所以一直想将洪塔山整倒。但是他们不可能有如此大的神通，以致能弄成这么完整的材料，只要一立案，洪塔山必定在劫难逃。孔太平听到黄所长说那住宿发票复印件上，有“同意报销”几个字，很明显是从养殖场账本上弄下来的。他马上联想到财政所，只有他们的人在搞财务检查时，才可能接触到这些已做好账的发票。黄所长说，现在唯一的办法是将那些检举信从档案中拿出来毁了。不过这种事他不能做，他是执法者，万一暴露了，自己吃不消。他建议这事让地委工作组的孙萍来做，因为她同管理这些检举信的小马是大学里的同班同学。接着黄所长又帮他分析谁是真正的幕后指使，他断定必是赵卫东无疑。因为现在几乎每个在生意场上走的人，都有过这种黄色经历，镇上几个小企业的头头，甚至半公开地同妓女往来，可除了家里吵闹之外，从来没有人去揭发他们，主要是他们倒了无人能得到好处。洪塔山不一样，养殖场实际上在控制着西河镇的经济命脉，谁得到它谁可以获得政治上的主动。孔太平觉得黄所长言之有理，赵卫东管财政而不能插手养殖场，权力就减去了一半。按照赵卫东的性格，他是不会轻易罢休的，而且这种做派也的确像是他惯用的手法。

说着话，黄所长长叹了一声，他说，下午我去翻档案，见到的一些检举信上的情况真是让人惊心动魄，洪塔山这样的企业家在那些人当中还可以评上先进和模范，可这些案子都被封存了，领导上发了话，公安局若将所有被检举的经理厂长都抓起来，那自己就得关上门到街上去摆摊糊口。他接着说现在的景象很像资本的原始积累时期。

孔太平说，你怎么改行研究起政治经济学来了？黄所长说，哪里，是小马这么对我说的。孔太平问，你刚才说那些厂长经理的案子都被封起来了？黄所长说，话是这么说，但总得来它几下敲山震虎，同时也可以缓一缓老百姓心中的怨气。孔太平说，这就对了，谁撞在枪口上谁就算倒霉。是不是？黄所长点点头。他起身告辞时，一连看了几眼那嗡嗡作响的空调，并说，这东西真比老婆还让人觉得亲热。两人笑起来，站在门口握了握手。孔太平一进屋就见老婆在那里抹眼泪，一问才知道老婆以为犯了什么法，才约黄所长来密谈的，老婆说他若是犯的经济案，她可以帮他退赔，银行待遇不错，她偷偷存了近八万块钱。若是男女作风问题，她可是要离婚的。孔太平安慰了她一番，她还不相信。惹得孔太平生气了，他说，夫妻几年，未必你还不了解我的为人，经济上家里沾没沾别人的光你应该最清楚，作风上怎么说你也不信，我发个誓，若是在外有别的女人，那东西进去多少烂多少，老婆一下子破涕为笑，还嗔怪他一张臭嘴只会损自己。

孔太平给洪塔山打电话，洪塔山不在家。孔太平告诉他妻子，明天一早将桑塔纳派到县城来，并让司机带足差旅费，他要到地区去一趟，同时他要求对自己的行踪严格保密。

打完电话，孔太平出门转了一圈，得到不少消息。最主要的有两点，一是县里已正式将自己同东河镇的段书记一起列为下一届县委班子的候选人，可实际空缺只有一个，因此竞争会很激烈。二是赵卫东今天在县财政局活动了一整天，最后搞到一笔五万元的财政周转金，拿回镇里去发工资。这两点都让他心绪难宁。首先镇里拿了县里的周转金，这是用于生产的，既要计算资金利用率，又要按时偿还，用它来发工资实际上是寅吃卯粮，现在不饿肚皮将来饿得更狠。可是别人不管这个，他们只管十五号来领钱，担心着急都是他一个人的事。其次是那没有把握的候选人资格，他很明白在人缘关系上自己远不如东河镇的段书记，段书记非常精明，在省地组织部门都有比较铁的关系户。回屋后，他第一句话就问镇上是否有电话来，听说没有，他心里很不踏实，几次手都摸着了电话话筒又缩了回来。不仅是镇里，就是洪塔山也不见回电话。他第一次觉得有些心虚，同时他又不相信赵卫东一天之内就能扭转乾坤。

孔太平很晚没睡着，很早就醒来。正在刷牙，外面汽车喇叭响了两下。他以为是桑塔纳到了，开门一看却是小许的吉普。小许问他有事要他办没有，孔太平想了想说暂时没有。他本来要小许吃早饭以后再来看看，他担心养殖场的桑塔纳不会准时来或者根本不来，一转念又决定如果洪塔山胆敢这么快就翻脸不认人，他就让其尝尝监狱的滋味。孔太平要小许这几天在镇里守着点，赵卫东要车也别老不给他面子，小许应声走了。小许走后不一会，桑塔纳真的来了。

一上车，司机就告诉他钱带得很足，并说是洪塔山亲口说的数字。孔太平问洪塔山昨晚干什么去了，司机说洪塔山找赵镇长有事。孔太平一下子来了火，但忍着问那是为什么事。司机不知道，他随手拿出一只大哥大，说是洪塔山让他带给孔书记的，机器已办了全国漫游，走到哪儿都可以打电话。孔太平拿过大哥大，反复把玩一阵，心情渐渐好起来。车出了县城，他问司机来时碰见小许的车没有，司机说碰见了，但他不愿惹小许的眼，远远地拐进一条小巷，绕道而行。孔太平说他们都是小心眼。

桑塔纳跑得很快，半路上，孔太平给地区、团委办公室打了个电话，孙萍不在。他说了自己的身份后，请团委办公室的人通知一下孙萍让她在办公室等候，他有急事。十点钟不到，车子就驶进了地委大院。孔太平是第一次越级来到上级首脑机关。一进那气势很压人的办公大楼时，腿竟有些发飘，

他在找到团委办公室之前，先看到组织部办公室，一溜七八间屋坐着的全是一些二十郎当几岁的年轻人，他一想到多少基层干部的前途都由这样一些涉世不深的大孩子来掌握，心里不由得感到几分可悲。

孙萍不在办公室。这让孔太平感到有些束手无策。本来可以马上回到车上，但他在楼里多待了一会，才出来。司机不知道他这段时间几乎都蹲在卫生间里，他对司机说组织部一个部长约他下午再来，现在他们先去找个地方住下。

地委办的宾馆就在地委大院旁边，登记了一个双人间后，孔太平说自己去看一个朋友，如果十二点没回来，那就是有事缠住，司机可以自便。其实，孔太平是去找孙萍的住处，找了好久总算找着了，门口晾着孔太平看熟了的衣服，却不见人。他给孙萍留了个纸条，让孙萍回来以后到宾馆来找他。这时，十二点钟快到了，孔太平上街找了一处小饭馆要了一碗肉丝面和一瓶啤酒，三下两下就吃下去，他不想这么快就回去。街上太热没法待，他干脆花五元钱买了一张票，进到一家门口写有冷气开放的镭射影厅看起电影来。他没想到自己碰上了一部三级片，尽管很刺激，但他一直忐忑不安生怕万一被人认出回去不好交差。熬到散场时，他赶紧抢在头里第一个离开。出了门，他并没有直接回去，而是朝与宾馆相反的方向走了几站路。然后站在街边给宾馆打电话，说是几个朋友将他灌醉了，要司机到他说的地方来接他。司机开着车来后，他一头歪进后座，做出一副醉酒的模样躺倒在座椅上。回到宾馆，他趴在床上，吩咐司机四点钟喊醒他。司机果然在三点五十分叫喊起来，孔太平翻身起床，慌忙不迭地梳理一番，然后仅从提包里拿出一只小文件包，夹在腋下，匆匆出了门。

孙萍依然没去办公室，住处门上的纸条也原封未动地粘在那儿。

孔太平从没遇到这样的冷待，心里难受极了。刚巧这时他看见东河镇的段书记从一辆车子里下来，拎着一只大包，朝比孙萍的住房好许多的那片小楼走去。孔太平躲在密密的灌木篱墙后面，足足等了半个小时，才看见老段空着手从那小楼群方向走回来，孔太平怔了好久，他慢慢地走着，觉得自己挺悲哀，费尽心机玩些小花样，目的只是骗司机，不想让司机小瞧自己，说自己没门路，来地区后鬼都不理。人家姓段的玩得多潇洒，大明大白，昂首挺胸，谁也不怕。走出宿舍区，孔太平又碰见老段的车停在办公楼旁。他等了几分钟，便看见一群人拥着老段从办公楼走出来，亲亲热热地送老段上车，老段与他们握手都握了两三遍，那些人一个个都在留他住一晚上，老段说他只有一天时间，时间长了，家里说不定会闹政变。老段走后，孔太平垂头丧气地回到宾馆。司机问他怎么了，他一惊后醒悟过来忙说是中午的酒还没醒。为了表示喜悦，他打开电视机的音乐频道，随着那些歌星唱起歌来。

晚饭他们是一起吃的。司机说孔太平有喜事临门，应该要个包房，自己庆祝一下。孔太平不肯，就在宾馆买了两张普通进餐票，进了普通餐厅。菜饭刚上来，门口忽地拥进四个姑娘，打头的正是孙萍。孔太平激动地叫起来，孙萍一看也有些惊喜。两人说了几句闲话。孙萍说她手上有些多余的会议餐票，今天没事就约了几个朋友来这儿吃饭。孔太平一时高兴，就说今天我请客，找个包房好好聚一聚。孙萍她们也不谦让，很熟悉地挑了一间叫梅苑的包房。大家边吃边唱，孔太平不会唱卡拉 OK，在一旁专门听。那司机却唱得很好，转眼间就同每个姑娘联手来一曲对唱。孔太平瞅空问孙萍忙不忙，想不想就他的车去西河镇。孙萍说，要走她只能在后天走，孔太平连忙答应他可以等她一天。

孔太平不敢直截了当地请孙萍出马，他怕孙萍一口拒绝，准备到了县里以后再跟她挑明。

这顿饭花了一千多块钱，孔太平心情好，也不怎么心疼钱了。他原以为孙萍晚上要好好陪陪自己，哪知孙萍吃了饭就要走，一点也不像在镇上时那种总想往自己身边靠的样子。好在孔太平不大计较这点，他们约好明天晚上在宾馆房间里碰一下头，确定后天出发的时间。

第二天，孔太平让司机整天自由支配，走亲戚会朋友都可以，只要晚上早点回来睡觉就行。他说自己要写一个报告，是地委组织部要的，今天必须交给他们。司机走后，他一个人关在房间哪儿也没有去，看了一整天电视，闲得无聊时，他用那只大哥大给家里打电话，同老婆、儿子聊天。他一个人也懒得去外面吃饭，就在宾馆小卖部里买了些方便面、火腿肠和啤酒等，在房间里对付了两餐。晚上八点钟司机才回来，又过了半个小时，孙萍来了，大家说好明天吃过早饭就出发。孙萍坐了不到二十分钟就要走。她走后，司机有些不满意，说孙萍在下面当工作组时，乖得像个小媳妇，一回到上面就变成了冷眼看人的阔太太。孔太平替孙萍解释，说她本来有些安排，譬如请他们去跳舞、逛街，都被他推辞掉了，他说乡下干部不能学上这些东西，学上了就更不安心在基层为普通百姓做实事。前面那些话是他现编的，后面的却是真心话。

孙萍一到县城便又变回来了，一举一动都乖巧可人。孔太平安排她在县政府招待所住下，她一进房间，脸也没洗就说自己忘了一件事，她本来应该带孔太平到组织部去见见那个当干部科长的熟人的，哪知一忙人就糊涂了。孔太平心知是怎么回事，但他不便计较，一边说这事来日方长，一边将这次去地区的真实目的告诉了孙萍。孙萍想了一会说自己先洗个脸。她在卫生间足足待了二十分钟才出来，也许是化过妆，那笑容显得更加动人。

孙萍笑眯眯地说，孔书记千万别以为我是在谈交换条件，其实我早就有在基层入党的愿望和要求，只是怕自己条件不够才一直没有向你表露出来。

孔太平沉吟了一阵说，派下来当工作组的同志，能不能在下面入党，这事还没有过先例，可能得研究一下。

孙萍说，说真心话，如果是别人，孔书记开了口，我不会有二话。可是对洪塔山我实在不想帮他。有件事我一直没有向你汇报，今年年初时，你派我同养殖场的几个人一起到南方出差，一路上洪塔山就反复说这次要我当他们的公关小姐，并说只要生意做好了，他给我从头到脚都按现代化标准进行包装。我开始以为他只是说说笑笑，谁知一到深圳他就来了真，深更半夜要我同他的一个客户到游泳池去游泳，气得我差一点当着客户的面甩他一耳光。当时我的确是为镇里的利益着想，只是推说身体不适例假来了，委婉地回绝他。我后来越想越气，无论怎样，我是地委派下来帮忙工作的干部，洪塔山怎么可以如此狗眼看人哩。

孔太平记得自己似乎隐约听洪塔山说过，孙萍差一点当了他的公关小姐，他当时没有追问，现在也顾不上了。他说，无论怎样，小孙你得从我们西河镇大局去看，洪塔山是有不少坏毛病，可现在是经济效益决定一切，养殖场离了他就玩不转，同样镇里离开了养殖场也就运转不灵。说实话，这事到现在我还瞒着洪塔山，将来我也不想让他知道，免得他认为现在的党委政府都是围着他转，离了他就不行，因此变得更加有恃无恐。从这个道理上讲，你不是帮他，而是在帮我，稍作点夸张说，是在帮助西河镇的全体干部和人民。

孙萍说，我也说点心里话，尽管现在许多人把入党看得很淡，可在地委机关不入党就矮人一头，提职评奖都轮不上，可是机关里年轻人多，等排队轮上你时，人都快老了，那时再进档，当个科长、副科长有什么意思。所以下来帮忙工作的人都想在回去之前能在基层将党入了。不然，基层又苦又累，谁愿意下来。

孔太平突然意识到，自己前天在地委大楼见到组织部那帮年轻人时产生的一种蔑视意识是完全错了，连孙萍这样的女孩都有如此成熟老到的政治远见，那些人想必会更厉害。

孙萍继续说，这事也不是没有先例，同我一同下到邻县的那些年轻人中，已有三个人在火线入党了。

孔太平咬咬牙，终于答应了孙萍，但他提出孙萍自己必须拿出一两件说得过去的事迹。孙萍脱口说出可以用自己在抢救泥石流造成的灾害活动中的表现做理由。孔太平差一点被这话镇住了，他实在佩服孙萍敢于说这种话的勇气。孙萍说她在救灾现场被碎玻璃割破脚掌，那件刚买的新裙子也被树刺拉破了。不管怎样，救灾过程中有她，这是一个不错的理由。

找公安局的小马是孙萍一个人去的，孔太平从司机那里拿了一千块钱给她做活动经费，孙萍没有要，她说小马不是那种可以用金钱收买的人，小马一向只看重一个情字，亲情、友情、爱情和真情，四者皆能降服他。趁孙萍去公安局时，孔太平回家去了一趟。

家里一个人也没有，屋子里有几分零乱，这同老婆一贯爱整洁的习惯有些相悖。他便猜测是不是出了什么要紧的事，才让她变得手忙脚乱连屋子也顾不上收拾。他进到里屋，果然看见床头柜上放着一张字条。老婆写道：你舅舅被恶狗咬伤，住在镇医院里，我去看看，下午赶回来。孔太平有些吃惊，他隐约感到那恶狗可能就是养殖场养的那些大狼狗。

孔太平努力让自己镇静下来。然后拨镇上自己房里的电话号码，电话没人接。他又给黄所长打电话。他想既是恶狗伤人，派出所一定会知道原因的。果然，黄所长告诉他，的确是洪塔山养的大狼狗咬伤了田细伯，起因是为了那块棉花地的归属问题。具体细节还没搞清楚，但赵卫东已叫人将洪塔山扭送到派出所，收押在案了。黄所长说，他已看出一些端倪，这个事件的幕后人物是赵卫东，因为他听见田细伯骂出的那些难听的话语中，提到洪塔山勾结买通赵卫东想强行夺走他的土地。

孔太平刚同黄所长通完电话，孙萍就将电话打进来，要孔太平赶紧回招待所。孔太平锁上家门回到招待所，孙萍见面劈头盖脑就是一句，士别三日，真是刮目相看。孙萍说，小马曾经是那么单纯的一个小伙子，过去还每星期写一首诗，可现在开口要钱连结巴也不打一个，舌头打一个翻就要五百。孔太平将孙萍方才没有要的一千块钱都给了她。孙萍只要一半，孔太平让她拿着备用。他有一种预感，孙萍再去时小马可能要加码。果然，孙萍再次回来，进门就很文雅的骂了一句小马，说他一日三变，刚说好五百，回头又要翻一番。孙萍说小马又新提出洪塔山刚在西河镇犯了案，所以这检举信就更加重要了。孔太平相信孙萍没有从中鲸吞，因为洪塔山刚刚犯案的事是不可能瞎编的。花了钱将心病去掉，怎么说也是值得的。孙萍告诉他，那些有关洪塔山的检举信及材料，小马都当着面烧毁了。小马问是谁请她出马的，孙萍没有告诉他真相，而说是洪塔山自己请的她。

孔太平无心陪孙萍，正好孙萍说她已有安排，不用任何人陪，县里有她三个同学，他们要聚一聚。回到屋里，孔太平一直盼着电话铃响，他急于了解舅舅被咬伤的情况，却又不想丢身份打电话到镇委会去问，因为这样的事，下面的人总是应该主动及时地向自己汇报的。等到下午三点半，镇里还无人打电话给他，倒是小许敲门进来了。小许一坐下就告诉他恶狗咬人的事情。

原来洪塔山这几天一直瞒着孔太平在同田毛毛办那棉花地转让手续。因为土地所有权在国家和集体，这事必须通过村里，村里知道田细伯视土地如生命怕闹出事，就推到镇上。那天晚上孔太平打电话找不着洪塔山时，洪塔山正在同赵卫东谈这棉花地的事。赵卫东一反常态，不仅支持而且非常积极，第二天就亲自到养殖场去敲定这事，村里的干部也来了，但村干部当中不知是谁偷偷向田细伯透露消息，田毛毛回家偷土地使用证时，被田细伯当场捉住，狠狠打了一顿，并搜出一份转让合同书来。田细伯拿上这合同书闯了几次养殖场的大门都被门卫拦住了。天黑以后，洪塔山牵着一只大狼狗在镇上散步时，被田细伯看见，他扑上去找洪塔山拼命。洪塔山挨了田细伯两拳头，但洪塔山牵着的那只大狼狗，只一口就将田细伯手臂上的肉撕下来一大块。事发之后，赵卫东翻脸不认人，指挥一些围观的人将狼狗当场打死，并将死狗和洪塔山一起送到派出所关起来了。另一方面，赵卫东又委派小赵代理养殖场经理职务，同时还让田毛毛协助小赵管理养殖场。在土地转让合同书中本来就有这一条，由田毛毛出任养殖场办公室主任。田毛毛正是在洪塔山许诺之后，才这么积极地要来分棉花地，想带着自己的那份土地进养殖场工作。

小许说的这些情况，完全出乎孔太平的意料之外，洪塔山瞒着他搞的这些更让他气愤。田毛毛一直想进养殖场，但他从内心里不愿这个表妹同洪塔山一起工作，所以他一直没有同意。他这才明白田毛毛那天说自己马上就有一个让他意料不到的工作，实际上就是指的这些。他特别想不通的是赵卫东这么安排田毛毛是出于什么目的。让一个十八岁的女孩去管理养殖场，哪怕只是协助也会让大家不相信赵卫东作为镇长的决策能力。

小许走后，孔太平决定给镇里打个电话，他要让那些人重新体会一下自己。他拨通镇里电话后，只对接电话的小赵说如果看到他老婆就让她马上回家来。说完这话他就将电话挂了，他很清楚老婆这时肯定已在回县城的末班车上。他知道小赵马上就会将电话打过来。果然，一分钟不到，电话铃就响了。他拿起话筒听见小赵在那边问是孔书记吗。他将话筒放在一边，随手用遥控器将电视机打开。小赵不停地问是孔书记吗，他不回话也不压上话筒，他要等足十分钟，连一秒钟也不肯少。十分钟后，他用一个指头敲了一下压簧，话筒里立即传出一声声的嘟嘟声来。

天黑之前，老婆回来了。她说的情况同小许说的差不多，另外还说舅舅同田毛毛断绝了父女关系。他估计小赵他们晚上可能要赶过来，便故意出去不见他们。他对老婆说，自己在十点半钟左右回来，小赵来了先不用催他们，等过了十点钟再找个理由让他们走。老婆心领神会地说，她到时就说孔太平事先打了招呼，若是十点钟没回就不会回来。

孔太平在第一个要去的人家坐了一阵后，出来时一眼看见孙萍同一个穿警服的小伙子在街边的林荫树下慢慢地散步，不时有一些比较亲密的小动作与小表情。孔太平不声不响地观察了一阵，他忽然觉得如果孙萍旁边的小伙

子就是小马，那他是绝对不会开口朝孙萍索贿，破坏自己在一个漂亮女孩心目中的形象的。孔太平自己也不愿想下去，他同样不愿一个漂亮女孩的形象在自己心目中被破坏。

小赵他们果然来了。孔太平没有估计到的是，同行中还有赵卫东。他甚至有点后悔，自己的这些小伎俩有些过分了。老婆对他说，赵卫东在屋里坐的时间虽然不长，却用了四次向孔书记汇报工作这类词语。按惯例，镇长是不能用这种词语的，赵卫东破例这一用，竟让孔太平平生出几分感动。躺在床上，他默默想了一阵，觉得自己还是提前结束休假为好，赵卫东没有明说，但他这行动本身就清楚表示了那层意思。他开口同老婆说了以后，老婆开始坚决不同意。他细心地解释了半天，老婆终于伸出手在他身上抚摸起来。见她默认了，他也迎合着将手放到她的胸脯上。

孔太平和孙萍坐着桑塔纳一进院子，小赵就迎上来，第一句话就是检讨。随后便是赵卫东将这几天的情况向他做了汇报。孔太平什么也没说，只是听着。直到听完了，他才说了一句话。他说，暂时就按赵镇长的意思办吧。这话明显是专指养殖场的情况。随后，他布置小赵，通知镇里有关领导和单位，开展一次抗灾救灾的评比表彰活动。

孔太平先到医院看望舅舅。舅舅将他臭骂一顿，一口咬定这些是他策划的，然后借故走开，让别人来整他。孔太平不便在人多口杂的地方多做解释，站在床前任舅舅怎么骂。骂到后来，舅舅自己不好意思起来，他见许多人都挤在门口围观，又骂孔太平真是个苕东西，这么骂都不争辩，哪里像个当书记的，这么不顾自己的威信。孔太平非要等舅舅骂完了再走，舅舅没办法，只好闭上嘴。

随后，孔太平便去了派出所。刚进门就看见田毛毛正在缠黄所长，要黄所长放洪塔山一个小时的风，她有要紧的业务上的事要问洪塔山。黄所长不肯答应。孔太平没有理睬田毛毛，只对黄所长说，自己要同他单独谈点工作。他说话时甚至看也不看田毛毛一眼。黄所长请田毛毛回避一下。气得她跺着脚说，当个书记有什么了不起，不就是个土皇帝吗，别人怕，我连做梦时也不会怕。

田毛毛一走，黄所长就开口问孔太平事情办得怎么样了。孔太平将经过简单说了一遍。最后才说到一千块钱的事，他还没说完，黄所长连忙直摆手，说这个我不听，我什么也不知道。孔太平明白黄所长的意思，他情不自禁地叹了一口气。

黄所长问他想不想见见洪塔山。孔太平先没答复，反问这事会是什么结果。黄所长说照道理也就是罚罚款了事，但他觉得这种人得到机会应该关他几天，让他以后能分出做好歹人来。这话在孔太平心中产生一些共鸣。黄所长又问他，洪塔山随身带的大哥大要不要拿下来。自从洪塔山进来以后，他就一直用大哥大朝外联系。黄所长因担心将那大哥大拿下来后会影响养殖场的业务，就没敢下决心，但他一直在怀疑洪塔山在用大哥大调动客户来向镇里施加压力。田毛毛这么急着要见洪塔山一定也与此有关。孔太平马上给小赵打了个电话，问他养殖场现在的情况。小赵说洪塔山被关起来后，有四家客户打来电话，说是从前的合同有问题，要洪塔山在三天之内赶到他们那儿重新谈判，不然就取消合同。小赵随口漏了一句说是赵镇长为这事挺着急。孔太平一下子想到赵卫东是感到不好收场才请他回来收拾局面的。他放下电话后，同黄所长合计了一阵，黄所长断定这是洪塔山做的笼子，目的是逼镇领导出面做工作放他出去。孔太平当即叫黄所长收了洪塔山的大哥大，同时又叫小赵安排人将养殖场电话机暂时拆了，免得外面有人将电话打进来。他要黄所长对洪塔山宣布行政拘留十天，实际上在第五天出他出面保洪塔山出去。

黄所长很快办好了与此有关的一些手续，然后一个人去通知洪塔山。回来时，他手上多了一只大哥大。黄所长说，他将裁决书一宣布，洪塔山竟跳起来，那模样实在太猖狂。洪塔山口口声声说这是政治迫害，他要求见孔书记。

孔太平稍坐了一会，然后让黄所长将洪塔山带上来。洪塔山见了他情绪很激动，说这是赵卫东设的圈套，原因是自己不该同孔太平走得太近。洪塔山嚷得正起劲，孔太平忽然一拍桌子，厉声说，你这是狗屁胡说，你哪儿同我走得近，我叫你别打那棉花地的主意，你怎么不听我的。当着黄所长的面跟你说实话，照你的所作所为，坐牢判刑都够格。洪塔山愣了愣，人也蔫了些。孔太平说了他一大通后，又说不是自己不保他，是因为回来晚了，裁决书已经下达，没办法收回，所以希望洪塔山这几天表现好一点，他再帮忙争取提前几天释放。孔太平问洪塔山业务上有什么要急办的。洪塔山说没有。

孔太平就问他合同是怎么回事。洪塔山说那是自己串通几个客户来要挟赵卫东的。洪塔山回拘留室以后，黄所长说他这股劲头得送到县拘役所去灭一灭火。孔太平表示同意。

临走之前，黄所长提醒孔太平，他表妹田毛毛在洪塔山手下干不是件好事，稍不慎就有可能出差错。孔太平说他已想到了这个问题，只是目前她铁了心，连父亲都敢对着干，别人就更没办法约束，只能等一阵再想办法调开她。

过了两天，镇里开会，孔太平提出要发展孙萍入党，表态支持的人很少，妇联主任公开表示异议，认为不能开这个先例。孔太平谈了自己的看法，他认为从上面下来的人，又是女同志，能主动参加抗灾救灾活动，就很不容易了。现在上面下来的人越来越少，所以来一个人我们就应该让他们留下一些可以作纪念的东西，万一他们以后高升了，绝对对西河镇没坏处，从这一点上讲，这也叫为子孙后代造福。孔太平说孙萍年轻前途不可限量，他自己年纪大了，不可能沾她什么光，但镇里的年轻干部就很难说了。说不定哪天就需要人家关照。孔太平一席话将年轻干部的心说动了。孔太平抓住时机要赵卫东作为孙萍的入党介绍人，赵卫东犹豫片刻，点头同意了。他还接着孔太平的话说这也叫感情投资。他俩一表态，这事就成了。当天孙萍就拿到了入党志愿书。

有天夜里，孔太平突然接到一个陌生人打来的电话，那人说是洪塔山在拘役所磨得实在受不了，请孔书记无论如何要快点保他出去，哪怕早一小时也好。孔太平一算已到了第五天，便约上黄所长，第二天早饭后，一行人开着车直奔县拘役所。拘役所的犯人多，洪塔山在那里一点优越地位也没有，几天时间人就变得又黑又瘦。孔太平他们去时，洪塔山正光着头在火辣辣的太阳底下同另一个犯人搭伙抬石头。见到孔太平，他扔下抬杠就跑过来，看守在后面吼了一声，要他将这一杠石头抬完了再走。洪塔山二话不敢说，乖乖地回去拾起了抬杠，抬着石头往一处很高的石岸上爬。

洪塔山回来后，孔太平依然让他当养殖场经理。田毛毛则正式当上经理助理。孔太平见已成了既成事实，干脆让镇里下了一个红头文件，想以此来约束下他们。舅舅出院以后，很长时间胳膊都用不上劲，所幸狼狗咬伤的是左手，对干农活影响不大。秋天，棉花地换茬后，舅舅又将小麦种上。麦种是孙萍帮忙撒的，孙萍入党后，各方面表现都很好。因为田毛毛一直不回家去，孙萍没事时就去孔太平的舅舅家，替两个老人解解闷。种完小麦，还没等到它们出芽，孙萍下来的时间到期了，孙萍走时还到那块没有一点绿色的地里看了看。然后到养殖场拿走田毛毛养在一只小鱼缸里的两只长相很特别的“迷你王八”。

秋天的天气很好，可孔太平心情非常不好，上面一抓反腐败，这甲鱼的销路就大受影响。洪塔山带着田毛毛在外面跑了一个多月，可是销售量却比去年同期少了近三分之一。就这样也还算是最好的，好些养甲鱼的单位，干脆停止使用暖房，让甲鱼冬眠，免得它吃喝拉撒要花钱。洪塔山神通比同行们大，这是他们一致公认的。然而就这三分之一让镇里财政处境更加困难。国庆中秋相连的这个月，孔太平咬着牙动用了那笔别人捐赠的救灾款中的一万元，全镇所有干部职工和教师的工资也只能发百分之五十。而上个月的工资到现在还分文未发。

孔太平天天盼着洪塔山回。等到十一月初，洪塔山和田毛毛终于回来了。两人气色都不好，孔太平以为他们累了，问了一些简单的情况以后，孔太平就叫他俩先回去休息。洪塔山头里走了，田毛毛却没有动。待屋里没人时，田毛毛忽然扑到他怀里号啕大哭起来。孔太平一时不知如何是好，只有用手轻轻的拍着她的背，反复叫她有话就说，别哭坏了身体。

哭了好久，田毛毛突然抬起头来说，表哥我想回家！

孔太平说，想回家，这太好了，我送你回去。

田毛毛说，可我怕他们不让进门。

孔太平说，你不用担心，有表哥我哩。

说着，他就叫小许准备车。然后将田毛毛牵出屋，上车往家里开去。舅妈见田毛毛回来了，喜得双泪直流，两个人正抱头痛哭，舅舅却一声不吭地拿上锄头往门外走，但他两脚一直未跨过门槛。孔太平看时，才发现舅舅脸上也有两行泪痕。

孔太平说，好了，毛毛回家你们应该高兴才是，别再哭。他还想宽慰几句，小赵骑着自行车，满头大汗地跑过来，结结巴巴地说，各个学校的代表来镇里请愿了。赵镇长请你马上回去。孔太平脑子轰的一声像炸了一样，他二话没说，转身就往外走。

在他上车时，舅舅叫了声，大外甥，别慌，吉人有天相，你首先得当心自己。孔太平嗯了一声，便吩咐小许快开车。半路上，碰见教育站何站长在路边匆匆忙忙地跑着，小许停下车将他也捎上。孔太平问他是怎么回事，何站长脸色发白，说他事先一点风声也没听见，倒是有不少老师在他面前说自己能体谅镇里经济上的困难。孔太平要他马上打听，背后有没有其他因素。

教师请愿团的总代表是镇完小的杨校长。孔太平有几个月没见到他了，一见面发现他人瘦了许多，而且气色也不正常。杨校长开门见山地说，教师们没有别的要求，只想要回自己的那份工资，如果不答复他们明天就停止上课，也出去打工自谋生路。杨校长很谨慎地避免使用罢课两字。孔太平同他们说了半天没结果，反而将气氛弄僵。这时，赵卫东提议镇里领导先研究一下，回头再同代表们见面。杨校长他们同意了。

到了另外一间屋子，赵卫东说他发现一个问题，杨校长用的是要回自己的那份工资，而不是补发，那意思像是干部们将他们的工资贪污了。孔太平觉得赵卫东的话有几分道理，不然教师们不会有这么大的火气。正在分析，何站长来了。何站长打听到这事的起因是派出所指出的那十二万块钱中，被镇里扣下四万块钱，前几天这消息被教育站的会计透露出去，教师们认为这钱被镇里的干部们私分了。

孔太平心里有了底，他回到会议室将四万块钱的事做了解释。杨校长他们听说这四万块钱全都用在被泥石流毁掉家园的灾民身上，一时间都无话可说了。孔太平索性向他们交了底，说镇委会账户上还有几万块钱，那也是别人捐给灾民的，上上个月实在无法，大家要过节，只好挪用了一万，现在眼看冬天就要来了，他们一分也不敢再挪用了，否则那些灾民就可能冻饿而亡。这样，轮到杨校长他们说要商量一下了。

很快教师们就有了商量结果，他们说应该相信镇领导会带领全镇干群共度难关，因此他们不再提停课的事，还是回去安心将书教好。孔太平很感动，当即表态，这一个月三十一号以前，他一定要兑现全镇在册人员的工资，他说哪怕是将自己老婆的私房钱拿出来也在所不惜。

教师们走后，赵卫东说孔太平最后那句话说过头了，两个月的工资，全镇共需十多万，这么急，哪儿去弄这么多钱。赵卫东说他老婆不在银行工作，家里没有私房钱。孔太平认为赵卫东这是推卸责任，他不应该挑剔谁说了什么，谁没说什么，关键是管财经不能只管花钱而要想办法挣钱。两人绵里藏针地斗了一阵嘴，赵卫东一直不肯让步，孔太平火了，他说这件事自己一担挑，反正到月底他负责让大家领双份工资。赵卫东真是求之不得，他说这样更好，自己可以向一把手多学几招。

赵卫东一走，小许过来小声提醒孔太平，他这是中了赵卫东的激将法。孔太平有些恍然大悟，可话说出去收不回来了。

孔太平同老柯、老阎他们商量了一阵，决定开一个全镇企业负责人会议。他在会议上将各单位本月应上交的资金数强行分解下去，还要他们立下军令状。企业头头们勉勉强强地答应了，可是会一散，他们又纷纷叫苦和反悔。孔太平不理他们，回头又去召集财政、工商和税务部门的负责人会议。

忙了两天两夜的会以后，孔太平又带着一帮人到各村去扫农业税死角，每天总是要到晚上十点以后才能回镇上。中间他还抽空到养殖场去了两次，要洪塔山挖挖潜力，能多交多少就一定要交多少，要打埋伏也得等到熬过这几个月再考虑。他每次去时，田毛毛都不在办公室，问时都说她从出差回来以后就一直没来上班。孔太平问洪塔山是怎么回事，洪塔山说他也不知道，或许是田毛毛想辞职不干了。孔太平觉得田毛毛真的辞职倒是件好事，省得他老是放心不下。

孔太平前些时一直没有机会告诉洪塔山，他们到县公安局帮他弄掉那检举信的事，到了这时候，为了让洪塔山对自己不存二心，他安排了一个时间，让洪塔山到自己房间里来，专门同他说了这件事。洪塔山听后脸色发白，没说一个字。

这天晚上，孔太平从村里回来时，发现自己门口蹲着一个人。他认出来那人是舅舅，连忙开门将他请进屋里。舅舅全身发抖，站不住也坐不稳，进了屋也只能蹲在墙根上。孔太平慌了，正要叫人请医生来，舅舅终于开口说了一个不字。然后绝望地要孔太平将洪塔山那畜牲抓起来枪毙了。洪塔山在出差的第二天晚上就闯进田毛毛的房间里将她强奸了。田毛毛回来后不敢说，直到今天傍晚突然肚子疼，送到医院里一检查说是宫外孕，田毛毛这才说出了事情的真相。

田毛毛当即做了手术。孔太平简直气疯了，他拿起电话吼叫着让黄所长马上来。几分钟后，黄所长就到了，听完情况，他二话没说，回头就走。二十分钟以后，黄所长打来电话说人犯已押起来了。

孔太平随后去了医院，田毛毛脸和手白得像面粉捏成的，两眼不看他，但是泪水在哗哗淌。舅舅和舅妈像木人一样呆在床边。孔太平一个字也说不出，他转身找来院长，要他将这间病房的其余床位空着，不许安排别人，同时尽量封锁消息，不要让无关的人知道真相。院长对病床的事很为难。孔太平蛮横地说，不管他想什么办法，总之这间屋子不能有别人。

孔太平见到黄所长时第一句话就问是不是将洪塔山铐上关着，铐紧了没有。黄所长说他是将洪塔山双手捆着吊在窗户上，脚下垫着一块刚刚踮着能踩上的砖头。孔太平说就这样吊他个三天三夜。接着他又问能不能给洪塔山判死刑。听到黄所长说不能，他恨恨地说现在的法律太宽大了。他要黄所长加重刑罚，最少也要将这狗杂种弄成个废人。黄所长说这一点他能够办到。

从派出所出来，孔太平又去了医院。他怕田毛毛万一有什么闪失，整夜都在她床边守着。天亮后不久，黄所长骑着摩托车来到医院，见面后匆匆说一句，有人要哄抢养殖场。孔太平连忙跟着黄所长跳上他的摩托车往养殖场急驰而去。

养殖场门口果然聚了一百多人，都是田姓的，大家乱哄哄地叫嚷要养殖场赔偿田毛毛受害的损失。孔太平和黄所长劝说了好久才将他们劝走。黄所长见孔太平冷静了些，就告诉他一件事。昨天晚上赵卫东在财政所喝酒，他告诉丁所长，当初让田毛毛去养殖场就是为了现在而留下的伏笔，他早就看出洪塔山对田毛毛不怀好意。这事终于发生了，现在看孔太平还保不保洪塔山。没有洪塔山，孔太平的半壁江山就不存在了。丁所长听后觉得赵卫东这人太可怕，他不好直接告诉孔太平，就打电话托黄所长转告。

孔太平听这些后，人一下子清醒过来。他到黄所长家里一个人待着想了半天，黄所长回来吃中午饭时，他冷静地问洪塔山现在的情况怎么样。黄所长说一切照旧。他叹了一口气后让黄所长赶紧叫人将洪塔山从窗户上放下来，不能再吊了。黄所长问他怎么不想杀了或弄废了洪塔山。孔太平说谁叫当了这管着几万人吃喝的官呢，黄所长说他这样做才是对，黄所长又说他昨晚的言行也是对的，只有这样才让人觉得孔太平是个有血有肉的领导人。黄所长还告诉他，自己根本就没有用那些法子折磨洪塔山，他虽然被关着，但在小屋之中还有自由。孔太平又长叹了一声，说下辈子我决不再当这窝囊官。

孔太平一直没去镇里办公，一天到晚总待在医院里，镇里有什么事分管的人都来医院请示他。镇上许多困难，在说给孔太平听的同时，舅舅和舅妈也同时听见了。到了第三天，几乎所有人来后都要说养殖场不能就这么群龙无首，否则全镇干部职工就没有钱买过年肉了。孔太平对这些情况一概不表态。

第四天上，舅舅对他说，他应该去上班，为百姓做点事。孔太平说他在这里也是为百姓做事。舅舅说了这一句又不说话了，过了好久，他突然开口要孔太平出去一下，他一家人要商量一件事。孔太平一出门，舅舅就将门反锁上，他在门缝中听不出里面在说什么，不一会儿，屋里传出两个女人的号啕大哭声。孔太平急得用拳头直擂门。女人的哭声低下来时，舅舅将门打开放孔太平进屋。

舅舅用揪心的语调说，我们说定了，不告姓洪的了！让他继续当经理，为镇里多赚些钱，免得大家受苦。

孔太平扑通一声跪在地上，说，我一直想说这话，可我没脸说，我没本事将西河镇搞好，却害得表妹受这等罪孽！孔太平说着话眼泪像河水一样淌出来。

舅舅要田毛毛提前出院回家去休养。孔太平问过医生，并得到允许，便替他们办了出院手续，然后用车将他们送回家。回转来，孔太平让黄所长将洪塔山放了。黄所长说他知道事情会是这样的结局，所以连口供也没录。洪塔山出来时，要找他谢罪，孔太平不愿见。除了继续让他当养殖场的经理外，什么话也没传给洪塔山。

洪塔山第二天就让司机开着桑塔纳送自己到省城去了。孔太平许诺的日期已经很近了，收上来的钱离发工资还差得远。他没办法，只好真的回家翻箱倒柜将老婆八万块钱存折找出来，他打算以此作抵押，从银行里贷些钱出来。就在他跨进镇工商银行大门时，小赵追上来告诉他，洪塔山在省城将桑塔纳卖了，寄了十几万块钱回来给镇上发工资。

工资刚发完，县里通知孔太平到地委党校学习，同行的还有东河镇的段书记。两个人住在一个房间话却不多。有一天东河镇有人给老段送来不少茶叶。老段让他尝了尝，他觉得味道非常好。老段得意地说这叫冬茶，刚焙的，他每年只做十斤这种茶叶。孔太平说，这时候采茶叶，霜冻一来茶树不就要冻伤吗？老段说一棵茶树才几个钱，我用这十斤茶叶换来的效益，不知要超过它多少倍。

刚好这天黄所长带着洪塔山来看孔太平。洪塔山在这段时间里做成了几笔生意，所以镇里的经济情况眼见就能好起来，孔太平听后对他说，再出去时将镇完小的杨校长带出去，找家大医院检查一下，看他是不是患了前列腺癌，并让他住院治一阵。洪塔山心领神会地说，孔书记放心。孔太平将他的冬茶拈了点，泡给黄所长和洪塔山喝，并说这一定是他用在要害上的，黄所长当即骂了几句。喝罢茶，孔太平提出到外面走一走，黄所长推说想躺一会，没有去。

孔太平领着洪塔山出了党校后门，进到一片僻静的树林。两人走了几步，孔太平忽然转身对着洪塔山就是几拳。洪塔山晃了几下没有倒，但他也没还手，任凭孔太平的拳脚雨点般落在自己身上。

孔太平踢了最后一脚后问，我待你怎么样？洪塔山说，很好。

他俩回屋后，黄所长依然躺在床上。

夜里，老段拿上茶叶出门了。过了几天那些冬茶又被人送回。老段很奇怪，以为是味道不好，便打开一只密封的盒子检查。盖子一揭开，上面有张字条。字条上写着：有权喝此茶者请三思，如此半斤茶叶可使一亩茶树冻死。再检查其他盒子，都有类似的字条，只是有些言语更激烈些。

制造声音 / 贾平凹

我去采访这个州刚刚离休的专员。采访结束后我们坐在客厅喝茶，他却放了一段录音问我听到什么，我说是风里的树声。是树声，他说，你听得懂这树声吗？

有树风就有了形状，但风里的树是要说话的。

你知道，这个州是一个贫困的地区，但因处在交通要道上，过往的官员就特别多。我已经是上些岁数的人，实在不宜于干那些恭迎欢送的事，当组织上安排我来，我就想提前离休，或者调往省城寻一个清闲的部门，拈弄笔墨，句读里暗度春光罢了。但到任后的那年秋天，我改变了心态，就一直在州里干了五年。

秋天的这一日，因下乡崴了左脚，在专署里调养，正读一册闲书，上有“留此一双脚，他日小则拜跪上官，胼胝民事；大则跨马据鞍，驰驱天下”句，嘿然而笑，却接到通知：省上又要来一位官员。差不多成了定规，大凡省城、京城来了重要人物，除了布置安全保卫措施，州城的社会环境得治理，卫生得打扫。公安局长就将城中的小商小贩全集中到城南角一条巷中，几条主要街道两旁都摆上了花盆。而一些破烂地段无钱改造，就统统砌了大幅广告。他们在向我汇报时，特意指出已将一个长年在城中上访的疯子用车拉到城外五十里地方去了，因为这疯子形状肮脏，而且叫嚣省上来了大官他要拦道喊冤呀。

省城的官员到了，他十分的年轻。我的左脚打了封闭针，和地委书记汇报了我们的工作，再听取和认真记录了他的指示，然后陪他参观几个点。那个下午，我们从城南××县回来，才要步行去视察我们的商厦，十字路口那里就拥了一堆人，听得很嘶哑的喊声："树会说话的！树真的会说话的！"我立即知道出了事，脸都气红了，公安局长就跑过来拉我在一旁说，那个疯子谁也没有料到又出现在了城里，而且抱着那电杆拉不走，围观的群众就很多。他向我检讨着他的工作过错，我没时间去训责他，忙鼓动着省上的官员从另一条巷子转过去，但我仍听到那个嘶哑的喊声"树会说话的！树真的……"后边的话"唔"了一下，可能是被手捂住了。地委书记在介绍着那条巷里的明清建筑，我趁机退后，招手让公安局长过来，问疯子怎么喊树会说话的？公安局长说，他是为一棵树疯了的，就为一棵树多年在城里上访，满城人没有不认识他的。我说我来这么久了，怎么不知道？公安局长说一个疯子他怎能进了专署大院？我说，你去告诉他，让他不要找省上人，天大的冤枉，晚上到我办公室来说。

晚上，安排了省上官员在宾馆休息后，我虽然累着，但心轻松下来，也并没有睡意，在办公室等待那疯子。左等右等没来，我开始练书法。我这身份不可能去歌舞厅，不可能与人打麻将，下班之后就把自己关在办公室读书练字，我业余唯有这爱好。写了一幅古人句："死之日，以青蝇为吊客；使天下有一人知己，死不恨。"公安局长就亲自坐车把疯子拉了来。疯子竟是下午被关进了拘留所的，我对公安局长大为光火，并且赔情道歉。疯子是一个七十岁左右的老头，个子高大，但枯瘦如柴，头发和胡子已成毡片，浑身散发着一股难闻的酸臭味。老头进拘留所似乎并未介意，对公安局长的道歉也无动于衷，只嚷道："树会说话的！树是一九四八年栽的！"

公安局长说："你嚷什么呀？这是专员！"老头说："专员，树会说话的！"公安局长就吓唬了："你再嚷！"老头偏梗着脖子，脖子上暴起了几条青筋说："树就是会说话的！"我说："好吧，树会说话的。"老头得意地看了公安局长一眼，一颗清涕就吊在鼻尖，一把捏下来要揩向桌腿，后来还是揩在身上的裤腰处。我让他坐，他说他不坐，公安局长说："让你坐你就坐！"按他在椅子上。我摆摆手让公安局长出去，开始询问老头。

你叫什么名字？

杨二娃。

哪个县里的？

××县××乡东洼村。

多大岁数了？

不大，才七十还差十天。

你有什么冤枉事？

树是一九四八年栽的，不是一九五二年栽的。怎么能是一九五二年呢？不是一九五二年，是一九四八年。树会说话的。

就为这事吗？

就为这事。

你告了多少年了？

十五年零三个月。

为一棵树值得告十五年？

可树就是一九四八年栽的，为什么要说是一九五二年栽的？

这点事村里就可以解决嘛！

德贵是坏人！

德贵是谁？

村长。他谋算这棵树哩，他想收回去再买了给他爹做棺材的。

你找过乡长吗？

人家在一个壶里尿！

一个壶里尿？

德贵的婆娘是个卖×的，她和乡长……

住嘴！你怎么这样骂人？

我不骂了。

你说吧。

乡长我找过三十二次，他派人打我，我到县上去，县上的父母官我都找过，父母官两年就换了人。张县长说要解决，但他调走了。又来了陆县长，他让乡里解决，乡里不解决，向上反映我是刁民。我不是刁民。我又找刘县长、王县长、马县长，他们都不理我了，说我是疯子。我是疯子吗？

不是疯子。

不是疯子！树是一九四八年栽的就是一九四八年栽的，我要是疯子我能记得树是一九四八年栽的?

你说树是一九四八年栽的，那树还在吗?

在的。它今年老了，身上有一个洞，东边那个枝丫枯了，那原先上边有个鸟窠的，八月初三的夜里刮风，窠就掉下来，这窠应该归我的，村长的儿子却捡了去，那是能做三天饭的柴火哩，我去……

你说树是一九四八年栽的，你有什么证明?

我老婆证明。一九四八年春上我和我老婆去她娘家当天回来我栽的，栽了树老婆给我擀的宽片杂面，调的干辣面，没有盐的，老婆说你将就将就吃。

那你老婆怎么不出来证明?

她死了。这娘们害了我一辈子，该她作证的时候，她就上吊死了！这狗娘儿们，她死了我懒得给她烧倒头纸，别人家的老婆都是帮夫运，她却猪一样要我养活!

还有什么证明?

拴狗那老宋能证明。我栽树时他正在地头捡粪哩，但他瞧别人都是说树是一九五二年栽的，他就说他记不住陈年老事了。拴狗老宋我瞧不起他！没人作证明，可树会说话呀，他们就是不去听!

家里还有什么人?

一个儿子，死了。儿子是好儿子。他像我，村人都说我们是一个模子倒出来的。

儿子陪我去县上上访，回来搭的拖拉机，拖拉机翻了，我没事，拖拉机却压在他肚子上，肠子就压了出来。我那老婆向我要儿子，我骂了她，她就死在绳上的。

嗯。

专员，树肯定是一九四八年栽的，不是一九五二年栽的，你去听听，树会说话的。

杨二娃——

在的。

就这样吧。你拿上这点钱，明日去车站买了票回去。不要再跑了。我派人很快去给你落实，是一九四八年栽的就是一九四八年栽的，是一九五二年栽的就是一九五二年栽的，我给你个结果。

是一九四八年栽的！如果你们硬要说不是一九四八年栽的，我还要告的。你叫什么名字？

惠世清。

那好。那我就告德贵、乡长、王县长、张县长、陆县长、刘县长、马县长，还有你惠世清，惠专员！

送走了省上的官员，我打电话给××县的马县长，托他把有关杨二娃的档案材料送上来。马县长亲自来州城向我汇报，杨二娃竟没有什么档案材料，但马县长知道这件事，说这棵树是在东洼村南头，树下的那块地解放前属杨二娃的地，解放后土地收公，树却归私人。那时树小，谁也没在意，后来树大了，杨二娃说树是一九四八年栽的，树权归他私人，村里人说树是一九五二年栽的，一九五二年栽在地头的树应归村里。村里每年要伐，杨二娃都护树，他把旧屋拆了重新盖在树下，现在树身就长在屋当堂里。

就为这棵树，能值几个钱？马县长说，农民爱认死理，杨二娃疯疯癫癫告了十五年，活得真没个意思！

那你说，怎么活着有意思呢？

我训斥着我的部下，命令他们组织个专案组，去东洼村落实这件事，树是有年轮的，可以请一些专家考证一下树到底是一九四八年的还是一九五二年的。

专案组很快就回来了，考证出树是一九四八年栽的。我做了批示：树归属于杨二娃。

这件事就这样结束了。

第二年春天，××县旱象严重，我下去检查灾情，突然想起了杨二娃和那棵一九四八年栽下的树。我和马县长坐车往东洼村，打问杨二娃，村人说，杨二娃吗，早死了！

杨二娃死了。这老头瘦是瘦，精神头儿还好，而树被断定为一九四八年栽的，又归属于他，冬天里他就病倒了。一开春，地气上升，病又加重，不知什么时候咽气在家里，村人发现了的时候，人已经僵硬。

马县长说，这老头，他要是继续上访，可能还要活着。

马县长的话是对的，这么说，是我害死了这老头。

嘻，朝闻道，夕死可矣，这是孔子说的吧？马县长指着一个小虫子，小虫子是从树上吊一条丝下来的，但小虫子是死的：这小虫子也闻道了！

这树要是不断定为一九四八年栽的，老头就一百年一千年地活下去吗？

树依然活着，树是常见的那种椿树，确是老得身上有了洞，除了东边的枝丫枯了，西边的枝丫也枯了，树身三分之一在一间歪歪斜斜的屋子中间。杨二娃因是孤人，死后村人就以他家的柜作了棺材，在屋中掘坑下葬，这房子也锁了门，让它自废自塌了将来就是坟丘。

我说，给老头奠奠酒吧。

秘书去买了一瓶酒，我就把酒全浇在屋前。这时起了风，风是看不见的，但椿树枝叶摇摆，嘎嘎作响，风就有了形状，树也有了声。老头给我说过树会说话的，树会说什么话呢？我听不出来，便用录音机录了。

多少年里，我一直在企图听懂这树声，你听听，这树在说的什么话呢？

九月还乡 / 关仁山

九月的平原，为啥没有多少围园的味道？

最后的一架铁桥，兀立在田野，将这里的秋野劈开了。土地的肠胃蠕动着，于这里盘了个死结。铁路改线，铁桥废弃多年，老旧斑驳，有的地方早已歪斜了。也许在雨天里，有什么鸟儿停在上面，欢欢快快啼啭。如果秋阳从周围的青纱帐里升起来，土地和庄稼都是滚烫的，铁桥能投下一片暗影，供那些里做活的人们歇凉。长长的没有故事的秋天，晚庄稼还要在秋风里拔一节儿，而光棍汉杨双根却恼恨秋天，严格说来，他更加恼恨的是铁桥下的秋天。杨双根将锅里的剩饭剩菜都吃光了，然后牵着那头老牛到田里，将牛拴在铁桥下的铁架上，牛悠闲地吃草，他却拽出唢呐摇头晃脑地吹起来。田野很安静，棒子地里除了秋虫，再也没有别的杂响了。还有老牛许久才有的一声吆喊。

三尺远的地方就是棒子地。玉米胡子挑在唢呐嘴儿上。杨双根躺在草地上，愣是将唢呐吹成了哭调，与这丰收的年景儿极不协调。他的嘴巴鼓成了紫球，眉头也拧得苦。一边吹一边望桥下的庄稼。其实这并不是秋叶飘落时的田园，而是他家承包的责任田。他和父亲作为售粮大户的荣耀哪里去了？远处能听到唢呐声的人，都以为杨双根饱吹风光，遥遥召唤。

父亲杨大疙瘩坐在田头吸烟。他默默地听着唢呐声，看着青纱帐和远处的日头。只有他知道儿子心里恓惶。双根的唢呐不是吹给年景儿的，而是吹给九月的。四年前，双根心中的九月在桥底下丢失了。后来他才知道，九月和她的姐妹们到城里打工去了。四年前的入秋，九月到棒子地里看他，将她那处女身子献给了双根。在铁桥下的草滩上，九月的血洇湿了秋草。九月说咱们太穷，俺到外头挣些钱回来，俺娘和弟弟就托付给你啦！双根眼见着九月从羊肠子一样的田埂消失了，像梦一样虚幻。后来，地实在种不下去了，杨双根父子也去城里打工。杨大疙瘩明白，双根是奔九月去的，可是没有找到九月。第二年村长兆田硬是去城里将他们爷俩拉回村种田。每年仲秋九月，杨大疙瘩都看见儿子躲在桥下吹唢呐。玉米林子比房屋还高，使老人看不见那铁桥。但他看见桥西头秋阳下的脊背。男人女人的腰们朝棉田深深弯下去。四顾茫茫，都是无限耀眼的白棉花呀。他时常看到一些鸟儿从棒子地飞到棉田那边去。棒子地是杨家的，棉田也是杨家的。让老人始料不及的是他们竟然雇用了城里人。城里破产企业的工人情愿到乡下打工。那些男女穿得洋里八怪的，又使荒弃的小村活泛起来。杨大疙瘩掐算着，花上几万元购置塑料薄膜，一入冬就该搞冬季大棚菜了。他没想到自己老了老了还露一回脸，美得不知是吃几两高粱米的了。这时有两只兔子蹦到老人身边来，瞪着血红的眼睛瞅他。杨大疙瘩就怕看红眼睛。这些天他不断看见红了眼睛的村人。粮价要涨，土地要吃香，已经有不少外出打工的村人回乡。怕是九月里真的闹还乡团了。老人信服这个理儿，农民就是要种好地，贱种才疯跑野奔哩。灯不拨不亮，理不摆不明，天算不如人算呢。老人笑起来的时候，露出一嘴金牙，嘴边的皱纹一动一动。

狗日的，鬼眼睛！杨双根忽然不吹唢呐了，两眼定定地盯着桥顶。他感到疲乏和困倦，可桥顶上浮荡着那么多的眼睛。他觉得这是九月那双很大很亮的眼睛。九月在村里那阵儿，时常到桥底下的水塘里洗澡，在桥下换衣裳、梳头和照镜子。娘不让她在桥底照镜子，说会照见鬼眼睛。九月任性偏偏照了，还照出一股狐媚子气。杨双根大概就喜欢她这媚气吧，女人不媚就没啥味道了。他把眼睛合上，就会想起九月的模样来。自从他家成了售粮大户，给他提亲的不断弦儿，他哪个也不理。他等九月。父亲说九月这年头在城里都野成六月花朵了，怕是大风里点灯没啥指望了。杨双根心想九月会回来的，她说挣些钱就回村过日子的。老牛梗着脖子吼了一嗓子。这牛是九月家的。九月的母亲早年就守寡，又得了满身的病，弟弟九强才十四岁，所以九月家的责任田就由双根代种了。卖了粮，父亲都要嘱托双根送些钱给九月娘。每年腊月初八喝过腊八粥，杨双根还要将存储了一年的小麦拿出来，淘洗晒干，送到磨房碾成面送给九月家。杨双根是村民小组长，别人家的事他也要管一管。父亲说精明人都外出了，留你这傻吃憨睡的东西也派上了用场。双根就抓着葫芦头得意地笑。杨双根自从当上组长，也干过几件露脸的事。如今的乡村，与过去那种单调缓慢的生活节奏大不一样了。前些年是半年劳作半年闲，秋收过去忙过年。眼下村人忙得脚后跟打脑勺子，再也没有农忙农闲之分。他们除了种地，还得跟市场和城市来往，同村里以外的许多人联系，各种各样的合同和威严的红印章，把他们与整个社会扭结在一起了。杨双根除了跟父亲母亲经营三百二十亩地，还要管小组里的事。农副产品加工不算，他还为开发荒地弄来一些资金。有几家地撂荒，男人外出做小买卖。乡里村里号召治理盐碱地，平整砣地。那些户没资金，又贷不来款。杨双根愁得在田里转悠，后来他看见离地头不远的靶场，就有了来钱的招子。这块地方是武装部训练民兵的射击靶场，已闲置几年不用了，那里有许多废铁桩子及踏板。他将邻村收破烂的王秃子领来，当废铁卖给他，整整变成两万块钱，自己留些机动钱，余下就给那几户治理盐碱地了。有两年了，没有人追问他。只有村里老少爷们的夸奖。开始杨双根心里发毛，后来也就心安理得了，废着也是废着，变了钱派上用场也许就叫废物利用，而且是为集体。想到这里，杨双根的目光就盯紧铁桥不动。由那理儿推一推，这废铁桥也是可以废物利用的。他想卖这架铁桥的想法不是一日两日的了。这铁桥能卖么？即使他敢卖，会有人敢买么？就这样嘀咕了一年多。他不知道这桥的归属，因为过去这条铁路是从矿里运煤的，村北就是煤矿的九号风井。有人说是矿里的桥，也有人说是铁路上的桥，归铁道分局管。你也管他也管，互相一扯皮，就等于三不管了。坐落在杨双根村民小组的地面上，占着他们的地，迟早还要他杨双根操这份心的。顺着这一根筋，他一下就想远了。老天又赏给他一回露脸的机会了。再说杨双根也恨这旧铁桥。这种恨是否与九月出村有关他也说不上来，甚至是朦胧的不明确的。杨双根的眼睛盯着桥顶也盯得有些累了。

杨双根站起身，到玉米地里撒尿。宽大油绿的叶片直划他的脸和膀了。他一下一下地撩开。他系裤子的时候，看见玉米地上空的鸽群，就知道九月的弟弟九强来找他了。他扭脸吼，九强，你小狗日的出来！九强往往与鸽群同时出现。他从地垄里探出小脑袋嘻嘻笑，双根哥，张飞卖秤砣，人硬货也硬！杨双根知道九强看见了自己裆里的家伙，就骂，小流氓，没生一张好嘴！你说对了，你姐不回来，俺这家伙能软么？九强不瞅他，嘴里哼着歌子，引着鸽群刮了一阵小旋风，将扬花的玉米梢儿摇得哗哗响。鸽群低伏下来，鸽子嘀嘀嗒嗒地落满铁桥。杨双根瞅着这群白色灰色的鸽子说，俺看肥了这些鸽子，你倒是瘦猴似的，别太上心了，喂不亲的贱货，早晚还不放飞到城里去！九强不吭，他知道双根是指桑骂槐说他姐呢。他喜欢这个憨厚的未来姐夫，也是常埋怨姐姐，为啥在城里野得收不回心？第一年姐姐九月每隔一月就给他写一封信，信里还夹一张纸，是给杨双根的。九月写给双根的信没啥甜蜜话，只说身体好之类的平安话。第二年九月的来信就稀了，只是还不断给家寄些钱来。今年九月就不来信了，从汇款邮戳上看，九月是流动的，九强想给姐姐写封信都不知寄到哪里去。今天姐姐九月突然来信了。这是姐姐走后的唯一一封信。信中只有“九月”两个字，字底下画了一只鸽子。九强让母亲看，母亲叹息着摇头。九强知道杨双根进了九月就想姐姐九月。他在村头都听见双根的唢呐声了。知道姐姐在家的时候就爱听他吹唢呐。九强看见自家的老牛朝他拱来，四只蹄子在田埂蹭着直响，嘴里还不停地低吼着。九强亲昵地拍拍牛囊子，然后扭头对杨双根说，俺姐来信啦。杨双根问，有俺的信么？九强摇头说，没有你的，连俺的也没俩字，八成是她想家里的鸽子啦！说着就从兜里摸出那封信给双根看。杨双根接过信纸，看着九月画的鸽子。他知道九月喜欢养鸽子，不仅仅是要拿鸽子换钱。村里有好几家养鸽子的。他忽然笑了，笑得喉结上下滑动。他说，九强，你姐要回家啦！然后将九强抱起来抡了一圈儿。九强愣着眼问，你咋知道？杨双根举着信纸给他看，你瞧，画的这只鸽子往回飞。脑袋朝下的嘛！九强接过信皱紧眉头。杨双根弯腰拾起一块土坷垃，朝铁桥上扔去，鸽群在这不起眼的黄昏飞起来。

黄昏时分天气还是很热的。秋天的傍晚，对杨双根来说，是个顶可怕顶没劲的时辰。今天就不一样了。杨双根牵着牛欣欣地往村里赶，九强骑在牛背上甩着胳膊，鸽群像风筝一样跟随着他们缓缓盘亘。九强唱些歌谣，歌谣伴随秋风在田野里弥散，散到空中去，也散到泥土里。杨双根手里捏着那信纸，仿佛捏着一只鸽子，也仿佛拢住日月的甜蜜。乡路上，一位背着柴火的老女人五奶奶说，双根，有啥喜事儿这样高兴？杨双根知道自己啥事都显在脸上，笑说，这一年风调雨顺，灶王爷扭秧歌，丰收啦，能不高兴？然后他就将九强从牛背上拽下来，又把五奶奶背上的柴捆儿放到牛背上去。五奶奶笑呵呵地跟着。五奶奶是烈军属，大儿子是在部队抢险中牺牲的，二儿子又带媳妇孩子到外地打工了，家里就扔下她。她归属杨双根这个第二村民小组。她家的地荒着，后来就由村长做主统一承包给杨双根父子了。村里给老人一些补贴。杨双根隔三差五就到老人那里，帮着挑水做些杂活儿。杨双根说，五奶奶，缺柴烧就朝俺说。您就在村里养身子吧！五奶奶说，俺这老胳膊老腿的还能动弹，等动弹不了了，还少了让你操心？杨双根说，村里秋天还乡的不少，您家老二一家有信么？五奶奶说，要回来，要回来！来信儿了，在外头混也不易哩！像你们爷俩，种地不也种成了状元？杨双根叹道，有些人在城里，是死要面子活受罪呢！五奶奶问，你们九月回乡吗？杨双根不置可否地笑笑。五奶奶说她听见他吹唢呐了，还说九月找这么个婆家算是跌进福窝儿了，还有啥不知足的呢？杨双根听五奶奶这么说，心里又没底了。是哩，鸟儿放出笼子，还能收回来么？即便是收回笼子的鸟，还能在笼里生活么？又让他想起秋天和女人的所有事情。

只有进了村里，残秋的景象才明显一些。村巷里滚动着最初落下的树叶子。杨双根让九强带着鸽子回家，他牵着牛一直送五奶奶。他看见有的人家关闭几年的大门打开了，院里秋草丛生，歪斜的门楼子掉着泥皮。过去村里很少见人，剩下的也是老弱病残，眼下偶尔能看到正常健壮的村人。杨双根分别与他们打招呼。五奶奶叹说，叶落归根，都回来了，村里又要热闹啦。杨双根看到的是像鬼子进庄一样的混乱情形。晒被的、扫房的和清除垃圾的人们互相说笑。杨双根来到五奶奶家。院里空空，五奶奶从牛背上拽下柴捆儿就愣了愣，然后坐在老旧的门槛上，依着门框吧嗒老烟杆，目送着杨双根和牛拐进小北街。杨双根知道五奶奶盼儿子回乡，该回来的会回来，不愿回乡的盼瞎眼睛也白搭的。杨双根掐算着九月里村人能返回七成儿就念阿弥陀佛了。进了家门儿，杨双根将牛送进棚里，让牛独自去槽里喝水。他瞧着牛饮水，心里又想九月了，悄悄拿出九月的信纸来看。村长兆田披着夹袄进院，笑着说，咋着，牛槽里又多出驴脸来啦？双根扭头说，大村长有何贵干？兆田村长不笑了，一脸褶子往一块聚，然后叹息说，土地吃香，大户心慌，粮价上涨，干部难当啊！杨双根从村长兆田的脸色看，就感到了不妙。村长兆田如今是书记兼村长了，村支书倪志强到外地当包工头去了，不辞而别，也没有任免手续，兆田就兼上村支书了。兆田很胖，说话时嘴张圆了，像被浑水呛晕了的胖头鱼。杨双根将兆田村长领到屋里。他们一落座就听见对屋母亲的咳嗽声。兆田村长问你娘的病还没好？杨双根叹说，怕是好不了，边说边往墙上挂那只唢呐，唢呐的红绸子卷起来，喇叭嘴又让双根插上一把谷穗。杨贵庄人过去很喜欢吹唢呐。慢慢地，唢呐几乎成为农人的护符。他们认为唢呐是神仙的用物，他们常常将唢呐挂在门首或墙上，再将喇叭洞插满熟透的稻谷。似乎这样就吉祥辟邪了。兆田村长觉着好笑，他眼下真的怀疑这玩意能避邪。在这金秋九月，带给这个农家的邪气还少么？还乡的农民已经争他们的土地了，还有这个家庭未来的女主人九月在外卖淫，被公安局抓住了，电话打到村委会，让村里去领人。一同被抓到的还有村里孙殿春的闺女孙艳。兆田村长没有声张，虽说这阵儿的城里笑贫不笑娼了，可村里还不行，嚷嚷出去这俩孩子就没脸回乡了。兆田村长很神秘地去了城里，跟公安局说了许多好话回村了。九月和孙艳说过些天回乡，说还有些事办一办，并向兆田村长保证不干这事了，回乡踏踏实实过日子。她们的钱没被公安局完全罚掉，她们身上穿金戴银的，手上都有很多的钱呢。兆田村长说，限你们这两个鬼丫头九月里回家，不然你们就别怪俺不客气了。九月和孙艳满口答应。兆田村长回到村里跟谁也没说，但心里一直挂念着她们。他问杨双根九月回来没有。杨双根愣起眼，你知道她要回来？兆田村长情知说走了嘴，忙改口说，俺是琢磨着，这么多人都回来了，她也该回村吧。杨双根笑说，她来信啦，没说回来，挺能整，还画个鸽子。俺看是回家的意思。兆田村长叹一声，唉，回来就好哇，外头那么好混吗？不管进城还是还乡，这鸡巴年头，腰包最瘪的还是咱农民。穷些没啥，还处处吃瘪子气，你知道村里小木匠云舟吧？杨双根点头说知道，他咋啦？兆田村长说，他瘸着回来啦，在城里为人家装修房子，包工头拖欠他一万多工钱，他去找人要，不但没给钱，还被城里人打折一条腿！要是在家种地，也许不会碰上这灾的。杨双根骂了一句城里人，然后问村里都有谁还乡啦。兆田村长扳指叨念说，有文庆、杨双柱、败家子、康乐大伯、振良一家子、宽富一家子、广田一家子、徐大姐……他又说，多啦，有七十多户，也没见他们阔到哪里去。也就人家杨广田在外卖菜发了，回来就争着要地种大棚菜，还说把房子推了盖栋小楼！杨双根喜忧参半没说话，喜的是村里又有人味儿了，忧的是自家这售粮大户怕做到头了。于是两人愣坐着有一阵没说话，杨双根看见兆田村长的目光落在墙上的锦旗奖状上。这一墙的奖状锦旗都是他和父亲从县里乡里捧回的。什么售粮大王，什么劳动模范，什么小康之家。如果说这是杨家的荣耀，也是杨贵庄的光荣。兆田村长也曾以此为荣，毕竟是他一手扶持起来的。兆田村长面对这扇墙，眨朦着眼，脖子直了半晌。杨双根只能看见他的侧脸，看见他那只肥肥的大耳朵。

院里老牛闹棚，院门就打开了，杨大疙瘩领着一男两女进来。杨双根知道他们是城里人，都是针织厂的工人。工厂停产放长假到乡下来打工。这仨人是领班，男的负责玉米田和稻田灌水。女的负责采摘头茬棉花。都是计件包工，每天都要发一遍工钱。城里人说半月领一次，杨大疙瘩喜欢日日清，一是不留啰嗦，二来为城里人发钱是格外痛快的事。杨大疙瘩进屋与兆田村长打个招呼，然后就抱着钱匣子为城里人数钱。交钱的时候，老人还要叮嘱几句农活要领。城里人乖顺地走了。杨大疙瘩背驼得厉害，后脊上拱出一个大肉瘤儿。肉瘤儿容满慈善，也压弯他一世傲气。杨双根几次催父亲将肉瘤做掉，杨大疙瘩舍不得花这个钱，而且田里的活儿逼得他没那份空闲。赶上粮价上涨的好年景儿，老人掐算今年秋收会是满意的。他吃着碗里又看着锅里，还想好好折腾一程子，没成想，兆田村长一开口就将他噎住了。他真没想到，九月里还乡的村民会抢他的土地了。老人脸暗着，后背的肉瘤哆嗦起来。兆田村长说，没办法，俺也是被逼无奈呀！俺也想了几回啦，跟村支委们碰了头，都没啥好招子，人多嘴杂，耕地越来越少！就说村北那片地吧，贾乡长的小舅子围了地，说要买下给台商搞造纸厂，圈了一年多也没动静，地钱还欠着！杨双根说，那就收回来呗！兆田村长为难地说，贾乡长能依？就是表面依了，从哪儿都能给你一双小鞋穿的。杨大疙瘩说，不管村里地多地少，俺们承包是有合同的，承包期十年。咋着，咱党和政府的政策又变啦？也大腿上号脉没准儿啦？兆田村长说，唉，政策没大变，可下头小九九多哇！你是知道的，当初地荒着，县里乡里逼俺跑城里找人，俺将你们爷俩找回来，是许下愿的。十年不变，十年河东十年河西，俺搂着十年没跑儿，谁成想刚三个年头，土地又吃香了，村里人不用找就自己往回颠！乡里就又开会了，重新承包土地！杨双根骂，这些势利鬼，粮价一涨就种地，不合算就往外跑，

俺是想，明年粮价再变，还打白条子，他们难道又弃田而逃？兆田村长说，谁知明年咋样，再胡球折腾，俺也不当这屌官啦！杨大疙瘩闷闷地吸烟，不吭。他刚才进村，就看见满街筒子的村人，也闹不清这些人从哪儿冒出来的。完了，这地是保不住了，这些人原来是奔土地回乡的。他闭着眼，眼眶子抖出了老泪。

兆田村长嘴困舌乏懒得说下去了。他呆呆地瞧着杨大疙瘩。他知道老人是厚道的庄稼人，种地都种出花儿来了。就是过去学大寨修梯田那阵儿，老人也当过标兵。老人跟土地亲哪。三年前家家田里荒着，老人还在自家责任田里种上冬小麦。杨双根急着去城里打工找九月，老头不放心这愣头青，才不情愿地离开土地走了。爷俩儿没找到九月，就偎在城里的居民楼旁炸油条卖豆腐脑。是兆田村长苦心劝说，才将这爷俩拽回土地上的。他们回乡的春天，正是一场大旱。老人招呼着村里的老弱病残到灶王庙里做了祈雨法会。杨双根跟父亲回乡种地了，他没找到九月，也懒得在城里泡了。再说九月走时有话，她娘和弟弟得靠他照料。对九月，他向来是很顺从的。兆田村长起身要走，杨大疙瘩留他晚上喝酒。兆田村长说，俺还有事的，这群杂种们一来，按倒葫芦浮起瓢。然后又说，你们先收秋，秋后再分地。俺先顶着，你们没听别山村的事儿吧？杨双根问别山村咋啦？兆田村长鼓起腮帮子骂，咱村还算好呢，别山村的两家种田大户上县里告状去啦。回村的人，没收秋就抢地，敢情回家吃白食儿啦！玉米田该给掰光了。说还给人也打啦！杨大疙瘩惶惶地说，老和尚打伞无法无天啦？杨双根也慌了神儿，这政府就不管么？兆田村长说，管是要管的，可这法不责众嘛！都将人抓了，一村里住着，子孙做仇哇！杨大疙瘩摇头晃脑地叹气说，人哪，这从城里浪荡回来的农民，胆子大得敢操天的！兆田村长，你可得给俺们做主哇！就跟乡亲们说，俺收了秋就让地。兆田村长满口应着，晃晃悠悠地走了。他走出几步不断回头张望，笑着招一招手。杨大疙瘩觉得村长的笑容里藏着东西，越发不踏实，回到屋里端出钱匣子，拿出红纸裹了钱，递给杨双根说，双根，去给兆田村长送去。杨双根迟疑了一下说，往年不是收了秋才给村长送红包么？杨大疙瘩虎起脸训他，你懂个鸟儿，今年不是闹还乡团么？不给村长见点亮儿，谁来保护俺们。杨双根无话可说，接了钱扭身出去了。杨大疙瘩瞅着窗外黑咕隆咚的样子，顿觉胸口疼，就知道心病与疾病结伴儿来了，缓缓蹲到屋地上，老脸蜡黄而虚肿了。

从兆田村长家里出来，杨双根感到傍晚的小村确实有人味了。家家户户的炊烟，轻轻飘浮起来。晚炊在夜天里晃晃悠悠的，他的心也跟着晃荡。不知是谁家的门楼子塌了，几个人在那里清理道路。也不知是谁家放着录音机，里边的一首歌曲使杨双根耳目一新。咱门老百姓，今儿个真高兴！高兴高兴高兴……杨双根站了一会儿，听得血往头上涌，后来一想，心里骂这年头，有啥事能让老百姓这样高兴？然后抬腿就走，大脚踩着了一窝聚群儿的鸡，鸡们呱呱叫着跑掉了，后来一路上总碰着黑天还不进窝的鸡们。这鸡婆子跳骚，不是要闹地震吧？直到杨双根进家门了，才让他真正地高兴起来。

九月在屋里为杨大疙瘩捶背。

瞅着九月，杨双根的眼睛就亮了。九月问他自己变化没有。杨双根嘿嘿笑说，还那样儿。但他看出她身子消瘦，皮肤有些松弛。眉啦眼儿依旧透着媚气。她身子不板，腰肢柔软，在外面待久了，连说话走路的姿势都活泛了，懈懈怠怠的样子很好看。母亲放下灶台上的活儿，过来跟九月说话。她怕九月还要走，便试探着问她今年有多大了。九月说都二十五啦。九月说这话时感到十分疲倦，好像已经相当苍老了，像朵还没正式开放的花过早地凋谢了。可她有钱了，有钱和没钱说话口气都不一样。九月看出婆婆的心思，咯咯笑，说她这次回来要跟双根结婚过太平日子了。杨双根想，你在城里的日子就不太平么？父亲和母亲眉开眼笑的，他们太缺人手，而且盼着抱孙子呢。杨双根知道九月说话算话，这回肯定不是天上扭秧歌空欢喜。这样一来，九月不用捶背，杨大疙瘩的胸口也平顺许多。他将九月支开，独自在灯下鼓捣秋天收支账目。他没有账本，但全部账目都在心里装着。他知道，今年米价和棉价都上调不少，按最倒霉的行情，除了全部开销，赚项仍是很大的，只盼今年政府别再打白条子。前年的白条子还有一半没兑现呢。尽管这样，他还是舍不下这片地。他在地上舍得花血本，化肥和大粪铺了几遍了。当初接手那阵儿，全是盐碱地，地皮冒白面儿，人走上去邦硬的。如今从地里抓把土，就能攥出油水来。他还添了那么多农具，水泵就买了三台。他领导着这个超负荷运转的家庭在地里奔忙，仿佛不是一个家，而像过去的一个生产队。老伴累垮了，有一次吐血晕在田里，杨大疙瘩怕她出闪失，就再也不让她下田

了。九月回来了，九月能牢抓实靠地田里转么？老人犯嘀咕的时候，九月笑说，听说种地也不少来钱呢！杨双根说，刚才村长来过，咱家的地被他们夺走啦！你也是奔地来的？九月瞪他一眼说，傻样的，俺奔谁来的？杨双根嘿嘿笑。杨大疙瘩在饭前又跟九月诉屈，售粮大户的如意算盘越发不如意了。九月问，就这么白白将地让出去？咱又不是稀泥软蛋，往上告，咱有合同的怕啥？杨双根说，村里那么多人都回来了，咱又不忍心，都得有口饭吃吧！杨大疙瘩叹说，再说兆田村长那里也挡不过去呀！听到兆田村长，九月的口气就软下来，眼睛恍恍惚惚总走神儿，后来就将话题转到城里打工上来。

夜里十点钟左右，九月起身回家。杨双根看着九月露出的一截儿暄白的胸脯儿，胸中便涌起一阵潮水，热热的发躁。他留她住下，九月说东西都在那头，等登了记结婚就正式搬过来。杨双根就以送她为名赖着跟过来了。他们先是到牛棚里看了看老牛，到村西九月家里时，那群鸽子早已进窝，咕咕地叫呢。杨双根听九月夸鸽子就说，是俺判断你回家的，你画的鸽子脑袋往地下栽呢。九月说，这年月傻人也练奸啦！杨双根不服气，你才傻呢！九月咯咯笑，傻人最不愿听别人说傻。不过，傻人心眼儿都好。杨双根夹着九月的腰进屋。九强搬到母亲那屋睡下了，九月闺房都已布置好了。杨双根嗅到满屋子香水味。九月抿紧嘴儿看他，样子顽皮且好看。看了一会儿，九月从皮箱里拿出一堆衣裳，让杨双根站在灯光下试穿。她说你这土老帽儿，俺得着实给你打扮打扮。杨双根不客气地说，俺如今是村民组长，穿点好的也应该。九月撇嘴说，屁，这破官怕是跟城里扫大街的一个级别！杨双根说，你别拿村长不当干部！在咱的地面上，俺还有权呢！然后吹嘘说卖靶场废铁治盐碱地的事。吓得九月打冷子。九月说，你别逞能，弄砸了会蹲大狱的！杨双根说，咱一颗红心为集体！自己嘛，只拿小头儿。九月说，别当那个组长啦，咱们往后开个家庭工厂，挣大钱！杨双根吸冷气，俺的姑奶奶，建厂哪有资金？九月大咧咧地说，俺还没想好上啥项目，资金不愁！杨双根斜着眼看她，哦嗬，几日不见你成财神奶奶啦？九月说俺就是财神奶奶，细想太过，忙拿话将其遮盖过去了。杨双根试了一件又一件，都觉着太洋了。九月说他，你别老汉选瓜，越选心越花。杨双根扔下衣裳，坐在床头说，俺还花呢，你再不回来，俺都该废啦！说着就动手动脚地摸九月的手和身子。九月这次回家不想马上跟杨双根同床，她想调整调整，可也架不住杨双根的搓揉，情不自禁地偎过来，抱了一阵儿两人就上床脱衣裳。杨双根一年没沾她了，饿虎扑食地凑过来，九月摇头晃脑地叫唤起来，仿佛愉快得要溶。杨双根骂她，叫啥？俺还没挨你呢！九月马上意识到身上的男人是双根，脸立时红了。她睁着眼一把搂紧他，浑身冒了一层热汗。杨双根上去没两下就滚下来了，九月痴痴地瞅着他，鼻尖上渗出一颗颗美丽的汗粒。她想，在外面可没碰着一位这么乖的主儿。杨双根没发现九月的表情，自己却很理亏似的叹息着垂下头。

转天很早，杨双根被窗外的鸽子吵醒。他发现九强的小脑袋趴在窗台往屋里偷看。杨双根一点也不怒，一边穿衣裳一边朝九强眨眼睛。九强嗖地一下闪开了。这时候孙艳站在屋外喊九月。杨双根捅醒了九月，顺手将那条体形裤扔给她说，孙艳喊你呢。九月揉着眼睛穿衣裳，孙艳提着一包东西就进来了。孙艳说，刚回来就入洞房啦？杨双根笑说，赶早不赶晚，省着也是费！你跟小东没搂一宿？孙艳笑说，俺们可没你们神速！说话时九月就起床穿戴好了，这才想起她跟孙艳约定去看兆田村长。杨双根问，你这大包小包的孝敬谁去？孙艳说，俺跟九月姐去看兆田村长！杨双根点头说，也学会溜须了，想分几亩地吧？孙艳和九月对望一眼。杨双根说，看来你们这回真的想在村里扎根儿啦！九月一边照镜子一边说，电视里总说，留在家乡建设家乡！杨双根说，你们在城里美够了，这回唱高调来啦？孙艳说，就是美够啦，气死你！气死你！杨双根骂，这刁丫头，回头告诉小东整不疼你！然后大大咧咧地回家牵牛去田里了。九月对着镜子要化妆，孙艳建议她别再像在城里化得那样浓了，浓妆淡抹总相宜么！九月就真的化了淡妆，一照镜子，发觉自己淡妆更好看迷人。她们提着东西赶到兆田村长家。兆田村长家正来客人，兆田村长扭动着肥胖的脖子，一会儿跟客人说说话，一会儿扭头看九月和孙艳。他说，你俩平安回家就好，还拿啥东西？九月当着客人面也没把话说透，就说村长为俺俩操了不少心，日后还求村长守着这份秘密呢。然后就吃吃笑，脸蛋变成柔情的月亮。兆田村长竟没发现她俩有一点羞耻的意思。他看见两人穿着漂亮的衣服戴着贵重的金首饰。他头一回看到她俩真的姿色不弱，是副撩人的坯子。他笑笑说，如今你们姐俩也是在城里见过世面的啦！回村除了照顾家庭，村里有啥事还得求你们帮助呢！孙艳浅浅一笑，俺们能干啥！

九月将话拖过来说，有啥事，你就吩咐！兆田村长笑起来，忙站起身将她们介绍给客人。客人是个三十出头的小老板，贾乡长的舅爷儿，现任金河贸易公司的总经理。那公司是乡供销社的三产。兆田村长说冯总经理可是财神爷呀！咱杨贵庄的好多事，还靠冯总关照哪！九月和孙艳朝冯经理礼貌性地点点头。冯经理自从九月她们进屋，眼睛就不够用了。他咂咂舌尖说，兆田兄，二位小姐光彩照人哪！想不到咱杨贵庄也出美女呢！兆田村长顺杆就爬，笑说，你别闹，当年乾隆爷选妃子，就从俺村选走一位呢！冯经理摇头说，不对，乾隆太晚，我现在怀疑，大名鼎鼎的杨贵妃是不是你们庄出去的？兆田村长笑说，这可就玄啦！九月和孙艳跟着笑。兆田村长见冯经理眼睛放光，就明白了一切，操持着放桌打麻将。冯经理的 BP 机响了几次，也不去看，只想着跟九月和孙艳打麻将。九月并不喜欢这位小老板，说家里还有活儿要干。孙艳只是听九月的，在城里九月一直是她的主心骨，九月想走她就站起身。兆田村长脸就阴了，冷冷地说，九月，这点面子都不给你叔么？俺知道你们是搓麻的高手！冯经理说，女士只赢不输，一切由我兜着。兆田村长说，她俩有钱！俺琢磨着，咱村回乡的都算着，也不如你姐俩有钱！九月笑说，别给俺们戴高帽儿啦！兆田村长说，戴高帽儿？不对。瞧他们回家找俺要地的样子，就看出没啥出息啦。你俩咋没要地呢？冯经理说，大村长，小姐们是此地无银三百两啊！兆田村长赔着笑。九月眼见着兆田村长嘴里该把不住门了，就给孙艳递个眼色，悻悻地坐下来玩麻将。冯经理先从手包里取出大哥大，又掏出百元一张的票子，嘴里骂骂咧咧地说，人生在世，生不带来，死不带去，不玩儿白不玩儿呢！兆田村长瞅着冯经理的那叠票子，心里骂，这杂种，村里的占地费老拖着不还，自己包里总是鼓鼓的。这一刻，他忽然冒出个念头来。玩起来的时候，冯经理总是打情骂俏地逗九月，九月不卑不亢的样子，让他心里骂她是不解风情的丫头片子。

九月的日子把杨双根挤出好多邪念头，这些念头最初是朦胧的，随着村民的大量还乡，这种念头愈发强烈了。他搂着九月睡觉的时候，梦里不再有九月，原先九月的位置被田里的那架旧铁桥占据了。好似着了啥魔法，左右脱不掉这老桥。那天给村长送红包，他就跟村长说旧铁桥的事，兆田村长说得找矿上，那是煤矿的桥。那天他和村长都喝醉了酒，路过铁桥时，兆田村长醉迷呵眼地骂，这鸡巴铁桥和废铁道占了咱村不少地，哪天给它拆喽！杨双根架着村长也跟着骂。醒了酒他依然还记着。他围着铁桥掐算，这旧桥会拆下不少废钢废铁，准能卖个好价钱。拿这些钱去葫芦滩开荒地，他家就会保住大部分耕地，而且他这小组的人都有地种了。桥是公家的，地也是公家的。最终露脸的还是他杨双根。到那时连九月都不会小看他的。他为自己的计划欣喜。后一想，他怕跟村长讲了都来吃一嘴，都来分这块地，就先瞒着他们，等生米煮成熟饭就好了。他甚至埋怨父亲，埋怨村里争地的所有人，两只眼睛光盯着现成的地。这年月只要动你狗脑子，来钱的招子多得很哩，他想。父亲说，自古以来天上有玉皇，地下有阎王，都管着咱庄稼人。杨双根却觉得阎王爷好见，小鬼儿难当。所以，他要对自己的行为进行咨询，以免出现意外枝杈。那天他随父亲指挥人将籽棉入仓，抽空就牵着老牛溜了。他总是用老牛做掩护。杨双根去了十里地开外的矿井，听说煤矿分局的办公室就在那里。进了院子，他就将牛拴在矿务局门口的电线杆上，自己去了办公室。人们都很忙，没有答理他。这时他又多了一个心眼。他朝一个老者说，俺是杨贵庄第二村民小组组长杨双根。在俺组的地面儿上有你们一架铁桥和一段铁轨。眼下村里在外打工的人都还乡了，人多地少，你们是不是将桥和铁道拆掉，给俺们腾出一块地来？老者闻着了他身上的牛粪味，孬着鼻子将他打发到办公室主任的屋里。杨双根又这样说一遍。主任正在写材料，也是爱答不理的，听完了半晌回忆不起有啥桥。杨双根心中暗喜，心想你们忘个屌不剩的才好呢。主任不知给哪屋拨了电话，问了问情况，然后回绝他说，拆桥得花多少钱哪，你知道么？再说那桥不归我们分局管，那是铁路分局的事。杨双根没想到他们一竿子支到铁路分局那儿去了。他愣了愣，赖着继续询问些情况。这时候楼下的老牛不停地吼起来，惊得门卫上楼嚷嚷谁的牛。杨双根急三火四地下楼牵牛走了。走到路上天就黑了。杨双根腿走得有些累，就骑到牛背上走。这阵儿就想，明明是矿上的桥，是运煤专线，怎么说就让给铁路局了呢？第二天上午落了一场秋雨，地里没法干活儿，连城里打工的也歇着，九月又被兆田村长叫去打麻将了，杨双根心里鼓鼓涌涌，就披上雨衣去了铁路分局。进铁路分局大楼时，杨双根心里很紧张，他怕铁路分局顺坡下驴赚个铁桥，就狗咬刺猬不知咋张嘴了，支吾半晌，还是照老样子说了。铁路分局很认真，查了查档案，还是矢口否认铁桥归他们管。杨双根心里踏实了，欣欣地下楼想，看来这铁桥非得俺这个组长管了。顶着雨，杨双根又直接回到铁桥那儿看了看，越瞅越像自个儿的财了。怎么拆，卖给谁，他心里还没谱呢。

父亲杨大疙瘩很相信节气对身体的影响。雨下得到处水啦啦的，天气也明显地凉了。他穿上薄棉背心，还叮嘱九月和双根多穿些衣裳。他见九月还穿着连衣裙和体形裤儿，就说她别忘记穿衣裳。她笑说，爹，古语说春捂秋冻，不生杂病嘛！她说话时对着镜子描了眉，画了眼睛，涂着唇膏，烫过的半长头发在肩头随便一卷。杨大疙瘩瞅着不顺眼。他更喜欢过去的九月。杨双根跟父亲不一样，九月的美貌和丰姿常常使他激动。她在他眼里不仅媚而且洋了。杨双根不止一次听村人议论九月，说想不到一个女人家在外混得好好的，为了双根说回乡就回乡了，赚到钱了气也粗了，模样也俊气了，真不是杨双根那傻小子配得上的。杨双根听见别人夸九月，心里美。他早有金屋藏娇的意思，又怕拢不住九月，就想干点惊人的事儿，到时卖了桥开了荒地，让九月和村人对他刮目相看。下午兆田村长在喇叭里招呼村民组长开会。杨双根看兆田村长的意思还让他干下去。兆田村长还表扬了他，特别说那次治盐碱地的事。兆田村长让组长们准备重新分地，维护秋收秩序，安置好还乡农民，还要搞好科技兴农。末了他说，咱村这几年外出打工的多，文明村小康村的称号与我们无缘，今冬明春俺们要当上文明村，奋斗两年直奔小康。杨双根心里热乎乎的，脸上像过年一样快活。回到家里他还庆幸自己的机会来了，那架铁桥将会给他带来好运气。这样走道捡鸡毛又给他凑了点胆（掸）子。父亲对杨双根的高兴模样不以为然，九月也没理会他的变化。父亲的土地要丢了，心情很坏，默默地杀了几只鸡煮了。母亲说有的还能下蛋呢。九月说不过节杀鸡做啥？父亲沉着老脸像奔丧的样儿，不吭。问紧了就说今天午饭家人都要吃鸡肉。杨双根懂父亲的心思，他想爹挨饥受饿怕了，因为鸡与饥同音，吃了鸡就去饥，就不会闹饥荒哩。杨双根说，爹，咱家不同往年啦，咱是售粮大户还怕饥荒？去年收的玉米、大豆、稻谷、小米和高粱，卖了几十万斤，还剩二万四千多斤，厢房盛不下，还搭了粮囤。今年收成还比去年好，怕个啥？几年颗粒不收，也不会饿着咱们！父亲终于绷不住地说，没了地，光有粮顶个屁！遇上连雨发了霉，老鼠都不吃的！杨双根知道父亲难受。其实就剩下的地，养家糊口还是满富余的。老人是好强的人，他是怕售粮大王的荣耀丢了，不忍心将自己养肥了的土地让出去。九月劝说，爹，俺正想办法，替咱家多保住些地。父亲杨大疙瘩怏怏地吸烟。他不相信九月。杨双根又说，爹，俺可真正为自家保住一些地啦！父亲扭脸凶他，少跟俺吹五唤六的，就你那两下子，吃屁都赶不上热乎的。老人说着又生气了，气是气，只叹家族没权没势吃哑巴亏了。杨双根愕然地扬起了脸，脸木在半空。他欲言又止。他还不愿将铁桥的事说漏了，走漏一点风声，都会招来村里一些见利忘义的人。这时候母亲将煮熟的鸡肉端到桌上来了。都吃鸡肉，无话可说。杨双根大口地吃肉，嘴弄得很响。九月说他吃饭不要出声，城里人都这样。杨双根说这是啥屁规矩，不出声能吃得香么？然后他看见父亲费力地吃肉，喉咙也弄得很响。老人跟别人吃不到一块去，鸡块儿常常从牙的豁口处掉下来。窗外的雨没有停，杨双根扭头看见院里墙头挂着的玉米棒子，还有扎堆挂串的红辣椒，都滴答着水珠儿。红的黄的，好像开疯了的花朵挺好看的。

秋天的雨点子划出一条条亮线。

午饭后，父亲吸着烟瞅雨。这场秋雨虽然使棉田误了工，可也为晚玉米灌了最后一茬水。这样可以省下一些抽水机的油钱。他手上的钱不多了，算计着晴天之后将摘下的那批籽棉交到乡收棉站去。他去过了，有交棉的了。政策变化的确有了显应，今年棉农领到了现款，等级也高，打白条子的时代真要过去了？瞧瞧，刚刚碰着好年景儿，土地就丫头抱孩子不是自己的了。总也甩不开这档窝心事。眼下唯一能让他遂心的是这个家。九月回乡了，虽说九月变得厉害了，日后能挑起门户来，有啥不好？餐桌上暖融融的气氛，又使他对即将丢掉土地的大户，以及这个大户在村里的未来处境，生了几多希望。他将九月和儿子叫到屋里来，吩咐他们趁雨天闲时到乡政府登记结婚。等雨过天晴就忙了，他还给九月派了活儿，让九月指挥那些城里人采摘棉花。九月挺满意，她也有机会管管城里人，本身就是很神气的事。她又想起自己和孙艳初到城里打工的艰难。她们最初进的也是针织厂。遭城里人的白眼不说，活儿也是最脏最累的。她整日陪着那架破旧的织布机转，她和孙艳吞进的棉纱粉可以织件衣裳了。她腰疼、胸闷、月经不调，脑袋掉头发。她们忍着，谁让咱是乡下人呢？那个色迷迷的白脸厂长认为她他们软弱可欺，凭几双袜子就将她们玩弄了。后来她们听说厂里乡下姐妹，有点姿色的都被厂长

玩过，厂里私下传言，不脱裤就解雇，不解雇就脱裤。是这狗日的厂长带她们到舞厅里去，使她们懂得了女人的本钱。多好的挣钱机遇哩！与其说在织布机旁卖力气，还不如在外卖青春。左右不过一个卖字。不然也在厂里被白脸厂长占有，她们主动将厂长解雇了，在城市男人之间游荡。这类营生也难也苦，也冒风险，可那是无本生意立竿见影的。如今她和孙艳都在城里银行存了十八万元，回乡吃利息都够了。后来她见到白脸厂长，白脸厂长说农民进城将城市的安宁搅乱了，农民是万恶之源，随后就列举一些男盗女娼的事例。九月反驳说，你们城里人坑害农民的事还少吗？假种子假农药假化肥，还有你们城里人吸毒。吸毒才是万恶之源呢！白脸厂长被噎住了。九月那样说的，实际上她也很难分清哪里好哪里坏了。她学会了喝酒吸烟，学会了玩麻将，学会了唱卡拉 OK 里的歌曲。但她始终告诫自己是个农民。不是么，在城里时有位大款带她去听音乐会，都是一色美声，莫扎特之类的名字她首次听到。那位大款发现九月漂亮的脸蛋上泪水盈盈，以为她被音乐感动了，夸她的素质在提高。谁知九月却抽泣着说，一听这歌曲就使俺想起家里的牛和鸽子。俺家的牛吼和鸽鸣就这调子。大款知道她想家了，立马就倒了胃口。九月终于还乡了，每天听见牛吼和鸽鸣，亲切而踏实。只有闲下来的时候，她才感觉乡间也少了什么。当她走进白花花的棉田，在那些城里女工面前发号施令，感觉日子很好，土地也很好。当城里人喊她女庄主时，她感觉很神气，也就生出许多想法。土地不能丢，来日开个大农场，说不定真的当上女场长呢。她与杨双根结婚登记了，杨大疙瘩说收了秋正式举行婚礼，那时也有了钱，好好闹闹。杨双根也同意，他也正忙得烂红眼轰蝇子，反正九月已经正式搬过来住了，晚上她能陪他亲热就够了。眼下，杨双根被卖铁桥一事困扰着。原先他想九月想得梦里胡说八道，果真有九月了，他却不怎么拿女人当宝了。他梦里喊卖桥喽，九月就审他桥是谁家姑娘。杨双根就笑，笑声在嗓子眼里打哽儿。九月嗔怨说，你跟那些打工回来的人比，是土地爷打哈欠！杨双根问咋啦？九月说，土气呗！有时俺觉得男人去城里打工，就像参军入伍，锻炼锻炼挺好的！杨双根不服气地说，你别门缝里瞧人，日后你有好戏看哪！九月揣摸着他的话，眼睛很忧郁。

秋天的上午，一直到晌午之前，杨双根和九月都在棉田。杨双根将老牛套上一挂车，将没有棉桃的棉秸拔下来，用车拉回村里，留做冬天烤火盆用，还可以作生炉子的引柴。晌午时的最后一车棉柴，他直接送到五奶奶的院里。五奶奶的儿子一家还没回乡。老人强挺着坐在门口张望，见到双根就哽哽咽咽哭得好伤情。杨双根说，也许你家二头在外混得好才不愿回家的，别太伤心。随后劝几句，就赶车去邻村找收破烂的王秃子。王秃子听说杨双根有生意，小眼睛比脑顶还亮，硬摁着杨双根在他家喝酒。王秃子十分羡慕杨双根总能找到财路。杨双根没有说透，酒足饭饱之后领着王秃子到铁桥那边来了。王秃子牵着那头灰色毛驴，嘴里不停地哼着没皮没脸的骚歌。杨双根发现他的毛驴上还搭着两个耳筐。杨双根觉得好笑说，你老兄跟俺捡牛粪蛋呀！这回可是大家伙，两个筐子盛个蛋！王秃子笑说，你们村还有啥值钱玩艺儿？除了废锅就烂铲子！他越这样说，杨双根越不点透，心里想，等你见到铁桥抱着秃瓢儿乐去吧。王秃子坐在他的牛上，一只手牵着毛驴。杨双根觉得王秃子挺对路子，也不知从哪儿捡来的铁路服装，脑袋顶着一只铁路大盖帽。他问王秃子家有铁路上人？王秃子说，这一身衣服是从破烂堆里捡的。他妈的城里人就是富，这么好的衣裳都扔了，杨双根鼓动地说，这些天跟俺跑这桩生意，你就穿这身皮挺好的！王秃子瞪眼骂，你小子别拿咱穷人寻开心。杨双根懒模怠样儿地瞅他笑。沿弯曲的田间小路往棒子地走，王秃子一颗心揪紧了，禁不住咕哝起来，你带俺去哪儿，你不是想害俺吧？杨双根说，别自作多情了，害你俺还嫌脏了手呢！然后就拐到铁桥底下了。王秃子两眼贼贼地往桥下寻，没看见有一堆废铁。杨双根笑骂，你狗眼看人低，往上瞅嘛。王秃子说上面是桥哇。杨双根拍拍王秃子的瘦肩说，就是这铁桥，卖给你，你拆掉卖钢铁，咱算计算计谈价吧。王秃子身架一塌，吸口凉气，妈呀，卖桥？杨双根稳稳地说，这是废桥，矿务局和铁路局都不要啦，由本组长卖掉，然后用这钱开荒地。王秃子搓了搓鼻子，说你饶了俺吧，俺可是上有老下有小哇！杨双根愣起眼。王秃子哆嗦着爬上驴，朝杨双根摆摆手，灰溜溜地颠了。杨双根追了几步喊他。王秃子一边拍驴背一边怨气地骂，白他妈管你一顿酒，人和驴就掩在青纱帐里了。杨双根也回骂，你他妈狗屎上不了台盘，送到嘴边的肥肉都不吃，受穷去吧。骂完了他就笑了，笑得很响亮。

这个平淡的午后，是杨双根最蹩脚的日子。杨双根独自发了一阵子呆，就去棒子地撒了尿，爬上牛车伸直了脖子望桥。午后的日头还很威风，晒得桥根儿热烘烘的，雨后的湿地上有地气升上来。他的鼻孔里嗯嗯地喷气，一

只脚一下下踹着牛尾巴。老牛甩着尾巴吃草。有鸟儿在桥上鸣叫，细听是草棵里的蚂蚱蝈蝈叫呢。一只青蛙蹦上了车辕子，有一股尿水甩到他的脑袋上，凉凉的。他拿大掌撸一遍脑袋，就借着风将空中飞舞的葵花粉抹上去了。葵花粉很香，还有股子日头的气息。甚至是九月以前身上的香气。这时的九月已没有这香气了，也许被洋香水味冲掉了吧。那时的他和九月坐在桥下吃玉米饼瓜干馍，亲热劲儿连老牛都眼热，九月头扎红头绳，一件淡蓝色的小背心，遮不住她鼓胀胀的胸脯，他冷不防就伸手摸一下。九月咯咯笑，一点也不恼。眼下，他却觉得九月气息逼人，只有她支配自己的份儿了。他睁开眼，留心察看，周围的庄稼地里长出很多眼睛。一同盯着桥，他想铁桥是应该说话的，俺卖掉你愿意么？铁桥脸总是戚戚的，对他待答不理。他一时觉得挺没劲，脑袋一沉迷糊着了。他终于开始感到力不从心。老牛用秋草填饱了肚，就长长地吆喝了一声。这声音将那头棉田里摘棉的九月引了来。九月腰里扎着棉兜儿，乌黑的头发揉成老鸹窝了，乱乱的。杨双根被九月揪住耳朵拽醒了，感到一股香气从她身上荡来。杨双根讪皮讪脸将她拽上车，伸手就揉她的两个大奶子。他发现九月回乡奶子格外大了。九月竭力挣脱他，还骂恶心不恶心。杨双根沮丧地松了手。九月变了，过去九月能在桥下的草滩跟他来。这阵儿的九月很挑剔了，即使在房里也要铺得干干净净。杨双根气得甩一长腔，屌样儿的。九月说，你中午不回家吃饭，也不去田里干活儿，跑这荡啥野魂？杨双根寒了脸说，俺做的活儿顶你们干一年的。中午有人请俺吃饭，还能饿着俺？九月忽地想起啥来说，谁请你？是不是刚才那骑毛驴的秃子？杨双根愣着问，咋，你也认识王秃子？九月生气地说，你跟这拾破烂的能混出啥名堂？你还美呢，刚才爹就是伤在王秃子手里！杨双根越发糊涂了，这都哪跟哪儿啊？九月说，午后王秃子骑驴从田头过，他骑的是公驴，爹牵的是母驴，公驴见了母驴就发情地叫，将王秃子甩到河沟里俩驴就踢咕成一团了，糟踏了一片棉花，爹上去拽母驴才被踢伤的。杨双根问，爹伤得重吗？九月说左腿被踢肿了，有淤血，俺让人送回村里包扎了。杨双根问王秃子咋样。九月说，王秃了弄了一身泥水，跟鬼似的。杨双根嘿嘿笑，活该，摔得轻！这个秃子缺心眼儿。九月也轻轻地笑了，是人家缺心眼儿还是你缺心眼儿？杨双根说当然是他，随后噤了口，扭脸瞅铁桥。九月说，这铁桥有啥好看的？它还不如这老牛。杨双根倔倔地说，这老牛破车疙瘩套有啥好的？九

月指着牛肚子说，这牛身上有个骚东西，可供你吹呀！杨双根锥起眼睛瞪她。九月就笑，仰脸看秋空干干净净的，一点云彩也没有。

每个人在倒霉之前总是巴望着转运。杨大疙瘩在家里养腿的最初几天，悄悄去邻村一位大仙那里卜算了。算算家庭，算算收成，还算算土地能剩多少。大仙望着缭绕的香火打哆嗦，说这几样哪桩也不好，家大业大，灾星结了伴儿来。杨大疙瘩求大仙给寻个破法。大仙让他回去，在没有月亮的夜里，将一块红砖洒上朱砂埋在院中间。杨大疙瘩默默地照说的做了。九月夜里看见两位老人埋砖头，引发了她许多神秘的猜想。她照例给父亲灌好热水袋。热水袋是她还乡时给老人买的，眼下真的派上了用场。她用一条灰旧的老布包了一层，搁在父亲的伤腿上。杨大疙瘩就说舒服多了，然后就听窗外街筒子上并不新鲜的骂街声。秋夜冗长而拖沓，以致连村人打架骂街的时间也拉长了。男人骂的声音粗了，女人骂声尖细，扭结在一起还夹了厮打的肉声，全村每个角落都能听到。杨大疙瘩心中诅咒九月的日子，这混账九月，小村像疯了一样。没地的人家不如意，有地的大户也不安，狗咬狗一嘴毛，槽里无草牛拱牛。他更加害怕那些红眼睛的还乡人。这些天他家的庄稼连续闹贼了，棒子被掰掉不少，棉花也丢了一些，甚至连棉柴也丢。杨大疙瘩气得找出冬日打兔子的双筒猎枪，拖着病腿在村口放了几枪，还骂了几句。双根母亲会骂人，老人骂起来嘴边冒白沫子，兜着圈子骂，骂谁偷了玉米吃下会头顶生疮，会断子绝孙祖坟冒水。杨双根和九月到街上拽她，别骂了娘。老娘打他们的手，坐在街头伤心地哭起来，她哭说俺家种那些地容易么？村里看热闹的人围了一层。九月怕两位老人不放心，就让杨双根和九强在秋田里护秋。杨双根背着那杆双筒猎枪巡夜，天亮方倦倦而归。每天上午是杨双根的睡觉时间，杨双根舍不得大睡，抽空去村外联系卖桥的事。几天下来，九月发现双根瘦去一圈，她审他干啥了，杨双根就是不说。说啥，的确没个眉目呢，但他一直希望这块云彩下雨呢。

这天晚饭后，杨双根背着猎枪刚走，九月就倚着门框暗自垂泪。眼瞅着膀大腰圆的汉子要毁了。她知道双根做事钻死理儿，是啥事折腾着双根呢？她抓拿不准，但有一点是明确的，双根想弄钱开荒地。就他这样儿的能找钱来？贷款是没指望的。有时她想将存入城市银行的钱取出来给双根用，又怕露了馅儿，还怕这愣头青拿钱打了水漂。她正想着，看见兆田村长慢悠悠地进了院子。兆田村长一见九月，就怀有深意地一努嘴儿。她将兆田村长领到父亲的屋里。杨大疙瘩见到村长就诉屈，大村长，你可得给俺做主哇！这叫啥鸡巴年头，从村里到城里，人们应该更文明。这可好，闹半天培养了一个个鸡和贼！兆田村长知道老人是骂城里打工还乡的人。这时他看见九月的脸色难看，就纠正说，你老人家不能都骂着，你家九月不也从城里来的，谁不夸好哇？杨大疙瘩笑说，那是，俺不是骂自家人！九月这孩子更懂事啦！兆田村长说，俺在喇叭里广播几遍啦，谁再偷秋抓住送派出所，还要狠罚呢！杨大疙瘩心疼得直捶肋巴骨，连说俺家丢了不少庄稼哩！九月说双根和九强每天护秋呢。兆田村长眼睛一亮，护秋好哇，那就让双根挨点累吧。随后他就说出晚上登门的来意。他说是来为乡里收划分土地款的。杨大疙瘩愈发一脸哭相了，这划分土地，还收俺们的款？俺地都丢了，还出这钱，又是向大户乱摊派吧？兆田村长说，上头这么招呼，俺是没法子！不论丢田还是分田户都要出钱的。九月问得多少？兆田村长说，按目前占有土地的百分比收。你们家得交三千多块钱。杨大疙瘩猛猛地咳嗽起来，这不是欺负人么！瞧瞧，村长咱掏句良心话，俺是劳动模范，啥时要过赖？要这划分土地款之前，你说收了多少杂费？计划生育费、地头税、教育费、农田设施维修费、村里待客费、铺路费，那些名目繁多的捐款还不算。谁吃得消哇？兆田村长点头，唉，深化农村改革，越改法越多，越改税越多。这问题俺都向上反映过。有几个真正替咱百姓说话？就说那次乡里收铺路费吧，说好各村收上钱就铺石渣路，这不，钱都交一年啦，大路还是土啦咣叽的呢？杨大疙瘩作为重点户为铺路捐了两千块，他嘟囔说，俺听说乡政府把修路款挪用啦，买汽车啦。没听百姓说么，当官的一顿吃头牛，屁股底下坐栋楼。兆田村长叹道，这年月你就见怪不怪吧，生气就一天也活不下去。俺这夹板子气也早受够啦。杨大疙瘩将老烟袋收起来，又骂，咱可是地道的贫下中农，苦大仇深，毛主席他老人家处处想着咱们。眼下可好，农民阶级都没了，叫俺们村民，村长叫主任，听着咋那么别扭。土地政策变来变去，还有鸡巴啥主人翁责任感啊！兆田村长不耐烦道，你别放怨气啦，上级已经意识到承包田调整太勤，造成农民短期行为，使土地恶性循环，这回重新划分之后，实行口粮田和承包田分离，谁要外出打工，只分给口粮田，回乡也不给承包田啦。像你家再分到的承包田要三十年不变！杨大疙瘩说，口粮田和承包田分开好，不过，谁还信你这三十年不变？俺记得几年前你跟俺说十年不变的，结果咋样？兆田村长板了脸说，你这老家伙不能像孩子一样翻小肠呀！贾乡长说啦，道路是曲折的，前途是光明的。杨大疙瘩撇着嘴说，快别提这贾乡长了，他那宝贝舅父冯经理，去年卖给俺的假农药，可把俺坑苦啦！减产四五成呢。九月听父亲说冯经理，就凑过来说，找冯经理索赔。兆田村长说，九月别瞎掺和，你也不是不认识冯经理，庄户人家惹得起他么？九月说不就是有个乡长姐夫嘛！兆田村长说，贾乡长原先是县委书记的秘书，上头也有人。这年头反正有点背景的，都鸡巴硬气。杨大疙瘩大骂，冯经理咋硬气，咱惹不起总还躲得起吧？前几天这狗日的又找俺啦，说他们金河贸易公司今年也收棉花。不是粮棉油统购统销么，他这也敢干？兆田村长说，他负责供销社的三产，可以打供销社的幌子呗！你答应啦？杨大疙瘩摇头，笑话，交给他算个啥？不交国家，俺这售粮大王是咋当的？况且今年政府也不打白条子啦。兆田村长朝九月眨眼睛，九月就说到她屋里坐坐。兆田村长站起身又叮嘱收划分土地费的事。杨大疙瘩刚说完白条子，就想起去年乡里收大豆时给他一张整三千三百元的白条子，他从柜里翻出来，递给兆田村长说，这张白条子就还给乡里，对顶啦。兆田村长愣着看白条子。杨大疙瘩说那零头俺也不要啦。兆田村长黑了脸说，这不合适吧，歪锅对歪灶，一码顶一码。你这么对付俺，那秋后分地，可就三个菩萨烧两炷香，没你的份儿啦。杨大疙瘩一听分地，他就蔫下来，收回白条子，将话也拿了回来。兆田村长说准备准备钱，抬腿要往外走，杨大疙瘩忙说，别瞅俺是大户，其实是秋后的黄瓜棚空架子，双根他们结婚还没钱呢。兆田村长笑说，别跟俺哭穷，你有钱，九月也是财神奶奶呢。九月见兆田村长又该抓拿不住了，赶紧将兆田村长拽到自己屋里。

闻着九月屋里的香水味，兆田村长满脸的阴气就消散了。九月为兆田村长倒水点烟，自从发生那件事以后，九月心里十分感激兆田村长。刚才父亲无意中骂还乡女人做鸡，又是兆田村长给遮过去了。这些天她为双根神不守舍的样子发愁，就想求兆田村长出主意。九月话一出嘴，兆田村长就夸奖双根说，你可别小瞧了双根这孩子，不窝囊，有理想，而且没私心。他跟俺说过想开荒地的事，俺跟他们组长们说，眼下村委会是逮住蛤蟆攥出尿，没钱！谁想开荒，各组想辙去，俺全力支持。九月笑着骂，没钱你支持个蛋哪。兆田村长说，这个鸡巴穷村，又回来这么多张嘴吃饭，你让俺咋办？俺就是浑身是铁能碾几个钉？九月眼睛亮亮地说，想致富的路子呀，古语说无商不富，村里得上企业。再说，开荒地也可以贷款干嘛！兆田村长上下打量着九月，你说话像吹糖人似的，你借俺俩钱吧。九月怯怯地说，俺在外没剩下钱。那次公安局又罚了那么多。兆田村长嘿嘿笑，别诓你叔俺啦，你和孙艳都趁钱。他眨了眨眼睛，忽地想起什么来说，贷款开荒也是个法子。不过人家信用社也奸啦，咱村欠他们的八万块还没还呢。他们还贷给咱？要是你和孙艳帮忙，将私款存入乡信用社以存放贷还是有戏的。九月的心咚咚地往喉眼里跳，说俺和孙艳没那么多钱，但又说可以让城里朋友存款。兆田村长说明睁眼露的事儿，你们怕露富俺也理解。一来二去，这些事就敲定了，九月叮嘱村长贷来款多给杨双根第二小组一些。兆田村长应着，又往九月身边凑了凑，九月闪一下身子很慌，移开目光看墙上的唢呐。兆田村长好像有心事，又不知咋开口。屋里一时很安静，屋外棚里老牛喷鼻声都能听到。待了一会儿，兆田村长也将目光投向墙头的唢呐。久久才问九月啥时闹大婚礼。九月说秋后婚礼也不想大闹啦。俺和双根旅行结婚。兆田村长笑说，敢情也学城里人的洋玩艺儿呢。九月知道兆田村长心思跟这事儿不搭界，怕他动别的心思，就说双根护秋该回来吃夜饭啦。兆田村长见九月拿话点他走，就又闷了一阵儿，憋得额头淌汗了，就十分为难地说，九月呀，俺有事要求你，不，是咱杨贵庄老少爷们求你办一件事。九月讷讷说，有啥事，只要俺能办的就说。兆田村长的话在舌尖转了一圈儿也没张嘴。九月催他几遍，兆田村长才骂骂咧咧说，还不是为这鸡巴土地。眼下俺掐算着，地忒紧张，简直他妈没法分配。你不知道，冯经理那狗东西占着咱村八百亩地，说是围给台商建厂，围了两年也不给村里钱，俺要地他不给，就想求你帮忙啦。九月愣了愣，眼白翻出个鄙夷说，让俺去找冯经理要地？俺要了他能给？兆田村长说，行，只要你出马准行。那狗日的会给地的，其实那小子没钱建厂，那个台商吃喝他一通蹽杆子了，他守着这片地，也跟娘们守寡一样难受呢。九月问，既然这样，他为啥还撑着？兆田村长说，这狗东西想再从咱村榨出点油来呗！咱这穷村，可经不住他折腾啦。九月很气愤，这臭老鼠能坏一锅汤的。咱老百姓还是老实啊。不会告他个兔崽子！兆田村长摇头说，这招儿万万使不得。九月呆坐着，一脸的晦气。兆田村长说，俺这长辈人，实在说不出口哇，冯经理那小子看上你啦！九月心里明镜似的，那天在村长家里打麻将，那小子就紧黏糊。兆田村长说，那东西眼够贼，说孙艳长得太面，没你性感，说你有倾国倾城的貌。说你就是咱杨贵庄的杨贵妃。九月一生气，在城里时的脏词就上来了，就他那猪都不啃的地瓜脸，也想跟老娘打洞儿？兆田村长不明白“打洞儿”是啥意思，忙说冯经理不是想打你。九月知道自己走了嘴，脸颊一片火热，说，大叔，俺和孙艳是在城里有过前科，可俺们也不是随便让人作践的人。俺们回村，就是证明。兆田村长慌了，忙说自己不是那意思，大叔从没小看你和孙艳。大叔看得开：谁家锅底没点黑呢？有黑抹掉就是啦。九月心里很复杂，瞅了兆田村长一眼，耸动着肩膀哭泣起来。兆田村长慌慌地站起身，说大叔不为难你，你要不愿意咱就哪说哪了。他拔腿就要走，九月止住哭，喊住了他。九月不敢抬头，怕碰上她跟双根的照片。她喃喃地说，大叔，跟你老说心里话，俺既然回家了，就想当个好媳妇，当个好母亲，俺越发感到好人难当了。俺今天也不怪你，你老为村里奔波委实不易呢。兆田村长很感动，眼眶子抖抖得说不出话。静了一会儿，他才说，冯经理那王八犊子可会装人呢。是他找俺提的条件，俺都成啥人啦，哪像个村支书村长？都成皮条客啦。九月见兆田村长自责个没完，就抬起脸来说，大叔，为了夺回那八百亩地，虽说俺的处女膜恢复手术都做了，还是答应你这回，她多了个心眼，她知道孙艳回乡前花八百块钱做了处女膜恢复手术，她已将处女身子给了双根，就没这个必要了。但她怕村长将来还纠缠，只能这样唬他。兆田村长满脸喜气，你说那个手术多少钱？回头再做一回，花销村委会给你报销。九月说八百块，又说报销不报销没啥，但强调一点，请转告冯经理，俺只跟他睡一回，不拿他一分钱，只要他立马将地让出来。兆田村长高兴不起来了，心里很难受，只想着将来分地时多划给她家一些来报偿了。九月仄楞着身子目送村长走了，扭头望天上的月牙儿，心里惦念着双根，更加觉得九月的日子很贱，也很沉重，想着想着眼睛就湿了。转天晚上，兆田村长笑呵呵地来叫九月打麻将，九月就明白是怎么回事了。她让兆田村长先在父亲屋里等着，自己换好衣裳，将过去用剩的避孕套、药水和手纸等杂七杂八的东西塞进小挎包里，末了坐在镜子前化了化妆。以往会男人她都十分认真地化妆的。她不管面对的是怎样的男人，都希望自己以美好的形象出现，因为男人也付出了钱。这一次的付出和获得又是什么呢？九月从镜子里看到自己苍白的脸，还有一双忧郁的大眼睛。脸和眼睛很好看，真实而生动。看着看着，就被水浸湿成一片黑土地。印在平原上的脸不再苍白，变成红扑扑极鲜活的一张脸，分明是九月的秋风染就。

日子纯美如初。日子混账透顶。

九月离家的晚上，田野很安静。一层雾薄薄地弥漫着。杨双根和九强走累了，就坐在棉田与玉米地相交的田埂上歇息。杨双根仰脸看雾里的月牙儿。九强将马灯放在地头，照亮秋夜一大块地方。九强嚷着要与杨双根下棋。杨双根拿手指在地上画成方框，又摆好土疙瘩说，咱先讲妥喽，你要是输了，就将你家那群鸽子给你姐陪嫁。九强点头说你输了呢？杨双根说给你这管双筒猎枪。九强欣欣地拍手，然后拿玉米叶儿当棋子。半个钟头下来，九强就输了那群鸽子。杨双根懒得再玩下去了。斜靠着棉柴垛打盹儿。他让九强先回家休息，大秋假该结束了，九强得把作业赶写完准备上课。九强走出老远，杨双根还吼着别忘了明天将鸽群赶过来，你姐就喜欢鸽子，特别喜欢白鸽子。鸽子使他产生对九月的许多联想，诱他进入了甜蜜的梦乡。棉柴垛很暖和，还有股子日头的气息。他感觉这里比铁桥底下睡觉舒服。秋虫鸣叫着，有几只野兔溜着柴垛钻来蹦去。他想睡一觉之后打两只兔子回去给父亲下酒，就迷糊着了。如果不是夜半被尿憋醒，杨双根是不会碰上这个尴尬局面的。他刚解开裤子，就听见柴垛后面有响动，扭头看见两个人影和一辆排子车。杨双根知道是偷棉柴的，就吼了一声，提着双筒猎枪奔过去。两人掉头就跑，杨双根几步就追上去，堵住了偷柴人。月光下他认出是村里小木匠云舟的媳妇田凤兰和女儿小玉。田凤兰见杨双根举着枪，吓得哆嗦着跪下求情。杨双根知道她们是瞧见九强刚回了家才敢来偷棉柴的。田凤兰一把鼻涕一把眼泪地说，云舟和你是同学，看在老同学的分上就饶过俺娘俩吧。云舟在城里学坏了，赌钱，赌光了就去找包工头要工钱，被人打瘸了。俺们回到乡里没有钱买过冬的煤，他又瘫着，俺娘俩就人穷志短啦。杨双根眼里闪着骇光，腮上的肉抽抽地抖了。他上去扶田凤兰和小玉站起来，没说话，就急着转到附近的棒子地里撒尿，他实在憋不住了。田凤兰好像看出什么，让小玉拖空排子车在路头等，自己整理头发，又拍拍身上的土，追着杨双根进了棒子地。她看见杨双根正系裤带，怯怯地凑过来，一把拖住杨双根说，双根，俺同意跟你来一回，只求你放过俺娘俩。杨双根吓得说不出话来。田凤兰说完就松开杨双根，很麻利地解开裤子，撅着白白的屁股拱他。杨双根马上意识到她误解了，就闷闷地吼，臭娘们儿，快系好裤子，你把俺看成啥人啦。田凤兰乖乖系好裤子听候杨双根发落。杨双根将田凤兰领到棉柴垛，又喊小玉将排子车推过来，他帮着装了满满一车棉柴。杨双根说，拉回家用吧，不够，俺改天送一大车过去。别黑灯瞎火地来啦，一车棉柴丢了脸皮值么？田凤兰满口谢着就由泪蒙住了眼。杨双根问她是哪个村民小组的，田凤兰哽咽着，哪个组肯要俺们这累赘？村长让俺们待分配呢。杨双根笑说，就进俺们第二组吧，俺找村长说，往后有啥为难遭窄的就找俺双根。田凤兰母女谢了又谢拉着棉柴走了。第二天中午，杨双根又用牛车给她家送去两车棉柴。田凤兰同着瘸子云舟说，你瞧双根，在家种田不也混得挺好么？咱这外出打工，孩子上学误了，钱也没赚来，倒落这么个灾。说着就啜啜哭起来。杨双根听着心里受用，觉得自己行了真的行了。心想，等俺卖了铁桥开了荒地，你们还会重新认识俺杨双根的。

九月走在街上，分辨不出投向她的各种目光是啥意思。她不愿去猜测，因为她刚干了一件自己都无法解释的事情。当她早上从冯经理的汽车走到村口时，感觉很轻松。她将那张八百亩的土地契约交给兆田村长时，心情就更好起来。过去在城里拿肉体换钱，时常感到一种罪恶的话，眼下就莫名地消除了这种不安。她要求兆田村长带她去那八百亩土地上看一看。兆田村长带她去了，她走在那片没有播种的土地上，看见了疯长的藤草。还有刚刚枯黄的酸枣棵、白虎菜和双喜花。她站在蓬蓬乱草间，不知往哪里下脚。酸枣棵里的倒刺紧紧地钩住她的裤角，她慢慢蹲下身来摘掉酸枣藤，却看见一朵还没凋落的双喜花。白白的双喜花哩。九月轻轻将它掐下来捧回家里，插在镜框上。双喜花又小又普通，没几日就干巴了，险些被拾掇屋子的双根娘扔出去。九月就将干花夹在一本书里，一本从城里带回来的书。孙艳过来看九月，她不知道九月姐为啥心气那么平和，脸也灼灼放光了。这是在城里她从没有过的气色，孙艳问她用啥好化妆品啦。九月微笑着不吭声。孙艳问紧了。她说到家乡的田园里走走，就是咱还乡女人最好的化妆品。孙艳茫然不解，别诓人啦九月姐。九月想起一桩事来，就跟孙艳商量将城里存款挪回一部分，存入乡信用社，以存放贷为村里开荒。孙艳笑说，俺越来越发现九月姐像个村长啦。是不是跟双根哥在一起觉悟提高啦？九月骂，死丫头，说痛快话，愿意不愿意？孙艳沉了脸说，听俺爹说，咱乡太穷啦，存的款都支不出来。九月说，信用社不比农业合作基金会，是国家的，你爹说的是基金会。孙艳问那利息咋样？九月笑说，鬼丫头够精的，利息跟城里一样。俺想呀咱那钱存哪儿都是存，不如帮咱村里办点实事，在这穷村里过，咱脸上也不光彩哩。咱村上都富了，就不用去城里打工受罪啦。俺们都要结婚了，生了孩子，有出息的，在外上大学做官，没出息呢，也有自己的土地。九月说得孙艳挺伤感。孙艳说，别说啦，九月姐，俺听你的。九月搂着孙艳很开心地笑起来。当天下午，九月和孙艳悄悄去城里移回了十万元存款。办妥存款，九月就告诉兆田村长，说她让城里朋友在咱乡信用社存入十万元，现将存折抵押贷款。兆田村长接过存折看了看，客主署名李宝柱，就哈哈笑起来。他逗九月说，啥时咱村请这个李宝柱喝酒哇？九月撅起嘴巴说，人家不知道是抵押贷款，你要给保密的。兆田村长说，好，不跟你逗啦，要是走漏一点风声，你拿俺是问！九月又叮嘱村长一遍，多给杨双根的第二小组拨些贷款。兆田村长满口应着。九月一走，冯经理的伏尔加汽车就堵在兆田村长家门口。冯经理急三火四地下车，进屋就嚷嚷承包开荒工程。兆田村长不知道冯经理从哪透来的消息，后来一想，他跟贾乡长汇报了，还跟贾乡长夸了一番九月。冯经理笑嘻嘻地说，俺能调来五辆大型抓车，保你满意，保质保量。兆田村长很恼冯经理，又不好闹僵，只是胡乱应付说，没钱开荒，眼下八字还没一撇呢。冯经理说，别唬俺啦，信用社的刘主任都告诉俺啦！别不够哥们儿，俺拿下工程，给你高回扣的。兆田村长瞪了冯经理一眼骂，混账，你知道贷款从哪儿来么？俺拿这昧良心钱，这张老脸真得割下喂狗吃啦！冯经理被骂愣了，哼了一声，悻悻地走了。兆田村长瞅着冯经理的影子，又嘟囔着骂一句啃骨头的狗。后来一静心，想想杨贵庄在乡里的处境，心里又鼓鼓涌涌不安生了。下午九月和杨双根一起看兆田村长。杨双根听九月说村里有钱开荒了，高兴得扭歪了脸。虽说不是他弄来的钱，可终归能开垦荒地，组里就不会闹地荒，家中的承包田也能保住。这鸡巴桥委实不好卖，折腾来折腾去的，仍是空欢喜。这桥怕是远水不解近渴了，但他不死心，日子无尽，慢慢来吧。兆田村长说，咱乡里要在冬天大搞农田基本建设。各村都闹地荒，乡里号召咱多开荒地。双根哪，你们第二小组得带个好头，把流动锦旗夺到手。杨双根憨笑说，俺会拼一场的，俺早想好了，这蜜月得到北大洼上度过喽。九月瞪他，这傻样儿的。兆田村长就笑。杨双根说，得拿钱哩，这年头可不比学大寨那阵儿，旗杆一插就干活儿。开荒地可累，给打白条子没人干的。九月笑说，没有钱，也许就俺们这位缺心眼儿的傻干。兆田村长说，双根可不缺心眼，小伙子是大智若愚呢。九月也愿听别人夸双根，看着双根不再神神怪怪的，眼里便有了喜欢的人影儿。双根和九月一走，兆田村长就想起被他骂走的冯经理，忙着将冯经理呼过来，晚上在家里摆了一桌。冯经理喝酒就念叨九月，派人去她家里叫，那人回到村长家说，九月全家都在地里收秋。兆田村长看着天都黑黑的了，叹道，这阵是庄稼人最累的季节，这售粮大户本是不好当的。冯经理已经喝糊涂了，就没再追问九月为啥没来。

晚秋的日头还是很毒的，想熬干这平原的河流、庄稼的汁液和种田人的精血。灿烂的日子照花了眼睛，身体和记忆被蒸烤着。一下子想不起是啥地方。动一下脖子就疼，又动一下，侧过脸搂住女人的身子，他腰又酸了。杨双根睁眼喝水，才知道是在炕头上睡觉。他发现九月睡得很香，他知道九月也累哗啦了，睡觉的姿势就很丑，两条白白的大腿都扭成了麻花。杨双根望着她露出薄被外面的白腿，一点心思都没有。好几天他都没挨她了，她也从不碰他。熬过这累人的秋天，日子就会轻闲起来。

一想到分地和开荒，杨双根觉得自己不会有轻闲之日了。傍天亮儿，杨双根觉得九月软软的手在摸他，摸他最值钱的部位，他也没哼一哼动一动。父亲蹶跶蹶跶地走到窗前叫他们下田收秋。其实在这之前，父亲已经像地主周扒皮一样，将鸡笼里的鸡放出来打鸣。九月就是被鸡叫惊醒的。九月将杨双根喊起来，刚洗漱穿戴好，兆田村长就慌慌地喊九月。兆田村长说贷款开荒的事砸了。九月惊直了眼。兆田村长说着就将九月拉到屋外悄声告诉她，乡信用社真他妈不讲信用，原说好好的，可他们将咱新贷的款子顶以前的贷款了。就是说咱村欠他们八万，这回贷的十万，只能支出二万元开荒。这仨瓜俩枣的管蛋用？九月明白了，是信用社搞鬼呢。又一想，谁让咱村欠人家钱呢？这不争气的穷村呀，你还有救么？兆田村长见九月不语，心更慌乱，他只有向九月讨主意了。九月怕兆田村长破罐子破摔就说去乡里找信用社头头说情，早知这样，城里的存款还不往乡下转呢。

九月和兆田村长急匆匆地走了。杨双根隔着墙头听见他们说话了，开荒贷款泡汤了。杨双根很泄气地愣了半大，骂，这鸡巴年儿，当官不难，发财不难，骗人不难，学坏不难，就他妈咱老百姓干点正事儿难！父亲杨大疙瘩说，走了九月，你还愣着嚼蛆？快下地做活儿。杨双根跟父亲说了实情。杨大疙瘩叹一声，说别指望啥新政策了，丢了地更省心。杨双根瞅着父亲枯树根似的蹲着，知道他说的不是心里话。丢了地，怕是他的魂儿也丢了，地里常有丢魂儿的事。

人到了没指望的时候就异想天开。杨双根将最后一捆豆秧装上牛车，又扭头朝那架铁桥张望了很久。他又不甘心了。人在机遇面前不能装熊了，也许过了这村就没这个店了。他从牛车上跳下来，笨拙拙地爬上铁桥，掏出腰间的皮尺又量了一番，然后掐指数数，按上次与王秃子卖废铁价格算，这铁桥得值十四万，开荒满够用了。他赶着牛车拐了下道，忽然看见桥头有几个人影晃动，心里就更着急了。他想再找一回王秃子，如果王秃子不干，就让他给介绍一位。他压根就没指望收破烂的王秃子这块云彩撒尿。傍晚杨双根又去找王秃子。王秃子眨巴着圆眼想了想，说帮他找一位城里收废铁的，成事了就提点劳务费，不成也求杨双根别露他。杨双根骂他咋变得跟老娘们似的，就拽着他连夜赶到城里。城东红星轧钢厂厂长的兄弟韩少军开了个公司，专收各种废铁烂钢，为城东红星轧钢厂供货。杨双根由王秃子引荐，认识了韩少军总经理。韩少军穿一身高档服装，小头吹得很亮，说话时大哥大响个不停，接一阵儿电话，问一会儿铁桥。杨双根手里摆弄着韩少军的名片，看见太平洋贸易公司总经理几个字，他就感觉这回十有八成。韩少军听杨双根将铁桥的事说一遍，就又将王秃子叫到僻静处问，你狗日的别诓我，这铁桥真归这姓杨的小子管？王秃子说，桥在他们组的地面儿上，桥占地多年拖欠占地费，就拿废桥顶啦！瞅他对铁桥的上心劲儿，他看得比老婆都紧！没错儿。韩少军又说，那得有煤矿或铁路的转让信，加盖业务专用章。这样我也他妈不放心，即使这阵儿没事儿，将来出啥闪失，不行。王秃子说，杨双根是为集体开荒卖桥，你怕啥？盖章也没问题的。韩老板咋变成老鼠胆儿啦？是不是金屋藏娇啦？韩少军瞪着王秃子骂，别他妈瞎逗咕，说正经的，我们公司不做，引荐给东北的，一伙倒废铁的朋友。咋样？过两天，我就让他们找你们看货交钱，不过，转让信得有哇，别让我坐蜡。你小子敢骗我，小心你的秃瓢儿。王秃子嘻嘻笑，俺叫你见杨双根了，这可是俺们那片的大老实人哪！他家是售粮大户，肥着哪！王秃子把情况跟杨双根一说就去找旅店了。杨双根半喜半忧，喜的是铁桥找着了婆家，忧的是转让信和业务章到哪儿去盖？矿务局和铁路分局都不承认是自己的桥。到了小旅店里住下，杨双根还为这事发愁。这时王秃子从外面领来个鸡，让杨双根痛快玩玩儿，杨双根头一回见这场面，怯怯地推脱说，俺有九月，俺跟九月就要举行婚礼啦。不能对不起她。王秃子一边伸手揉着小姐的胸脯儿一边说，就你这傻蛋，还为女人守节，还不知你那九月给你戴了几层绿帽子呢。杨双根怒了脸骂，你再他妈胡咧咧，揍你个秃驴！九月可不是那样的人。王秃子连连告饶说，好好，你眼不见为净更好！不过，你可记着，从城里打工回去的乡下姑娘，有几个还原装回去？嘿嘿嘿。杨双根骂你他妈狗嘴吐不出象牙。王秃子说，双根你去门口给俺看着点，俺可不客气啦。说着就拉小姐上床。小姐一扭身一撒娇说，你先给钱。王秃子笑着骂，臭婊子，俺是乡下人，你也是乡下人，咱都是公社好社员，优惠点么。小姐笑说，今年大米都涨到两块钱一斤啦，乡下人肥呢。杨双根看见王秃子和小姐推推搡搡的样子，觉得晦气，怏怏地走出房间。他怕公安局来人抓到王秃子罚款，也不敢走远。这王秃子玩鸡或罚款都得他支付。杨双根蹲到门口，听着王秃子屋里的响动。对面厕所吹过来的臭气，熏得他脑仁儿疼。后来又凉了，不知不觉就伤风了。王秃了又犯了没完没了的驴劲儿，挺到后半夜三点钟才放那小姐走了。杨双根坐在地上睡着了，梦里的他像是在护秋，周围是一片寂静的田野野。田野里飞舞着无数妖冶的红蛾子。

三天后的一个下午，一场雷阵雨刚过。杨家门口的歪脖柳被雷劈落两股树杈。这歪脖柳是杨家祖传下来的古树。父亲和杨双根望着劈散的老树发呆。树杈上筑巢多年的老鸹窝也连锅端了，树杈落下来的时候，还砸碎门楼的几块脊瓦。父亲指挥着家人收拾残局，嘟囔说，怕是咱杨家有妖了，这落地雷是专收妖魔鬼怪的。九月在一旁听着脸都白了。杨双根一边拽树杈边说，爹，咱家都是本分人，哪有啥妖哇。母亲也说雷劈树杈的事常有的。杨双根发现九月脸色难看，仰脸就看见灰老鸹呱呱叫着，围着树冠划出弧线。叫声一直传到村子深处。杨双根说老鸹找不到家了，只好到外地打工去喽。多可怜的老鸹，村人都还乡了，这本是你的家，还得往外奔。杨双根独自乱想一气，就见王秃子的铁路大盖帽从墙头冒出来。王秃子怕杨大疙瘩骂他。就趴墙头上晃帽子。杨双根眼下十分崇拜王秃子，别看他吃喝嫖赌的，办事能力却不差。王秃子撺窟窿打洞从矿务局三产弄来了盖业务章的转让信，信是空白的，委托内容是杨双根添上去的。矿务局三产的一位副经理是王秃子的表兄，王秃子叮嘱杨双根说，俺可是一手托两家，那头章不是白盖的，得交人家公司一万元手续费。杨双根爽快地答应了。王秃子说他没告诉表兄桥的事。杨双根理直气壮了，告诉他们也白搭，他们不承认有这座桥。这桥是俺们小组的，也是俺杨贵庄的，盖那戳子是给客人看的，省的狗咬狗一嘴毛。杨双根知道王秃子是给鼻子上脸的主儿，他是真想吃一嘴了，吃就吃吧，反正这全是无本生意，最终占了便宜的还是杨贵庄人。杨双根看见墙外的秃头就欢喜，放下手中的树杈，带着满脸的兴致跑出去。王秃子告诉他太平洋贸易公司的韩总经理的客人到啦。杨双根问人呢？王秃子笑骂，你小子一努嘴儿，俺他妈跑断腿儿。这群东北老客在俺家避雨，中午搭了一顿饭，还让俺老婆陪他们玩麻将。都他妈一群色鬼，俺老婆的屁股蛋都让王八蛋掐肿啦。杨双根听着好笑，王秃子的老婆丑得恼心，还有掐她的？他听出王秃子是诓钱。杨双根说，只要拍板成交，亏不了你的。王秃子说俺老婆直接带客人去铁桥了。杨双根眼一亮，他们带钱没有？王秃子怀有深意地一努嘴儿说，带啦，你说能不带钱么？杨双根回屋带上皮尺和写满数据的小本子，就牵着牛去铁桥了。

雨水洗过的铁桥很好看，浮在上面的灰尘和蛛网被大雨冲掉了。躲雨的鸟们被来人吓飞了。杨双根站在桥上望天，天上竟有一弯彩虹。看远处的小村，小得像一段驼黄色的绳头。也许就是这段不起眼的绳头支撑着他，使他有了底气，很严肃地跟这群人讨价还价。客人当中领头的是个大胡子。他也拿出名片给杨双根看。杨双根发现大胡子的头衔实在，是辽宁的一家金属公司。他觉得这回是抱着猪头找到庙门了。大胡子围桥绕了三圈儿，大掌不停地揉着那几根毛说，如果我方负责拆桥，只能是十一万，不能再多啦。杨双根要价十四万是有理由的。他那小本子都算烂了。王秃子又凑上来，一手托两家，拿出十二万五千元的折衷价儿，双方闷了一会儿就拍了。然后在王秃子的驴背上签合同。大胡子从皮包里摸出红戳子盖上去。杨双根哆嗦着签了字，又扭头朝那驼黄色的绳头张望。望见那棵被雷击伤的老树，也望见轻轻浮动的炊烟了。他心里说，杨贵庄哩，俺这一番苦心终于有了报偿。爹哩九月哩，你们压根儿就不了解杨双根。想着想着鼻头就酸了。大胡子观察着杨双根的表情，怎么也看不懂他的心思。他先交给杨双根三万五千元现款做预付款，说四天后拆完桥交齐那款，并请求杨双根盯着拆桥作业。杨双根见王秃子凑过来吃蹭饭儿，就拿出一万五千元钱给他，说那一万是他表兄盖章的手续费。王秃子躲在桥下的草棵子里数钱，杨双根让他打条子。王秃子说咱俩谁跟谁，还用得着这个？杨双根冷了脸说，这他妈是公款，都弄完啦，俺要如数交给兆田村长。王秃子撇嘴说，你这傻蛋不留点？杨双根说那就看村长怎么奖赏啦。啥事都说破，这情分就浅了薄了。王秃子说，俺一上学就赶上学雷锋，今儿个才知道雷锋还活着，你让俺学学你吧。然后就讥笑。杨双根骂，玩你妈个蛋。王秃子说，有你小子后悔那天。你知道兆田村长么，他妈的是人窝子里滚出来的人精，钱交他，他敢胡吃海糟光的。杨双根倔倔地说，俺们村长不比你们村长，他会拿这钱开荒种地的。为了开荒，也够难为他和九月的了。王秃子附和说，也许吧，你们村穷。一般穷地方都出好干部。杨双根硬逼王秃子打了条子。王秃子声明说这可他妈不是交公粮的白条子，不会再兑现的啦。杨双根骂，美得你屁眼朝天。随后就冲着晚秋的田野笑起来。一连几天，杨双根都很快活，他在拆桥工地晃，心叹大胡子雇的这拨人够能干的，电割机的火花昼夜闪跳，很像荒野里溅落的星子。来往的行人称赞说，还是上级领导体恤咱农民，知道咱地少了，急着赶着给咱腾地方呢。杨双根听着从心底往外舒服，心里说没俺杨双根奔波，拆这桥还不知要拖到啥猴年马月呢。随后他看见一群看热闹的孩子，孩子们像兔子似的蹦来蹦去，还欣欣地拍手唱歌谣，乡巴佬看花轿，傻姑爷得不着……

烦恼来得不够顺理成章。杨双根在拆桥的最后两天顶不住了，父亲和九月以为他在桥头凑热闹，拉他回家装车送棉花。杨双根将王秃子派到拆装工地，自己跟家人庆丰收来了。杨家的棉花收成最好，风调雨顺，掐尖打杈及时，而且没有碰上假农药。父亲母亲笑着脸让九月唱支歌，一会儿又让杨双根吹阵子唢呐。杨双根没想到九月的歌唱得那么好，问她在城里打工是不是整天唱歌。九月说城里人都爱唱流行歌曲。杨双根说那屌歌软棉花似的，趴着屙屎没劲的。然后就鼓起腮帮子吹唢呐。他努力回想往年丰收吹唢呐的情形，但那些内容总是模糊不清。今年有九月陪伴，他可以完完全全地陶醉过去。他眯眼吹着，鼻头下一条清水鼻涕，一闪一闪亮着。唢呐声招引来那么多看热闹的村人。他们不是来听唢呐的，他们是望着那一排排的棉车愣神儿。九月数了数，整有八辆装满籽棉的马车。车是雇来的，棉花是自己的，将来哗哗响的票子也是自己的。村人的眼更红了，红得滴血的眼睛曾经被城市的风吹拂。杨大疙瘩坐在头车上，笑着朝路边的乡亲们作揖，作着作着就觉得不对劲儿了。村人的眼睛堆起仇恨。使杨大疙瘩想起一句古语，一家饱暖千家恨呢。想想本是杨家最后的风光，就蔫下来，觉得胸部阵阵发紧。九月是押的中间那套棉车。她望着长长的棉车队朝乡收棉站进发，觉得做大户是很过瘾的。当她望见那赤裸的原野，充满湿润甘甜的胸腔漾着波浪。她在想一个问题。那笔"以存放贷"的开荒款终究没能拿下来。兆田村长说只要将工程活儿给了冯经理，款就会下来，兴许是这狗东西做手脚了。九月的口封得死死的，宁可鸡飞蛋打也不给冯经理低头。她跟他低过一次头，她只跟男人低一回头，开始就是结束，这是九月的性格。兆田村长说看不透九月这孩子，再也看不透了。九月悠在棉垛上，天也跟着晃悠，如果拿自己银行里的脏钱开荒，还能叫它处女地么？这样的土地能打苗么？收获的棉花还是这样洁白么？这些问题使九月几乎泪下，甚至觉得有些不可思议了。杨双根押着最后一辆棉车。他与车把式轻松地说笑。丰收是乐事，他不理解父亲和九月为啥是这副样子。人无须看多深多远，只管眼皮底下的日子吧。快到乡收棉站的时候，他的心思跟这儿也不搭界了。桥！他能从这桥上走过去吗？他想是板上钉钉的事。交完棉花，他要给村人一个惊喜，然后跟兆田村长一起设计开荒方案。九月，你做梦也算计不到俺双根吧？爹哩，种田大户还是咱杨家的。可是脑顶上低低的云朵，压得他喘不上气来。头顶这方天，活像一块破尿布，说不定是啥时辰就会憋一场骚雨。

交棉途中，杨大疙瘩发现冯经理手下人拦车，让交到冯经理的第二收棉点上去。杨大疙瘩一听就知道冯经理打着公家的幌子赚自己的钱。全乡人都知道冯经理个人承包的公司。杨大疙瘩停住车，见九月和杨双根都奔过来，跟他们一商量，就合了老人的心意。他们一致拒绝将棉花交到第二收棉点上去。于是棉车队又缓缓行进了。到了乡第一收棉点，杨大疙瘩看见棉车的一蛇长阵渐渐松散。他跟棉农们打招呼。有些棉车调头往外走，杨大疙瘩问是不是又打白条子了？一个棉农说，今年倒是现钱，可他们把价压得太低。这上好的籽棉，竟给压三级棉！杨大疙瘩下车摸摸那人的棉花，骂道，这么好的棉花交三级？真他妈黑呀！从互助组到初级社，从生产队到包田到户，也没这么压价的。他瞅瞅自己的棉花也发慌了。杨大疙瘩又问调头去哪儿交棉，那人说第二收棉点比这高一些，九月脑子快，她说怕是冯经理从中作梗了。杨大疙瘩骂这他妈还有没有王法啦？粮棉油统购统销，为啥还要设第二收棉点儿？那人说第二收棉点也是供销社的。杨大疙瘩愤然道，也是挂羊头卖狗肉。他让九月和杨双根守着棉车，他穿过热闹的人群，到一里地外的第二收棉点转了转。这里的棉价比第一收棉点虽然好一些，仍不遂他心愿。他看见有些棉农托关系递条子塞红包，找质检员溜须，拿自己热面孔亲人家冷屁股，他很难受。另外他发现这里交棉的没有大户，都是零散的小车小包，后来碰上东刘庄的售粮大王吕建国。吕建国说他的棉花在乡里压低价，一生气星夜悄悄交到外乡去了，又说哪儿的风气都不正，总归比咱乡里强。唉，往年打白条子没这么压级，该见着钱了，又都他妈刁难咱！杨大疙瘩呆了半晌，叹说，那样会少受损失，可就当不上售棉大王啦。吕建国丧气地说，这鸡巴年头，你还想名利双收？哪有刀切豆腐两面光的？杨大疙瘩说，年初粮棉油规划会上，咱可都是向乡政府表了决心的，做了保证的。吕建国骂，你跟政府做保证，谁跟你做保证？就说承包土地的事儿，村里打工的一还乡，原来的计划就全乱啦。杨大疙瘩问你们村也重新承包么？吕建国说，村干部没明着跟俺说，看样子也使坏招子挤对俺，提高承包费让你自己种不下去，乖乖地将土地交出来。杨大疙瘩心想，看来难受的种田大户不只俺一家。他看吕建国七股八岔越说越离题儿，就怏怏地回到第一收棉点。他不想跟吕建国学，也不想将棉花送到第二收棉点，只盼着这里的验质员公正些。即使自家受些损失，也还得瘦狗屙硬屎强挺着。人生在世啥金贵？人活名儿鸟儿活声儿。这个售棉大王的称号还想当下去。他将意见跟杨双根和九月说了说，一家人就守着棉车等，中午了，他们与车把式们一同吃的盒饭，等到下午五点钟，才排到他们这里。杨大疙瘩率先抓着一团籽棉，同着质检员撕碎，围观的人都夸绒长好。验质员却毫不思索地写下三级。杨大疙瘩脸都白了，恨不得给验质员磕头了，这是地道的一级棉啊。哪怕你给二级俺也认啦。验质员说你别老汉卖瓜自卖自夸啦。杨双根和九月也上来说理，验质员说你们想吃人啊！再闹算你们干扰公务罪蹲局子。杨大疙瘩骂，你是瞎了眼，还是瞎了心？俺们种田的容易么？验质员和保安人员都上来说，你们不易也不能坑国家呀！杨双根和九月上去评理，被杨大疙瘩拦住了。杨大疙瘩脸相很苦，蹲在地上吸烟，愈发一脸哭腔地说，俺一家勤勤恳恳种地，老老实实做人，到头来成了坑害国家的人啦？他将手里的验质单撕碎，站起身牵着马车往回走。验质员说第二收棉点也不赖么。九月从这话里证实冯经理在这里安插自己人了。杨双根问父亲，难道咱就去求冯经理？杨大疙瘩倔倔地说，咱不坑国家啦，咱不当狗屁大王啦，咱去四远乡交棉。杨双根说那里保准不欺人么？俺听吕建国说那里公道。九月说，对，宁可交外乡也不跟姓冯的低头。杨大疙瘩带领棉车队在黄昏时分出发。走到黄沽村北的小饭店，杨大疙瘩招呼所有人吃饭，自己在暗处守着棉车。他吃气都吃饱了，也不想吃饭，从饭店拿了一瓶二锅头独自喝着。几口就干了一瓶酒，眼睛朦胧起来。他喝酒不醉，醉了也不吐不倒。等人们都从饭店出来，他就爬上棉车想眯一会儿，他让杨双根多留神路上动静。他听说乡里收棉花外流，从各村抽调了不少干部，沿乡里各路口设卡，堵截去外乡交棉。听吕建国说夜里出乡没有问题。谁知他眼皮还没合上，前面的路就被人堵上了，几个胳膊戴袖套的家伙晃着手电嚷，停车停车。杨大疙瘩心头一紧，醉迷呵眼地溜下棉车。几个人过来说不能到外乡交棉，乡政府明文规定。杨大疙瘩雷公似的一脸怒容，咱乡里太黑啦，这都是逼的。那几个人不理他，说快回村，还要罚款的。还有人认识杨大疙瘩，说你这售粮大王的觉悟呢？杨大疙瘩用烟熏酒腌的粗哑嗓门说，你们让俺过去，别往死路上逼俺。那些人挺横，说你甭想过去。杨大疙瘩觉得一兜儿气冲头，脸古怪地扭皱着，蹲到地上抱头哭了，呜呜的，像个老妇人。杨双根和九月劝他，老人抡了抡胳膊，掏出打火机，点着了第一车棉花，嘴里骂俺的棉花是后娘养的，俺烧光狗的蛋的总可以吧？他又要烧第二车，被众人抱住了。车把式忙将马引开，人们七手八脚地扑火。火苗子在夜里格外显眼。截车的人呆住了。九月在家的温顺劲儿全然消尽，凶得像一只母老虎，骂杨大疙瘩老糊涂了，就是烧，也要拉到乡政府门口去烧。她指挥着年往回赶。七车棉花和那辆烧焦的马车行进在乡路上。一路上都默默的，谁也没说话。棉车堵住乡政府门口的时候，已经是夜里九点多了。贾乡长不敢露头，派乡政府办公室齐主任来劝说。九月不依，杨大疙瘩更不依。九月嚷着要见贾乡长，是他的舅爷儿将俺逼到这分儿上。贾乡长刚刚从县里回来，不摸头脑，听说是杨贵庄售粮大户杨大疙瘩一家闹事，就打电话将兆田村长叫来。兆田村长也劝不回去，引来好多人围观。九月说有人看见贾乡长回来啦，躲着不见人。他再不出来，俺就带车去县政府门口闹。咱老百姓还有活路么？这些话传到楼上去，贾乡长坐不住了，将杨大疙瘩一家和兆田村长叫到办公室。贾乡长前前后后听九月一说，当下就将供销社主任和冯经理叫来，当场没鼻子没脸地骂一顿，谁他妈叫你们设两个收棉点的？谁叫你们压价压级？供销社主任上楼时顺便抓了一把棉花，在灯下看了看，说这棉花够一级的，这鸡巴验质员胡来，回头俺撤了他。冯经理刚进来时嘴巴硬，一见是九月，就蔫下来，悄悄捅九月，早知是你家的棉花就不会有这场了，你咋不直接找俺？九月没理他。贾乡长真的急了眼，咱们乡的棉花被挤到四远乡去，咱乡完不成收棉任务，县里怪罪下来，谁担得起这个责任？再说，老百姓辛辛苦苦种的棉花容易么？他说着责令供销社主任收棉，而且补偿那烧掉了的一车棉花。杨大疙瘩听着很解气，瞪了冯经理一眼才下楼招呼送棉花，杨双根也跟下来。贾乡长留兆田村长和九月多谈一会儿。他刚才从九月的怨气里看出点什么。他们谈了半天村里的事情。冯经理见杨双根父子走了，就赖在楼梯口等九月。九月和兆田村长下楼时，冯经理凑上来说拿汽车送他俩回村里。九月故意拿手捏兆田村长。兆田村长对冯经理说，你姐夫可是挺赏识九月的，说俺太老实挺不起门户来，想提拔九月做村长呢。冯经理问那你老家伙就退位啦？兆田村长说，俺当支书，日后你小子在九月面前可得自重呢。冯经理凑在九月身后笑说，九月，你咋老躲着俺？俺可是真心对你好哇。俺没别的指望，你拿俺当你一个朋友准行吧？九月没说话，脸冷得像块冰坨子，怕是拿心拿血都暖不过来。

趁着早晨的弥天大雾，杨双根骑着自行车去田野里看铁桥。哪里还有铁桥？铁桥被拆掉了，两断土坎子中间是凹坑。坑沿儿只有零零散散的碎铁碴儿。一些无处藏身的鸟儿在那里乱飞。杨双根愣了愣，埋怨大胡子不打声招呼就吹灯拔蜡走了，拖欠的九万块钱还没给呢。杨双根气不打一处来，直接骑车去邻村找王秃子。王秃子大白天还偎在被窝里，屋里酒气熏天。王秃子见到杨双根就诉苦，大胡子他们真他妈损，在工地上往死里灌俺酒，喝得俺跟死狗似的，睁眼就不见人啦，铁架子都拉走啦。不着俺老婆去工地找俺，俺就他妈没命啦，回家就吐血。杨双根恨恨地说，大胡子也他妈太不够意思啦，咱们去找他。王秃子说先给沈阳拨电话，俺猜想他们也不会把废铁运回东北，很可能就地卖给关内的轧钢厂。说着他就按大胡子的名片拨了电话。金属回收公司的人说没有大胡子这个人。杨双根一听就慌了，当下腿一软，莫不是一个骗局？王秃子也骂韩少军给介绍这么一位不托底的买主。第二天，杨双根和王秃子去县城找韩少军。韩少军将他们俩骂回来了，韩少军说俺这做媒人的还管生孩子？俺后来就没见过大胡子。杨双根也不知这幕后的勾当，哀求韩少军给找找大胡子。韩少军说，听王秃子说你老婆九月长得不错，弄来陪俺一宿就帮这个忙。杨双根恨不得将韩少军的脸蛋子扇歪了，气呼呼地回了村。杨双根没心思进家，独自坐在铁桥遗址发呆，看看桥下的大坑，像个深潭一样吓人。他又看看手里的盖有红戳子的合同书，就觉心里一阵疼。他双手抱住头，胡乱地揪扯着自己的头发哭了。

哭了一会儿，杨双根觉得窝囊，就骂自己快省几滴猫尿吧。他擦着眼睛，泪珠被揉碎了，转眼也被很凉的秋风吹干了。他想人不能就这么完蛋，他想去乡派出所报案，用法律追回铁或是追回款。只能这样了。杨双根把想法跟王秃子一说，王秃子就反对说，他妈是麻秆打狼两害怕，吃了哑巴亏算啦。你一报案，万一追问铁桥的产权咋办？杨双根很硬气地说，矿务局和铁路分局都说没这桥，产权就是俺杨贵庄的。王秃子撇嘴说，就算他妈是杨贵庄的，你小子是庄里啥人？是村长还是支书？杨双根说俺带兆田村长一起报案。王秃子骂他蠢简直蠢到家了。杨双根见王秃子阻拦，一时竟疑心他跟大胡子合伙糊弄自己。杨双根就更生气了，回村直奔兆田村长家里，见兆田村长不在，就揣着合同书只身去乡政府派出所报案了。乡派出所的人不摸底，值班人员看了杨双根的合同，并把详情记下来，说追查看看一有消息就去村里通知你。杨双根说了好多感谢话就回村了。到了家里，杨双根想将那两万元钱和有些条子送到兆田村长那里去，都找出来了，又迟迟疑疑藏下了。他还指望乡派出所能找到大胡子那伙人，找回欠款。他的心里霎时就宽宏起来。

交完公粮就快入冬了。受冷气流的影响，一夜之间落了场大雪，原野便裹上了冬装，雪后的第一个上午，杨大疙瘩与村人一起聚到村委会门前开会。贾乡长来时，检查一下重新承包土地的事，又宣布九月给兆田村长当助理。

没明说也是干村长的事。杨大疙瘩没有怎样高兴，他发现儿子杨双根沉着脸。这个小家庭各有各的心事。杨大疙瘩知道九月的升迁并不能使杨家留住土地，甚至还会更少。他知道九月和兆田村长操持开荒，但这也是远水不解近渴的。春天订下的大棚塑料，已经送货上门。杨大疙瘩只留下极少部分，然后就说尽好话将人家央告走了。随后他就走到田野上去了。雪停之后，天空仍然很晦暗，他没法说清楚这个初冬，田野上的人慢慢多起来。他们议论着哪块地好哪块地坏，脑里却是想象来年秋收的景象了。人们没有发现一个老人久久徘徊在原野，当风哭泣。似乎土地上发生的事在老人的脸上都显露出来。在那天的乡政府表彰会上，政府依然奖给杨大疙瘩售粮大王的锦旗，杨大疙瘩没有去开会，锦旗是九月领回来的。眼下这个家庭最活跃的就是九月了，与满面春风的九月相比，杨双根明显地萎顿下去，整日唉声叹气像是丢了魂。杨大疙瘩猜想儿子的魂儿是丢在田野里的。他们家里供着菩萨，他和老伴儿面朝着龛里的那个面孔慈祥的观世音，缓缓跪下去，祈祷菩萨保佑他们的儿子。杨大疙瘩想到重新承包土地之后，将儿子的喜事办了。这个家庭是该拿喜气冲冲积了很久的晦气了。分地的前两天，杨大疙瘩将兆田村长和几个村支委请到家里吃饭喝酒。喝酒的时候，匣子播放一首歌，叫《九月九的酒》。杨大疙瘩说今儿的酒本该是九月九来喝的，只是收秋太忙啦。杨双根心事很重地说，这九月九的酒也怕是假酒，这年月连眼泪都鸡巴假了，何况这酒？兆田村长呵呵笑。九月边端菜边哼唱，思乡的人儿漂流在外头，走走走走走啊走……兆田村长骂，走马灯似的上城，走来走去的，竟他妈都走回家来啦！原先请都请不来，眼下打都打不走啦，真有意思哩。然后苦笑着举杯说，都回来也好哇，咱就喝了这杯九月九的酒！全桌人都笑了。

喝完酒的傍晚，杨大疙瘩一下子病了两天，发高烧。到重新承包土地那天，杨大疙瘩强撑着去田里抓阄儿。他从来不曾像现在这样深刻地意识到，他硬硬朗朗出现的重要性。

尽管是一个晴日，地上还残存着积雪，踩上去咯吱咯吱响着。好多饥饿的麻雀在雪野里觅食。西北风扬着晶莹的雪粉，砸得杨大疙瘩总想闭眼睛。杨双根默默地跟着父亲。父子俩几乎同时发现自己家承包过的土地慢慢膨胀，被冻酥，像棉团一样蓬松地胀开。人们红着眼盯着这些土地。没有谁挨门吆喝，村人便很兴奋地拥到田野里来。杨大疙瘩觉得像土改合作化或是三中全会以后的大包干儿。人们脸上的喜气依然不减当年。与这气氛格格不入的是杨大疙瘩垂头丧气的样子，俨然像被分了田地的地主。杨双根开始为第二小组张罗抓阄儿。他悄悄走到父亲跟前说，爹，没人斗争你，高兴点儿吧，这地谁种不是种呢？杨大疙瘩狠狠地瞪了他一眼，直到兆田村长和九月都凑过来跟他打招呼，他的老脸才松活一些。他蹲在雪地里，吧嗒吧嗒地吸烟。一群孩子在人群里钻来钻去，拍着小手唱歌谣。杨大疙瘩几乎不认识这些孩子，孩子们大多是城里生的，模样很洋气。他们随父母还乡了，还拿城里人眼光唱童谣，乡巴佬看花轿，傻姑爷得不着……杨大疙瘩歪着脑袋瞅他们，庄稼佬不打腰，拿着鸡巴当辣椒。杨大疙瘩感到被嘲弄了，扭头臭口臭嘴地骂，婊子养的，不准你们糟改庄稼人！孩子们被老人的凶样吓跑了。已经闹闹嚷嚷地抓半天阄儿了，兆田村长几次喊杨大疙瘩过来抓阄了。杨大疙瘩泥塑木雕似的不动，烟锅早已熄了，可烟袋杆仍在嘴里叼着。杨双根走过来，有些焦急地说，爹快去抓阄儿哇，不然好地就没啦！杨大疙瘩还是没理他。杨双根说你不抓，俺可要下手啦。杨大疙瘩扭头凶儿子，你别给俺抓，剩下啥是啥！杨双根茫然地盯着父亲。这时候，在城里卖菜发了财的杨广田笑悠悠地走过来说，老叔哇，俺抓着原来承包的那块地了，真是天凑地巧的。这块地几年不荒，比先时还肥了，感谢老叔的料理呀！杨大疙瘩嗯嗯着点头。杨广田见杨大疙瘩绷着脸，就说俺在城里学会了管理大棚菜技术，你老有用得着俺的就叫一声。然后哼着歌子走了。杨大疙瘩心腔一热。他觉得杨广田还算有良心，还知道是俺将他的地养肥啦。是哩，几年来他往地里使了多少底粪呢，总算换回一句热肠子话。

西北风越刮越紧了。杨大疙瘩的老脸被冻得挤成一团。他看见九月了，九月举着小牌嚷着村人的名字。她长大了，长成挑梁拿事的能人了。她的脸蛋被风吹得红扑扑的，脖子上的红围巾被风一掀一掀，像一只在田野里扑愣着的大鸟。她支使得杨双根干这干那，杨双根只有使唤的分了。杨双根瞅着父亲的样子很难受，也在自责，自责自己没能把铁桥卖成，没有为杨家赢来土地。看来追桥钱也没啥指望了。一切就像没有发生过一样。他在寻找适当时机，将剩下那点啰嗦跟兆田村长办了。杨大疙瘩不动声色地瞅着村人来来往往，杨家剩下的承包地有结果了，有好有坏。杨大疙瘩听着儿子数叨那些地。还有九月娘家的地，以及五奶奶的地，仍由杨大疙瘩承包。杨大疙瘩闭上眼睛就能想到那几块地的方位和模样，因为那里还留着他和双根的气味儿，他的影子；仄了耳还能听到他留在地里的吆喝声，尽管这些地少得可怜。

过了一会儿，杨大疙瘩听到人群里有女人的哭泣声。他被女人哭得浑身发紧。杨双根告诉父亲，说那是小木匠云舟媳妇田凤兰在哭，她抓阄抓到一块很远很差的地。杨大疙瘩问是不是被城里人打瘸了的那个云舟？杨双根说是，还说他们很可怜的。爹，咱们帮帮她吧。杨大疙瘩嗨了一声，蹶趺蹶趺地走去了。他对田凤兰说，云舟媳妇，莫哭鼻子啦，你那块地咱两家换过来。田凤兰立马止住哭，这咋行，你家的地够少的啦，俺咋好意思雪上加霜呢。杨大疙瘩瞅了一眼双根说，你家是双根那组的，要不双根也得帮你种田。田凤兰泪流满面了，喃喃地说，还是咱乡下人情厚哩！俺代表云舟给您老磕头啦。说着就缓缓跪在雪地上了。

人都散尽了，雪野被人群踩黑了。杨大疙瘩还独自蹲在田野里。只有几只觅食的麻雀陪着他。杨大疙瘩竟忆着很早的往事，解放后搞土改分田地时，他和父亲分了地。那时他还是个孩子。他看见老地主蹲在土地上吸烟，还不时抓一把地上的活土。眼下他忽然明白老地主为啥最后一个离开田野。这茫茫一片都曾是杨家的田野。从今天开始，或许到有生之年，再也看不到昔日的景象了。就像没生过娃的女人做不得娘一样，他这售粮大王算是做到头了。杨大疙瘩忽然觉得脸上烫烫的，一摸，才知道有泪水流下来。

烈风扑打着杨大疙瘩昏花的眼睛。

婚礼就要到了日子。杨双根和九月婚礼的前一天，杨贵庄又落了一场大雪。一切都操办好了，只欠这场瑞雪。这天早上，九强将那群陪嫁姐姐的鸽子引过来。门口的残树枝上落满了白鸽子，分不清是鸽子还是雪。杨双根被鸽子的啼啭叫醒了，一睁眼，发现九月一双眼睛痴痴地看他。杨双根笑问她不认识俺啦？九月将脸贴过来，很伤感地说，双根，俺做了一夜噩梦，梦里你背着行李外出打工去啦，一去就再也没回来。杨双根憨笑说，俺这鸡巴组长有啥好，又窝囊，你见俺不回来就再找一家呗。九月紧紧地抱住杨双根，将自己的胸脯贴在杨双根胸脯上，讷讷说，俺不能没有你哩。杨双根笑说，梦打心头想，刚分了地，你自然梦着俺上城打工。九月的慌乱给杨双根带来桃红色的遐想。他趴到九月的身上去，九月这一次渐渐入境的，做得很真实。

她那好看的鼻眼挤弄着，声音像夜鸟儿轻唱。杨双根仿佛觉得自己牵着那头老牛走在田野里。九月的脸渐渐化在平原里了。他牵着老牛走，越走越远，待回首最后看一眼小村时，小村竟被一团亮色的云遮蔽，像一段驼黄色的绳头。

吃过早饭，兆田村长到杨双根家里贺喜。贺过喜就跟九月商量开荒的事。九月将那笔存款直接提出来开荒。兆田村长感动得说不出话来。杨双根听说九月从城里引一笔资金过来，从心眼儿佩服。杨双根知道自己掺和不过去，就抄起笤帚扫院子里的积雪。扫完自家门前的，又去扫大街上的雪。鸽子们在他头顶上旋飞，间常能听到鸽哨。一群孩子在村巷里堆雪菩萨，雪地上留下他们奔跑的足印。杨双根站在雪菩萨前，歪着脑袋瞧着，发现菩萨很和善，很慈祥。这个时候，杨双根和孩子们一同扭头看村口，那里缓缓开来一辆警车。红灯警车没有鸣笛，到杨双根跟前就停下了。车门打开，走下一位很威严的警察，问杨双根村长家在哪儿。杨双根说现在村长正在俺家，然后憨厚地笑笑，就领着警察往他家走。杨双根边走边笑问，俺村有犯法的啦？警察点头走着。杨双根还骂了一句，俺村还有这样的家伙？看来从城里回来的人学坏啦。说说笑笑就进了院子。兆田村长迎出来问了问，警察出示逮捕证说，你们村有个叫杨双根的人吗？兆田村长愣起眼问，有哇，给你们引路的就是。杨双根脑袋轰的一响，就有冷冷的铁铐铐住手腕。杨双根伸着脖子喊，俺咋啦？俺没犯法哩！卖铁桥是为公家开荒，俺他妈还被骗了呢。兆田村长说，你们抓错人啦，俺这个村谁犯法俺都信，就是双根俺不信，有事好商量，放下人。警察并不理睬兆田村长，七手八脚地将杨双根推上了警车。杨双根舞着双手喊，九月救救俺哩。五奶奶看见这一切就瘫在雪地里，俺村就双根这么一个好人哪。随后她就将刚刚堆好的雪菩萨抓碎了。

九月奔跑着追到村外，汽车就沿着村路消失了。她狂奔的时候，也滑去了许许多多哀戚的面容。唯有那一片原野跟着她游动、起伏，眨眼的工夫就牢牢地筑在那里了。她的身子慢慢软向大地，喉咙里挤出一阵短促的呜咽，这冤家，别人都还乡啦，你为啥走啦？然后就朝那个遥远的地方好一阵张望。

纷纷的雪，又在飘。

落雪的平原竟有了田园的味道。

金鸡岩 / 陈应松

宿五斗从野猪坡搬回金鸡岩时，已是五十多岁的老人，头发全白了，整张脸粗糙得像石头，耳朵冻得稀烂，且有点呆滞，看人的时候像挨过打的狗。他带回了他的儿子，还有个孙女。为何没有儿媳妇呢？连他儿子也不说。三个人三代人各背着一个背篓，背篓里装着乱七八糟的生活用品，棉被啊，镢头啊，锅碗瓢勺啊，这就是全部的家当了。村里的老辈子人还记得，三十多年前宿五斗与他哥哥分锅（家）后，就一个人去了野猪坡——那时候，野猪坡已有三两户人家，宿五斗回来只是说野猪坡近些年野猪为害，地也种薄啦，这可能是根本原因。坡大，开垦的地挂不住肥，种个三年五年就不错了，能挨三十年再回来，证明野猪坡的那些人还真有本事。但事情终归是要有个结束的，走进神农架深山老林，一个又一个废弃的村庄，一个又一个新开辟的屋场，那些生生死死的屋场，显示着生存的艰难。

宿五斗回来借住在他哥哥三斗家，在哥哥的香菇房里安下身来，第二天就背着镢头钻进山里，他是去寻地开荒去的。可看遍了金鸡岩方圆十里地，哪个沟坎都试过了，没有可开垦的地方。金鸡岩东面是一片叫“菜园子”的石林，石林瘦骨伶仃，上面长有一种野生腊菜。宿五斗没寻到荒地，掐了一背篓腊菜回来，用开水焯了，与儿子和孙女一起吃。

不过，宿五斗一家，主要是蹭他哥哥家的饭吃，每到开饭的时候，就像乞丐一样挨挨擦擦去了。宿五斗的儿子，叫宿小迁，一脸在外头混过的痕迹，一点都不胆怯，上了伯伯家的桌，就像在自已家一样，常常霸着酒壶给人家斟酒，就像请别人客似的，可他自己还是个客人。身份错位的他没觉得不对，直到他在伯伯家人的眼中看到冷淡之后，才决定去县城讨生活。

因为家里无处耕种成了困难，宿小迁就悄悄走了。至于他的老婆，女儿的妈，究竟是怎么一回事，他不说，问起来，就扯三拉四转移了话题。可是有人知道，他老婆也是因为在野猪坡太苦，生存不下去，在一个早晨就不辞而别了。

宿小迁当然也是不辞而别。他先是贩腊肉卖，山里多腊肉，有的殷实人家的陈年腊肉有好几年的，堆在木楼上，让虫蛀了，吃不完，到了过年又得杀年猪吃新鲜的。正应了一句老话：山下没柴烧，山上柴烂了。城里人爱吃山里熏制的腊肉，宿小迁就这么背着沉重的腊肉去县城，来来去去，却没赚到钱。后来又做什么亏了本，这就赖在了县城。

宿小迁的女儿，跟着整天找地开荒的爷爷宿五斗，因从小缺少母爱，又不见了爸爸，看人的目光怪怪的，常常含着肮脏的指头，突然跑开去，到悬崖上砸石头，或是爬到树上，与野鸡同眠。这个满脸泥巴，骨瘦如柴的妮子叫豇豆，不知道是小名还是诨名。豇豆因为营养不良，啃着几个洋芋和包谷，每天与爷爷宿五斗一起钻山，风里来雨里去，脸上皱巴巴的。有一天豇豆不见了，宿五斗满山遍野地去找，以为是摔下悬崖或是让扒狗子（豺）拖去了。宿五斗的哥哥家也都出动了寻找，到下半夜，大家才在七八里之外、靠近磷矿的简易公路边找到她。这妮子趴在一株树蔸上，已冻得奄奄一息。把她背回家去，在火塘边泡了两桶热水才把她泡醒。醒来问她到公路上去干什么，看见了什么？那妮子说是去找爸爸的，什么也没看见。

过了几天，要过年了，她爸爸宿小迁回来了，穿得还光鲜，不仅如此，还带回了一个高高的、干净的大妮子，头发染得黄赳赳的，穿着比镰刀还尖的皮鞋，紧巴巴的牛仔裤。宿小迁回来说他在城里瞎混，好像是贩邮票。而这个县城来的妮子好像是开理发店的。大妮子开理发店，这很新鲜。这妮子对宿小迁家的逼仄不太在意，倒是有点巴结宿小迁的意思。对豇豆也好，给她洗头、梳头、择虱子（豇豆的头发里确实发现了几个虱子），还给她压岁钱。豇豆从来不知道压岁钱是什么意思。在山里头，其实无所谓风俗，过年也就是过年，跟平时别无二致，安安静静的山里头，不可能有什么热闹的事发生，就是结婚，就是放了老（死了老人），也是安安静静地办了，跟大山一样无声无息。

就是这样一个宿五斗认为住在天上的女娃子，儿子竟然躲避她——这是在春节之后的三四月间，儿子回来刚住了一天，那个搞理发的女娃子就赶过来了，可儿子关上门，不愿见她。这让人很纳闷，宿五斗尤其纳闷，问儿子，儿子最后才懒洋洋地说，借了她的钱，无钱还。可更严重的事情是那女娃子说出来的。儿子避而不见，女娃子哭哭啼啼，宿五斗好言相劝，但女娃子却说她不想活了。这么漂亮光鲜的女娃子不想活了？原来——她说——宿小迁不想要她了，可她怀了他的娃子。女娃子怀了儿子的娃子！这么好的女娃子怀了咱宿家的娃子，小迁原来的那个媳妇长得没有扁担高，浑身干巴巴的像芦苇却还瞧不上我们小迁，跑了，而如今这天仙样的女娃跟小迁睡了怀上了而小迁反倒不想要她？天下没这个理呀，这究竟是为什么？

可儿子说就是没钱还，亏了，做生意亏了，说："还不是玩邮票！"但是女娃子说："钱是小事，我无脸见人了。"儿子回答是："我不想再结婚，一个都养不活。"

不想结婚把人家肚子搞大做什么，这又不是开玩笑，一个女娃子一生的名誉啊。宿五斗劝儿子说："这样好的妮子打灯笼也难寻！咱家算什么家，钱无一分，地无一垄，人家瞧得起，你叫花子捡了个金疙瘩，还不晓得咋用哩！"

儿子说："莫要吃咸饭操淡心。"

儿子噢，儿子噢。儿子走了，宿五斗抱着喊爸爸的孙女豇豆发抖哩。

那女的哭哭啼啼走了。儿子是从后窗翻出去从后山走掉的。

儿子欠人的情，还把人家的肚子搞大了，不知怎么结果的，宿五斗一直没听到音信。儿子没回来，没给家里钱，也没管自己的女儿，仿佛没有任何责任似的。可村里有人从县里回来，说见到了宿小迁，穿得不赖，还请村里人吃了一碗臊子面。

再怎么缺吃的，包谷种子是不会煮着吃了的。种子叫"黄澄玉"，从野猪坡带来有二十来斤，放在一个土布袋子里，吊在屋梁上，绳子上套了一个斗笠，防止老鼠顺绳子下来偷吃。

在饥饿的时候，孙女豇豆也许是闻到了梁上那包谷的气味，衔着指头，神情呆呆地望着那个土布袋子，就像一只狗望着一根骨头。

宿五斗带着豇豆去了一趟县城。他何尝不想找到自己的儿子，反倒在人挤人的大街上，差一点把豇豆弄丢了。宿五斗在县政府门前的广场上好不容易找到他的宝贝孙女豇豆，豇豆要气球，看人玩气球，宿五斗没钱给她买。他看着广场，这么大的广场，多平整的土地啊，全空着，种的是些啥呀？宿五斗刚开始还以为是麦子，绿生生的，还有自动喷灌，水花在阳光下现出五颜六色。可仔细一看是草，是一种他没见过的草，牛羊吃的草，可用绳子圈起来了。为什么要种草呢？在深山里待了几十年的宿五斗说什么也不明白。在许多年以前他来过县城，县城没这么大的空场子，也不种草。他用手在草底下抓了抓，好肥沃的泥土啊，比在山上开荒的地肥了不知多少倍。山上从石缝里扒出点土，种上庄稼，可一场雨水一冲，土又冲没了，就算有土，也被那雨水洗得没一点肥力了。宿五斗真想给人说这广场能划给他两分地，他也能种出一年够他吃的粮食来。他就心猿意马开了，就像看到自己在这么平坦的荡漾着湿气与肥气的土地上吆牛耕种，撒下包谷种，看包谷长大，看包谷结籽，最后整个广场都摇曳着金黄色的包谷秸秆，果实累累……就在这时，他发现他的孙女不见了。

"豇豆！豇豆！"

终于在一个角落里看到了豇豆，手上拿着一块破了的气球皮在嘴边吹着。

宿五斗带着哭哭啼啼、吵吵嚷嚷要买气球的孙女回去时，在心里埋怨甚至诅咒着自己的儿子："你不管我这个爹情有可原，我们没血缘关系，断了也就断了，可女儿是你亲生的呀，你这个杂种！哪有爹不管儿的！"

可怜的宿五斗压根儿就没结过婚，他哪有结婚的钱。五十多岁了还是结结实实的光棍，后来他抱了别人的一个儿子，就是这样，宿五斗才有了个家，有了个伴儿，有了传宗接代的，可他从来就没有沾过女人！在神农架老山里，像宿五斗这样抱养一个孩子传宗接代的老光棍，还真不少。

宿五斗一路骂着自己的儿子，一路想着他怎么才能把自己和孙女的生活混过去。

在县城走了一遭，这使他下了决心上金鸡岩，去开荒。

上金鸡岩？

金鸡岩必须要从那片叫"菜园子"的石林爬上去，金鸡岩高可入云，上面有一个平台——就是块平地，生长着一些千年巴山冷杉。听说那上面土地肥沃，有着许多珍贵的药材，可没人能上去。前些年，有个外地来的采药人上去过，下来时浑身伤痕累累，可惜采的一些好药被一群猴子抢走了。村里的老人说，此话可信，旧社会躲土匪，也有人冒着摔下来的危险爬上去过，上面的土肥得冒油，插一根筷子，第二年就会长成一棵大树。这都是传说，大家都知道，上金鸡岩比登天还难。可宿五斗将孙女豇豆交给了他哥，说是进山采两天药材，就不见了，后来……

后来，大家看到在云彩上面的金鸡岩有个人影晃动。是人影，不是兽影。看到金鸡岩上的那个人像个甲虫，挥动着镢头在刨地，刨树根——所有的树木在一个云开日出的日子都不见了，那上面露出了黑油油的一块巴掌地，上面爬着个甲虫——那就是宿五斗。

肯定是宿五斗。

大家还以为宿五斗进山采药失踪了，或者像他的儿子小迁一样跑了——无力抚养自己的孩子，跑了。可他哥发现宿五斗从野猪坡带回的一袋包谷种不见了，还有一把挖地的镢，也不见了。

在闪闪的阳光下，大家睁着直愣愣的眼睛去看金鸡岩上的那个人，那个开荒种地的人，不是宿五斗又是谁呢！宿五斗想地想疯了。

他是怎么上去的？

人总是有办法能够上去，只要有土地的地方，能种庄稼的地方，总有办法上去的。

过了几天，大家看到金鸡岩上那巴掌大的黑土变绿了，一场雨，就变绿了，就像天上遗落的一块绿手巾。这种日子不多，能见度好的日子不多，山上总是云遮雾罩，人们很难发现宿五斗和他的土地。

有一天宿五斗下来了，头发深长，脸颊窄瘦，活脱脱一只老猴子。宿五斗一脸的愧疚，因为他的孙女豇豆已经不认识他了，甚至有些害怕地望着他，含着指头，就像看到了一头狼一样。而他的哥哥三斗向他暴发出了惊天动地的詈骂："是你的孙女你不管啊！你不管，你儿子不管，你把她当做哪家的娃子？"

宿五斗完全可以这样说，不是我一个人的孙女，是宿家的，是我们大家的孙女。因为小迁这狗日的不争气，撇下我和豇豆一个人在城里享福去了。可宿五斗不会这么说，宿五斗面对哥哥的叱咤，只是望着他耕耘的白云深处——那个金鸡岩，淡淡地跟他哥说："到时我还你五百斤包谷。"他说得非常肯定，非常地有把握，仿佛他成了一个旧时的财大气粗的地主。他的哥哥看他这一副样子，还能再说些什么呢？

宿五斗就是这样，什么也没有说，在村里剃了个头，拿了几件衣裳，又向那山顶上爬去了。

真是神啊，村里人说，宿五斗真是神。可他在那个猴都不能爬上去的山尖上，吃什么？睡在哪里？

这一年的夏季，山上的雨水特猛，雨放肆地下，山上的泥石流就暴发了。有一天晚上，村里人听到一阵山崩地裂的轰响声，第二天早上雨住云开，村里人就看到金鸡岩的那个巨大的喙嘴垮下来了，一直垮到山下的公路上，冲毁、淹埋了几辆汽车。问题就严重了，那个喙嘴正是宿五斗爬上去的"路"，那里藏着一条只有他能攀爬的"路"。宿五斗被阻隔在了高高的金鸡岩上，不得下来啦！

事情的确如此，人们看到宿五斗在金鸡岩上出现时，就像一只黑点般的蚂蚁，那只热锅上的蚂蚁正在悬崖上疯狂一样地转圈，估计他是在为没了下岩的路发疯。

宿五斗下不来了。可怜的宿五斗，在高高的金鸡岩上，日夜悲号，村里的人在晚上听得见他在风里哀号的呜呜声，却束手无策，爱莫能助。

后来，金鸡岩就无声无息了。可是，那一块青油油的包谷地，有一天大家抬头看时，竟变成了黄色——那就是成熟了吧。

人民政府爱人民 / 邵　丽

事情的开始要从老驴的女儿李童考上大学说起。老驴的女儿考上大学对李家庄是一件大事，对老李家就更是一件天大的大事了。

老驴人不错，女儿还没考上大学那阵，整天像个弥勒佛似的，笑眯眯地袖了手，啥热闹都凑，看见老少爷们都打招呼，很随和的一个人。但李家庄的人偏不认这个账，李家庄的人谁见了老驴都板着脸，正眼都不给他一个。他们是嫌老驴没成色。老驴生得人高马大，目正口方，能说会道。可就是田地种得邋遢，日子过得拧巴。好好的光景，硬是给他整得像鸡肠子似的，七拐八扭的净走样儿。

老驴已过了四十三岁生日，这在村里应该是个被人尊敬的年纪了。可他还是站着坐着都叫人感觉一歪三斜没个正相。仔细看面目，黑是黑了点，没心没肺地并不显老。不过，浓眉毛大眼睛生在他脸上，怎么看都有点水土不服的意思。那老驴的媳妇更是没道理的秀气，刚嫁过来那阵子，大家都说一朵鲜花插在牛粪上。这朵鲜花果然没能出牛粪而不染，打从经了老驴的手，不知怎么地就蔫得像一棵霜后的茄子了。

老驴从不跟人争长短，也不好生是非，面善心慈。谁家有喜事，总会见他卖力地跑前跑后指东打西，乐得屁颠屁颠的。要是谁家有个丧事让他撞上，不管人家爱见不爱见，十有八九会跟在送葬的队伍里哭得眼泪吧唧如丧考妣，反正他觉得左邻右舍前家后院都跟自个儿亲戚似的。村里却不大有人郑重说起他，如果偶尔说了，就会有人摇头骂道，这头蠢驴，也没少辛苦，就是百事不成！

老驴地侍弄得不好，老驴的女人把个家打理得也很不好。可老驴和他媳妇却做了一件让李家庄的乡亲眼珠子都蹦出来的事，就是生养了一双好儿女。女儿李童打从听懂人话就看出来爹在村里被人不待见的样子，所以暗暗咬紧牙关要做个有本事的人，从上小学起数不清给她爹挣了多少个百分。弟弟被姐姐逼迫着教导着，学习成绩也是出奇的好。

老驴的女儿这一年考上了大学，老驴的儿子这一年考上了高中。

这个事情的确让整个李家庄措手不及。

李家庄人在一种十分复杂的心情中面对了这件大事。老驴破天荒地被人在背后不断地提及，但在他面前，大家都讳莫如深，好像从来没发生过这事儿似的。老驴可是不管不顾地放开了为自己高兴，高兴的老驴把闺女的大学通知书揣在贴身的口袋里还没暖热，就催促媳妇杀小鸡，烙油饼。顷刻间鸡飞狗跳人欢马叫，很快满村街都闻到了老驴家熬鸡汤的香气。对老驴的暴发，大家也没啥可说道的了，人家女儿考上大学了。考上大学的家宅趁得住这满村街的鸡汤香啊！

老驴吃了香喷喷的鸡肉，脸都没顾得上擦就拉了女儿的手去了县政府。

事情开头的那一天，老驴正咧着大嘴走在大路上，老驴的腮帮子上沾满了鸡肉的汤汁，老驴用汤汁把快乐写在脸上！

事情的开始是老驴的女儿考上了大学，事发的起因却是因了老驴和老驴的女儿去了趟县政府。

老驴拉着女儿径直到了县政府的二楼，门都不敲就推开了一间办公室的门。门打开后，老驴却突然愣住了。这间屋子原来是管教育的杨副县长的，现在屋子里却坐了一个女的。老驴打量了一眼这个女子，个子小小的，年纪轻轻的，漂亮光鲜得像个电视里的人物。老驴朗声问道：“杨县长去哪里了？”

那女子说：“调走了。”

老驴说：“我跟杨县长是朋友，我的孩子念初中高中都是他写了条子给解决的学费。”

老驴又说：“你是谁啊？”

那女子顿了一下，显然是在耐着性子说，我姓刘，是现任分管教育的副县长。

老驴看了这个小刘县长一眼，长得也许是太好看了些，总觉得没有那粗壮的杨副县长像个县长。老驴说，那我就找你了。我们是来要学费的。我儿子今年考了高中，闺女考了大学，我们是来要学费的。

小刘县长用她的杏眼深深看了一下老驴，又去看老驴的女儿。那孩子的一双明眸也正直直地盯着她。小刘县长有些吃惊，她刚从城里调过来，对基层的事情还不熟悉。这个跟她用这种口气说话的人让她摸不着头脑，她的表情却因为眼前这个孩子变得柔和起来，这个目不转睛地盯着她的女孩让人有些无端的心慌。但是他们提的这个问题，却让她有点措手不及。

小刘县长说，你们是跟政府要学费的？

小刘县长又说，如果你家有特殊困难，政府可以帮助想想办法，但是政府没有义务解决大学生的学费。

老驴的脸一下子拉得老长，他的女儿在旁边看了，险些就觉得那真的是一张驴脸了。

老驴生气地说，先前杨县长从来没有这样说过话，先前孩子的学费，杨县长二话不说就给解决了。杨县长是政府你不是政府吗？

老驴的话让小刘县长有点不好接茬，小刘县长看了看老驴的驴脸，又看了看老驴的女儿，小刘县长的语气仍然是被眼前这个秀气的小姑娘盯得异常柔和。小刘县长说，同志你别着急，先前的杨县长是怎么解决的我不知道，现在国家的政策就是这样规定的。孩子上学是个大事，家庭确实有特殊困难政府可以帮助想想办法，但是政府真的是没有这笔经费。

小刘县长话说得很沉稳，小刘县长的沉稳却让老驴着急起来。老驴说，你这个县长说得可真轻松，你说没了就没了！我孩子上小学高中你们都管，现在辛辛苦苦考上大学你们反而不管了，你让我们怎么办？

小刘县长说，你别着急，急能解决什么问题呢。你家是有什么特殊困难吗？

老驴说，我当然困难，我现在住的房子都是借亲戚家的旧屋，我不困难谁还困难啊？

小刘县长这时才认真地看了一下老驴的脸，大大的眼睛，方鼻子阔嘴，而且一点不显老，可能是那半碗鸡汤滋润的，看上去很健康。

小刘县长说，你家里有需要赡养的老人吗？

老驴说，没有。

小刘县长说，是你爱人有病吗？

老驴说，我老婆身子好着哩，她怎么会有病？

小刘县长说，你几个孩子啊？

老驴说，俩。

小刘县长说，你承包了几亩地啊？

老驴很有些不高兴了，说学费学费的，怎么说起这些婆娘的事情！老驴的眉头都皱起来了。老驴极不情愿地回答，差不多有八九亩了。

老驴这样的回答让小刘县长的眉头皱起来。小刘县长有些不解地说，你们身体好好的，粮食打的足够吃，不惜力气的话，农闲时可以出去打打工，怎么也不该是困难户啊？

老驴似乎词穷，一时没了言语，一张脸眼看着憋得通红。老驴的女儿却接了爹的茬，老驴的女儿脆生生地说，穷不是我们的错吧？如果没有我们这些穷人，要政府干什么呢？我们找政府干什么呢？政府不是穷人的政府吗？

小刘县长被女孩突然发出的声音和质问弄得心中一惊，从进门起她几乎没任何动静，像个影子一样站在她爹的身后。但她的声音响起来，屋子里好像突然挤满了人似的。

小刘县长定了定神，眼睛始终看着那个女孩。那女孩也一直看着她，脸上平静如初。小刘县长暗暗吃惊，小刘县长说，孩子你说的是没错，但是政府只能救急不能救穷啊！

女孩的声音更加响亮起来，那考上大学而不能进去，难道还不急吗？

小刘县长有些愠怒地摇摇头说，是急。可是全县比你这事急的太多了，政府真是管不过来啊。像你这样上不起学的考生，如果都到政府来，这个院子都站不下，咱们这个穷县能解决得了吗？

小刘县长没容那孩子再开口，直接对老驴说，以你们家的条件，怎么着也不该是困难户吧？

老驴的嘴巴更加咕哝，老驴几乎是求援似的，眼睛来回在小刘县长和自己的女儿身上穿梭，灰心丧气地说，就是困难，我掏尽了力气，还是困难。

老驴一时想不起更多的语言来表达，心中却委屈得要命。这女县长真是不懂道理，穷是我的错吗，谁愿意过穷日子啊？人家杨县长联系我们村，看见孩子上不起学，啥话不说就帮忙解决学费。眼前跟这个小女人说了半天，一分钱都不说给，还跟审贼一样。这样的结果对老驴的打击是巨大的。老驴满脸沮丧，心里却气愤得要命，我就是困难，连中央都知道我们困难，你一个小女副县长竟敢说我不困难哩！

小刘县长可能每天都要接待几个这样有道理又很委屈的人，但她无能为力。小刘县长的电话连续响个不停，好像还有一桩急事等着她去处理。她做了一个让他们出去的手势，说，你们先回去吧！

老驴还没接茬，已经被女儿推了出去。小刘县长收拾完下楼的时候，那父女俩还站在院子里。老驴的女儿定定地看着小刘县长下楼、上车，眼睛一眨都不眨。

出了政府的门，老驴的脚步变得深一脚浅一脚没根底了。早知道是这样的结果，那鸡汤是无论如何不会喝的，至少不会喝得那么放肆。女儿考上大学是天大的好事，政府怎么会不给拿学费呢？老驴的女儿远远跟在父亲后面，她觉得父亲像是被人攮了一刀，整个身子都垮下来了。她真不愿意和他走在一起，父亲垮得这样不体面，让她觉得无尽的悲哀。

老驴的女儿李童可不像她的爹和娘，李童的自尊是打小就在心里扎根的，这是一粒坚韧的种子，也是一粒仇恨的种子，没有被谁刻意浇灌，但生命力极强。在学校，如果哪个老师对她不好，她嘴里不说什么，可她会把这事牢记在心里，暗暗骂人家一百句狗眼看人低。有对她好的老师她也会在心里记下，她知道老师对她好只是因为她学习好，能给老师挣面子和奖金。李童小小的心灵里，被这粒种子膨胀着鼓舞着，像一句戏文说的那样，仇恨的种子会发芽。

李童跟着妈妈去过几十公里开外的市里，“市”在她的眼里大得没边没沿，真真是车水马龙灯红酒绿。市里的大街平展得像她家的桌面儿，她们村街里走的是什么样的泥巴路啊。市里的人个个吃得红光满面从高楼里进进出出，偏偏她和妈妈坐在屋檐下歇一会，都会被人赶开。李童幼小的心里，像被谁塞进一把谷糠似的，抓挠得不是个滋味。她还记得有一次她的同桌、一个县干部的孩子过生日，她的爸爸竟然给她买了一件一百多块的衣服。一百多块啊！李童看着大家都在快乐地吃她的生日蛋糕，也走过去拿了一块，却没吃，用废报纸包了，趁人不注意扔在便池里。回家的路上，眼泪止不住流了一脸。

李童那天从县政府回来一夜都没睡，她觉得她和父亲好像受尽侮辱之后被抛弃了。虽然她也不知道是什么地方受了侮辱，她想不清楚，她反正就是觉得被侮辱了。

李童呆呆地坐了半宿，仇恨和冤屈让她不能自抑。她从书包里拿出纸和笔，开始写信。

李童在写一封信，一封使她非常激动的信，因为她写信的时候脸上一直显现着激动的红润。她的爹妈都睡着了，她的弟弟也睡着了。老驴后来说，他醒来就不见了女儿，他看见的只是女儿的一个留言。

李童的留言是：

我走了，我再不能过这种看人脸色吃饭的日子。我去南方打工挣学费，开学的时候自然会回来，你们不要找我，也找不到我！

李童的留言更像一段宣言，没有抬头也没有落款。

河阳县的县长崔涌接到一封信，是李家庄一个女学生写来的。女学生的信是这样写的：

尊敬的县长大人：

我叫李童，是今年的高中毕业生，我现在已经被一所大学录取。上大学是所有学生的梦想啊，如果家里条件允许，我将要开始我的大学生活。

我没有见过你，想象不出你是生得高大英俊还是低矮稳健，我只能想象你是一个不平凡的人。你的年纪大约和我父亲差不多吧，可你们的命运是何等的不同，你每天坐在你的办公室里对几十万民众发号施令，我父亲每天却在田地里苦苦地劳作。你什么都有，你可以让你的孩子受尽宠爱地生活，你可以给他们买一百多元一件的衣服，可以满足他们所有的要求；我的父亲什么都没有，他每天的劳动还不能保证我们吃饱穿暖，更不能为我们承付昂贵的学费了。

我长到十八岁，除了买学习用具，我不记得我向我的父母提过任何额外的要求。

我考上大学了，我拼命读书就是为了考上大学改变命运，可我的父母却拿不出供我读大学的钱。面对每年一万多元的巨额学费，除了找政府我们能有什么办法呢？我们去见了县里的女县长，她说国家没有这笔经费，我不懂得国家的政策，可国家能面对我们这样的困难学生失去学业而坐视不管吗？

作为一县之长，家乡人民的父母官，面对我的窘状，你肯定不会麻木不仁的，对吧？捐出一点钱对县里来说毫发无损，可这项资助对我们家庭极度困难的学生来说，就如雪中送炭，能圆我们十几年的大学梦，能给我们十年拼搏一个交代呀！

如果求学的生涯就此为止，如果因为没有钱就放弃上大学的机会，我没有想过，更不敢想象！

希望政府能给我一个深造的机会，我翘首以盼！

我相信我们的政府也能像其他政府一样充满人情味，对老百姓负责任；我更相信你也会像焦裕禄、牛玉儒、郑培民那样，急百姓之所急，想百姓之所想，想方设法解决我们的困难的！

平凡和伟大只差那么一点点的距离，我期待着你的伟大！

李童

二OO六年八月十日

县长大人崔涌来来回回把信看了好几遍，心里说不清楚是什么滋味。他本来想把这封信批给管教育的小刘县长，刚刚写了几个字又划掉了，他觉得孩子说的或许是实情，请求政府帮助也没有错，可就是看着别扭。

晚上回家，崔涌把这事跟夫人说了。这崔夫人是个小学教师，一看孩子这信，根本不考虑什么别扭不别扭的，竟眼泪吧唧地数叨起崔涌来。崔夫人说，你这个县长，连这样的孩子都保护不了，还不如回来卖红薯！你看咱们那儿子，有人家孩子百分之一争气，让我去做牛做马都行！

崔涌说，你这是哪跟哪啊！这样的孩子多了，县里不是不管，哪管得了啊？

崔夫人说，你们少吃几顿饭，啥钱都有了！

崔县长说，提起吃饭我就想吐！谁愿意吃啊？你看我人模人样的是个县长，上面大小来个人物，还不净是陪着装孙子？一顿饭要跑几个地方，把吃饭变成一种职业，你受得了吗！

崔夫人叹了口气说，别的我不管，这孩子这样给你写信，你不帮助肯定会心有不安的。

崔涌本是想着回来跟夫人商量商量，靠自己的能力资助这个孩子。夫人这几句话，把他的心情全破坏了。县上这样的孩子还有很多，政府管不了，靠他个人的能力更是无法照管得了的。他的烦恼也无法跟夫人解释得清楚，满肚子的烦心事，一股脑地排着队挤拥到心口上来。不管哪件事，都纠缠得他头大。外头说起这县政府还不知道有多牛，其实是责任无限大，权力无限小。那个孩子在信里把他想得像个逍遥神，可他这个当县长的分明是在刀尖上跳舞啊。崔涌没再理夫人，独自去洗了，照例吃了安定昏昏睡去。夜里始终被那孩子的信纠缠着。起来撒尿的时候，突然觉得不对劲，不知道怎么会这么清醒。仔细想想原来昨晚没有喝酒。唉，能有一天不喝酒，是多大的幸福啊！

碰巧第二日开县长办公会，趁会议开始前大家插科打诨的时间，崔县长先把那孩子的信读了。开始为了吸引大家注意，还念了两句普通话，因为一多半读音都不正确，大家都歪了嘴笑。但大家很快就不笑了。孩子上学是个很敏感的问题，钱对县长们也是个很敏感的问题。财政永远都困难着，县里的工资也是吃了上顿没下顿，看着偌大的一个县政府，却是个捉襟见肘的空架子。

听县长读了那封信，小刘县长一下子想到老驴和他女儿。小刘县长说，今年全县各类学校一共有一千七百多个孩子考上大学，确实有一部分困难生。要说这些没有什么特殊原因的，县里管不过来，可也不能看着孩子上不了学。

崔县长说，我也是这个意思，孩子既然考上了，是好事，县里再穷也要酌情解决一点吧。

大家一时都把目光投向常务县长老耿。老耿其实并不老，只是因为面皮黑，又是胡子拉碴的，不喊个老字挺对不起他。老耿只顾低头抽烟，埋在烟圈里的他一副潦倒的样子。崔涌喊了一声老耿，却又打住了。

小刘县长也说，财政上是不是拿点钱，然后号召社会上再捐一点，专门用来资助困难学生。

老耿看看崔涌，又看看小刘县长，说，该财政拿钱的地方多了。可上面转移支付的钱六月底就花光了，我们派人去市财政借钱到现在都没结果，这俩月的工资还在裤腰上悬着哪。

崔涌说，这事儿大家不知道也就算了，既然知道了，我们不管也不好。我看就这样定吧，办公室拿点钱，大家也都凑个份子吧。

县长带头掏出一千块钱，大家也都拿出了口袋里的大小票子。小刘县长让秘书把钱收了，笑着说，这县长办公会等于是现场办公会了，要是报道出去，咱们还能上省报头条呢！

要说县长是个大忙人，事情处理到这里也就算了结了。哪知学校快开学的时候，夫人还记挂着这事，前前后后问了许多次。县长崔涌被夫人絮聒烦了，当时给小刘县长打电话询问。小刘县长说，考虑刚好马上该过教师节了，与其像往年那样象征性地看望几个老教师，还不如一并去看几个贫困学生更有实际意义。刚好还有另外两个孩子要一并解决。这等亲民的好事，你县长能亲自出马最有意义。

崔涌说，我看你是真想上省报头条啊？话是这样说，还是觉得小刘县长虽然年轻，却是一个考虑事情非常周全的人。第二天他就带了小刘县长专门去了一趟李家庄。

老驴不在。老驴的女人正在院子里剥豆子，满院子的鸡大摇大摆地在她的豆子上穿梭，来来回回好似到她这里走亲戚一般。

看见来人，老驴的女人并没有停下手里的活计，她以为又是来收什么尾欠的。她一边剥豆一边温柔地哄那些鸡们，去啊，走啊，恁不听话啊。

鸡们不怕她，神闲气定地面对着拥进院子里的人，像是替女主人示威。

小刘县长介绍了半天，老驴的女人好像都听不明白，直到村干部上前来说到孩子的学费，她才知道了这一干人的来意。把手在身上搓了几十遍，才把钱接了。没说话先就哭了，开始还压抑着，哭声只在胸腔里周旋，憋得身子一耸一耸的，落在头发上的秸秆助威似的跟着她的哭声摇摆着。随后哭声逐渐大起来，喊着女儿童童的名字。陪同的村干部说，她闺女留了纸条出去打工了，也不知去了什么地方。中间往村里打过两次电话，一直在问县上有没有什么消息。

老驴的女人拿了钱只是哭个不停，既定的程序也没法往下进行了。这情景弄得大家都很尴尬。大家里里外外看了，老驴的家确实穷得很彻底，除了几张床几乎没有多余的家具。要说穷也该有个穷的过法，老驴家的穷，穷得忒窝囊，实在分不清床上地下，只是一个劲地脏，像被沙尘暴刚刚洗劫过一样。

嘴边上的几句安慰话说完，大家就逃也似的往外走。小刘县长看老驴的女人把眼泪鼻涕都抹在衣服上，心里很是厌恶，不等她拉扯就逃了出去。崔涌县长在电视镜头下，要做出亲民的姿态，不得不被老驴的媳妇捉了胳膊，任她的眼泪鼻涕在上面抹个够。

出了李家庄，俩县长半天无话，心情都很沉重。像老驴这样的家庭，在农村虽然不是很多，却很难消化完。让你急得跺脚，气得撞墙，却又无计可施。贫穷像是一条尾巴似的，总是挂在这些人的屁股上，不管给予他们怎样的帮助，还是环境发生怎样的变化，这条尾巴总是退化不掉。

让崔县长和小刘县长真正想不到的是，我们要讲述的事情，也就是关于老驴和老驴女儿的故事才仅仅是个开头。

距县长到李家庄送学费中间隔了大概有一个月，老驴突然找到崔县长的办公室来了。老驴到了秋天，就像根烧过的树桩一样，黑黢黢地戳在那里，让崔涌觉得好像撞见了一个鬼魂。说了半天，崔涌才知道对面的这个人就是自己去送钱那家人的男主人。老驴从口袋里掏出一卷子钱，对崔县长说他是来还钱的。老驴说，政府送去的是八千块，他们扣除了儿子上高中的一千三百块，还余六千七百块。

崔县长惊讶地说，钱不是给你女儿上大学的吗？

老驴说，女儿没了。

县长吃惊地站了起来，他说，人哪？

老驴说，我要是知道人在哪里，哪还会来找政府？

崔涌说，到底怎么回事？老李你慢慢说。

老驴说，政府不给学费，孩子出去打工，人就没了。

崔县长看着老驴，那一刻他知道了老驴的干瘦是和秋风没有关系的。他不知道该说什么好。老李，你说我能帮你做什么？

老驴说，我要我闺女！

老驴从那一天起，就成了县政府的编外人员，上班下班比政府工作人员都来得扎实。虽然他不吵不闹，但却把大家弄得都很紧张。分管信访的老刘县长过来好多次找老驴谈心。但老驴只说一句话，他要政府给他找回闺女。

这个理由软硬兼施，让县长们无计可施。

老驴静静地守在政府办公楼楼梯的拐弯处，这一待就是两个多月。楼里的人都熟悉了老驴，也习惯了老驴。县长崔涌亲自安排公安局跟外地公安联系协助查找，在网上贴了帖子，在报纸电视上广而告之，能想的办法都想到了。老驴的女儿像被秋风吹走的落叶，一去不复返；老驴则像一截子树根，牢牢地扎根在县政府大院里。崔县长得闲的时候，也会让人把老驴拉到办公室里来，倒杯热茶，不疼不痒地聊上几句。崔县长劝老驴回家等，说政府会尽最大努力找孩子。老驴不说回也不说不回，也不喝茶，看到崔县长忙起来了，就会识趣地走出去，仍旧回到楼梯边坐了。来来往往的工作人员都知道了老驴的情况，过来过去的都有些同情老驴，有的会给他带一点打包的剩饭，有的会给他几个零钱。老驴也不拒绝，尽悉收下。自己买些东西吃了，晚上走时还买些东西给老婆和儿子带回去。

天是渐渐地冷起来。有一天崔县长在楼梯边看到冻得发抖的老驴，才觉得老驴的问题非常复杂。它的复杂在于，如果老驴继续待在这里，这个冬天他怎么过？如果他过不去，说不定县政府都过不去。那天晚上，他辞了所有的事，让办公室主任把老驴拉到小饭店里喝酒。

崔县长那天喝了很多酒，老驴也喝了很多。

崔县长说，老驴，政府对不起你吗？

老驴说，不是。

崔县长说，我崔涌对不起你吗？

老驴说，崔县长，不是。

崔县长说，回家去吧老驴，庄稼都荒了。孩子不是我给你弄丢的，可老驴你放心，只要我在这里当一天县长，我就不会不帮你找孩子。

崔县长用酒杀这头驴，不费吹灰之力，老驴很快就喝倒了。崔县长安排司机开车把老驴送回家，还专门交代司机给老驴家拉了几袋面粉和猪肉。

看着送老驴的车一路远去，崔涌禁不住悲从中来。

崔涌硕士研究生毕业分配到市里没多久，就被选为市委书记的秘书。他跟了两任书记，从市里下到县里才两年多的光景。没下来的时候，觉得县里工作挺有意思，什么事情只要书记县长一拍板就成了，所谓指点江山大概就是这等风光吧。因此没下来工作时，就攒了满肚子的宏图大略。下来之后，他一心想做事，想改造城市，想招商引资，想把经济搞上去……归根结底一是想办点实事，对上对下对自己都有个交代，二是还想着要进步。崔涌才刚刚四十出头，县长这个岗位绝不是他的奋斗目标，他觉得以自己的能力和学识，应该是可以成就更大一番事业的。崔县长想干大事把脑袋都想破了，干了一阵子才知道基层做点事有多难。上下有条条，左右有框框，想蹚出条自己的路子那是痴心妄想。尤其让他想不到的是，这铺天盖地的琐碎小事，让他怎么都绕不过去。这些小事可以小到忽略不计，但又大到可以翻天覆地，他在县里待这两年，终于知道了一个真理：小事处理不好是会坏了大事的！

崔涌想，那老驴若是再回来，他自己可真就变成一头技穷的黔驴了！

还好，老驴第二天没有再来，第三天第四天都没有再来。

第五天老驴还没来，管信访的老刘县长说，我今天请县长们喝酒庆贺一下，崔县长你得去跟大家喝一杯。这老驴走了是去了我们一块心病。

老刘县长的话还没落音，他的电话就响了。老刘县长这边只说，好！好！好！

老刘县长放了电话，一脸的喜气瞬间就消失了。崔县长说，又出什么事了？

老刘县长说，就不能让我闲上三天，才刚说要松口气！是市信访局打来的，说有一个叫李长旗的在他们那待四五天了，不吃不喝的，怕会出人命。刚弄清楚是我们县的，让明天去领人。

崔县长说，你今晚就回市里吧，明天一大早过去。好好说说，尽量别让信访局记咱们的账。

老刘县长说，打从种了麦子就没有消停的时候了，一天到晚都是无事生非。不管是不是政府管的事儿，咱都得兜着。前天有个到北京上访的让我去接，说一九四七年解放军打老蒋把他眼睛打瞎一只，要当地政府赔偿他五十万。我这当副县长的都恨不得给他当孙子了，他也不回来，说从来没坐过飞机。除非有飞机坐，否则就坐死在北京！你瞧我整天干的这些破事跟谁说去啊！

崔涌笑了说，废话，要不是这些破事，你老刘咋可能混得德高望重嘛！

崔涌又正了色说，老刘，市里已经明确近期要来考核“一把”，他那边有问题，我们这边也会跟着有问题，关键时期，各项工作必须确保万无一失。

老刘县长哪能听不出弦外之音，县长要说明白的是，他们书记近期有可能要提拔。书记提拔不了，县长就接不了书记。县长接不了书记，下边这帮兄弟们就没有出头之日。大家都心急火燎地急着进步，中间哪一个环节都不能出故障，悠悠万事，唯此为大。老刘县长连忙表态说，老板你尽管放心，信访这块如果出了问题，你就枪毙我好了！

第二天老刘县长去领李长旗的时候，气得差点背过气去。还道是谁，明明李长旗就是那老驴。

老驴看见老刘县长，眼窝子都湿了，拉住他的手不放。老刘县长心里哪能不明白，他是受了不少委屈。他在市里别说见领导，市委的门他都进不去。工作人员只是问问哪个县的，然后做个简单的笔录，就直接通知县上领人。上级信访部门的老规矩是，谁的孩子谁抱走。

老驴是得了那些老上访户的指点，只报姓名说事情，要求见领导解决问题，抵死不说家在什么地方。老驴到眼前都不知道，老刘县长他们是怎么找来的。他待在市里这几天，没一个人待见他，更不要说给他东西吃了。看见老刘县长他们，心中竟然觉得像久别的亲人一样热和。

老刘县长说，老驴，这几天睡车站还是睡厕所啦？

老驴说，车站。

老刘县长说，冷不冷啊？

老驴说，冷。

老刘县长说：饿不饿啊？

老驴说，饿。

老刘县长把老驴拉到集市口，找一个卖包子糊辣汤的小店坐了。老驴像一头驴那样，埋头一口气吃了三盘水煎包子，喝了四碗汤。

老刘县长说，老驴，你看看我比你年龄都大，你说你这样劳顿我，你忍心吗？再说了，你把自己弄得人不人鬼不鬼的是何苦啊。孩子找不见大家都同情，你说你这样就能找到孩子吗？

老驴头都没抬，埋了头只顾着吃。

但老驴吃的速度显然比刚才慢了很多。老刘县长就又同情起这头驴来。这事儿搁谁身上，都是压塌脊梁的事情，毕竟是个活生生的孩子，说没就没了。更要命的是，还是个考上了大学的孩子！

老刘县长那一个月里接了老驴六回，每一回都是前脚把老驴送回去，后脚他又去了市里。有一次赶上刚下过大雪，他们连人带车陷在泥地里，碰巧发动机也出故障，怎么都打不着火。老刘县长手脚冰冷，胃也疼得厉害。他气得恨不得一脚把老驴踹下去。他喝令老驴下去推车，老驴二话没说，抱着车屁股一股脑地推了十几次，把个人弄得活像个泥猴儿。车子终于发动着了，老驴咧着大嘴没心没肺地笑起来。仿佛他是立了功的。这样的人，这样地活着，活一辈子和活一天有什么区别？老刘县长在心里暗暗发力，只希望司机一脚把油门踩到底，活活把这狗日的轰出去算了！无计可施的他那一刻是真的动了杀心。

杀驴的唯一办法，还是请他喝酒。老刘县长压住一肚子火气，请含着一腔子伤悲和委屈的老驴。到底是酒不逢知己半杯多，俩人半天都没喝上几盅，毕竟是没有喝酒的心情和气氛。老刘县长说，老驴，我是不要进步了，可我一把年纪了，混到这分儿上也不容易，你这样不是存心敲我饭碗吗？我们前世无冤后世无仇，我求求你了老驴！我把我闺女送给你当闺女行不行？

老驴不说话，喝着喝着突然发起抖来。老刘县长摸摸老驴的头，发现老驴是在发烧。老刘县长说，老驴，你这球东西咋坏良心啊？我要把你给喝死了，恐怕给你陪葬都过不了关！

老刘县长把老驴拉到县里，安排医院给他检查。说是受了风寒，肺部有些感染，并无大碍。老刘县长这才松下一口气来，想，要是上访出了人命，我老刘就是吊死，估计处分决定也得放骨灰盒里。

庄户人平时用药少，药就显得灵验，两瓶水滴进去，老驴的烧就退了。老刘县长一直陪在老驴身边，等病房只剩两人的时候，老刘县长摸索着从口袋里掏出根烟点上，说，老驴，我老婆生病我都没有这样卖力过！

老驴说，刘县长，我知道你跟崔县长都是好人。

老刘再一次亲自把老驴送回李家庄。老刘县长在老驴家里坐了半天，喝了两碗“茶”——老驴的媳妇把白开水叫茶。老驴媳妇的身子柴瘦得怕人。外面阳光明亮得晃人的眼睛，屋子里就更显得黑咕隆咚的。老驴的媳妇倒了

"茶"，面朝里倚了门框站了。老刘看不清楚她的脸，阳光只把她一双小薄耳朵映得透亮，仿佛是用蜡做的。一些细碎的粉尘在勉强挤进来的光柱里翻飞着，使满屋子的静寂令人无法忍受。在农村长大的老刘县长心中莫名其妙地难受起来。

老刘县长说，老驴，光景不是越过越好了吗，瞧你把一个家弄成啥样子！

老刘县长说，老驴，好好在家养养身子吧，你这样不听人劝，等哪一天孩子回来，你倒先没了呢！

老刘县长走的时候，撇下一百块钱说，老驴啊老驴，让老婆孩子也跟着你吃顿肉吧！

老驴一连半个月都没到市里去。这让老刘县长悬着的心安顿下来。吃饭的时候见了崔县长，拍胸脯的话又放了出来，说，我在农村干了二十多年，啥样的人没打过交道？只要香烧到了，没有摆不平的事！

崔县长说，你老刘劳苦功高，忙过这两天我请你喝酒。

哪知道摆平了老驴，老刘县长也把自己摆趴下了。发病的时候他正在接访，急性胆囊炎突然发作，差点儿没把他疼死。医生给照了彩超，说是胆结石到了非做手术不可的时候了。崔县长听了消息，立马带了人到医院去看，一张脸苦黄着，好像得病的是他。他说，老刘你病也不拣个时候，眼看到年关，正是上访的高潮，你这一病不是看我的笑话吗！

老刘县长听了这句话，虽然肚子还在疼，内心可是受用无比。捂了肚子很痛苦地笑起来，一张黄脸像菊花一样一层一层地朝外绽放。

老刘县长的老婆是个家庭妇女，人开朗，又做得一手好家常菜，在大家伙跟前威信很高，大家都喊他"一嫂"。一嫂说，县长，你不把你哥哄死不罢休，等开我们老刘的追悼会，要是你去致悼词，他保准会乐得从棺材里跳出来拍巴掌。

崔县长说，嫂子你看你说的，只要你不拿扇子去扇俺哥的坟，他永垂不朽了心里也是踏实的！

一嫂说，你哥现在想死也死不了啊，房子房子没着落，孩子孩子没安排。我一说这事他就跟我急，明明是逼我去上访啊！

崔县长说，嫂子你放心，你们的孩子安排不了，你就把他领县委去，挂个牌子就说是我的私生子吧！

崔县长嘴上闹着，脸色却越加的苦巴。这一嫂提到的明明是他的另一块心病，整个这一茬的班子成员，都面临着子女就业问题。县里没单位安置，市里又协调不了，想想大家没日没夜地拼命，崔涌心里堵得没办法。大家一说起这些事情，他都只能顾左右而言他，装作没听见。

老刘县长在医院里住了半个月，崔县长带了人去看三趟。说是去看人，其实大家心里都明白，是催老刘县长上班。眼下赶上要换届了，县长空缺不补，政府七个人的岗位，现在连他自己算上只有五个人。到年底工作千头万绪，忙起来撕都撕不开，他能不急吗？

屋漏偏遇连阴雨，这边老刘县长还没好，那边老驴已经到北京去了。崔涌赶到医院，还没开口，一嫂就说，催命的又来了。崔涌说，嫂子，今天这玩笑可是开不起来了。老驴去了北京，俺哥不出山，恐怕问题解决不了。老刘县长说，上次我要是会开车，我就撞死他，大不了你多买一口棺材！崔涌说，这个时候不是你死我活了，是玉石俱焚啊！书记那边的事情还没有个结果，眼下到了年底，信访稳定这块是个重头戏，不怕一万，就怕万一。要是这一票给否决了，咱跟谁交代啊。

老刘立马坐了起来。一嫂见状，也赶紧去拿他的衣服。

看着老刘的脸黄得像蜡一样，崔涌一阵愧疚。哪怕老刘犹豫一下，他都会撤回他的决定。但老刘县长说，我去吧，我不去怕没人能把那头驴弄回来。

崔涌那一刻突然觉得前所未有的伤感，眼泪差点下来。

老刘县长边换衣服边骂，狗日的！狗日的！

崔涌却又笑了说，嫂子你陪老刘去吧，费用县里出，一来照顾病号，二来老两口子到首都去开开荤吧，免得他自己去那么大城市犯错误。

一嫂撇了嘴说，你县长挺开恩的，这大过年的，哪个还有心情出去风流啊？你分明是夺俺老两口儿的命啊！

老刘县长亲自去北京接那头驴。他一路上都在想见了老驴怎么收拾他，简直太混账了。再这样无理取闹，真就得让公安局关他两天了。

到了北京，才知道老驴和几十人一起关在郊区的监管站里。他们赶到郊区的时候，天已经擦黑了。老刘县长让工作人员去交介绍信和老驴的口粮钱，自己叉腰站在监管站的门口，脸比里面的人还黑黄得吓人。值班的工作人员小心翼翼地看着他，真怕把人提溜出来这个主会就地正法他。

等好大一会老驴才慢吞吞地走出来，只见他头发蓬乱得像一窝草，手脸上的灰足有铜钱那么厚，衣衫褴褛，整个一个大要饭的。还没走出门口，他就把手心里握着的一张皱巴巴的纸展开，像投降那样子举起来。

纸上面写着：还我女儿！

老刘县长看了，一肚子的火气竟然都消了。

老刘县长把人带到一个叫大光明的小旅馆里，老刘县长他们每次接人都是住在这个小旅馆里。先是让人给那脏驴理发，然后洗个透水澡，又让随行的工作人员给买了身衣服。老驴个子大，这些日子却越发地瘦，大号的衣服穿在身上像是被一张弓撑着，让人担心随时都会掉下来。

老刘县长什么都不说，带了老驴到胡同里吃了顿老北京的涮肉。吃肉的时候没说话，吃完了仍然什么都没说，两人坐在那里都没走的意思。是老驴先开的口，老驴说，刘县长我对不住了，我不能跟你回去，我跑一趟要花好多路费，你把我带回去我还是会来的，就是要饭我也会来的。

老刘县长掀开上衣，说，老驴，你看看我这伤口，还鲜红着哪！就光凭这，你还会来吗？如果医生这一刀开偏一点，咱老哥俩早就阴阳两界了。要是那样，今儿可真是个鬼来接你了！

老刘县长说，老驴，你说说你有什么要求，盖房子安排工作，我豁出老脸给你办！

老刘县长说，老驴，你儿子的学费往后政府都给你包了！

老刘县长说，老驴啊老驴啊！

天黑尽了，北京的夜晚却是灯火通明，霓虹灯的光束扑闪扑闪地打在两人脸上，让两人像唱戏似的不断地变幻着神情。火锅的火已经熄了，锅里的热气有一搭没一搭地升上来，让一切显得都是那么虚幻。

老驴看着老刘县长从口袋里掏出一大包花花绿绿的药片，然后就着茶水一片一片地吃。老驴一直看到老刘县长咽下最后一片，才终于开了金口。老驴的厚嘴唇儿抖索得像两片风中的破布。老驴牙齿打着颤说，我要我闺女！

半夜里，老刘县长被外面的车喇叭吵醒，他起来到大房间看了一回。老驴很安详地睡着，由于睡得踏实，老驴脸上的皱纹全部舒展开来，让他一夜之间显得年轻了许多。其实老驴这样的年纪，在北京这样的大城市里还算是青年人。

那张写着“还我女儿”的纸，就搁在老驴的枕边。

老刘县长那一夜再也没合眼。胆囊不疼了，心火却蚀到嘴上，嘴皮子上起满了泡，后半夜牙也疼得厉害。

已经有大半年了，老刘县长最担心的就是被提前切下来，他已经过了五十的杠，只看这次换届，市委这一刀是切在五十以里，还是五十以外了。老伴的心病是孩子没有安排，他担心的是房子不够住，年迈的母亲还住在非常远的乡下，在位的时候还可以用公车常回去看看，如果退下来，恐怕连车子也不好要了！

老刘县长天亮的时候才迷迷糊糊来了睡意，他没有忘记老驴，但是他下了决心，天大的事也得等他睡上一觉再说。他还决定这次回去跟老婆商量一件大事，过了年不管市委怎么切，他都下了决心，要彻底卸下副县长这副驴套。

桥 / 王祥夫

县里，怎么说呢？把那连个栏杆都没有的水泥桥叫做“卡桑德拉大桥”，这原是一部外国电影的名字，这部片子在县里演了又演，人们便把它叫做了“卡桑德拉大桥”，“卡、桑、德、拉、大、桥——”因为绕口，人们便又叫它“德拉桥”。桥实在是太老了，原先是，两边都有整齐的栏杆，但现在那栏杆早已像老人的牙齿一样一个一个都掉光了，桥没栏杆可以吗？当然不可以，镇子里的人整天在上边走来走去，车也过，人也过，挑担的也过，东跳一下西跳一下的小孩子也过，所以这里是年年出事，年年都要往死淹人，桥下的水很深，站在桥上往下看，那水却是又平又稳，那平稳实际上只说明它的深，古人说的“深水不波”真是有道理。水再深，危险再大，人们也照样要从桥上过，桥两边的生活不会因此而有一天的间断，而且，人们往往还会忘了它的深，忘了它的危险，该下来推着车子走几步的，照样骑着车子过，对面有一辆车过来了，突突突突、突突突突是摩托车，这边恰也有一辆摩托车也要过去，也突突突突、突突突突，两辆车谁也不停，谁也不让谁，是两个做生意的青皮后生，车上都驮着鼓鼓的蛇皮袋子，就那么，风风火火互相擦肩而过，因为是擦了一下，两辆车都那么晃了晃，仄斜了一下，但还是开走了，把河边人看得直吓出一身汗。就这样一座危桥，常年出事，每出一回事，县里的人就都说怎么不修一修呢？这话是对谁说呢？谁也不知道，这话说了有多长时间了，人们也不知道。因为总是说总是说，倒好像失去了意义，常常被人们挂在嘴边的话往往会被人们忽略了它的意义。于是，又有个小伙子掉在了水里，他没骑车子，他是附近工地上的民工，他吃力地挑着两筐从河里挖来的沙，脸红红地和对面过来的人笑着，点着头，有人看见他已经吃力地走到了桥中间了，有人看见他突然像是一脚踩到了什么东西，两条腿连连往后退往后退往后退，他想停下来，但那两筐沙硬是不肯让他停下来，人就一下子重重从桥上掉了下去。那掉在河里的小伙子叫宋建设，现在，他就静静躺在河边那株老槭树下，既不会再去挑河沙也不会再感到疲累，他现在被一条很薄的棉被从头到脚盖着。

建设的父亲老宋从老家赶了来，他只说有什么事要去一下城里，他先不敢把儿子的事告诉他女人，他独自坐了火车，然后又换了汽车，下了汽车他几乎是一路跑着，满头满脸的汗。出汗的脸什么样子？就像是抹了满脸的清油，给太阳一照，是，满脸的紧张。县城里街上的人都很吃惊地看着这个奔跑的老宋，以为县城里又出了什么新鲜的疯子。老宋从县城的东门一直跌跌撞撞跑到了河边，有人远远把躺在树下盖着被子的建设指给老宋，老宋这才停住，并且连连往后退了几步，退了几步，停下，然后又连连往后退，不知要退到什么地方去。直到和建设一起打工的老乡们赶过来，老宋才猛地朝前扑过去，跌跌撞撞伸着两条胳膊朝他的儿子猛扑过去。老宋看到儿子那一瞬间，脸色比他死去的儿子还要白还要难看，但老宋没有哭，却不停地用手抚摸儿子冰凉的脸。建设和老宋长得几乎一模一样，细眉毛，细眼睛，高挺的鼻子。儿子此刻的嘴微微张着，像是想要对他讲什么话，却永远不会再有那种可能。老宋一直没哭，身子却一直在抖，手也在抖。围在一边的人说这种事要哭哭才好，要不会憋坏的，应该劝他哭哭。“让他哭，放开声哭。”有人在旁边说。但老宋还是没哭，只是当人们把河上那座破破烂烂的桥指给老宋看时，老宋才转过脸猛地哭了起来，老宋这一哭，把周围的人都吓了一跳，这是一声极其短暂的哭，一下子又停掉了。

老宋突然跳起身朝小桥奔去，和建设一起打工的老乡也跟着跑，怕他出事。

老宋上了桥，站在建设掉下河的地方，才又放开声哭了起来。

河水无声地流着，老宋站在那里哭，小桥的交通很快就被堵塞了。

卖菜的说：“这就是那个后生的父亲？”

卖豆腐的说：“恐怕是那后生的哥哥吧？这样年轻？”

卖砂锅的说：“这次淹死的比上次淹死的那个岁数还小。”

卖鱼的说：“年纪轻轻的多可惜。”

坐在那里的人说：“才二十多吧？”

“才十八。”和建设一起打工的小声纠正了一下。

“建设……建设……”

“建设……建设……”

“建设啊……”

老宋对着河面悲怆地大喊了起来。

“建设啊，我的儿啊……”

“建设你个小王八蛋啊……建设，建设，建设……”

这时桥上围的人更多了，不知谁在那里小声地说：“恐怕要淹死九百九十九个人，县里才肯想起修这个桥。”又有一个人，走过来，拨开众人，拍拍老宋的肩头：“兄弟，你儿子已经去了，你也不要哭了，你只和县里去要赔偿，他们是应该赔偿的，上一次死了人他们也赔偿过，只不过你要连着去，一天不落地连着去，让你老婆也去！让你们全家都去！县里会给的，人心都是肉长的，当官的心也是肉长的，是人的心就没有用水泥做的，你也去，他也去，凡是出过事的都去也许就会引起县里的注意了，也许就会修桥了。”

老宋看着这个人，忽然又跺着脚大哭了起来，像个孩子。

和建设一起打工的老乡忙把老宋从后边抱住了，怕他往河里跳。

“别拉我，别拉我，我要和我儿子多待一会儿，建设啊……”

“先打发你儿子吧。”那个人又说，说做什么事都要一步一步来，这人又对那几个和建设一同打工的人说，“你们快把人搀走，这河一掉下去就没救了，总不能再来一个！”

“建设啊……”

老宋悲怆地喊着，被人前拉后抱弄下了桥。

“建设啊……”

下了桥，老宋又挣脱了众人往桥上跑，又给人们拦了下来。

“建设啊……”

桥下的水流着，因为深，让人听不到哗哗哗哗的声音，而是咕咕咕咕……咕咕咕咕……咕咕咕咕……桥下的水实在是太深了。

日子像桥下的流水一样一刻不停。

建设的父亲老宋再次出现在德拉桥边是一个星期后的事。

县城里的人们说："什么是来者不善，这就是来者不善，这个外乡人是来跟县里要儿子来了！"跟老宋一起来的还有建设的母亲，白天的时候，人多，老宋不便带自己女人过来，是晚上，老宋带着自己女人到了桥上，有人看见桥上忽然有了火光，是建设的母亲在给儿子烧纸，桥上闪烁的火光映在了水里，燃烧的纸钱一片一片落在了河里随水漂远了。建设母亲哀哀的哭声从桥上传向了四方，她一哭，老宋就又跟上放声大哭，老宋一哭，老宋的女人反倒不哭了，她转过脸来，劝自己的丈夫不要哭："再哭儿子也听不到，倒是把自己哭坏了，儿子在那个世界知道了不得安生。"建设的母亲比他父亲大几岁，但看样子要比建设的父亲大得多，头发染过，但白头发又从下边钻了出来，站在一起，仿佛就是老宋的母亲，儿子一出事，她好像一下子更老了。陪着建设的父亲和母亲的还有他们的亲戚，他们都静悄悄地住在县城里的一家小旅馆里一起商量事。那家小旅馆就在桥边不远的地方，小旅馆的下边那一层开了澡堂，向南的房子又开了饺子馆，小旅馆东边的那株树上现在挂着一个白牌子，上边用红漆写着"迎宾旅馆钟点房十元一小时可以洗澡"。旅馆里的服务员都知道了住在他们旅馆里的这些人就是前些日子掉在河里淹死的那个年轻人的亲人，怎么说呢？好像是，县城里的这条河把那年轻人一淹死，就像是这个小县城都欠了这一家人什么，小旅馆的服务员对老宋一家特别周到，又特别客气。县城小，人跟人就特别的亲，一个外来的人，又那么年轻，一下子死在这里，怎么说，让人心里难受不难受？人家的亲人都来了，个个都哭得眼睛通红，还有那个姑娘，小旅馆的人都说那姑娘是建设的同学，还说他们两个恐怕是已经好上了，哭得跟什么似的。其实不是，那姑娘叫刘书花，她家里特别穷，读到高三眼看就要考大学了，家里却怎么也供不起她了，是建设把自己打工的钱拿来给了她，让她继续上。哭是会传染的，尤其是会传染女人，小旅馆的女服务员跟着哭完了还不行，还觉着应该再做些什么？做什么呢？她们自己掏钱从旁边的饺子馆给建设的亲人们买了些饺子，让他们吃，吃不下也要吃。这种感人的古风在别处已经相当少见了。

"身体要紧，为了让你们儿子放心你们也要吃几个。"小旅馆的女服务员说。

这么一来呢，好像是，建设真是睁着眼在另一个世界里看着他们，而且建设无端端地好像就在云端上边朝下看着，老宋和他女人都各自吃了几个饺子，但味同嚼蜡。

“你再吃几个，你不吃，你儿子不会放心。”建设的母亲对建设的父亲说，说你再为建设吃几个？为咱们的建设。

老宋又吃了几个，再让他吃，他说什么也咽不下去了。

“是该让县里赔。”小旅馆里的人这时都一齐向着老宋一家，说那座水泥桥早就该修了，可县里就是不修就是不修！有什么道理不修呢？说修桥期间人们怎么过河？今天推明天，明天推后天，这难道也算是个道理？他们还给老宋出主意，要他们一家人马上就去找李县长，他们的道理是：“人长到十八岁容易吗？十八岁得吃多少粮食？一火车皮！朝他要！”

但让小旅馆的人们吃惊的是，那天下午，别人都不见了，独独只剩下了一个老宋，其他的人呢，都悄悄走了，怎么来的又怎么走了。建设的亲人什么多话都没有说。小旅馆的人还猜测说是不是县里重新给他们安排了住处？在欢乐路门前有棵大槐树的那个招待所？是不是要解决他们的事了？但等了一天，没见人影，又等了一天，还是没见人影，天偏偏又下起雨来，雨绵绵不绝，也不见那些人回来，人们这才知道建设的那些亲戚已经走了，而建设的父亲老宋却留了下来，到这时，人们也都知道了是这个老宋要他的家人都先回去，他要留下来做一件事。什么事呢？人们又都猜不出。但最后也有了答案，那就是，老宋要和他的儿子多待几天，他怕他儿子寂寞！人死了还会寂寞吗？这话让人听了心酸！老宋的话让他的家人都吃了一惊，他们觉得老宋是不是脑子出了毛病？是不是急坏了？亲戚们不同意，怕他出事。可老宋是个说了就要做的人，一向不相信迷信的老宋说我儿子的魂灵就在那桥下，我就是要和他多待几天！他这么斩钉截铁地一说，他的家人就都没了话，只能你看看我我看看你。旅馆里的人们还知道了什么呢？还知道这一家人那天下午在旅馆的房间里还起了一阵子争执。建设的亲戚都是河北大平原出小麦的地方的人，那里有大片大片的麦田，是一眼望不到边，人走在里边就像是行走在海里，这里的人性就来的特别的质朴厚实，他们即使有了争执，也是低声细语，再加上出了这种事，谁还肯大声说话呢？老宋的另一个意思是儿子已经死了，他不会像别人那样为了儿子的死皮着一张老脸找人家县里要钱！他说建设活着的时候还把自己打工挣来的钱拿出来扶助村里的刘书花还有刘书文，再说，要回来的钱一是花着难受，每一张票子到时候都会让他想到儿子的死，二是钱再多还能花一辈子？他这么一说，他的亲戚们你看我我看你，都认为老宋是不是真是给急坏了？脑子是不是已经给急出了毛病？怎么连钱都不要。

“多少也得要啊？他们的桥要了建设的一条命，他们应该给！”建设的舅舅说。

“不要。”老宋说他不花儿子的这个钱。

“咱不要，那咱回去？”老宋的女人最知道老宋。

“我不回，我要多守几天。”老宋说。

“那我跟你一起守。”老宋女人说。

“不用。”老宋说让我一个人待待，要不我心里会疯了。

老宋的话说到了这个分儿上，他的家人便不再说什么，这是一家心地十分亮堂的人家，就像在心里点了灯，即使是出了这种事他们也心地亮堂知情知理。他们的身上有某种植物的气息，浩荡而阔大！无论碰到什么事都来得清清爽爽，毫不混浊腌臜。

老宋没走，老宋没走他能做什么？天还很热，人们看到老宋独自在桥上一坐就是大半夜，人坐在那里，两只眼呆呆地望着桥下，老宋的两只手是从来都没这样闲过，所以是，两只手下意识地互相搓着，这只手搓那只手，那只手搓这只手，这是两只粗糙的大手，两只手搓起来的时候沙沙响，手搓手的时候老宋的眼就呆呆地看着河里，河里有什么呢，就是水，黑沉沉的水，有时候会猛地翻起一个白白的浪，然后又是什么也没有了。老宋在桥上一坐就是大半夜，人们不放心，劝他回去，不一会儿他又出现在桥上。和建设一起出来打工的老乡对老宋说你光这么坐着有什么用？喂河里的蚊子？你就是坐一百年，河还是河，桥还是桥，不信你就能把河水坐得朝北边倒流？不信你还能把这烂桥坐成一座新桥？人们这么说那么说，就是不敢说“你这么坐着就不信能把建设给坐活！”

“你在这儿坐迷糊了摔下去怎么办？”说话的人名叫周向东。

周向东和老宋的岁数差不多，他对老宋说好好想想怎么向县里要几个钱才是正经事，你要是不张嘴他们怎么知道你心里在想什么？

“钱这东西不可能会自动飞到你的口袋里！”

"我不要钱。"老宋开口说了话。

"那你要什么?"周向东说又不可能给建设立个烈士?

"我不要钱。"老宋说建设是自己不小心掉下去的。

周向东不明白了,他看着老宋,说老宋你是怎么了?你怎么这么说话,那你来这里是为什么?那你不走是为什么?要是别人,赖也赖上了?桥是谁的?桥是他们县里的,所以他们就该负责,你不要建设就算是白死了,这种事就是到了美国也是要给钱的!

老宋不说话了,老半天,摇摇头,说:"不要。"

"那你要什么?"周向东说你已经待了两天了。

周向东的意思是,老宋既然不准备跟县里要钱,干脆回去好了,麦子也快收了,回去忙忙麦收也许心情会好些,人一忙就顾不上伤心了,人一累就只知道睡觉了,人一睡觉就什么都会忘了。

"你回去忙麦收吧!"

"我要修桥。"老宋忽然开了口,他抬起脸看着周向东。

周向东以为自己听错了:"修桥?"

老宋又说了一句,"我要修桥。"

和建设一起出来打工的老乡们一致认为老宋的脑子是出了什么问题,他们你看看我,我看看你。这个老宋,一不向县里闹着要钱,二还要修桥,是不可理喻了,是疯了,桥是谁的,桥是人家的,你修的是什么桥?

"我问你怎么修?"周向东蹲下来,看着老宋。

老宋说你们别管,我是想和我儿子在一起多待会儿。

和建设一起出来打工的老乡们说老宋一会儿说要修桥一会儿又说要和建设多待一会儿,是不是脑子真出了问题。工地那边的工头也很关心建设的父亲,怕他出什么事,已经派了一个人专门跟着老宋,并且把话也给传了过来,说准备把建设半年多的工钱马上给他结了,而且还要多给一些丧葬费。

"我只要工钱。"老宋说建设不是那种人,建设在桥上看着呢。

周向东往桥那边看看,桥上有人在骑车,骑得飞快。

"要不,让工地派几个人跟着你修?县里不修,咱们替他们修,只要你说怎么修?"

老宋又说不用,老宋说他就要一个人修,为的是要和儿子多在一起待待。

周向东眼睁得老大，说那好，那就让工地把水泥沙子给你送来，还有砖。

周向东说完这话马上就又愣在了那里，因为他听见老宋又说了一句：“不用，我自己出钱买，不用工地的沙子和水泥。”

“你何必！”周向东说。

“我自己修，修给我儿子看！”老宋说。

周向东不再说话，周围的人也不再说话，都看着老宋。

周向东吩咐厨房里的人给老宋的饭里放了两粒安眠药。老宋整整睡了一天。

“睡睡就好了，神智就会清楚了，然后让他回去忙麦收，人一忙就什么都忘了，人一见麦子就什么都忘了。”周向东说今年的麦子不错，让麦子去收拾他，收拾得他什么也不再想，别看麦子不会说话，麦子最会收拾人。

谁也说不上县城这座烂水泥桥到底有多少年了，这烂水泥桥重要吗？那还不重要！你要是想去县城东边的开发区或是去华兴县、区里县、大同县、左云县、右玉县、张北县、许多的县吧，你就不能不走这座德拉桥。而你想从东边的开发区进县城也必须走它，要不就绕路，从马莲庄那里走，绕路远且不说，路又不好走。多少年了，县里也不说不修这座桥，一是顾不上，二是要想修这座桥就必得要搭建临时性的桥，修桥的事就这样一搁再搁。好了，这时候有个新闻在县城里传开了，有人在那里修桥了，修桥的人是谁呢？也传开了，就是前不久刚刚被淹死的那个青年民工宋建设的父亲。这事一传出来，报社马上也就采取了行动，他们发现了新闻点。

事实上，不是老宋一个人在那里修，而是两个人，另外那个人是谁呢？是建设的母亲，她又从老家赶了来，她不放心老宋。她和老宋两个人出现在了桥头，在那里又是拉沙子又是拉水泥，最后还拉来了砖，这种事，其实都是老宋的女人来做，在家里，主要的活儿也都是靠老宋的女人来做，只要老宋一出来做老宋女人就会马上把活儿抢过来，从很年轻的时候开始，他们就是这样过来了。这两个人在桥上做事，不知怎么让旁边的人看着就觉得十分的悲怆。老宋的女人在前边拉车，是一车沙子，老宋在后边推。老宋的女人在前边拉砖，老宋在后边推。白天桥上人多是不能做这种事的，是要影响交通的，这种事只能在晚上人少了的时候做，这时候，上班下班的人少了，出来走动的都是些吃过了晚饭没事的闲人，人们没事干，没事干就出来站在桥头看这两个刚刚死了儿子的外乡人做事。他们也看出来了，这两个死了儿子的外乡人是要在桥的两边砌两道桥栏，他们不可能把料一下子都下到桥上，他们也不可能像施工单位那样设个禁止车辆通行的标志，他们能做什么呢，是修一段，再修一段，一点一点修。所以水泥沙子和砖也是一点一点往过拉。因为，到了白天这桥上的行人一刻不停，是车水马龙，是络绎不绝。

人们发现，就这个老宋，干几下，把手里的砖码一层，就要对着桥下低声说句什么。

说什么呢？人们都说这个外乡人对着桥下说什么呢？这个人是不是精神出了毛病？

而很快，人们听到了老宋在说什么。老宋码几块砖，停下，就要对桥下说："建设，爸给你修桥了，你看着，爸给你修桥了。"要不就是："建设，你原谅爸没给你买那个小灵通，你原谅爸吧。"老宋码几块砖，又停下来，对着桥下又小声说："建设，爸给你修桥了，爸就在这里，爸和你在一起。"有人从桥上过来了，虽然是晚上，但是夏天的晚上人们睡得晚，有人一来，老宋就停了嘴，继续砌他的砖。而那来人呢，是住在桥边的人，他们过来做什么？他们给老宋拿过来半个西瓜，他们要老宋吃，他们要老宋不要太伤心了，他们都说要不叫几个人来帮着修？大家一起动手，很快就会修好了。老宋却急了，摇摇手，连说不要不要，倒好像怕别人把他的什么东西抢了去似的。老宋已经砌了一段了，然后是砌下一段，晚上砌，到了白天他就不能再砌了，白天的时候他就坐在那里守着晚上砌好的那一段，老宋的女人，不知戴了一顶谁给的草帽，戴着，就坐在老宋的旁边，两个伤心的人，一动不动坐在那里让别人也看着伤心。老宋的女人忽然有了动作，那就是，抬起手来给老宋擦脖子上的汗，然后又不动了。其实更加难受的是周围看他们的人，他们都是住在周围一带的本地人，他们想帮忙，但让老宋一个一个都拒绝了，他们看着这一对正向老年迈进的夫妇——刚刚死掉儿子的夫妇，他们不知道拿出什么话来安慰他们，所以，他们给老宋他们送水，送瓜。小旅馆那边到了时候还会把饭送过来，因为老宋他们一家子在他们小旅馆住过，现在呢，老宋和他女人又住在了他们的小旅馆里，所以她们好像觉得她们和老宋夫妇关系不一般了。有一个老头儿，也是县城里的，却不在小桥附近住，住在离小桥很远的地方，也天天过来，过来就坐在那里，好像是，坐在那里是为了陪陪老宋夫妇，也不说话，也只是，坐在那里看，到了中午吃饭这个老人会慢慢慢慢走回去，到了人们上班的时候他就会又来了，还是坐在那里，手里拄着一节竹棍，看着老宋夫妇。小旅馆那边来人送绿豆汤给老宋夫妇还会劝老头儿也喝一碗。

"您也喝一碗？天太热。"

"修桥补路，修桥补路。"老头儿点点头，什么意思呢？

老宋的工程也就是做了十个晚上，桥两边的两道短短的桥栏就出现了，而现在的桥栏看起来更像是两堵十分矮的矮墙，因为上边还没有抹水泥，所以是没有最后完工。老宋还是在夜里做，一边做一边用很小的声音和他儿子建设说话，他儿子在什么地方呢？他儿子建设现在是无处不在。在桥上，在桥下，在身前，在身后。现在老宋说起话来不再是对着桥下，他是一边干一边说。比如："建设，递块砖。"比如："建设，来铲子水泥。"比如："建设，再往这边来点儿水泥。"比如："建设，你站开点儿，让爸来。"比如："建设，你看看，结实了吧。"比如："建设，你看看，再有人站不稳往后退就给挡住了吧？"老宋现在说话也不再避人。老宋的砖砌得不怎么好，一块这样，一块那样，但谁还在意这些呢？人们感动还来不及呢！一到了晚上，小桥四周就有不少人，他们站在远远的地方看，怕影响了老宋，怕影响了老宋和他的儿子交谈，这真是让人既感动又伤心的事！这期间，报社记者把老宋的事在报纸上介绍了两次，而且还登了老宋的照片，但老宋一句话都不说，他要说，就只是说着自己的话，对儿子建设说的话。

"建设，你喝碗绿豆汤。"老宋说，对着一片虚空举举碗。

老宋快要把桥栏修好了，最后一道工序也已经做完了，那就是在桥上的两道护栏上抹了水泥，抹了水泥之后桥栏就更像是桥栏了，老宋在桥上又守了一天，他要等着水泥干好，老宋坐在那里，老宋女人也坐在那里，他俩都一动不动，要动，就是老宋的嘴，他又在那里和他的儿子建设交谈。老宋的女人忽然也动了一下，她抬起手，给老宋又擦了一下脖子上的汗。他们不再动的时候，坐在另一边的那个老头儿却动了起来，老头儿慢慢站起来，慢慢朝这边走了过来，老头儿走得很慢，他的岁数也只能慢，他走过来了，让老宋吃了一惊，老头儿把手向他伸了过来，老头的手里呢，是三张一百元的票子。

“你拿着。”老头儿说。

“不要不要。”老宋马上站起来。

“你拿着。”老头儿又说，是长辈命令晚辈的口气。

“不行不行。”老宋往后退。

老头儿不说话了，把钱往老宋手里一塞。

“你拿着，我八十五了。”老头把手朝老宋伸出来，做了个“八”字的手势。“我八十五了，我什么没见过！”老头儿用手里的拐杖敲敲老宋修的桥栏，又敲敲，又敲敲，慢慢走远了，已经走到桥头了，又在那边用拐杖敲敲桥栏，又说了句什么？老头儿说什么呢？老宋在这边当然听不清，老头儿在那边说：“我八十五了，我什么没见过！”

也就是在这天，县里也来了人，来人看桥，那是几个在县里办公的公家人，他们没和老宋说话，他们站在那里说桥的事，他们指指画画。他们还上了桥，从这头儿往那头儿走，再从那头儿往这头儿走。他们没有一个人和老宋说话。其中的一个人，还抬起脚来蹬在老宋修的水泥桥栏上使劲儿，用力蹬了蹬，水泥已经干得差不多了。他们在一起说话，他们说什么？老宋在这边当然听不清，他们说：“看，看那边，那戴草帽的是母亲，她旁边，那一个，是死者的父亲。”他们还说什么？他们说：“说不清，谁也说不清，这两个外乡人，一不闹着要钱，二又要自己修桥，唉，那么大的儿子说没就没了。”他们真是说不清，他们后来得出一个结论，当然也不能说是一个结论，应该说只能是一种猜测，他们猜测建设的父亲和母亲是受的刺激太大了，精神出了毛病。

“那男的，一边干活儿一边总是不停地跟他儿子说话。”一个说。

“他儿子不是死了吗？”另一个说。

“所以说可能是这地方受刺激太大了。”一个说。

“和他儿子说话？”

“和他儿子不停地说话。”

“一边干一边说？”

“一边干一边说。”

“可他儿子已经去了那边！”

“所以说他受刺激太大了。”

"那女的说不说?"

"女的不说。"

"女的有时候比男的坚强!"

"他们住什么地方?"

"喏,就那边,迎宾旅馆。"

"东西就送到迎宾旅馆?"

"我看是送给神经病了。"

"你这话可不好听!"

说"神经病"的这个人马上用最小的声音说,说不过现在许多许多神经病都是这个世界上最好最好的人,有什么办法呢?报社把事情弄这么大,县里不准备修桥还能说什么?"再不修,说不下去!"

老宋望着这边,老宋朝这边望着的时候老宋女人也掉过脸望着这边,他们不知道那几个人在说什么?但他们马上给眼前的突发事件吓了一跳,老宋和他女人都一下子站了起来,有两个骑摩托的在桥上撞了,他们不是对着骑,他们都是朝着一个方向,他们的摩托车上都带着很大很鼓的蛇皮袋子,里边装着什么?还能是什么?小商品,衣服,毛线,鞋子,帽子,或者就是专门给孩子们吃的那种膨化食品,他们把这些东西从东关接到手然后再用另一个价送到另一个地方去,这就是商业!这就是生活!他们的摩托车后边的袋子也实在是太大了,骑到并排的时候互相碰了一下,虽然只是轻轻一碰,但摩托车的惯力让他们一下子就朝着各自不同的方向把车子射了出去,但车子马上又被往回弹了一下,是什么把车子反弹了一下?就是老宋刚刚修好的水泥桥栏。那两个摩托车倒地的时候发出哧啦哧啦的摩擦声,但由于后边鼓鼓的蛇皮袋的支撑,所以骑摩托车的人没有被摔坏,并且,他们马上就爬了起来,一个,手上受了伤,一个,脸上让刮了一下,但都不严重。这个县城,怎么说,太小,人跟人就特别亲,这两个骑摩托的没吵,但他们都吓得够呛,他们看看桥下,桥下有什么呢,是河水,很深的河水,宏大而深沉的河水。

"也许,也许,也许……"其中的一个说,"前不几天刚刚淹死过一个年轻人。"

"咱们也许就掉到河里了,如果不是这两道桥栏。"另一个说。

老宋站在另一边,他没过去,好多人都跑过去了。

老宋没到摩托车相碰的那边去，老宋的嘴张得老大，声音却很小：“建设，建设，爸告诉你……”

老宋要告诉他儿子建设什么呢？没人知道。

怎么说呢，连老宋自己也不知道自己修桥的事在这个小县城里弄出了多么大的动静。老宋准备走了，乡下无边无际的麦子在等着他，也等着他的女人。一个人在心里能盛放多少悲伤呢？这还真不好说。但这悲伤会影响太多的人。老宋一边修桥一边可以对他的儿子建设絮絮叨叨地说话，但县里做事就不是这样了，现在是，县里什么话都没说就行动开了。老宋准备走的那天上午，德拉桥这边忽然开来了两辆铲车，那铲车一开来就开始铲那年久失修的德拉桥，老宋刚刚修好没两天的矮矮的水泥桥栏被铲了起来，那一段一段的砖头水泥桥栏，一节一节被铲了起来，那水泥桥栏，外边的水泥干了，可里边呢，居然还没有干透。老宋这时候才看到桥头两边早已拉了绳网，还立了牌子，让人们不要再从桥上过，这都是夜里做的，县里终于要修桥了，修一座更大更结实的新桥。铲车的声音很大，轰隆轰隆的。所以，没几个人能够听到老宋的说话声，老宋朝着桥下小声说：

“建设，建设，建设……”

“建设，建设……”

“建设……”

老宋想说什么呢，人们不知道，因为老宋忽然一下子捂着脸哭了起来。老宋的手很大，两只大手把一张脸给捂得严严实实，但老宋的泪水还是从手指缝里流了出来，流了出来。

美满家庭/刘庆邦

七里槐的村民过春节，还保留着起五更的习惯。差不多家家都有了电视机，除夕之夜，电视上春节联欢晚会的节目他们也看。但不管看得再晚，他们照样早起。说是起五更，有的人家三更四更就起来了，为的是在全村争一个第一。起床之后，先放开门炮。三声开门炮响过，他们点起大红的蜡烛，开始煮饺子。饺子都是头天晚上包好的。饺子煮好了，盛上了碗，家人不能就吃，要先敬给神灵和祖宗们。同时上香，烧纸，放长长的鞭炮。他们不承认零点起就是新春，不愿半夜里放鞭炮。他们认为，起五更放的鞭炮才是真正的辞旧迎新的鞭炮。除了放鞭炮，还兴起了放烟花。有农村漆黑的夜空作底色，嘭的一下子，烟花流光溢彩，绚烂极了。放过鞭炮和烟花，吃过五更饭，他们就走出家门，成群结队，互相串门，拜年。拜年啦！拜年啦！那一刻，村子里到处都洋溢着拜年之声，过大年的热烈气氛达到峰值状态。往往是，该拜的年都拜到了，外面还是黑的。这年冬天雪下得比较大，最大的那场雪连着下了两天两夜，积雪一二尺深。直到该过年了，积雪化了一半都不到，屋后，树下，堆着一堆一堆铲到一起的雪。雪多，冰就多。冰多，天气就冷。你说哈气成冰，一点儿都不为过。因为人们睡得晚，又起得早，这会儿瞌睡劲儿上来了，一个哈欠连着一个哈欠，一个比一个打得圆。于是，他们纷纷吹灭蜡烛，躺到床上睡回笼觉去了。

睡一觉醒来，天亮了，外面竟静静的。再听，外面还是静静的，只有院子里石榴树上的麻雀在细叫。扭脸往窗外看，屋檐垂下的冰条子闪着凛冽的寒光。这是喧嚣之后的平静，绚烂之后的单调，热闹之后的寂寞。大长一年，他们劳碌奔波，仿佛奔的就是这个年，就是过年这一天的热闹。可是，年如此不禁过，热闹如此短暂，太阳刚刚出来，年好像已经跑得很远，很远。回想起来，恍若隔世一般。人们似有些泄气，神情也恹恹的。

他们不知不觉凑到一块儿去了，要把多余的时间打发一下。他们说些从城里带回来的话题，也说些七里槐本村的话题。说起本村的话题，他们难免说到，一年来村里人死了几个，生了几个。谁升了官，谁发了财，谁家的日子最风光，谁家的家庭生活最美满。比较是自然而然进行的，几乎带有评比的性质。“评比”的结果，他们认为，要论家庭生活，最美满的要数耿文心家。全村如果要评出三个美满家庭的话，耿文心家要占一个。如果要评出两个美满家庭的话，耿文心家还要占一个。如果只评出一个美满家庭的话，这个？这个？仍然非耿文心家莫属。“评比”完了，你对我笑一下，我对你笑一下，而后一起大笑，笑得哈哈的。他们如此开心，像是对“评比”结果表示满意，又像是得到了某种精神上的满足。

世上有许多评比，评比完了，总是有人欢喜有人忧。推举耿文心的家庭为美满家庭，既然大家意见一致，皆大欢喜才是，有什么可笑的呢？笑声里为什么还有一点揶揄的意味呢？却原来，这里面有一个包袱，若把包袱抖开，恐怕谁都忍俊不禁。那么，包袱里面包的是什么呢？看好喽，包袱里面包的不过是一个光棍儿。耿文心快五十岁的人了，一直没有娶老婆，一直要单，晴天有个人影儿，阴天连个人影儿都没有，可不是个光棍儿么！耿文心不仅是个光棍儿，还是个瞎子。不少瞎子是半路瞎，瞎得不够彻底。而耿文心的瞎是胎里带来的，两个眼窝儿都瘪瘪的，连一颗眼珠子都没有。耿文心的瞎，是彻底的瞎。耿文心连个家都没成，哪里来的家庭呢？美满家庭又从何谈起呢？

耿文心的美满家庭在耿文心的嘴里，是耿文心说出来的。七里槐村的人都知道，耿文心有两个儿子，两个女儿。第一个是儿子，第二个是女儿，第三个是儿子，第四个是女儿。生儿生女花插着来，儿女都是双的。大儿子叫耿天成，二儿子叫耿天功；大女儿叫耿天美，二女儿叫耿天凤；老婆名叫马丽莲。耿天成是科学家，耿天功是大老板，耿天美是空中小姐，耿天凤是清华大学的在校大学生。只有老婆马丽莲本事不大，跟他一块儿在七里槐种地。

不过老婆长得还说得过去，样子有点像电影明星。四个孩子的生日和属相都是耿文心派定的，一旦派定，他就记得清清楚楚，绝不会出半点差错。比如有人问，天成是不是属兔？耿文心立即纠正，天成不是属兔，是属虎。天成是腊月初六生人，那天正下大雪。一下大雪，老虎就要下山找吃的，所以天成是下山虎，这小子厉害。再比如说到二女儿天凤的岁数，他去年说天凤二十三岁，今年必不忘记给天凤添上一岁。这些还不算什么，难得的是，说到每个孩子，他都能说出不少细节，说得真鼻子真眼，活龙活现，由不得你不信。

寂寞最是过年时。人们准备好了过年时好好热闹一下，准备好了不再寂寞。因心理准备过于充分，期望值过高，到头来还是寂寞，而且比平时还要寂寞。还有，他们大都是从城里赶回来过年，对城里的生活是了解的。城里有戏院、电影院，城里有商场、超市、饭店、网吧等，过年都不关门。城里的一些公园还办有庙会，那是相当的热闹。他们凑到一起聊了一会儿，有人有些走神儿，神儿走到城里去了。有人提议：咱们到美满家庭耿文心家里去看看吧。没别的地方可去，只有到耿文心那里才能得些趣味。于是他们都去了。

按照耿文心的说法，他家的房子是两层小楼，楼上四间，楼下四间。楼上有卧室、卫生间。楼下有客厅、洗澡间。与小楼正房连体，东楼还有上下各两间，上面两间是仓房，下面两间是厨房。楼前是独家小院，小院里养有鸽子，种有花木。其实呢，耿文心所住的是两间草房，草房矮趴趴的，伸手就能摸到房梁。两间草房是连通的，东间屋放一张床，和一张老式的三斗桌，桌子上放一台过时的黑白电视机。无人时，他就把电视机拧开了。电视上的画面他看不见，他是把电视机当收音机听。西间屋是堆放棉秆、芝麻秆、玉米秆、麦秸、红薯秧等柴草的地方，一只瘦削的、大骨架的水羊也拴在那里。说白了，耿文心是跟着侄子过活，寄生在侄子家里。

耿文心住的草屋里已来了不少人，有男的，有女的，有老的，有少的。床边坐满了人，两条长凳子上也坐满了人，后来的人无处可坐，只好站着。他们都是有眼睛的，却都看着瞎眼睛的耿文心。他们像是来听评书，说评书的人只有耿文心。他们又像是来听一场戏，演员也是只有耿文心一个人。听众各个辈分的都有，有的把耿文心叫瞎哥，有的叫瞎叔，还有的叫瞎爷。他们对耿文心都很友好，一进门就给耿文心递烟。耿文心说不吸不吸，人家把烟卷别到他耳朵上了。他的两只耳朵已别了四支白生生的烟卷儿，看去有一点滑稽。耿文心在屋子中央站着，正在讲当科学家的大儿子耿天成的事。有人问，天成到底干的是什么工作？耿文心说，天成的工作么，不好说。问，有啥不好说的，难道还保密不成？耿文心说，你这孩子聪明，让你说对了，天成的工作就是保密，保守国家机密。这里又没有外人，你只管说说怕什么，我们又不会往外传。你们真想听？问话的人答，真想听。耿文心说，算了，就你一个人想听。问话的人问全屋的人，大家想听不想听？想听来点儿掌声！屋里响起一片掌声。耿文心乐了，说这还差不多。既然大家都想听，我就说说。

耿文心说了说说，却又不马上说，静了耳朵往门外听，说，我听着像是天成他娘串门回来了。她老是管着我，不让我乱说。人们往门外看看，外面不是泥地，就是雪地，哪里有天成他娘马丽莲的影子呢！人们一时有些疑惑，或许门外真有一个叫马丽莲的女人呢，别人都看不见，只有耿文心一个人看得见。耿文心满脸笑着，冲门外说，回来了？累了吧？累了到楼上歇歇，想看电视就看会儿电视，想看光碟就看光碟。年前天功带回来的几盘韩国的电视剧不错，你可以看看。你不要看天凤带回来的恐怖片，你胆小，我怕吓着你。人们不敢笑，也不敢插话，你看看我，我看看你，屋里的气氛有些异样。耿文心不让老婆看恐怖片，人们仿佛已经把恐怖片看到了，不免稍稍有些紧张。趁人们正紧张着，耿文心才开始讲天成的工作。他语不惊人死不休似的，一讲又把人吓了一跳。他说，天成的工作不是造飞机、火箭，也不是造卫星，天成的工作是造人的。不要误会，天成造的人不是机器人。造机器人不是用钢铁，就是用塑料，那算什么玩艺儿。天成造的人有鼻子有眼，有胳膊有腿，有骨头有肉，女的有蜜蜜，男的有球球。天成造人不用女人跟他配合，不用女人怀孕，鼓大肚子，不用生孩子时疼得龇牙咧嘴，他一个人在实验室里就把造人的事办了。想造男，还是想造女，都是他当家，一造一个准。你们都知道，唐僧有一个徒弟叫孙悟空，孙悟空跟妖怪斗架时，从身上拔下一撮猴毛，说声变，鼓起嘴一吹，猴毛就变出好几个跟孙悟空一模一样的孙悟空来。一帮孙悟空用金箍棒打一个妖怪，就把妖怪打败了。我跟你们说实话吧，这都是假的，是吹出来的，是写书的人编出来的，这不是科学，是幻想。我们家天成造人可不是幻想，是按照科学规律一步一步造出来的。他先造一只羊。羊造好了，就造一头牛。牛也造好了，才悄悄开始造人。

一个年轻人插话，瞎爷，你说这个我知道。这是克隆技术，外国人已经研究好多年了。

耿文心说，你知道，那你说吧，我不说了。耿文心似有些不悦。

听众纷纷指责那个年轻人，埋怨他不该打断耿文心的话。

年轻人只好道了对不起，请瞎爷接着说。

耿文心说，我能不知道克龙吗，我早就知道克龙，可是，我偏偏不说克龙，我就说造人。龙代表咱们中国人，能是随便克的吗？再说了，你说克龙，几个人听得懂？我一说造人，谁都听得明白，大伙儿说是不是？大伙儿说是！耿文心接着说，你不要听外国人的，外国人最喜欢吹大气，他们刚造出一只羊，吹得满世界都知道，好像漫山遍野的羊都是他们造的。听天成说，我们是不打枪，不放炮，躲到一个山沟儿里悄悄地造。

有人问，瞎叔，天成哥什么时候回来，请他把造人的技术给咱七里槐的人传授传授不行吗？耿文心说，咋不行，我看行。依我看，要不了多久，造人的技术就会普及。技术一普及，造一个人像捏一个泥巴人儿那么容易，谁都会造。过去的皇帝，老是怕死，派人炼这丹，炼那药，就想长生不老。结果呢，那么多皇帝，一个一个还是死了，一个都没留下。现在好了，谁想永远活着，就取下自己身上的一点活皮，再造一个自己。你如果嫌自己的老婆老了，不水灵了，就取一点老婆身上的活皮，再造一个年轻的老婆。取活皮不用动手术，一点儿都不疼。比如妇女家每天早上起来梳头，那梳头梳下来的头皮，收集起来，就够造一大堆孩子的。不过话说回来，我反对随便造人，都随便造起人来，就乱套了。天成回来时我问过他，你的儿子是你老婆生的，还是你自己造的？他说是他老婆生的。我说，你小子不要蒙我！他说没蒙我。我说没蒙我好，不然的话，你的孩子是把我叫爷呢，还是叫爹呢？这的确是一个问题，屋里不少人都笑了。

一个坐在凳子上的人，把裤腿提起来，提得露着小腿，弯着腰，给自己的小腿挠痒痒。不一会儿，脚边的地上就落了一层白色的皮屑。有人对他说，别挠了，看把你自己都挠下来了。小心天成回来拾起你的一块皮，把你给造出来。那人说，把我造出来正好，我心脏不好，血压也有点儿高，正想把自己变得身体好一些呢！

讲完了大儿子的事，耿文心该讲大女儿耿天美了。他说他不喜欢天美，天美不听话，光惹他生气。他举了一个例子，说天美上高中的时候，在镇上的照相馆里照了一张相。照就照吧，照完相后，人家把她的照片放大了一张，放在照相馆门口一侧的展览橱窗里了。照片是彩色的，放得比过年时贴的门神画都大。去镇上赶集的人从照相馆门前过来过去，一抬眼就看见了。一个闺女家，连个婆家还没有，让赶集的人看来看去像什么样子！我对天美说，让她去跟照相馆的人说，立即把她的照片取下来。你听天美说什么，她说，照相馆使用她的照片，是经过她同意的。什么时候同意的，这么大的事我怎么不知道。我是你爹，你是我女儿，你同意，我还不同意呢！天美嘴头子好，她一替一句跟我犟嘴。她说她有肖像权，肖像权是她自己的权利，任何人都无权干涉。她还说，她的照片放在橱窗里怎么了，说明她具备放在那儿的条件。有人倒是想往橱窗里放，不是那朵花儿，人家还不睬她呢！你听听她说得多难听，多气人！我的火气呼地就冒上来了，我骂了她的妈，说，你原来把自己当成一朵花了，想让人家来采你呀！这么大个闺女，你怎么连一点脸面都不顾呢！天美说，爹，看你说些什么呀！我说的睬，不是采摘的采，是理睬的睬。你连哪个睬都分不清，我和你简直没法对话。你说我不顾脸面，这完全是观念上的错误。你的观念是封建主义的观念，是保守的观念，与现在这个新时代已经格格不入。正因为我看重自己的脸面，我才愿意把照片放在橱窗里。这叫宣传自己，你知道吗！我敢肯定，我和照相馆会取得双赢的效果。照相馆通过把我的照片放在橱窗里展览，展示了他们的照相技术，可以吸引更多的顾客去照相。我通过宣传自己呢，可以让本镇的和外界的人知道，这里有一个姑娘叫耿天美。

有人插话，看来天美做对了。

耿文心说，是呀，后来航空公司的人到镇上招空中小姐，先看到她的照片，再见到她这个人，一下子就把她挑中了。你说咱镇上的好闺女有多少，可人家偏偏只挑中她一个。这个臭丫头，真是傻人有傻福。天美当了空中小姐不当紧，就找了个会开飞机的飞行员。两口子成天坐一架飞机，呜飞到这儿，呜飞到那儿，一年到头脚不沾地。天美那次回来，请我去坐飞机，说北京、上海、西安、乌鲁木齐，我想去哪儿，她就带我去哪儿。去你个臭丫头吧，我才不去坐你的飞机呢，人整个在天上悬着，两个脚底下都空着，还不够吓人的呢！我替她发愁，你们两口子成天在天上飞来飞去，将来有了孩子怎么办呢，谁替你们看呢？天美说，为了保持体形，她不准备要孩子。我说那可不行，人来到世上，哪能不要个孩子呢。我小声对她说，实在不想生孩子的话，可以跟你哥说说，让你哥给你造一个。你们再猜不着天美怎么说，天美说，爹，这事儿还用得着你操心吗，我早就跟我哥说好了。你看看，你看看，现在的孩子得了不得了，他们的翅膀都硬了，硬得比飞机的翅膀都硬啊！

一个中年妇女说，瞎叔，我不怕坐飞机。哪天你给我写个条儿，我拿着条儿找天美，沾沾天美的光，坐一回飞机不行吗？

耿文心说，没问题。别的我不敢打保票，你想坐飞机，我保你不用买票。天美要是敢叫你买票，我就不认她这个闺女了。有一条儿你要记住，坐飞机前千万别忘了带身份证。你要是不带身份证，别人把你当成炸飞机的，连天美都帮不了你的忙。耿文心说着，自己笑起来，笑得咕咕的。他一边笑，一边左右转动身子。他不轻易动脚，站在哪里，脚下像是生了根。转动身子时，别在他耳朵上的烟卷掉了一支。他刚要蹲下身子，把烟卷摸起来，已有人替他把烟卷捡起来了，交到他手里。他还是不吸，就那么把烟卷在手里虚虚攥着。

太阳越升越高，天快晌午了。屋檐下的冰条子被阳光照得顶不住了，开始一滴一滴往下滴水。水滴得很慢，攒够大大的一滴，才落在地上。每个水珠里都映着一个太阳，随着水珠落地，太阳就破碎了。这里，那里，不时还会响起零星的炮声，空气中弥散着炮仗爆炸后残留的硝香味，使过年的气氛多多少少保持一些。一只黄狗到耿文心的小屋门口来了，往屋里瞅了瞅，大概见小屋里已无它的立足之地，不大情愿似的转过身走了。有小孩子来喊爹回家吃午饭，当爹的舍不得就走，让小孩子先回家去吧，说他一会儿就回去。

耿文心给二儿子耿天功定位是总经理、大老板，但他又愿意把耿天功称为捣蛋货。他说，天功那个捣蛋货，从小是个捣蛋货，上大学是个捣蛋货，当了老板还是个捣蛋货。捣蛋货的所作所为会更捣蛋一些，耿文心还没讲到捣蛋货，听众当然舍不得离开。有人等不及了，请耿文心讲讲天功的事儿。耿文心嗯了一下，说，讲天功？那个捣蛋货，他的事儿有啥好讲的，我不骂他就是好的。大家一致要求，讲讲吧，讲讲吧！耿文心问，你们真想听？大家回答，真想听。耿文心一只手挠挠后脖梗子，样子似有些为难，说，那，我就讲一点儿吧。反正今天是大年初一，都不兴干活儿，咱们爷们儿，权当拉拉呱儿。讲什么呢？就讲讲天功让小姐给我按摩的事吧！你们不用乱挤眼，我知道你们都爱听这个。有人问了，做一次按摩得花多少钱哪？我跟你们说了，你们可能不信，天功身上一分钱都不带。这奇怪吗？不奇怪。越是钱多的人，身上越不带钱。你们想想，唐王李世民带钱吗？明王朱元璋身上带钱吗？他们统统不带钱。他们需要花钱怎么办呢，自有跟班儿的替他们拿着钱。天功的跟班儿的是天功的秘书，罗秘书。天功这小子没带我去按摩，把我交给罗秘书了。罗秘书带我到洗浴中心洗过澡，搓过澡，还往身上打了一遍牛奶。那位又问了，往身上打牛奶干什么？干什么？让身体喝牛奶。人一洗澡，汗毛眼子就张开了。往身上一打牛奶呢，就被身体吸收了。吸收了牛奶的身体就发细，发白，身上滑溜溜的。从浴室出来，罗秘书问我，要不要做一个按摩。我问什么按摩。罗秘书说，就是让人给我捏捏胳膊，捏捏腿，放松一下。我说我身上已经很轻松，不用按了。罗秘书说，耿总交代过了，按摩这个项目不能少。您要是不做按摩，我跟耿总不好交代。罗秘书说的耿总，就是天功那个捣蛋货。我说那好吧，你们当秘书的也不容易，我得配合你的工作。我还没去按摩呢，罗秘书递给我一塑料板儿药。药是胶囊装的，一头绿一头红。一个板儿共有八粒药。我一看，就知道葫芦里装的是什么药，但我装作不知道。我问，这是什么药？罗秘书说，这是一种保健药品。我说，我一没感冒，二不咳嗽，吃药干什么！罗秘书说，这药不是治病的，是提精神的。按摩之前，您服下一粒，人家给您按摩，您就不会打瞌睡。相反，人家越给您按摩，您就越来劲。您只服一粒就够了，千万不要服多。您要是服两粒，得找四个小姐给您按摩，恐怕都按不住您。你们听明白了吗？知道罗秘书给我的药是什么药吗？是他妈的春药。我问罗秘书，这药也是你们耿总让我吃的吗？罗秘书说，这个您就不用管了，我们耿总对您老人家孝敬得很。罗秘书见我不想吃药，拿来一瓶矿泉水，把药从塑料板儿里抠下一粒，眼看着我吃下去了，才把我送进按摩室。

这时，那个小孩子又来喊爹回家吃午饭。当爹的有些烦，说他现在不饿，不想吃，挥着手撵小孩子走。

别人劝他，让他回去吃饭吧，孩子都喊他两回了。

他说，马上就该按摩了，我不走。你们怎么不走呢？

又不是给你按摩，你这么上心干什么！一屋子人都笑了。

我知道不是给我按摩，让我的耳朵过过瘾不行吗！

有人站出来维持秩序，说安静，安静，听耿老板的爹接着讲。

不料耿文心说，今天就讲到这儿吧，吃饭比按摩重要，别耽误大家吃饭。

这可不行！按摩的事儿到了关键时刻，大家的胃口已经吊起来了，不往下讲怎么能行呢！大家要求，讲吧讲吧，现在不是困难时期，吃饭早一会儿晚一会儿没关系。

耿文心还是不讲。他的表情突然严肃下来，耳朵也向门外倾听着，说，不好，天凤去看她中学时候的老师回来了，已经走到村口了。天凤是清华大学的研究生，现在正在读硕士。读完了硕士，她还要到美国留学去读博士。读完了博士，还要读什么后，我也不太懂。这闺女满嘴都是外国话，打个手机，不是恼，就是爷死，再不就是噢开。天凤最看不惯她二哥，认为她二哥有几个钱就烧包儿烧得不行了。天凤也最反对我讲按摩的事，要是让她听见，不知这闺女怎么挖苦我呢！

可是，大家看着耿文心的嘴，都不愿意离开。仿佛他们也走进了按摩室，不让小姐按摩一下，无论如何说不过去。有人向耿文心发起恭维，你的四个孩子都这么有出息，恐怕在全县都得排第一。耿文心说，我也不知道排第几。又有人夸耿文心教育有方，问耿文心是怎样教育孩子的。耿文心的样子有些谦虚，说，我没怎么管他们。这不天凤回来了，不信你们可以问问天凤。他先跟天凤说话，你这孩子，怎么去这么长时间！你妈在楼上都等急了，等你回来给你做好吃的呢！告诉你妈，我不想吃肉馅儿的饺子了，让她给我包点素饺子吃，里边包点萝卜丁、豆腐、粉条就行了。

后来，在大家的坚持下，耿文心还是把按摩的事讲了一点。他讲得不大细致，有些轻描淡写。他说，我在一张小床上躺下，一下子进来两个小姐给我按，一个按头，一个按脚。我说停停停，一个人按就够了。一个小姐说，这是那位先生安排的，他让我们一定把你侍候好。我说，谁安排的也不行。两个按，得花多少钱哪！公家的钱也不能这样花法。一个小姐出去了，剩下一个小姐跟我嬉皮笑脸，叫我老板。我说我不是老板，我儿子才是老板呢！小姐说，你是老板的爹，比老板还大，你是大老板。大老板，现在开始做大活儿吧！我问，什么是大活儿，是犁地还是耙地？小姐夸我真幽默，说想犁就犁，想耙就耙。我说，就算我想犁地耙地，犁在哪里呢？耙在哪里呢？小姐往我裤裆一捞摸，说，这不就是你的犁嘛，你看，你的犁头已经翘起来了！我心说，坏了，药劲上来了，我身上火烧火燎的。我说，哎呀，犁有了，没地也不行呀！小姐不叫我大老板了，叫我大傻瓜，说，我不就是你的地嘛！是一块肥沃的土地。小姐说着，就把衣服脱下来了。眼前白光一闪，我知道自己完了，完了。好了，后面是六个点儿，省略号，不能再讲了，再往下讲就不好听了。你们听，我老婆也下楼了。这些话万万不能让我老婆听见，她听见了，没我的好果子吃。你们也不能把我刚才讲的话说出去，谁说出去我跟谁急。

临散场时，还是那个爱插话的年轻人说，瞎爷，我明白了，你讲的这些人，这些事儿，等于是一篇小说。

耿文心说，你这孩子，就是喜欢倒凉板。你说的小说我知道，那都是编出来的。我讲的都是真事儿，都是我们家的事儿，都是我亲身经历的事儿，跟小说怎么会一样呢！

鱼塘女人 / 谈　歌

白洋淀，被称为华北明珠。“明珠”不“明珠”的吧，都是媒体上的说辞，白洋淀的水势，可是大不如早些年了。再远就不说了，仅三十年之前，白洋淀的水，大！水荡三百里，波撼保定城。那是何等磅礴的气势啊。念及当年景象，当地人皆是说梦的语气，满脸遗憾的颜色。

白洋淀，水接安新、任丘、容城、雄县、高阳五县，淀内多有荷花，成片而生。入夏时，接天碧日，层层叠叠，游人至此，一路爽得眼呆。当年有位孙犁先生写过一篇《荷花淀》的文章，名声至今很大。或许孙先生没有想到，他的这一篇文章竟成了白洋淀旅游的最大广告。与白洋淀接水的几个县城，而今已经吵嚷成了一锅烂粥，各种考证及观点，在媒体上争论成了疙瘩。各自都想把“荷花淀”搬到自家的水域。据说，几近要弄上法庭。孙先生已经作古，自然不能出庭作证。不知道老人家九泉之下会作何感想。此是闲话。

靠水吃水。挖塘引水养鱼，便成了白洋淀周边各县的渔家之传统项目。即渔人自家挖一方池塘，引入涓涓淀水，再将精挑细选来的鱼苗儿放入，用心喂养（其中辛苦，与庄稼人侍奉禾苗，并无二致)。鱼儿渐渐长成，渔家便挑拣长成的捕捞，担到城里去卖，谓之“活鱼儿”。若一时卖不尽，眼见得鱼儿也长成了尺寸，便将鱼儿捕捞上来，收拾干净，或熏或烤，熟了，再挂晾，谓之“风干”。风干之后，便是装篓。装篓之前，以细细的碎盐层层匀撒了(防腐)，再运到城中去卖。谓之“干鱼儿”。干鱼儿这种做法，费时费力，且利润微薄。鱼干儿么，只是小吃一种，吃鱼者，多是吃鲜。由此，除却运到城里去卖，多是吸引城里的人来鱼塘垂钓。

当代一些有钱也有闲的城里人，大多喜欢公休日到农家的鱼塘去垂钓。媒体认为是生活进步，是休闲生活的一种新方式。时尚嘛！其实，早在明末清初的时候，保定即有了这种休闲的项目。查《安新县志》，清代时，安新境内，多有淀边的渔人自建鱼塘。城中达官贵人，拣风和日丽的日子，清晨出发，或乘马，或乘轿，三五成群，结伴来渔人的鱼塘垂钓。到夕阳西下，方才歇了兴致，所钓数目，由农家秤过，计算了价钱，钓者付钱，满载归去。由此看来，现在的假日垂钓，古已有之。不稀罕哦！

下边，谈歌讲一个当代鱼塘的故事。

出保定东城三十余里，进入安新境内，再东南方向拐一个弯，走二十余里，依田傍水有梁家湾。梁家湾是一个大村，共有两百余户人家。大户是梁姓，杂姓也有，诸如杨、李、张、赵等。据说，杂姓都是后来迁入的（不是正宗）。梁家湾的主业是渔业，过去的渔业归属人民公社的生产队，不允许私人经营。副业就是割淀中的芦苇，社员们编些苇席或草垫，卖些钱，价钱也低廉得很，属人民公社统一管理，县里来人统购统销。改革开放之后，公社和生产队都解散了，梁家湾各户自主经营，各家几乎都有了鱼塘，近一百余处。“社员”的称呼早没有了，都称做了老板（或经理）。招惹得保定及北京的钓客，蜂拥赶来。读者要问，如何不去阔绰的白洋淀垂钓？偏要到这人工鱼塘？岂知这些年白洋淀维护生态，防止污染，早已经明令禁止垂钓。于是，拾遗补缺，渔人便自己办起了鱼塘。市场经济么！

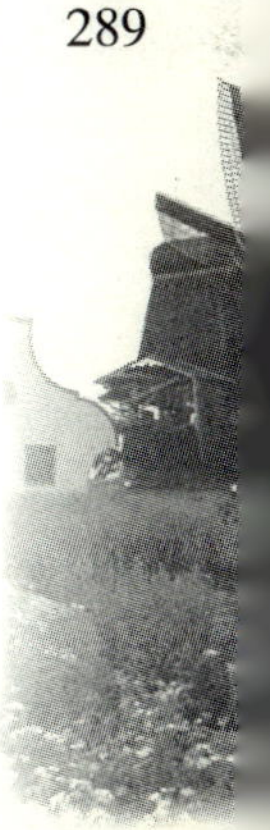

鱼塘经营，有好有次。梁家湾的百余口鱼塘，杨仲轩的鱼塘生意最为兴隆。杨仲轩排行第三，村人简称其杨三。杨三与妻子挖了三亩半的鱼塘，分了四口。四周扎了篱笆，围成了院子。鱼塘四周还植了些柳树与花草，弄出了几分花园的景致，很是养眼。杨三的鱼塘中不仅养有当地盛产的白鲢、鲤鱼、草鱼、鲇鱼种种，也有武昌鱼、虹鳟鱼等外来品种。别家的鱼塘，品种单调，只有草鱼、鲤鱼、鲇鱼。比较起来，杨三的鱼塘，显得十分丰盛。于是，假日里来杨三鱼塘垂钓的人，也十分踊跃。杨三的生意就火暴了。

写到这里，谈歌再讲几句闲话。这钓鱼的事情，本是一个兴趣之事。钓客们多是在城中待得闷气（闲得难受），便乘兴而来，享用一下田园风光，呼吸一番农家空气，大多志趣在钓，并不为鱼。古今大概同理。没听说过有某个嘴馋的人，为吃鱼，一定要来鱼塘垂钓。谈歌吃鱼，从来不去鱼塘，钓什么？随便找一家超市进去，买上一条或者两条，并且让卖鱼的细心收拾了，回家炖了便吃。何等方便。鱼塘里的鱼，钓上之后上秤，贵出鱼市几倍的价钱，谈歌认为太不划算。但人们仍然乐此不疲。如此高消费，图什么？说破了，只是为了一个乐趣。有些钓客，临来之前，或许已经向妻子儿女或者亲朋好友，吹下了轰轰烈烈的牛皮，要他们把葱姜作料预备下，耐心等待吃鱼。如此隆重而来，钓至夕阳西下，也未见得有几条上钩的鱼儿，自觉得颜面上过不去（害臊哇），便要鱼塘主人帮助补钓几尾，或者干脆打捞一网，也按价钱算过，欢欢喜喜地带回去。或许亲朋好友早已经等得不耐烦了，忙着把鱼做了，喝酒吃鱼，谁个还问鱼儿的来路？这也是吃的兴致，并非为了吃鱼。写到此处，谈歌感慨，中国人的生活水平提高了啊！

杨三家的鱼塘生意兴隆，还有一个理由：杨三的妻子杨三嫂配制的鱼饵，十分招惹鱼儿上钩。也有人说，杨三嫂的鱼饵内，下了蒙汗药，哄骗得鱼儿们晕头转向，丧失了原则，一味拥上来拼抢争吃。便是上钩者众。如是说，并无证据。但杨三鱼塘的鱼饵，却是杨三嫂亲手制作，事实确凿。

杨三嫂是由保定满城县杨家庄嫁过来的。杨三嫂的名字叫什么？钓客们都不知道，只叫她杨三嫂。杨三嫂三十岁出头儿，漂亮，夸张一点儿叙述，不能沉鱼，也可落雁。她说话的声音细也软软得似水，且土音里夹杂了些好听的京腔，悦耳。这大概也是钓客们纷纷来此的原因。秀色可餐，鱼儿可钓，何乐而不为呢？但钓客们还是奇怪，看杨三是一个老实人，表情木讷，而且口讷，言谈举止，总带着几分没见过世面的窝囊相。钓客们便奇怪，为什么漂亮的杨三嫂能嫁给杨三呢？也有钓客暗中感慨，唉，这么美丽的女子，还开什么鱼塘呢？只身到城里去，嫁一个大款当婆娘，还不是穿金戴银啊？私家车早已经开上了，何苦操持这样一个费神吃力的生意呢。据传，还有一个城中好色的钓客，每逢双休日都来杨家鱼塘垂钓，风雨无阻，从无间断，便是让妻子生了疑心。这位钓客并不喜吃鱼，每个星期都来此，只是为了看杨三嫂一眼。妻子跟踪来过一次，见过了杨三嫂，登时醋意大发，质问丈夫，这里诸多鱼塘，你如何只来杨家鱼塘下钓？这位钓客解释说，杨三嫂的鱼饵好用嘛。妻子冷笑："哼！只怕是杨三嫂的鱼饵钓到了你这条鱼儿哟！"由此，夫妻反目，终竟离婚。此是传说，谈歌不知真假。记录在此，以资读者兴趣。

杨三嫂的鱼饵的确好用。也有好事者，专门把杨三嫂配制的鱼饵私带一些回去，细心解析研究其成分，却是平常。大家照方抓药，却并不灵验。于是，有人传说，杨三嫂的鱼饵有绝妙的内容，并不传人。有人问过杨三嫂，想讨出秘方来。杨三嫂却只是微笑，并不作答。于是，有人就泄气地讲，杨三嫂的身上有勾引鱼儿的香气，做出的鱼饵自然与众不同。大概是了？

有了这等鱼饵，杨家的鱼塘生意就好。有生意就有了利润，有利润就有了竞争。管中窥豹，这竞争的事情，自古难堪，一味任意，便是不顾脸面了。杨三的鱼塘，后来竟弄出了一些让人别扭的是是非非来。

“杨三嫂的鱼塘生意好，有人便生了妒意。嫉妒是逃不脱‘近距离原则’的，谁也不会因为海南省或者黑龙江省的鱼塘生意好，而产生嫉妒。因为杨家鱼塘是大家的邻居，当然，大家就要嫉妒了……”这是事后一位《保定日报》的记者调查采访时的开篇语。读来的味道，微微有些苦涩。

先是杨三的邻居梁大年有了妒意。梁大年的鱼塘紧挨着杨三的鱼塘，梁大年的鱼塘却是生意冷清。梁大年也并非没有想过改变经营策略，比如，他在鱼塘前拓出一片场地，供钓客们停车，还备有免费茶水。还比如，他从城里的舞厅里雇来一个小姐，每日里打扮得花枝招展，借以招徕生意。但来此的钓客还是稀少，众多的钓客还是拥向了杨三的鱼塘。一冷一热比较，梁大年的脸色便一天天青了，心下就暗暗泛出了歹意（就要出事儿了啊）。杨三也怕夺了左右邻居的生意，招人忌恨，便常常去梁大年面前巴结着说笑，以示睦邻，彰显友好。可杨三的热情是徒劳。那天，梁大年酸叽叽地说：“杨三啊，你好福气，娶了一个好婆娘啊。你家的鱼塘成了超市了哟。人来人往，好热闹哟。再开下去，就成了城里的歌舞厅了。”

杨三赔着笑脸道：“大年哥啊，我们瞎弄哩。不及旁人的。”

梁大年铁下脸来：“还说笑话，你一家快将别人挤对死了。”

杨三便再无话可讲，讪讪地掏出纸烟，敬给梁大年一支。

梁大年接也不接，冷笑：“我的生意不好，吸不起烟哩。戒了！”说罢，掉转身，给了杨三一个冷屁股看。

杨三呆在了那里，面对着梁大年没有表情的屁股，他突然觉得自己像一个被淀水泡过了的泥人，一截一截地软了下去。他尴尬了好一阵，才垂头丧气地回来，对杨三嫂叹息："老婆呀，这鱼塘开好了，也真得罪人哩。"

杨三嫂小心地点头："须提防些哩。"

那天将近中午，悄然来了一个钓客，自家带着鱼竿儿、鱼饵。进了杨三鱼塘的院子，也不搭话，便四下看过，就寻了一个树荫处，坐了。粘好了鱼饵，就要甩竿儿放钓。杨三嫂见是生面孔，心下一动，便款款地走过来，笑吟吟地打了个招呼，又低头看了看客人的鱼饵，捏起一块在手中，细细地闻了，便笑："先生，你这鱼饵不好在这里下钓的。"

钓客一怔，虎起脸问："为什么？"

杨三嫂笑道："先生啊，一定还要我说破吗？"

那钓客怔了怔，干笑了一声："这位大嫂，你怎么这样说话呢？"

杨三嫂脸色微微变了，声音便略略地高了："你今天用这样的鱼饵钓了，明天呢？我家这鱼塘里还能有鱼吗？"

杨三闻声赶过来，问怎么回事。杨三嫂淡淡地笑："这位先生的鱼饵营养好，咱们的鱼儿吃了，都会被撑得翻了白肚皮呢。"

钓客被杨三嫂说破，脸上就成了生姜的颜色，尴尬在那里。杨三嫂仰天看看太阳，轻声道："这都晌午天儿了，你先去吃饭吧。先生空着肚子钓鱼，鱼儿饱了，先生还饿着，塘里岸上两副光景，总是不好。"

钓客点点头，脸上绷着的颜色便灰白了，就匆匆收拾了鱼竿儿、鱼饵儿，蔫蔫地走了。

这件事被钓客们看到，便传讲了出去，众人便夸赞杨三嫂目光厉害。眼睛一搭，便看出那鱼饵里已经做了手脚。也有人传话过来，说这人是梁大年雇用来的鱼塘"杀手"。就有人撺掇，要杨三找梁大年问罪。杨三嫂笑："没有证据，凭什么就认定是人家大年呢？"

杨三那天喝醉了，笑道："老婆，你的眼光真厉害哟。那人自讨了没趣。"

杨三嫂苦脸说："这人不算什么，只怕真麻烦就要来了呢。"

杨三不解："真麻烦？是什么？"

杨三嫂低下头："唉，我也说不清楚。"

麻烦真是悄无声息地来了。那一日，杨三嫂不在鱼塘，她进城走亲戚了，杨三在鱼塘主持。临到中午的时候，开过来一辆小汽车，车在鱼塘边停下，下来了三个钓鱼的客人，杨三看这三人，穿戴齐整，不俗，似有些身份。为首一个高个头儿的男人，瓦刀脸，目光如炬。另外二人称瓦刀脸为李老板。杨三堆起笑脸，欢欢地上前迎了，递过鱼竿儿、鱼饵，李老板却摆手不用，拣一个树荫坐了，同行的一个忙取出带来的鱼竿儿、鱼饵，李老板便甩竿下钓。同行的二人并不钓，只坐在鱼塘边，慢悠悠地抽烟喝茶，看李老板疯钓。

真是疯钓啊，杨三也看得眼呆，如此手段高超的钓客，他从来没有见过。鱼儿们竟组成了敢死队一般，前仆后继，纷纷咬钩上岸。大的装篓，小些的，被李老板摘钩扔回鱼塘。如此疯钓到了下午，李老板方才歇了兴致，收竿。杨三忙颠颠儿地上秤算账，计一百三十五斤。杨三报过账，李老板冷了一眼杨三，那目光竟是凶恶。杨三心头一缩，急忙又递上一个笑脸："凑个整儿，五斤抹了。"李老板点点头，随同来的二人，一个掏钱给杨三，一个将鱼弄进汽车的后备厢里。李老板扇着膀子上了车，汽车放着响屁，一道烟儿地走了。

第二天，杨三的鱼塘就出了奇怪的事儿，无论钓客们怎么下饵吸引，鱼儿们竟然订了攻守同盟似的，谁也不肯上钩了。杨三嫂便亲自下手使用鱼饵，鱼儿仍然不上钩。杨三嫂大惊，杨三只好下网，网了几网，减价卖给扫了兴致的钓客们。还赔上了好多笑脸。

夜里，杨三嫂便细问杨三，昨天来的客人都是些怎么样的。杨三详细说了，还说到了那个李老板近似凶恶的目光，杨三嫂恍然点头："是了，是了。"

杨三心慌地问："老婆啊，这是怎么回事呢？"

杨三嫂一叹："唉，是那人了。"

杨三奇怪地问："什么人？"

杨三嫂摇头叹气："唉，你别问了，这个人还会来的。"

这个夜里，杨三嫂辗转无眠。杨三不知道发生了什么，茫然不知所措。

钓不上鱼儿，钓客们便无趣了，杨三的鱼塘渐渐冷清下来了。邻居们有同情的，也有解恨的，更有好奇的，想知道杨三的鱼塘里发生了什么事情。杨三嫂不闻不问，只是天天喂鱼。杨三埋头做自己的事情。又过了十几天，杨三鱼塘的鱼儿又渐渐开始上钩了，于是，钓客们又云集而至。但是，杨三感觉到还会有什么事情发生。他看到杨三嫂的脸色一直阴着。

终于，李老板又坐着汽车来了。依旧是同行三人。杨三嫂淡然一笑："三位来了。"说着话，眼睛就盯着那个李老板。李老板朝杨三嫂微微点头致意，就拣了个地方，粘了鱼饵，就甩竿下钓。许多钓客已经知道了，这位李老板是钓家高手，便上来围观盯看。李老板无奈放下鱼竿儿，四下抱拳，微微笑道：“李某钓鱼，不喜欢别人围观。诸位这一围，鱼儿就不上钩儿了。诸位，请了，散了！”

围观者讪讪地笑着四散去了。

李老板看看四下无人了，便低低地喊一声：“鱼塘老板，请过来说话。”

杨三闻声，就要过去，杨三嫂摆手，制止了，她姗姗地走过去，站在了李老板身边。

李老板并不看杨三嫂，目光软软地盯着鱼塘里浮动的鱼漂儿，彩色的鱼漂儿在阳光下忽忽闪闪，很是艳丽。李老板淡淡地说道：“你知道我为何来？”

杨三嫂也声音寡淡地说道：“当年师傅教我，总盼着我长进。我如今长进了，师傅为什么又来搅我的生意呢？自古没有师傅嫉妒徒弟的道理吧？”

李老板不答话，拉动了一下鱼竿儿，鱼漂儿的颜色欢快地在水面上跳动起来。

杨三嫂的声音就硬了：“只为这鱼塘，值得吗？”

李老板淡笑：“三嫂错了，如何不值得？你这鱼塘的生意红火啊！”

杨三嫂怔忡了一下，叹道：“我只是为了养家糊口，并不曾抢夺过谁的生意。”

李老板冷笑一声：“只是你从来不把师傅放在眼里。我今日来只是要教训教训你。”

杨三嫂淡淡地说：“师傅不要说什么教训不教训了，只是生意上的事情罢了。”

李老板讪笑道：“你啊，师傅传授你，并非让你用来发财的。”

杨三嫂嘿嘿冷笑了：“师傅这样说，就是借口了。就这样一个破鱼塘，还谈什么发财？我刚刚说过了，我只是养家糊口罢了。师傅为什么要这样说话呢？就算我想着发财，有什么不对吗？徒儿发财，师傅不高兴吗？”

李老板张张嘴，却说不出，一时尴尬了。

杨三嫂轻轻叹了口气：“师傅不明说，我也明白，师傅来挤对我，自然是收了人家的钱。自古道，‘接人钱财，与人消灾’。我知道师傅也有难处的。那雇用师傅的人，给了师傅多少钱呢？我双倍给师傅还不行吗？”

李老板摇摇头，沉吟了一下：“恐怕……不是钱的事情。”

杨三嫂又笑了：“那能是什么事情呢？”

李老板想了想，缓缓地说道：“你不要再讲什么了，我今日来，便是要与你比试一番钓鱼的本领。”

杨三嫂苦笑：“我怎么敢在师傅面前出手呢？”

李老板冷下声调：“只怕……由不得你了。”

杨三嫂沉吟了一下，低声问一句：“不比不行吗？”

李老板干硬地说：“不行！你若输了，明天便不要再开这鱼塘。我若输了，今后不会再来找你的不是。”

杨三嫂四下看了看，稳了稳声音：“师傅啊，今天鱼塘钓鱼的客人多，我挣不挣钱的，且放在一边，还是不要扫了客人们的兴致。等晚上关塘的时候，我再与师傅商量？”

李老板深思一下，微微点头：“就依你了。”

杨三嫂也微微笑了，点点头：“多谢师傅了。”

暮色渐渐地涌了上来，杨三嫂笑吟吟地送走了最后几个钓客，转回来，走到近处，见李老板正端坐在鱼塘边上慢吞吞地吸烟，暮色中，那烟头儿一明一灭，很是夺目。

杨三早已经看出不对了，他慌慌地走过来，扯过杨三嫂，低声问：“老婆啊，出了什么事情？招惹了这位客人？”

杨三嫂摇头笑了：“当家的，你把院门关了啊。你也不用进来。我今天晚上与这位李老板比一比钓鱼。”

杨三不知就里，怔怔地看着杨三嫂。暮色中，杨三委顿的目光，似受惊鸟儿的翅膀，扑闪着慌张。杨三嫂看在眼里，心下一软，不觉缓了口气：“当家的，你真是一个呆啊。你就看不出吗？这个李老板是来者不善啊。”

杨三有些胆怯了：“家里的，你莫要惹出些什么事情哟。大不了咱们关了这鱼塘就是。何苦惹是生非呢？”

杨三嫂的目光哀怨下来，她叹了口气，点点头：“我知道的，你也是……一个大男人，怎么讲话就这样不志气呢？若是祸，就躲不过的。好了，你去歇息吧。”

杨三迟疑着不想走。

杨三嫂突然火了，她提高了声音：“我让你走，你听到没有？”

杨三有些胆怯了，杨三嫂从来没有这样硬硬地跟他讲过话呢，他不知所措地点了点头，忙扯开慌乱的步子走出了鱼塘的院子。可他如何放心得下，便鬼鬼祟祟地坐在鱼塘外的石阶上，窥视着院内的动静。

就听到两声空空的咳嗽声，梁大年叼着根烟走过来，讪讪地笑问：“杨三啊，你老婆这是变什么戏法呢？那李老板是什么人物呢？”

杨三看看梁大年，脸上木木地，没有堆出平日里那种巴结的笑容，他别过头去，不答理梁大年。他此时特别恨梁大年，他从来没有这样仇恨过谁。可是，他是那种心里有仇恨也讲不出来的人。他只能别过头去。有小风悠悠地刮过来，杨三感觉风很凉，一直凉到了他的心里，又一直凉到骨头里去了。

杨三嫂收拾了钓客们用过的鱼竿、鱼饵，便沿着鱼塘走，四口鱼塘都专心地看过了，她颓然坐在一口鱼塘前，低低地叹了口气，她的目光就空空的了。第一口鱼塘的一端，坐着李老板。天，就层层叠叠地黑了下来，杨三嫂与李老板对视了一刻，就站起身子，依次点燃了鱼塘边的十几个马灯。然后，杨三嫂又端坐在鱼塘边。风，细细碎碎地吹过鱼塘，十几只马灯扑扑闪闪惊慌地亮着，晃荡的灯光似醉了一般，往杨三嫂的脸上扑着。

终于，天完全黑下来了，杨三嫂起身走到李老板面前，微微笑道：“师傅，可以了吗？”

李老板点点头：“可以了。”

杨三嫂款款说道：“师傅啊，事情由我一人引起，不连及旁人。杨三与我一共有四口鱼塘。我想，既然比试，只是一个输赢高低的事儿。仅一口鱼塘就够用了。留下三口鱼塘，我家的爷儿们还要吃饭呢。如何？”

李老板摇头，断然说：“不行！”

“那……总要留下一半吧，至少鱼塘有一半是杨三的啊，师傅总不能赶尽杀绝吧？”

“……好吧。钓干两口鱼塘。”

“哪两口鱼塘？请师傅挑选。”

“……就这鲤鱼塘与鲇鱼塘了。”

“好。再问师傅赌什么？钓斤两？钓尾数？”

“……就以尾数为赌吧。”

“好吧。一言为定！”

李老板叹了口气：“徒儿啊，不是师傅来搅你的生意，师傅也是迫不得已……”

杨三嫂淡然笑了，摆摆手：“师傅莫要再讲了，您也是要吃饭的。人生总要有饭碗的。师傅也是一样的。”说着就拿起一支鱼竿，“师傅，开始吧。”

李老板抬眼看了看四周，缓缓地说道：“可以，只是这灯火太亮了，显不出手段。”

杨三嫂笑了：“这个容易。”她一挥手，十几个鱼饵就飞出去了。只听得嗖嗖的风响，十几只马灯顿时熄了。鱼塘登时陷入了一片深深的黑暗。

杨三和梁大年坐在鱼塘外边，在黑暗中细细地听着鱼塘里的动静。李老板带来的两个人，早已经钻进了汽车。或许他们对这种情景早已经司空见惯了？

黑暗之中，李老板声音干涩地夸奖了一句：“多年不见，你的手段还是这般敏捷呢。”

就听杨三嫂爽声笑道：“谢谢师傅夸奖。”

“开始？”

“开始！”

“请！”

“师傅先请！”

话音刚刚落下，只听到鱼塘内，鱼线破空声连连响起，如吹哨儿一般，急促、响亮。再听，或如条条鞭子凭空挥舞，鞭梢在空中阵阵炸响。忽又听到李老板纳闷儿地问一句：“咦？真是奇怪了，你家的鱼塘里如何还有泥鳅呢？”

杨三嫂冷声笑道：“若钓上来泥鳅，也算是尾数。”

如此激烈响动，直至夜半，方才停下来。

鱼塘上安静了一会儿，只听到杨三嫂笑道：“师傅，我们已经钓完，还比下去吗？”

李老板淡淡道：“已经钓完了两口鱼塘。”

杨三嫂豪迈地说：“我看师傅兴致正浓呢，就把余下的两口也钓个干净吧。”

李老板讥笑道：“你不是说要留下两口鱼塘给你家爷儿们吃饭吗？”

杨三嫂笑道：“正钓得兴趣浓厚，就管不了许多了。”

李老板断然说：“不钓了，我已经说过，只钓两口鱼塘，算数的。”

杨三嫂说：“那就凭师傅裁决吧。”

李老板道：“我输了。想不到竟然败在了你的手里。”

杨三嫂道：“师傅并没输，师傅比我多钓了三条泥鳅。我只比师傅多钓了一条鲤鱼。”

李老板苦笑：“想不到你的耳力还是不错。”

接下来，鱼塘又陷入了悠长的黑暗。杨三嫂与李老板都没有再说一句话。

杨三就坐在鱼塘外边的石阶上睡着了。

杨三是被汽车引擎声惊醒了，天已经灰灰地亮了。他小心翼翼地走进了鱼塘。李老板已经走了，杨三嫂枯坐在板凳上，一脸的疲惫，闭着眼睛，似乎睡着了。鱼塘的空地上，有两大堆鱼，没死的，仍然在地上蹦跳挣扎。再看两口鱼塘内，已经空空如也。

杨三嫂听到了脚步声，无力地睁开眼睛，软软地说一句：“当家的，把这些鱼都收拾干净了，做了鱼干儿吧。”

杨三哦了一声，看着脸色苍白如纸的杨三嫂，眼泪就不听话地流了下来：“老婆啊，咱们还开这鱼塘吗？”

杨三嫂一言不发，目光呆滞地盯着两口已经干干净净了的鱼塘。

天色渐渐大亮起来，风也停了，偶尔听到余下的两口鱼塘内，不时有鱼儿跃出水面，弄出哗啦啦的声响。

年复一年，日复一日。又一天就要开始喽。

补记：这个故事，曾经以当代传奇的面目，在《保定日报》的副刊上登过。文学作品嘛，无奇不传，讲究虚构。至于情节的真伪，谈歌不好说，也不敢说。却是故事中的肃杀的气氛，直让谈歌感慨万端。如何一个鱼塘，也要弄出这许多飞短流长的悲切故事来呢？

《保定日报》的记者苗源喜告诉谈歌，他曾经去采访过杨三嫂，询问过这个故事的真假，只是杨三嫂笑而不答。老苗说，谈歌啊，你不妨去一趟，自己问问吧。

那么，谈歌就抽空儿去一趟？